Patricia Walter

Das Buch – Schreib um dein Leben!

Weitere Titel der Autorin

Kalte Erinnerung
Dunkle Vergangenheit
Tote Asche
Blutroter Schatten

Über die Autorin

Patricia Walter, geboren 1974, studierte in München Statistik und arbeitet in der Versicherungsbranche. In ihrer Freizeit betreibt sie neben dem Schreiben Kampfsport, insbesondere Judo und Kung Fu. In Judo hat sie den zweiten Schwarzgurt und ist ehrenamtlich als Trainerin tätig. »Das Buch – Schreib um dein Leben!« ist nach »Kalte Erinnerung«, »Dunkle Vergangenheit«, »Tote Asche« und »Blutroter Schatten« ihr fünfter Psychothriller bei Bastei Lübbe.

www.patricia-walter.de

Patricia Walter

DAS BUCH

Schreib um dein Leben!

Thriller

lübbe

BASTEI LÜBBE TASCHENBUCH
Band 18893

Dieser Titel ist auch als E-Book erschienen

MIX
Papier | Fördert gute Waldnutzung
FSC® C014496

Vollständige Taschenbuchausgabe
der bei beTHRILLED erschienenen E-Book-Ausgabe

Dieses Werk wurde vermittelt durch die Literaturagentur Kai Gathemann.

Für diese Ausgabe:

Textredaktion: Nadine Buranaseda
Titelillustration: Massimo Peter-Bille unter Verwendung von Motiven
© shutterstock: vetkit | Eky Studio | aopsan
Satz: 3w+p GmbH, Rimpar (www.3wplusp.de)
Gesetzt aus der Adobe Caslon Pro
Druck und Verarbeitung: GGP Media GmbH, Pößneck
Printed in Germany

ISBN 978-3-404-18893-2

5 4 3 2 1

Sie finden uns im Internet unter www.luebbe.de
Bitte beachten Sie auch: www.lesejury.de

Für Kai

Kapitel 1

Geduckt lauerte er hinter dem knorrigen Stamm eines Kirschbaums, dessen ausladende kahle Äste mit der Dunkelheit verschmolzen. Es war so still, dass er glaubte, den rieselnden Schnee hören zu können, der den gefrorenen Boden unter einer weißen Schicht bedeckte. Er würde deutliche Spuren im Garten und draußen auf der Straße hinterlassen. Zu Hause musste er deshalb unbedingt seine Schuhe entsorgen.

Er bewegte die Finger, die in schwarzen Latexhandschuhen steckten und allmählich klamm wurden, und rückte das Nachtsichtgerät über seiner Sturmhaube zurecht.

Er war dieses Jahr früher dran als sonst. Morgen lag die wichtigste Aufgabe seines Lebens vor ihm, und er würde für Wochen, wahrscheinlich sogar Monate gebunden sein. Kurz hatte er überlegt, ob er seine jährliche Routine unterbrechen sollte, doch der Drang zu töten war übermächtig. Er musste es einfach tun, oder die Finsternis in ihm würde die Oberhand gewinnen.

Der Druck, der auf ihm lastete, war groß. Wenn sein Vorhaben scheiterte, wäre nicht nur sein Leben umsonst gewesen, sondern auch ihres.

Bei dem Gedanken an sie wurde er wehmütig. Wie jedes Jahr um diese Zeit. Mehr denn je brauchte er das Gefühl von Glück und Macht, und genau das würde er sich jetzt holen.

Er lief durch den Garten und presste sich an die Mauer des Einfamilienhauses. Ein Blick nach allen Seiten, bevor er das Brecheisen aus dem Rucksack holte. Er schob es in den Spalt der Terrassentür und drückte kräftig. Es gab ein Knacken, nicht lauter, als würde ein Ast brechen. Rasch trat er ein und schloss die Tür hinter sich.

Für einige Atemzüge verharrte er und lauschte in die Stille. Dann durchquerte er das Wohnzimmer und schlich in den ersten Stock hinauf. Das Schlafzimmer lag am Ende des Flurs. Er wusste es, weil er sein Opfer über eine Woche lang beobachtet hatte und in dem Raum abends zuletzt das Licht ausging.

Er stellte den Rucksack auf dem Boden ab und griff nach dem Lappen und der Flasche mit Chloroform in seiner Jackentasche. Aufregung erfasste ihn, und er spürte, wie die Traurigkeit in ihm langsam zurückgedrängt wurde.

Seine Vorfreude wuchs ins Unermessliche, als er vorsichtig die Klinke hinunterdrückte und die Tür öffnete. Dank des Nachtsichtgeräts konnte er sein Opfer trotz der Dunkelheit gut erkennen. Ein alleinstehender älterer Mann, der im Bett lag und schlief.

Am liebsten wäre er auf ihn zugestürmt, doch er wollte ihn im Schlaf überraschen, und so setzte er behutsam einen Fuß vor den anderen. Neben dem Bett blieb er stehen und blickte lächelnd auf sein Opfer hinab. Für eine Weile gab er sich der Vorstellung hin, was er gleich mit ihm vorhatte. Er malte sich aus, wie der Mann reagierte, und konnte es kaum erwarten, bis ihn das Gefühl, nach dem er sich so sehr sehnte, endlich wieder durchströmte.

Der Mann bewegte sich im Schlaf. Er verlor keine weitere Zeit. Mit der einen Hand packte er den Kopf seines Opfers und drückte ihm gleichzeitig mit der anderen den chloroformgetränkten Lappen aufs Gesicht. Der Mann riss die Augen auf und war für einen Moment orientierungslos, ehe er in Panik geriet und wild um sich schlug.

Er blieb ruhig. Zu oft hatte er diese Situation erlebt. Es dauerte nicht lange, bis der Mann erschlaffte.

Er wartete einige Sekunden, nahm den Stofffetzen weg und steckte ihn zurück in die Jackentasche. Bevor er das Licht anschaltete, setzte er das Nachtsichtgerät ab. Mit einem Messer zerschnitt er den Schlafanzug des Mannes. Er entkleidete ihn, fesselte Hände und Füße mit Kabelbinder und strich ihm ein silberfarbenes Klebeband über den Mund. Anschließend packte er ihn unter den Achseln und schleifte ihn die Treppe hinunter in die Küche, wo er den Rollladen runterließ. Erst jetzt betätigte er den Lichtschalter.

Der Raum war groß, mit einem Esstisch, einer dunkelbraunen Küchenzeile und Hängeschränken in derselben Farbe. Er musste nicht lange suchen, bis er das Fach mit den Gläsern gefunden hatte. Eines nach dem anderen ließ er auf die Fliesen fallen, bis unzählige Scherben den Boden bedeckten, in denen sich das kaltweiße Deckenlicht spiegelte.

Die Erregung überkam ihn so stark, dass seine Traurigkeit schlagartig verschwand. Der Mann lag bewusstlos auf der Türschwelle und wachte hoffentlich bald auf.

Er holte seinen Rucksack aus dem ersten Stock und zog eine Puppe heraus. Sie trug ein zitronengelbes Kleid mit roten Rüschen, die blonden Haare waren zu Zöpfen gebunden. Ihre schneeweiße Haut stand in starkem Kontrast zu den dunkelrot geschminkten Lippen und rosa Wangen.

Zärtlich betrachtete er sie. Ein Gefühl wohliger Wärme breitete sich in ihm aus und erfüllte ihn mit purem Glück.

Er war so weit. Und wenn er hier fertig war, würde er

auch für die morgige Aufgabe bereit sein, von der sein Leben abhing.

Mit der behandschuhten Hand streichelte er über die Puppe und lächelte.

Sie wäre so stolz auf ihn.

Kapitel 2

Bereits von Weitem sah Kriminalhauptkommissarin Nadine Herfurth die zuckenden Blaulichter, die den trüben Freitagmorgen durchbrachen. Sie zeigte dem diensthabenden Beamten, der die Einfahrt zur Grüntenstraße im Westend absperrte, ihren Ausweis durchs Seitenfenster und stellte den schwarzen 5er-BMW zwanzig Meter weiter am Straßenrand ab. Ein kühler Wind blies ihr ins Gesicht, als sie aus dem Wagen stieg. Einfamilienhäuser, vermutlich aus den Fünfziger- oder Sechzigerjahren, säumten die Straße. Die Vorgärten waren mit einer Schneeschicht bedeckt, die großzügigen Grundstücke von Zäunen und hohen Hecken umgeben.

Wie immer wenn sie an einen Tatort kam, registrierte sie die Anwohner hinter den Fenstern der umliegenden Häuser, die ihre Neugierde zu befriedigen versuchten, schenkte ihnen aber keine Aufmerksamkeit. In ihren siebzehn Dienstjahren hatte sie mit genügend Gaffern zu tun gehabt, um sich darüber noch aufzuregen.

Sie wollte gerade auf das Haus zugehen, vor dessen Eingang der weiße Van der Kriminaltechnik und ein Krankenwagen parkten, als ihr Blick auf das gegenüberliegende Gebäude fiel. Das Fenster im ersten Stock war geöffnet, dahinter stand ein Mann, der ein Mikrofon in der Hand hielt und von einem Kameramann gefilmt wurde.

Nadine musste zweimal hinschauen, um die Situation zu erfassen.

Das darf doch nicht wahr sein!, dachte sie und überquerte die Straße.

»Herr Kehl!«, brüllte sie in den ersten Stock hinauf.

Der Mann zuckte zusammen und verschwand aus ihrem Sichtfeld.

Nadine verdrehte die Augen. »Das nützt Ihnen nichts, Herr Kehl. Ich habe Sie gesehen.«

Es dauerte ein paar Sekunden, dann beugte sich der Mann aus dem Fenster. Er war Anfang vierzig und hatte kurzes hellbraunes Haar.

»Frau Kriminalhauptkommissarin Herfurth«, sagte er mit süßholzraspelnder Stimme. »Wie schön, Sie zu treffen.«

»Was ich nicht behaupten kann. Kommen Sie sofort runter. Ihr Kollege ebenfalls.«

»Wir sind hier zu Besuch«, entgegnete er.

»Das Märchen können Sie Ihrer Großmutter erzählen. Ich wette, Sie wissen nicht einmal den Nachnamen der Bewohner.«

Der wütende Blick aus seinen stahlblauen Augen durchbohrte sie förmlich.

»Los jetzt. Kommen Sie raus, oder ich schicke ein paar Beamte zu Ihnen hoch.«

Kehl zögerte, ehe er sich vom Fenster entfernte.

Nadine stemmte die Hände in die Hüften und wartete.

Christian Kehl war Reporter bei der Boulevardzeitung *Blitz*, und Nadine hatte in der Vergangenheit mehrfach mit ihm zu tun gehabt. Er hatte das Talent – oder vielmehr einen bezahlten Informanten, wie sie vermutete –, immer als einer der Ersten am Tatort zu sein und Polizeiabsperrungen zu überwinden. Seine Sensationsgier und sein rücksichtsloses Verhalten hatten schon öfter ihre Ermittlungen gefährdet, und Nadine verdankte ihm eine Schusswunde über dem linken Schlüsselbein.

Vor vier Jahren hatte Kehl einen Polizeieinsatz behindert, in dessen Verlauf es zu einer Schießerei gekommen war. Nadine erlitt einen glatten Durchschuss, während ihr Partner im Bauch getroffen wurde. Nadine erschoss den Täter. Während sie, selbst stark blutend, ihre Jacke auf die Wunde des Kollegen presste und ihm damit das Leben rettete, filmte Kehl alles mit seinem Handy und stellte ihr Fragen. Er war deswegen später zu einer Geldstrafe verurteilt worden. Vor neun Monaten hatte er vor Gericht eine weitere Strafe kassiert, seitdem war Nadine ihm nicht mehr begegnet.

Sie hatte gehofft, ihn endgültig losgeworden zu sein.

Kurz darauf wurde die Haustür geöffnet, und Kehl trat, gefolgt von einem jungen Mann, ins Freie.

»Sie sehen noch viel besser aus, seit wir uns zuletzt getroffen haben«, sagte er.

Nadine warf ihm einen gelangweilten Blick zu. »Sie sollten allmählich wissen, dass das bei mir nicht zieht.«

Er hatte die Angewohnheit, ihr jedes Mal, wenn sie ihn in der Nähe eines Tatorts erwischte, ein Kompliment zu machen. Zu ihren modisch kurz geschnittenen braunen Haaren, ihrer schnellen Karriere bei der Mordkommission und bevorzugt zu ihren mandelförmigen Augen, die sie von ihrer Mutter, einer Thailänderin, geerbt hatte – im Gegensatz zu ihren vier älteren Brüdern, die mehr nach ihrem deutschen Vater kamen.

»Wo ist das Diktiergerät, das Sie sonst sofort jedem unter die Nase halten?«, wollte sie wissen.

»Das brauche ich nicht mehr«, antwortete er mit einem arroganten Lächeln. »Ich bin nicht mehr beim *Blitz*, sondern beim Fernsehen. Meine Beiträge werden zur Primetime auf *Tele1* gesendet.«

Nadine zog die Brauen hoch.

Tele1? Dieser niveaulose Sender, den sie in ihrem TV-Gerät zu Hause nicht einmal eingespeichert hatte?

»Wollen Sie mir ein Interview geben?«, fragte Kehl. »Ich kann Sie im Fernsehen groß rausbringen.«

Augenblicklich schulterte der junge Mann seine Kamera.

»Wagen Sie es ja nicht, oder ich lass Ihre Ausrüstung konfiszieren«, sagte Nadine.

»Das ist ein Eingriff in die Pressefreiheit«, erwiderte Kehl.

»Irrtum. Das ist unbefugtes Betreten eines Tatorts. Und wenn Sie nicht sofort verschwinden, werde ich dafür sorgen, dass Sie höchstens noch Beiträge für den Micky-Maus-Klub machen.«

Kehls Augen verengten sich zu Schlitzen. Er beugte sich zu ihr vor und sagte mit gesenkter Stimme: »Sie haben mir damals fast die Karriere versaut, aber ich habe es trotzdem geschafft. Wenn Sie nicht wollen, dass ich ...«

»Wollen Sie mir drohen?«, unterbrach sie ihn und verschränkte die Arme vor der Brust.

»Nicht doch. Ich will Ihnen lediglich ein Angebot machen, das Ihre Laufbahn bei der Kripo beschleunigen kann.«

»Kein Interesse.«

Kehl war nicht bereit, so schnell aufzugeben. »Hat der Puppenmörder wieder zugeschlagen? Die Öffentlichkeit hat ein Recht auf die Wahrheit.«

»Und die wird sie auch bekommen – von der Pressestelle der Polizei.« Nadine winkte zwei Beamte zu sich, die vor einem Streifenwagen standen. »Schaffen Sie unseren Fernsehstar und Peter-Kloeppel-Nachfolger fort, und sorgen Sie dafür, dass er sich hier nicht mehr herumtreibt.«

Während die beiden Polizisten den lautstark protestierenden Kehl und seinen Kameramann hinter die Absperrung trieben, lief Nadine zu dem Zelt, das vor dem Haus aufgebaut worden war. Dort wies sie sich erneut aus und trug sich in die Liste ein. Anschließend zog sie einen Ganzkörperschutzanzug an und streifte sich Überziehschuhe und Nitril-Einweghandschuhe über.

Sie atmete einmal tief durch, um sich auf die bevorstehende Aufgabe zu konzentrieren. Dann durchquerte sie den Vorgarten und ging ins Haus.

Die Mitarbeiter der Kriminaltechnik waren im Flur beschäftigt. Ekhard Stollberg, der Leiter der Einheit, hob den Kopf. Er hasste es, wenn sie bei der Arbeit gestört wurden und die Kripo einen Tatort betrat, den sie noch nicht vollständig abgearbeitet hatten.

»Die Leiche liegt in der Küche«, sagte er mit einem missbilligenden Unterton. »Du bleibst bitte an der Türschwelle stehen. Wir waren noch nicht drin, weil Diesel darauf bestanden hat, dass du dir zuerst ein Bild machst. Pass also auf, wo du hintrittst.«

»Geht klar«, erwiderte Nadine.

Wo die Küche war, musste sie nicht fragen, denn ihr Kollege wartete bereits dort. Auch wenn sein Gesicht hinter einer Maske verborgen war, erkannte sie ihn sofort.

Kriminalkommissar René Henning, der von allen nur Diesel genannt wurde, war ein Hüne von Mann. Wenn er durch eine Tür wollte, musste er den Kopf einziehen. Seine Kollegen hatten ihm den Spitznamen in Anlehnung an den Schauspieler Vin Diesel verpasst. Eine gewisse Ähnlichkeit war nicht zu leugnen. Wer ihm auf der Straße begegnete, wich bereitwillig aus. Dabei war der zweifache Familienvater im Gegensatz zu dem Actionhelden aus dem Kino ein ruhiger und besonnener Mensch.

»War er es?«, fragte Nadine. Auf dem beigebraunen

Teppich, der den Flur bedeckte, bemerkte sie einige dunkle Flecke. Vermutlich Blut.

Diesel nickte.

Nadine stoppte an der Türschwelle und sog scharf die Luft ein.

»Du liebe Güte«, presste sie hervor und musste das Bild, das sich ihr bot, erst einmal verdauen.

Ein nackter, gefesselter und geknebelter Mann lag inmitten einer riesigen Blutlache, die sich fast über den gesamten Küchenboden ausgebreitet hatte und mit Schlieren durchzogen war. Der Körper war mit Glassplittern gespickt, weitere Scherben verteilten sich um ihn herum auf den Fliesen. Es gab nur wenige Stellen an seinem Rumpf, an denen die rosige Farbe seiner Haut zu sehen war, der Rest war mit Blut bedeckt. Der Kopf war zur Seite gedreht, in den weit aufgerissenen Augen stand blanke Angst geschrieben.

»Ziemlich grausige Art zu sterben«, sagte Diesel mit belegter Stimme. »Natürlich muss der Rechtsmediziner die genaue Todesursache feststellen, aber wenn du mich fragst, hat der Täter sein Opfer in den Glassplittern gewälzt, sodass es verblutet ist. Selbst von hier aus kann man erkennen, dass einige Scherben tief in seinem Körper stecken und stark blutende Wunden hinterlassen haben.«

»Wer ist er?«

»Sein Name ist Hermann Bach, siebenundsechzig Jahre alt, Witwer und Diabetiker. Nachdem sein Sohn ihn heute früh telefonisch nicht erreichen konnte, hat er sich Sorgen gemacht und nachgeschaut. Er hat einen Schock erlitten und ist vorhin ins Krankenhaus gebracht worden.«

Nadine nickte verständnisvoll. Ein Gewaltverbrechen war schlimm genug, aber wenn ein Angehöriger die grausam zugerichtete Leiche fand, erhielt das Ganze noch einmal eine andere Dimension.

Auf einem der vier Stühle am Esstisch saß eine Puppe mit ungewöhnlich weißer Haut und stark geschminkten Lippen, die Nadine aus großen runden blauen Augen anstarrte. Die blonden Haare waren zu zwei seitlichen Zöpfen geflochten, das zitronengelbe Kleid mit roten Rüschen verziert. Die Puppe hatte etwas Unheimliches an sich und wirkte in der grotesken Szenerie des blutigen Tatorts Furcht einflößend.

Nadine ließ den Blick weiter durch die Küche schweifen und blieb an der rechten Wandseite hängen. Dort stand, mit Blut geschrieben, das Wort *Bald.*

»Bald?«, meinte sie. »Das ist neu. Was hat das zu bedeuten?«

Diesel zuckte mit den Schultern. »Keine Ahnung.«

Sie sah wieder zu der Leiche. Es war das zehnte Opfer des Puppenmörders und das zweite, seit sie vor einem Jahr die Leitung der Soko »Puppe« übernommen hatte. Der Täter tötete grausam, immer auf eine andere Art und Weise, und hinterließ jeweils eine Puppe am Tatort – sein Markenzeichen, weshalb die Presse ihn den Puppenmörder genannt hatte.

Vor zwölf Jahren war die erste Leiche gefunden worden. Ein vierzigjähriger Mann, der in seiner Wohnung mit Spiritus übergossen und angezündet worden war. Mit einem Feuerlöscher hatte der Täter verhindert, dass die Flammen auf die Wohnung übersprangen. Inmitten des Löschschaums saß die Puppe. Es sah aus, als hätte sie dem Opfer beim Verbrennen zugesehen. Nach einem weiteren Mord zwei Jahre später – der Puppenmörder hatte einem zweiundzwanzigjährigen Studenten mit einem Hammer den Schädel zertrümmert – hatten sie die Befürchtung gehabt, es mit einem Serientäter zu tun zu haben. Erneut zwei Jahre später wurde ihre Befürchtung wahr, als sie das dritte Opfer fanden, diesmal eine ältere Frau, die er stranguliert hatte.

»Wie ist er ins Haus gelangt?«, wollte Nadine wissen.

»Er hat die Terrassentür aufgehebelt. Die KT hat im Garten Spuren im Schnee gefunden, die höchstwahrscheinlich vom Täter stammen. Er hat zwar versucht, sie zu verwischen, doch sie konnten ein paar gute Abdrücke nehmen.«

Dann hatten sie zumindest seine Schuhgröße. Zusammen mit einer übereinstimmenden DNA von sieben Tatorten. Und trotzdem jagten sie seit mehr als einem Jahrzehnt einem Phantom hinterher. Die DNA hatte bis jetzt zu keinem Treffer in der Datenbank geführt.

»Läuft die Befragung der Nachbarn schon?«

Diesel bejahte. »Vielleicht ist endlich mal ein brauchbarer Hinweis dabei.«

»Schön wär's.« Sie drehte sich um. »Lass uns gehen, bevor Ekhard wegen uns noch einen Herzinfarkt erleidet.«

»Das hab ich gehört«, sagte Stollberg, während er Klebeband über den Teppich strich, wieder abzog und in einem Beweismittelbeutel verstaute.

Nadine warf einen letzten Blick in die Küche. Die Puppe starrte sie weiterhin aus ihren leblosen, kalten blauen Augen an.

Nadine schauderte.

Kapitel 3

Kara Bender hatte das Gefühl, dass ihr gleich die Hand abfiel. Sie konnte den Stift kaum mehr halten, dennoch war es für sie einer der schönsten Momente vor einer Veröffentlichung.

Sie griff nach dem letzten Exemplar von *Dunkle Rache*, öffnete es auf Seite drei und setzte ihr Autogramm unter den Titel. Lächelnd legte sie es zu den anderen vierhundertneunundneunzig Büchern, die sie seit zweieinhalb Stunden in einem Büro einer Buchhandlung in der Münchner Innenstadt signierte. Sie bewegte die Finger der Rechten, um den Krampf loszuwerden, und freute sich auf die Lesereise, die in einer Woche begann. Die Bücher heute hatte sie für eine Promotionaktion zum Verkaufsstart in drei Tagen unterschrieben. Doch wenn ihre Leser real vor ihr standen, sie ein paar Worte mit ihnen wechseln konnte und die Bücher mit einer persönlichen Widmung versah, war ihr Glücksgefühl noch größer.

»Und jetzt ein Foto von Ihnen mit den Büchern«, sagte die Buchhändlerin und gab dem Fotografen ein Zeichen.

Kara stellte sich hinter den Tisch und hielt einen ihrer Romane in die Kamera. Sie musste kein gezwungenes Lächeln aufsetzen, sie strahlte aus tiefstem Herzen. Fast ein Jahr hatte sie an ihrem neuesten Krimi gearbeitet und zuerst alles im Detail ausgearbeitet, bevor sie mit dem Schreiben begonnen hatte – für sie der schönste Teil eines Buchprojekts.

Hoffentlich gefällt er meinen Lesern, dachte sie.

Der Fotograf nahm die Kamera hinunter und veränderte ein paar Einstellungen.

Und wenn ihnen die Entwicklung meiner Hauptfigur nicht gefällt?

Dunkle Rache war der fünfte Band ihrer Reihe um Kriminalhauptkommissar Lars Beck. Sie hatte eine dramatische Wendung eingebaut, um ihrer Figur frischen Wind zu verpassen und die Spannung zu erhöhen. Auch wenn sie es noch nicht in die Top Ten der *Spiegel*-Bestsellerliste geschafft hatte, erfreuten sich ihre Kriminalromane großer Beliebtheit. Trotzdem war sie vor jeder Veröffentlichung nervös, diesmal sogar mehr als bei ihrer ersten.

Kara konzentrierte sich wieder auf den Fotografen, der ihr Anweisungen für eine andere Positionierung gab. Nach ein paar Minuten beendete er das Shooting.

»Wollen Sie mal sehen?«, fragte er.

Kara nickte. Er hielt ihr das Kameradisplay hin.

Ihre Augen, die den gleichen dunklen Braunton wie ihre kurz geschnittenen Haare hatten, strahlten vor Freude, und sie hielt das Buch so fest in den Händen, als wollte sie es nie wieder loslassen. Es war ihr Werk, und es war deutlich zu erkennen, dass sie verdammt stolz darauf war.

Sie musste bei ihrem Anblick grinsen.

Der Fotograf scrollte durch einige Fotos, und sie reckte den Daumen. Er hatte sie wirklich gut getroffen.

»Ich danke Ihnen.« Sie warf ihm ein Lächeln zu, das er mit einem Augenzwinkern erwiderte.

Während er seine Ausrüstung einpackte, griff Kara nach dem Glas Wasser, das für sie bereitstand, und trank es in einem Zug leer. Ihre Agentin Tanja Gerritzen, eine Frau Anfang vierzig mit langen brünetten Haaren, hatte sich beim Fotoshooting dezent im Hintergrund gehalten und unterhielt sich nun mit der Buchhändlerin. Als Kara vor sieben Jahren das Manuskript für den ersten Teil ihrer Krimireihe an sie geschickt hatte, hätte sie sich nie träumen lassen, dass aus der geschäftlichen Beziehung schnell eine Freundschaft entstehen würde. Sie hatte sich sofort mit Tanja verstanden, die ihr nicht nur in Bezug auf ihre Romane zur Seite stand, sondern ihr ebenfalls half, sich als Autorin und generell in ihrer Persönlichkeit weiterzuentwickeln.

Tanja Gerritzen hatte die Gabe, einen Raum zu betreten und ihn augenblicklich für sich einzunehmen. Sie konnte auf einer Party erscheinen, auf der sie niemanden kannte, und es dauerte keine zwei Minuten, bis ihr jemand einen Drink brachte und sie in ein Gespräch verwickelte. Die Mischung aus Fröhlichkeit, Selbstvertrauen und Weiblichkeit, die sie ausstrahlte, hatte auf Kara abgefärbt. War sie zu Beginn ihrer Autorenkarriere noch zurückhaltend und oftmals unsicher gewesen, hatte sie ihre Scheu mittlerweile abgelegt.

Das Gelächter der beiden Frauen riss Kara aus ihren Gedanken, und sie gesellte sich zu ihnen.

»Ich habe Frau Krafft gerade von dem Malheur bei deinem dritten Band erzählt«, sagte Tanja.

»O Gott!« Kara lachte und schlug die Hände vors Gesicht.

Damals war dem Verlag ein Missgeschick passiert und in der Buchvorschau statt des Covers ihres düsteren Krimis das eines Erotikromans hochgeladen worden. Der Fehler wurde am nächsten Tag korrigiert, dennoch war Kara kurzzeitig in Schweiß ausgebrochen. Heute war es eine lustige Anekdote auf ihren Lesungen. Ausgerechnet Erotik! Sie bewunderte jeden Autor und jede Autorin dieses Genres, bei ihr wären spätestens nach fünf Seiten alle tot.

»Diesmal ist zum Glück alles gut gegangen«, meinte

Anika Krafft. »Mir hat *Dunkle Rache* ausgesprochen gut gefallen, und ich bin mir sicher, Ihre Leser werden ebenfalls begeistert sein.«

»Danke, das freut mich.« Kara versah ein weiteres Buch mit einer persönlichen Widmung für die Buchhändlerin, dann verabschiedete sie sich von ihr.

In vier Wochen würden sie sich wiedersehen, wenn Kara eine Lesung hier hielt.

Zusammen mit Tanja fuhr sie die Rolltreppe ins Erdgeschoss hinunter, das voll mit Büchertischen und -regalen war, und warf ihrer Agentin einen vielsagenden Blick zu. Die rollte theatralisch mit den Augen.

»Wie hoch ist dein SuB?«, wollte Tanja wissen.

Der Stapel ungelesener Bücher. Karas Bücherregal zu Hause platzte aus allen Nähten, andererseits konnte man nie genug Lesestoff haben.

»Auch nicht größer als deiner«, sagte Kara, und sie verschwanden in der Nische mit den Krimis und Thrillern.

Wenig später verließen sie mit jeweils drei Büchern in ihren Handtaschen die Buchhandlung und traten auf den Vorplatz des Stachus. Schräg gegenüber war der große, im Winter abgestellte Brunnen, auf dessen Steinblöcken rundherum ein paar Jugendliche saßen und Burger aus dem nebenan gelegenen McDonald's verspeisten. In dicke Winterjacken gehüllt, eilten Passanten von der Neuhauser Straße kommend an ihnen vorbei zur U-Bahn. Weihnachten war drei Wochen her und die Geschäfte immer noch so voll wie vor den Festtagen.

Kara sah über die Schulter zurück zur Buchhandlung.

Hoffentlich legte *Dunkle Rache* am Montag einen guten Start hin.

»Keine Sorge«, meinte Tanja, die ihre Gedanken zu erraten schien. »Es wird gut ankommen.«

»Hat der Verlag an die Aufsteller für die Buchhandlungen gedacht?«

»Ja.«

»Und was ist mit den geplanten Werbeanzeigen in den sozialen Netzwerken?«

»Kara, entspann dich. Du hast deinen Teil erledigt, jetzt ist der Verlag an der Reihe.«

»Aber es ist ein neuer.«

»Ja, und sie haben alles im Griff.« Tanja zog den Reißverschluss ihrer Jacke zu. »Du hast mir übrigens immer noch nicht verraten, warum du darauf bestanden hast, den Verlag zu wechseln. Die Zusammenarbeit mit dem vorherigen ist doch sehr gut gewesen.«

Schlagartig breitete sich eine eisige Kälte in ihrem Inneren aus.

»Ich hatte meine Gründe«, antwortete Kara ausweichend.

Es war früher Abend, als Kara das *Golden Phoenix* betrat. Es hatte wieder zu schneien begonnen, und sie wischte die weißen Flocken von ihrer Jacke. Wie immer war sie vor dem vereinbarten Zeitpunkt da.

Das Restaurant mit der breiten Fensterfront und einer modern ausgestatteten Bar zählte zu den angesagtesten Asiaten in München. An den mit Bambusmatten verkleideten Wänden hingen abstrakte Kunstwerke, und hüfthohe Farne standen zwischen den Esstischen mit rot und schwarz bezogenen Lederstühlen. Es herrschte eine ausgelassene Atmosphäre, lautes Stimmengewirr vermischte sich mit der Popmusik, die aus den Lautsprechern von der Decke schallte.

Der Kellner führte Kara zu ihrem reservierten Tisch im hinteren Bereich. Sie bestellte eine stille Apfelsaftschorle. Aus den Augenwinkeln bemerkte sie zwei junge

Frauen, die ein paar Tische weiter saßen und sie anstarrten. Als sie den Kopf in ihre Richtung drehte, wandten sie sich rasch ab.

Der Kellner brachte ihr Getränk, und während sie auf ihre Verabredung wartete, zog Kara das Handy aus der Hosentasche und öffnete die *Spiegel*-App. Sie las gerne Nachrichten, denn nichts inspirierte sie mehr als die Realität.

Gleich bei der ersten Überschrift blieb sie hängen.

Das zehnte Opfer des Puppenmörders!

Kara überflog den Artikel, der ein gefundenes Fressen für sie als Autorin war. Sie überlegte, welches Motiv der Serienkiller wohl hatte. Was trieb ihn an?

Es waren die üblichen Fragen, die sie den Figuren in ihren Romanen stellte. Ihre Bösewichte töteten nicht einfach um des Mordens willen, sondern Kara stattete sie jeweils mit einer psychologisch fein ausgearbeiteten Hintergrundgeschichte aus. Es war das Erfolgsrezept ihrer Bücher.

Sie verfolgte das Treiben des Puppenmörders seit geraumer Zeit und spielte mit dem Gedanken, ihn als Vorbild für einen ihrer nächsten Krimis zu nehmen. Dass er an den Tatorten eine Puppe hinterließ, fand sie gruselig. Daraus könnte sie einiges machen.

»Ich hoffe, dein Gesichtsausdruck bedeutet, dass du eine neue Buchidee hast. Ich brauche nämlich dringend Nachschub.«

Kara sah auf und blickte in das erwartungsvolle Gesicht ihrer Freundin Jessica Fuchs.

»Du kennst mich ja.« Sie grinste und begrüßte Jessica mit einer herzlichen Umarmung.

Seit sie in der dritten Klasse nebeneinandergesessen hatten, waren sie unzertrennlich. Jessie hatte lange schwarze Haare und markante Wangenknochen, die sie durch ein dezentes Make-up betonte. Die Kette mit dem Herzanhänger, den Kara ihr zum dreizehnten Geburtstag geschenkt hatte, trug sie jeden Tag. Er war ihr persönlicher Glücksbringer.

Jessie war Karas erste Testleserin gewesen, seit sie mit zwanzig zu schreiben begonnen hatte, und ihre Freundin hatte nicht mit Kritik gespart. Nicht weil sie die Geschichte als langweilig empfand – ganz im Gegenteil, in ihren Augen war Kara sehr talentiert –, sondern sie wollte, dass sie noch besser wurde. Kara hatte die Verbesserungsvorschläge dankbar angenommen, und nach einigen Jahren, die sie für die Schublade geschrieben hatte, schließlich ein Manuskript an Tanja Gerritzen geschickt. Der Beginn ihrer Karriere als Autorin. Mittlerweile hatte sie zwei weitere Testleser, doch Jessie war ihre Cheftestleserin. Ein Titel, auf den ihre Freundin bestand.

Immer wenn ein neues Buch von ihr erschien, lud Kara ihre Testleser als Dankeschön zum Essen ein, weshalb sie heute mit Jessie im *Golden Phoenix* verabredet war.

Der Kellner erschien, und sie gaben ihre Bestellung auf. Im Gegensatz zu Kara, die jedes Mal ewig für ihre Entscheidung brauchte, warf Jessie nur einen kurzen Blick in die Speisekarte.

»Und? Wie hoch ist deine Nervosität auf einer Skala von eins bis zehn?«, wollte sie wissen, nachdem der Kellner gegangen war.

Kara schnitt eine Grimasse. »Zwanzig?«

»Also wie immer.«

»Was ist, wenn niemand die Geschichte mag?«

»Und was, wenn morgen ein Meteorit auf der Erde einschlägt? Oder eine Zombie-Apokalypse ausbricht?« Jessie neigte den Kopf. »Chill mal ein bisschen. Es ist dein bestes Buch bisher.«

»Ja, schon. Aber …«

»Nichts aber. Warum willst du immer alles kontrollieren? Du hast das Manuskript abgegeben. Also lass los und mach dich lieber an die Arbeit für den nächsten Band. Ich will wieder was Spannendes lesen.«

Kara senkte den Blick und nahm die schwarze Serviette, die, zu einem Fächer gefaltet, neben dem Besteck lag. Mit leicht zitternden Fingern strich sie den Stoff glatt.

»Hätte ich die Kontrolle über mich behalten, wäre Yvonne nicht tot.«

»Kara!« Jessie starrte sie entgeistert an. »Das war nicht deine Schuld.«

»Natürlich war es das.«

»Wie lange willst du dir das noch vorwerfen? Das Ganze ist achtzehn Jahre her.«

»Ja, und es vergeht kaum ein Tag, an dem ich nicht daran denke«, murmelte sie und zerknüllte die Serviette.

Für ein paar Sekunden herrschte Schweigen zwischen ihnen.

Dann legte Jessie ihr die Hand auf den Arm und sah sie warmherzig an. »Ich hatte keine Ahnung, dass du noch nicht darüber hinweg bist. Warum hast du nichts gesagt?«

»Weil …«

Kara stockte, da sie ihre Freundin nicht damit belasten wollte. Nicht schon wieder. Ohne Jessie wäre sie damals mit Sicherheit zerbrochen. Jessie war immer die Stärkere von ihnen gewesen. Und hätte Kara mit dem Schreiben nicht ein Ventil gefunden, ihre Gefühle zu kanalisieren und auszudrücken, sie wüsste nicht, wie ihr Leben verlaufen wäre. Wahrscheinlich hätten die Dämonen sie zerstört.

Sie seufzte tief. »Tut mir leid, manchmal kommt es wieder hoch.«

»Du musst dich nicht dafür entschuldigen. So etwas vergisst man eben nicht so einfach.«

Nicht so einfach?, dachte Kara. Das vergisst man nie.

Der Kellner brachte Jessies Litschischorle, und Kara, froh über die Unterbrechung, hob ihr Glas.

»Auf dich«, sagte sie. »Danke für deine Unterstützung.«

»Jederzeit wieder.«

Sie stießen miteinander an und erneut bemerkte Kara, dass die zwei Frauen ein paar Tische weiter zu ihr sahen.

»Kennst du die?«, fragte Jessie, der die beiden auch aufgefallen waren.

»Nein.«

Trotzdem nickte sie ihnen freundlich zu, woraufhin die Frau mit den roten Haaren etwas zu der anderen sagte. Die stand auf und kam langsam auf Kara zu. Oder vielmehr wurde sie von ihrer Freundin geschoben.

»Hallo«, sagte Kara, nachdem sie ihren Tisch erreicht hatten.

»Hi.«

Die Rothaarige gab ihr einen Schubs.

»Sind Sie Kara Bender? Die Schriftstellerin?«

Kara lächelte. »Ja, die bin ich.«

»O mein Gott!« Sie wirbelte zu ihrer Freundin herum. »Hab ich's dir nicht gesagt?« Und wieder an Kara gewandt: »Ich kann nicht glauben, dass ich Sie hier treffe. Ich bin ein Riesenfan von Ihnen und kann es kaum erwarten, bis am Montag Ihr neues Buch erscheint. Vorbestellt habe ich es schon, ich werde es gleich nach der Arbeit abholen. Ach verdammt, warum hab ich nicht ein anderes von Ihnen dabei? Dann hätten Sie es mir signieren können.«

Sie redete ohne Unterbrechung, Kara musste schmunzeln.

»Du kannst mich gerne duzen«, sagte sie, woraufhin die junge Frau noch mehr strahlte. Kara griff in ihre Handtasche und holte eine Autogrammkarte hervor. Sie hatte immer ein paar davon dabei. »Kann ich dir die anbieten?«

»O Mann, das wäre der Wahnsinn. Können Sie … kannst du es bitte für mich signieren? Laura.«

Kara zückte ihren Stift, unterschrieb die Autogrammkarte und reichte sie Laura.

»Kann ich auch noch ein gemeinsames Foto haben?«

»Klar.« Kara stand auf.

Laura drückte der Rothaarigen das Smartphone in die Hand und stellte sich neben Kara.

»Das ist so cool«, sagte sie und bedankte sich mehrmals, ehe sie mit ihrer Freundin zu ihrem Tisch zurückkehrte.

»Passiert dir so was öfter?«, wollte Jessie wissen, nachdem die beiden außer Hörweite waren.

»Hin und wieder.«

»Ist das nicht unheimlich, wenn man in der Öffentlichkeit erkannt wird?«

»Ach, solange niemand an meiner Wohnungstür klingelt und nach einem Autogramm fragt, ist es okay. Es ist doch schön, wenn man jemandem eine Freude machen kann. Sieh nur, wie glücklich sie ist.«

Sie beobachteten Laura, die ihrer Freundin die Fotos und die Autogrammkarte zeigte und übers ganze Gesicht strahlte.

»Da hast du recht«, meinte Jessie.

Zweieinhalb Stunden und drei Gänge später verabschiedeten sie sich voneinander, und Kara fuhr mit der U-Bahn nach Hause. Wie immer ging sie die vier Stockwerke zu ihrer Wohnung zu Fuß, auch wenn es ihr heute mit vollem Magen schwerfiel. Doch selbst mit zwei gebrochenen Beinen würde sie niemals in die klaustrophobische Enge eines Aufzugs steigen.

Sie war vier gewesen, als sie darauf bestanden hatte, allein mit dem Lift zu fahren.

»Ich bin schon groß«, sagte sie zu ihrer Mutter, die den Knopf für den dritten Stock drücken musste, da sie ihn selbst nicht erreichen konnte. Auf halber Höhe blieb der Aufzug plötzlich stecken, weil der Strom in ihrem Stadtviertel ausfiel. Über eine Stunde lang war sie in der beengten Kabine ohne Licht gefangen gewesen, bis die Feuerwehr sie endlich befreien konnte. Seitdem hatte sie nie wieder einen Aufzug benutzt und hasste geschlossene Türen.

Kara betrat ihre Wohnung und durchquerte den geräumigen Flur, der in einer offenen Wohnküche mündete. Die Fenster boten einen weitläufigen Blick über die nächtliche Siedlung im Münchner Norden und reichten bis zum Boden, der mit hellem Parkett ausgelegt war. Die Türen zum Arbeits- und Schlafzimmer waren offen. Auch heute, fast zweiunddreißig Jahre nach diesem Vorfall, bevorzugte sie es, bei offener Tür zu schlafen.

Sie hängte die Jacke an den Garderobenhaken und stellte die Schuhe in den Schrank, als sie auf einmal Beklemmung verspürte. Sie konnte nicht sagen, warum, sie hatte nur ein komisches Gefühl.

Angespannt verharrte sie und lauschte in die Stille, die in der Wohnung herrschte.

Jetzt mach dich nicht verrückt, sagte sie zu sich selbst. Du bist nervös wegen Montag und hast zu viel gegessen.

Kara beschloss, zur Entspannung noch ein wenig fernzusehen, bevor sie ins Bett ging. Sie schaltete das Licht im Wohnzimmer an und erstarrte.

Mit zusammengekniffenen Augen stierte sie auf die gegenüberliegende Wandseite, auf der mit großen roten Buchstaben das Wort *Bald* geschrieben stand.

Dann bemerkte sie die Puppe in dem blauen Kleid und den zu einem Pferdeschwanz gebunden Haaren, die auf der Couch davor saß und sie mit leblosen Augen ansah.

Was, zum Teufel …?

Ihr Herz begann zu rasen.

Sie stolperte rückwärts, bis sie gegen jemanden prallte.

»Ich habe schon auf Sie gewartet«, sagte eine männliche Stimme.

Im nächsten Moment drückte der Mann ihr ein Tuch aufs Gesicht, und sie nahm einen süßlichen Geruch wahr. Ihr wurde schwindelig.

Mit beiden Händen griff sie nach dem Stofffetzen und versuchte verzweifelt, ihn von Mund und Nase zu zerren.

Ihre Muskeln erschlafften, und Kara verlor das Bewusstsein.

Kapitel 4

Kara kam nur langsam zu sich. Stöhnend öffnete sie die Augen, woraufhin sich alles drehte, und sie schloss sie wieder. Ihr war speiübel.

Was … was ist passiert?, dachte sie und blinzelte.

Verschwommen nahm sie eine Zimmerdecke wahr. Sie wandte den Kopf ab, nur wenige Zentimeter, woraufhin der pochende Schmerz in ihren Schläfen explodierte.

Sie wimmerte.

Es dauerte eine Weile, bis der Schwindel nachließ, und die Konturen allmählich klare Formen annahmen.

Das war nicht ihre Wohnung.

Ruckartig wollte sie sich aufrichten, doch etwas an ihrem Arm hielt sie zurück. Erst jetzt bemerkte sie, dass sie in einem Bett mit Metallgestell lag. Ihr linkes Gelenk war mit einer Handschelle an eine der Längsstreben am Kopfende gefesselt.

Was …?

Kara geriet in Panik.

Sie wälzte sich herum und schob dabei die ordentlich zusammengelegte Bettdecke von der Matratze. Mühsam schaffte sie es auf die Knie und zerrte wie ein Berserker an der Fessel, die sich tief in ihr Fleisch schnitt.

O Gott, nein!

Sie ergriff mit beiden Händen die massive Metallstange und rüttelte daran. Sie bewegte sich keinen Millimeter. Verzweifelt stieß sie mit dem Fuß dagegen.

Beruhig dich. Du musst dich beruhigen!

Keuchend hielt sie inne, um Puls und Atmung zu

normalisieren. Es kam einem Kraftakt gleich, doch irgendwie gelang es ihr.

Wo war sie?

Ihr Blick wanderte durch den etwa fünfundzwanzig Quadratmeter großen Raum mit den kahlen, schmutzig weißen Wänden, der durch zwei Deckenlampen nur mäßig beleuchtet wurde. Das breite Bett stand in der linken Hälfte, direkt gegenüber einer grauen Stahltür. An der schmalen Wandseite befand sich ein kleines Regal mit sechs leeren Fächern neben einer Heizung. In der rechten Raumhälfte entdeckte sie einen Tisch mit zwei Holzstühlen sowie eine weitere Tür und an der angrenzenden Wand ein Fenster. Kara beugte sich so weit zur Seite, wie es die Handschelle zuließ, um etwas zu erkennen. Hinter der Scheibe war es dunkel. Alles, was sie sah, war ihr eigenes Spiegelbild.

Oben in der Wand zwischen den beiden Türen war ein Lüfter eingelassen, der ein leises Summen von sich gab. Der braune Teppichboden wirkte, als wäre er mehrere Jahrzehnte alt, und sein Geruch vermischte sich mit dem eigenartigen Aroma, das im Raum hing und Kara an den muffigen dunklen Keller ihrer Oma erinnerte. Er hatte als Abstell- und Vorratskammer gedient, in der sich Staubsauger, Werkzeug und Konserven neben diversen Kisten mit alter Kleidung und Decken in den Regalen reihten. Kara hatte es gehasst, wenn ihre Großmutter sie als Kind dort hinuntergeschickt hatte, um irgendetwas zu holen. Die Enge des Kellers war für sie schon schlimm genug gewesen, der spezielle Geruch hatte ihr jedoch das Gefühl gegeben zu ersticken.

Wie war sie überhaupt hierhergekommen?

Kara erinnerte sich daran, dass sie sich mit Jessie zum Abendessen getroffen hatte und anschließend nach Hause gefahren war. Ihr fiel der Schriftzug *Bald* an der Wand ein, dass plötzlich jemand hinter ihr gestanden hatte und …

»Die Puppe«, murmelte sie.

Sie benötigte einen Moment, bis sie die Zusammenhänge begriff, dann rollte die Panik wie eine Lawine über sie hinweg. Ein schriller Schrei entfuhr ihr. Sie riss an der Fessel.

Das war unmöglich!

Sie konnte keinen klaren Gedanken fassen. Die Angst hatte sie so fest im Griff, dass sie glaubte durchzudrehen. Schweiß lief ihr über Stirn und Rücken, das T-Shirt klebte auf ihrer Haut.

Der Schmerz in ihrem wunden Handgelenk ließ sie zur Besinnung kommen. Erschöpft lehnte sie sich rücklings gegen die Metallverstrebung, ihr Atem ging stoßweise. Sie schloss die Augen, um wieder die Kontrolle über sich zu erlangen.

In der nächsten Sekunde vernahm sie ein Geräusch. Sie richtete sich auf. Die schwere Stahltür öffnete sich wie in Zeitlupe, und ein Mann betrat den Raum. Kara hielt die Luft an.

»Guten Abend, Kara«, sagte er.

Die Tür schloss sich hinter ihm.

Kara versteifte sich am ganzen Körper. Reglos saß sie da und starrte ihn voller Angst an.

Er war ein paar Jahre älter als sie, um die vierzig, schätzte sie, und hatte ein gepflegtes Erscheinungsbild. Kurze dunkelbraune Haare, die er locker zurückgekämmt trug, ein markantes Gesicht mit dicken Brauen und einem Dreitagebart. Unter seinem schwarzen Hemd zeichnete sich eine athletische Figur ab.

Er musterte sie mit seinen blaugrauen Augen, die Kara einen Schauer über den Rücken jagten. Sie hatten etwas Kaltes, Raubtierhaftes an sich, das sie nicht einordnen konnte und das so gar nicht zu seinem Äußeren passte.

»Wer sind Sie? Und wo bin ich?«

Er kam auf sie zu und blieb vor dem Bett stehen. Kara zog die Knie gegen die Brust und drückte sich noch enger gegen das metallene Kopfgestell.

»Mein Name ist Rafael Dorn, und Sie sind Gast in meinem Haus. Genauer gesagt, in meinem Keller.«

Im Keller? Ihre Angst wuchs.

»Sind Sie … sind Sie der Puppenmörder?«, presste sie mühsam hervor. Sie musste Klarheit haben.

»Ja, der bin ich.«

Er sagte es mit einer solchen Emotionslosigkeit, als hätte er eine Frage nach dem Wetter beantwortet. Obwohl Kara es geahnt hatte, trafen sie seine Worte bis ins Mark. Sie begann, am ganzen Körper zu zittern. Aus der Zeitung wusste sie, wie grausam er mordete, und sie wollte nicht sein nächstes Opfer sein.

Dorn lächelte. »Es spricht für Sie, dass Sie die Zusammenhänge so schnell erkennen. Und für mich, dass ich Sie ausgewählt habe.«

Sie runzelte die Stirn.

»Was wollen Sie von mir?«, fragte sie, obwohl es offensichtlich war. Er wollte sie töten.

»Ihnen ein Angebot unterbreiten.«

»Ein Angebot?«

»Ich möchte, dass Sie ein Buch für mich schreiben. Ein Buch über mich und mein Leben.«

Er wollte was?

»Ich … ich verstehe nicht«, stammelte sie.

»Sie schreiben fiktive Romane. Jetzt sollen Sie einen realen über mich schreiben.«

Vollkommen überrumpelt und zitternd versuchte Kara, die Situation zu begreifen.

»Sie sind verrückt«, sagte sie. Sie hatte nicht vorgehabt, es laut auszusprechen, die Worte rutschten ihr einfach heraus.

Schlagartig verfinsterte sich seine Miene, und er machte einen Schritt auf sie zu.

»Nennen Sie mich noch einmal verrückt, und ich zeige Ihnen, wozu ich in der Lage bin!«, schrie er.

Kara zuckte zusammen. Seine Augen strahlten eine solche Kälte aus, dass sie auf dem Bett ein Stück zur Seite rutschte. Sie bemerkte seine zu Fäusten geballten Hände und hob beschwichtigend die Rechte.

»Schon … schon gut«, stotterte sie. »Es tut mir leid. Ich wollte Sie nicht beleidigen.«

Sein Brustkorb hob und senkte sich im schnellen Rhythmus, seine Kiefer mahlten. In Gedanken sah sie, wie er auf sie losging, sie verprügelte und würgte, ohne dass sie den Hauch einer Chance gegen ihn gehabt hätte.

Der Schweiß lief ihr aus allen Poren. Das Pochen in ihren Schläfen wurde unerträglich.

Sie musste die Situation sofort entschärfen.

»Okay«, sagte sie. »Angenommen, ich schreibe das Buch. Was passiert dann mit mir?«

»Dann lasse ich Sie frei.« Er entspannte sich augenblicklich.

»Und wenn ich mich weigere?«

»Werde ich Sie töten.«

Erneut lächelte er, und Kara entging nicht, dass es aufgesetzt wirkte. Sein Blick sprach Bände.

Ihre Gedanken rasten, als sie ihre Optionen abwog. Egal, wie sie sich entschied, er würde sie mit Sicherheit töten. Warum sollte er sie freilassen? Sie kannte seinen Namen und wusste, wie er aussah. Ihm musste klar sein, dass sie sofort zur Polizei gehen würde.

Noch immer hatte sie Probleme, sein Angebot zu verstehen. Ein Buch über einen zehnfachen Serienmörder zu schreiben. Was für eine irre Idee!

Sie schüttelte im Geiste den Kopf.

Wie stellte er sich das vor? Dass sie wochenlang im Keller eingesperrt war, er ihr sein Leben in allen grausamen Details ausbreitete und sie eine True-Crime-Story daraus machte? Allein bei der Vorstellung daran schauderte sie.

Andererseits, was war die Alternative? Dass er sie an Ort und Stelle tötete. Vermutlich mit Genuss und garantiert nicht schnell.

Ihre Kehle schnürte sich zu.

»Warum ich?«, krächzte sie.

»Also, wenn Sie meinen, dass ich Ihr größter Fan bin, muss ich Sie enttäuschen«, antwortete er. »Ich lese nicht einmal gerne.« Er verschränkte die Arme vor der Brust. »Ich habe im Vorfeld ein paar deutsche Krimiautorinnen als potenzielle Kandidatinnen ausgewählt und jeweils ein Buch von ihnen gelesen. Von Ihnen war es *Blutiger Schwur.* Die Entscheidung fiel mir leicht. Sie haben einen tollen Schreibstil, und mir gefällt, dass der Fokus Ihrer Romane nicht auf möglichst abartigen Morden liegt. Die Charaktere Ihrer Täter sind gut ausgearbeitet, sie haben einen Grund, warum sie tun, was sie tun müssen. Sie geben ihnen eine Vergangenheit, und das ist genau das, was ich gesucht habe.«

Kara saß mit offenem Mund da. Was er von ihr verlangte, war absurd.

»Ich kann das nicht«, sagte sie.

Er stieß einen Seufzer aus. »Hören Sie, Kara, ich habe kein Problem damit, Sie zu töten. Zwar sind Sie meine favorisierte Autorin, aber wenn Sie sich weigern sollten, muss ich eben auf die zweitbeste Kandidatin zurückgreifen.«

Kara ließ sich gegen das Metallgestell zurückfallen und starrte mit leerem Blick zur Decke. Sie würde hier nicht lebend rauskommen. Die einzige Wahl, die sie hatte, war, jetzt gleich zu sterben oder erst, wenn sie seine Geschichte beendet hatte.

»Ich weiß, dass ich Sie mit der ganzen Situation überrumpelt habe«, sagte er. »Ich möchte, dass Sie sich mein Angebot in Ruhe durch den Kopf gehen lassen, denn ich lege Wert darauf, dass Sie voll und ganz hinter Ihrer Entscheidung stehen. Entweder Sie schreiben das beste Buch Ihres Lebens, oder Sie lassen es bleiben. Ich werde keine halben Sachen dulden. Es ist mein Leben, meine Geschichte, die die Welt erfahren soll, und dafür will ich die beste Autorin haben.«

Kara stutzte. Er wollte die Story nicht für sich, sondern sie veröffentlichen?

Er war noch verrückter, als sie gedacht hatte.

Dorn griff in die Hosentasche und holte einen Handschellenschlüssel hervor.

»Ich gebe Ihnen bis morgen Vormittag Zeit, dann will ich eine Antwort.«

Er warf ihr den Schlüssel aufs Bett, drehte sich um und verließ wortlos den Keller.

Kapitel 5

Kaum war die schwere Stahltür ins Schloss gefallen, sackte Kara in sich zusammen. Sie bebte am ganzen Körper, konnte das alles nicht begreifen.

Es musste ein Albtraum sein.

Sie kniff sich in den Arm, der Schmerz war real.

Ihr Blick fiel auf den Handschellenschlüssel am Bettende. Sie griff danach, aber so sehr sie sich auch streckte, sie erreichte ihn nicht.

Fluchend legte sie sich hin und zog mit der Fußspitze den Schlüssel zu sich heran. Sie packte ihn und wollte ihn ins Schloss der Handschelle stecken. Ihre Finger zitterten so stark, dass er sich an der Kante verhakte und hinunterfiel. Fast wäre er von der Matratze gerutscht, sie bekam ihn gerade noch zu fassen.

Kara hielt den Schlüssel fest in der Faust umklammert und atmete mehrmals tief durch, um sich zu beruhigen. Dann schloss sie die Fessel auf und rieb ihr wundes Handgelenk, bevor sie aus dem Bett sprang und zur Tür rannte.

Sie musste hier raus!

In der nächsten Sekunde stutzte sie.

Wo war die Klinke? Wo war die verdammte Türklinke?

Entsetzt fuhr sie über den glatten Stahl, als müsste sie sich haptisch davon überzeugen, dass ihre Augen ihr keinen Streich spielten. Der Griff fehlte.

Sie spürte Beklemmung, ihr Brustkorb zog sich zusammen.

Dorn war vorhin hinausgegangen, irgendwie musste er die Tür geöffnet haben.

Erst jetzt fiel ihr das Kästchen an der Wand rechts vom Eingang auf. Es bestand aus einem Display und einem Nummernblock.

Ein Codeschloss?

Kara tippte irgendwelche Zahlen ein und drückte *OK*. Ein rotes Lämpchen blinkte, und auf dem Display erschien *Falsche Eingabe*. Sie probierte es erneut, ehe nach dem dritten Versuch die rote Lampe dauerhaft leuchtete. Sie las *Tastatur gesperrt*, ein Countdown über zehn Minuten setzte ein.

Ungläubig verfolgte sie die Sekunden, die langsam runterzählten.

Kara sah zu der zweiten Tür, die weiß beschichtet war und eine Klinke hatte. Sie rannte darauf zu und drückte sie auf, nur um enttäuscht festzustellen, dass sie in ein Bad führte. Sie tastete nach dem Schalter, und kaltes Licht flutete den fensterlosen Raum, der im Gegensatz zu dem Kellerabteil neu wirkte. Moderne weiße Fließen mit einem filigranen Muster zierten die Wände und den Boden, und ein flauschiger hellblauer Teppich lag vor der Toilette und der Duschkabine, deren Glaswände streifenfrei geputzt waren. An der Wand daneben befand sich ein Waschbecken, über dem ein Spiegel hing.

Kara wirbelte herum und lief zum Fenster auf der rechten Seite des Kellers. Ihre letzte Chance. Entsetzt realisierte sie, dass auch hier der Griff fehlte.

Das konnte nicht wahr sein!

Sie lugte durch die Scheibe. Das Fenster führte zu einem Lichtschacht, der voller Spinnweben, Steine und verwelkter Blätter war. Das Gitter am Schachtende war mit einer Kette an der Wand befestigt und mit irgendetwas bedeckt, möglicherweise mit einem Teppich.

Sie musste es trotzdem probieren. Es war ihre einzige Fluchtmöglichkeit.

Kurzerhand schnappte sie sich einen der beiden Holzstühle, der schwerer war, als er wirkte, und schlug ihn mit voller Wucht gegen die Scheibe. Das Glas hielt stand. Es vibrierte nicht einmal unter dem Aufprall. Kara versetzte ihm zwei weitere Schläge, doch es bildete sich kein noch so kleiner Riss.

Es muss eine Panzerglasscheibe sein, stellte sie frustriert fest und ließ den Stuhl fallen.

Keuchend stützte sie sich auf dem Tisch ab. Sie hatte plötzlich das Gefühl, keine Luft mehr zu bekommen. Als würde jemand ihren Brustkorb umklammern und zudrücken. Ihr Herz raste, Angstschweiß lief ihr über die Stirn, und Schwindel erfasste sie. Die Konturen des Kellers verschwammen vor ihren Augen. Die Wände bewegten sich auf sie zu, bis der Raum zu einer kleinen Kabine zusammengeschrumpft war. Kara war vier Jahre alt, und sie schaffte es nicht, mit der Hand den Knopf für die dritte Etage zu erreichen. In der nächsten Sekunde gab es einen Ruck, und der Aufzug blieb stecken. Das Licht flackerte, bis es ganz erlosch und sich Kara in bedrohlicher Dunkelheit wiederfand.

»Mami!«, schrie sie.

Kara schüttelte den Kopf, um wieder klar sehen zu können. Sie war noch immer im Keller.

Ich möchte, dass Sie ein Buch für mich schreiben. Ein Buch über mich und mein Leben.

Seine Stimme dröhnte in ihrem Kopf.

Entweder Sie schreiben das beste Buch Ihres Lebens, oder Sie lassen es bleiben. Ich werde keine halben Sachen dulden.

Es ist mein Leben, meine Geschichte, die die Welt erfahren soll, und dafür will ich die beste Autorin haben.

Sie würde wochenlang hier eingesperrt sein. In einem Raum, wo die Tür keine Klinke und das Fenster keinen Griff hatte.

Die Luft schien noch stickiger geworden zu sein. Als saugte jemand den Sauerstoff aus dem Keller.

Kara torkelte zur Tür.

»Ich will hier raus!«, brüllte sie und hämmerte gegen den Stahl. »Machen Sie die Tür auf!«

Doch sie wurde nicht geöffnet. Und draußen stand auch nicht ihre Mutter, die beruhigend auf sie einsprach, während sie wie von Sinnen mit ihren kleinen Fäusten gegen die Aufzugwand schlug und sich die Seele aus dem Leib schrie.

Tränen liefen ihr über die Wangen. Sie drehte sich um und lehnte sich gegen die Tür. Ihre Knie wurden weich. Kraftlos sank sie zu Boden, wo sie verzweifelt den Kopf in ihren Händen vergrub und schluchzte.

Kapitel 6

Der Raum pulsierte. Die Luft war erfüllt von Schweiß und einer knisternden, fast schon sexuellen Energie. Rhythmisch bewegte sich die Menge zu den Klängen von *In the Shadows,* während das Stroboskop bunte Lichtblitze über ihre Köpfe schickte. Der Boden vibrierte.

Kara warf ihre Haare in den Nacken und tanzte ausgelassen inmitten des Pulks. Marc war nicht weit von ihr entfernt und lächelte ihr zu. Eine Mischung aus Alkohol und Glückshormonen berauschte ihren Verstand, sie fühlte sich grenzenlos frei.

Die Nebelmaschine zischte und tauchte die Tanzfläche in gespenstische Schemen. Kara lachte und streckte die Arme in die Luft, ihre Bewegungen waren in völligem Einklang zur Musik. Sie schloss die Augen und gab sich ganz ihren Gefühlen hin.

Als sie die Lider öffnete, waren die bunten Stroboskopblitze verschwunden, und der Raum stattdessen von einem diffusen Licht erfüllt. Kara nahm die Menschen um sich herum nur verschwommen wahr. Die pulsierende Energie war etwas Schwerem und Drückendem gewichen, die Nebelschwaden wirkten wie die Vorboten eines Geisterheers aus der Unterwelt.

Kara verlangsamte ihre Bewegungen, konnte kaum mehr den Takt fühlen. Die Musik klang grotesk verzerrt. Ein bleiernes Gefühl überfiel sie, und sie hielt inne. Die Menge tanzte weiter, schwerfällig und träge. Ihr Stampfen hallte dumpf durch den Klub.

Eine junge Frau schälte sich aus dem Nebel. Sie war barfuß. Ihre schulterlangen blonden Haare waren zerzaust und standen in alle Richtungen ab. Blut lief ihr über das Gesicht mit den kajalverschmierten Augen. Die nietenbesetzte schwarze Lederjacke war löchrig, der Minirock zerrissen. Wie in Zeitlupe streckte sie die Arme nach Kara aus und öffnete den Mund.

»Hilf mir, Kara«, sagte sie, wobei die Worte unendlich lang gezogen klangen. »Hilf mir!«

Kara schrie.

Sie fuhr senkrecht in die Höhe und saß schweißgebadet und zitternd da, während die Fragmente ihres Albtraums langsam verblassten. Es dauerte einen Moment, bis sie die Orientierung wiedergefunden hatte.

Sie war noch immer in dem Keller. Das Licht brannte. Und mit einem Schlag kehrte die Erinnerung zurück.

Erschöpft lehnte sich Kara gegen das metallene Kopfgestell, an dessen Längsstange die Handschelle hing. Sie versuchte sich zu beruhigen.

Es war lange her, seit sie diesen Traum gehabt hatte. Damals war sie jede Nacht davon aufgeschreckt, bis sie mit dem Schreiben begonnen und dadurch ein Ventil für ihre Gefühle gefunden hatte. Danach waren die Träume weniger geworden und hatten schließlich ganz aufgehört. Ihre langen Haare hatte sie abgeschnitten, um ein optisches Zeichen für einen Neuanfang zu setzen. Ein Neuanfang, der ihr bis heute nicht geglückt war.

Sie atmete tief durch.

Kara konnte nicht sagen, wie lange sie gestern vor der Stahltür am Boden gekauert hatte. Irgendwann war sie so müde gewesen, dass sie sich ins Bett gelegt und die Decke über sich gezogen hatte. Als könnte sie sich so vor den Gefahren schützen, die hier unten im Keller und jenseits der Tür auf sie lauerten. Sie hatte nicht gewagt, das Licht auszuschalten.

Wie lange hatte sie geschlafen?

Sie bemerkte den matten Schein hinter dem Fenster.

Sofort sprang sie aus dem Bett und lief auf die andere Seite des Raums. Sie presste die Stirn gegen die kalte Scheibe. Der Schacht war oben mit einem Teppich abgedeckt – genau wie sie gestern vermutet hatte. Er bedeckte das Gitter nicht komplett, sondern ließ einen schmalen Streifen auf der linken Seite frei. Kara konnte einen grauen Himmel erkennen. Demnach musste die Sonne bereits aufgegangen sein.

Der Himmel, dachte sie und blickte sehnsüchtig nach oben.

Obwohl er für sie unerreichbar war, weckte er einen Funken Hoffnung in ihr, denn er durchbrach die bedrückende Enge des dunklen Kellers.

Eine Weile genoss sie das natürliche Tageslicht.

Dann spürte sie ihre volle Blase. Widerwillig löste sie sich von der Scheibe und ging ins Bad. Sie schloss die Tür hinter sich und wollte absperren, doch es gab keine Verriegelung.

Nicht das auch noch!

Unsicher verharrte sie.

Was, wenn Dorn hereinkam, während sie auf der Toilette saß?

Irgendwann hielt sie es nicht länger aus und erleichterte sich. Noch nie war sie sich dabei so ungeschützt und verletzlich vorgekommen. Sie wusch sich die Hände und trank ein paar Schlucke aus der hohlen Hand.

Sie sah ihr Spiegelbild und erschrak. Ihre Augen waren rot und verquollen, die Wangen eingefallen.

Ich möchte, dass Sie ein Buch für mich schreiben. Ein Buch über mich und mein Leben.

Auf das Waschbecken gestützt, vernahm sie Dorns Worte in ihrem Kopf.

Ich gebe Ihnen bis morgen Vormittag Zeit, dann will ich eine Antwort.

Sie hatte keine Ahnung, wie spät es war, aber vermutlich würde er bald auftauchen.

Noch immer haderte sie mit sich. Die Vorstellung, wochen- oder sogar monatelang eingesperrt zu sein, versetzte sie in lähmendes Entsetzen. An die Grausamkeiten, die er ihr vermutlich schildern würde, wagte sie erst gar nicht zu denken.

Angenommen, ich schreibe das Buch. Was passiert dann mit mir?

Dann lasse ich Sie frei.

Und wenn ich mich weigere?

Werde ich Sie töten.

Er würde sie nicht freilassen, egal, wie sie sich entschied, dessen war sie sich sicher. Wenn sie sein Buch schrieb, gewann sie zumindest Zeit.

Irgendwann würde ihr Verschwinden bemerkt werden. Spätestens wenn sie nicht auf Jessies SMS antwortete, würde ihre Freundin misstrauisch werden und nach ihr sehen. Sie hatte einen Schlüssel für Karas Wohnung. Dann würde sie die Puppe und den Schriftzug an der Wand entdecken und die Polizei alarmieren. Und die würde sie suchen und finden, wenn sie nur lange genug am Leben blieb.

Er hat bereits zehn Menschen getötet, entgegnete ihre innere Stimme. Und er mordet seit zwölf Jahren unerkannt. Warum sollte er ausgerechnet jetzt erwischt werden?

Sie wollte nicht sterben!

Bei der Erinnerung daran, wie grausam er tötete, schnürte sich ihr Brustkorb zusammen, und sie musste ihre ganze Kraft aufbringen, um nicht in Panik zu verfallen.

Sie hatte noch so viel vor. Übermorgen erschien ihr neuer Krimi. Im Sommer würde sie sich einen Kindheitstraum erfüllen und mit Jessie in die Südsee fliegen. Sie wollte schon immer ein Haustier haben, am liebsten einen Hund, mit dem sie lange Spaziergänge unternehmen und dabei über ihre Bücher nachdenken konnte. Warum war sie nie ins Tierheim gefahren und hatte sich einen geholt? Und in zwei Wochen war der fünfundsechzigste Geburtstag ihrer Mutter, den sie groß feiern wollte. Kara musste unbedingt noch ein Geschenk für sie besorgen.

Ihr fielen so viele Sachen ein, dass sie mit jedem Gedanken niedergeschlagener wurde. Sie drehte den Wasserhahn auf und schaufelte sich kaltes Wasser ins Gesicht, um wieder klar denken zu können.

So wie es aussah, gab es nur zwei Möglichkeiten. Entweder sie weigerte sich und Dorn tötete sie noch heute, oder er brachte sie erst dann um, wenn sie seine Geschichte fertiggeschrieben hatte. In letzterem Fall bestand zumindest die winzige Chance, dass die Polizei sie aufspürte und befreite.

Doch wie sollte sie bis dahin die Zeit im Keller überstehen?

Ich muss wissen, wie *Dunkle Rache* bei meinen Lesern ankommt, schoss es ihr durch den Kopf. Ich will zu Mamas Geburtstagsfeier. Und ich will diesen verdammten Cocktail in der Strandbar im Südpazifik schlürfen und dabei den Sonnenuntergang genießen!

Kara richtete sich auf und traf eine Entscheidung.

Sie würde das Buch schreiben.

Kapitel 7

Kara saß auf einem der beiden Stühle am Tisch, als Dorn in den Keller kam. Sie hatte sich vorgenommen, gefasst zu wirken, wenn er sie aufsuchte, dennoch zuckte sie unwillkürlich zusammen, als sich die Stahltür öffnete.

Dorn blieb am Eingang stehen und verschränkte die Arme.

»Haben Sie sich entschieden?«, wollte er wissen.

Kara straffte sich, ehe sie antwortete. »Ich werde Ihr Buch schreiben.«

Dorns Mundwinkel zogen sich nach oben.

»Eine gute Wahl.« Sein Lächeln wurde breiter. »Wir besprechen gleich alle Details, aber zuerst werde ich Ihnen etwas zu essen bringen. Sie müssen Hunger haben.«

Er verschwand und kehrte kurze Zeit später mit einem Tablett zurück, das er auf dem Tisch abstellte. Zwei Honigtoasts, zwei in Folie eingeschweißte Putensandwiches, eine Plastikwasserflasche und ein Pappbecher mit Kaffee. Kara hatte keinen Hunger, der Kaffeeduft stieg ihr dagegen verführerisch in die Nase. Sie war vollkommen übermüdet und brauchte dringend Koffein.

Dorn verließ den Raum, und Kara griff nach dem Becher. Sie zögerte. Was, wenn der Kaffee vergiftet war?

Misstrauisch roch sie daran, konnte jedoch keinen ungewöhnlichen Geruch feststellen. Andererseits gab es zahlreiche geruchslose Gifte.

Doch warum sollte er sie vergiften, wenn sie ein Buch für ihn schreiben sollte?

Vorsichtig nippte sie an dem Kaffee. Er war so heiß, dass sie sich die Zunge verbrannte.

Sie wartete ein paar Sekunden, ob sie irgendeine Veränderung spürte. Dann pustete sie in den Becher, bevor sie einen weiteren Schluck trank. Der Kaffee rann angenehm ihre Kehle herunter.

Kurz darauf erschien Dorn wieder. Er trug einen Wäschesack, einen Stapel Handtücher sowie einen Karton und einen Schemel in den Keller und stellte alles auf dem Boden neben der Eingangstür ab.

»In dem Wäschesack ist Kleidung für neun Tage, die ich aus Ihrer Wohnung mitgenommen habe«, sagte er. »Räumen Sie sie in das Regal. Benutzte Wäsche werfen Sie in den Sack, ich werde ihn einmal die Woche abholen und alles waschen.«

Er war an ihren Schränken gewesen?

Der Gedanke war in Anbetracht ihrer Situation absurd. Sie saß in einem Keller ohne Tageslicht fest, dennoch widerte sie die Vorstellung an, dass er in ihrem Schlafzimmer gewesen war und dort ihre Kleidung durchwühlt hatte. Wut stieg in ihr auf.

»In dem Karton ist alles, was Sie sonst noch brauchen«, fuhr er fort. »Zahnbürste und Zahnpasta, Haarbürste, Föhn, ein Wecker, Taschentücher, Shampoo, Duschgel, Deo, eine Klobürste sowie Putzmittel für Toilette, Waschbecken und Dusche. Den Schemel können Sie als Nachtkästchen neben das Bett stellen.«

Kara starrte ungläubig darauf. Ihr gegenwärtiges Leben reduziert auf eine Kiste.

»Falls irgendetwas fehlen sollte, können Sie mich über die Gegensprechanlage erreichen.« Dorn deutete auf das Codepanel. »Drücken Sie einfach den Knopf auf der Oberseite, dort sind auch das Mikro und der Lautsprecher. Tun Sie uns beiden aber den Gefallen und rufen Sie mich nur, wenn es wirklich wichtig ist.«

Kara öffnete den Mund, ohne etwas zu sagen. In ihrer

Panik gestern war ihr gar nicht aufgefallen, dass sich in dem Kasten eine Gegensprechanlage befand. Allerdings hätte Dorn vermutlich ohnehin nicht auf ihr Weinen und Flehen reagiert.

»Ach ja, und sollten Sie noch einmal einen Code eingeben, werde ich Sie töten. Jede Eingabe wird mir angezeigt, also lassen Sie es besser bleiben.«

Kara schluckte. Sie hatte mit dem Gedanken gespielt, im Laufe der Zeit verschiedene Codes durchzuprobieren, in der Hoffnung, den richtigen zu erwischen. Sie wusste, dass es Wochen oder gar Monate dauern könnte, je nachdem aus wie vielen Ziffern der Code bestand, doch was hätte sie schon zu verlieren gehabt? Diesen Plan konnte sie nun vergessen.

Dorn ging zum Bett und nahm die Handschellen an sich.

»Am besten machen Sie sich erst einmal frisch«, sagte er gut gelaunt. »Am Nachmittag fangen wir an.«

Woche 1

Kapitel 8

Kaum war Dorn gegangen, lief Kara zu dem Karton und wühlte nach dem Wecker. Es war acht Uhr zweiundfünfzig am Samstagmorgen.

Als würde die Uhrzeit eine Rolle spielen, dachte sie und schüttelte über sich selbst den Kopf.

Es war vollkommen egal, wie spät es war. Sie saß in diesem Loch fest, und daran würde auch ein Wecker nichts ändern.

Kara durchsuchte die Kiste nach etwas, das sie als Waffe gegen Dorn verwenden könnte. Es war nichts dabei. Enttäuscht ließ sie die Schultern sinken. Sie nahm den Schemel und stellte ihn neben das Bett. Den Wecker und die Box mit den Taschentüchern legte sie darauf. Genau wie zu Hause.

Der Gedanke daran schmerzte. Rasch schob sie ihn beiseite.

Sie griff nach dem Wäschesack und leerte ihn aufs Bett. Jeans, T-Shirts, Pullover, Socken, Schlafanzüge, Unterhosen und BHs – Dorn hatte alles in den Stoffsack gestopft.

Beim Anblick ihrer Unterwäsche wallte Wut in ihr auf. Sie ekelte sich bei der Vorstellung, sie zu tragen, nachdem *er* sie angefasst hatte.

Angewidert verzog sie das Gesicht und faltete die Wäsche ordentlich zusammen, ehe sie sie ins Regal legte. Sie wunderte sich, dass sie die Kleidung in ihrer momentanen Lage nicht einfach in die Fächer stopfte. Vermutlich war es ein Reflex, eine vertraute Tätigkeit, weil sie Unordnung nicht ausstehen konnte.

Den Wäschesack schob sie unters Waschbecken und hängte ein Handtuch an den Wandhaken. Die restlichen verstaute sie im Regal und verteilte die übrigen Utensilien im Bad. In ihr sträubte sich alles dagegen, doch sie durfte Dorn nicht verärgern. Er erwartete, dass sie die Kiste ausräumte, also tat sie es. Mit jedem Gegenstand, den sie auf die Ablage unter dem Spiegel stellte, wurde ihr die Situation, in der sie sich befand, mehr bewusst. Als würde sie sich hier häuslich einrichten.

Eine Klaue legte sich um ihre Kehle und drückte zu. Abermals wollte sich die Panik einen Weg nach oben bahnen, und Kara musste ihre ganze Kraft aufbringen, sie zu unterdrücken. Es würde nichts bringen, die Kontrolle zu verlieren. Vielmehr brauchte sie jetzt all ihre Energie, um einen Ausweg aus ihrer Situation zu finden.

Sie schloss die Tür zum Bad und wollte abschließen, bis ihr wieder bewusst wurde, dass es keine Verriegelung gab.

Mit einem unguten Gefühl zog sie T-Shirt und Pullover aus und warf die verschwitzte Wäsche in den Stoffsack. Kara konnte ihren eigenen Geruch nicht mehr ertragen. Sie sah zur Dusche und hatte zu viel Angst, sich komplett zu entkleiden. Stattdessen drehte sie den Wasserhahn auf und wusch sich über dem Waschbecken.

Sie trocknete sich ab, dann fiel ihr ein, dass sie vergessen hatte, frische Kleidung mitzunehmen. Der Weg bis zum Regal war weit. Nicht auszudenken, wenn Dorn genau in dem Moment in den Keller käme. Der Gedanke, dass er sie halb nackt sah, jagte ihr eine Heidenangst ein. Ganz zu schweigen davon, dass sie ihm hilflos ausgeliefert wäre.

Sie griff nach dem feuchten Handtuch, wickelte es sich um den Oberkörper und lief zum Regal. Schnell zog sie sich an.

Anschließend setzte sie sich an den Tisch und begutachtete kritisch die Toasts. Sollte sie die wirklich essen?

Sie verspürte keinen Appetit, doch mit leerem Magen würde ihr bald flau und schwindelig werden. Sie haderte mit sich und wägte ab, ob sie beruhigt essen konnte oder ob Dorn die Toastbrote manipuliert hatte.

Zögerlich griff sie danach.

Vorsichtig biss sie ein winziges Stück ab, kaute und war bereit, es beim kleinsten verdächtigen Geschmack sofort auszuspucken. Es schmeckte normal. Widerwillig aß sie und trank den mittlerweile kalt gewordenen Kaffee.

Als sie fertig war, warf sie einen Blick auf den Wecker. Es war kurz vor zehn.

Und nun?

Dorn hatte gesagt, sie würden nachmittags anfangen. Wie sollte sie bis dahin die Zeit herumkriegen, ohne vor Angst verrückt zu werden?

Wenn sie sich zu Hause ablenken wollte, las sie entweder ein Buch, schaute einen Film oder pflegte ihre Social-Media-Kanäle. Hier im Keller hatte sie weder etwas zu lesen noch einen Fernseher oder ihr Handy.

Für eine Weile starrte Kara zur Decke. Überlegte, wie sie fliehen sollte, aber ihr kam keine Idee. Die Stahltür war unüberwindbar, genau wie die Panzerglasscheibe des Fensters. Auf Dorn loszugehen, war ebenfalls keine Option. Er war ihr kräftemäßig überlegen. Sie hätte keine Chance gegen ihn.

Für zwei Minuten beobachtete sie den Sekundenzeiger auf dem Wecker, ehe sie vom Stuhl aufsprang und im Raum umherlief. Schließlich trat sie zum Fenster, presste die Stirn gegen die Scheibe und sah durch den schmalen Streifen in den wolkenverhangenen Himmel hinauf.

Ob es wieder schneite?

Sie versuchte sich zu erinnern, wie die Wettervorhersage für heute war. Es fiel ihr nicht ein.

Bitte, Jessie, flehte sie in Gedanken, ruf mich auf dem Handy an. Schick mir eine SMS, oder schau am besten persönlich bei mir vorbei. Geh in meine Wohnung. Und verständige die Polizei!

Nach einer Weile löste sie sich vom Fenster und setzte sich aufs Bett.

Der Wecker zeigte halb elf.

Kapitel 9

Nadine schenkte sich ein Glas Wasser ein und sah auf die Uhr. Bis zur Nachmittagsbesprechung hatte sie noch ein wenig Zeit.

Eigentlich wäre es ihr freies Wochenende gewesen, und sie hatte vorgehabt, mal wieder zum Karatetraining zu gehen. Der Puppenmörder hatte ihr einen Strich durch die Rechnung gemacht.

Vor ihr lag der Obduktionsbericht des letzten Opfers. Wie sie vermutet hatte, war der Mann verblutet. Sein ganzer Körper war mit Schnittwunden übersäht. Einige Splitter steckten so tief in seinem Torso, dass sie unsägliche Schmerzen verursacht haben mussten.

Nadine griff nach den Fotos, die das Opfer auf dem Boden seiner Küche zeigten, und sah sich danach die Bilder an, die bei der Obduktion aufgenommen worden waren.

Die Brutalität, mit der der Puppenmörder vorgegangen war, ließ Nadine nicht los.

Warum tust du das?, dachte sie und betrachtete eine Nahaufnahme vom Hals des Opfers, aus dem eine Glasscherbe ragte.

Er mordete jedes Mal auf andere Art und Weise, und Nadine fragte sich, warum. Wollte er sich ausprobieren oder nur für Abwechslung sorgen, um sich der Aufmerksamkeit der Presse sicher zu sein?

Sie öffnete eine weitere Akte, in der die Fotos und Obduktionsberichte der vorherigen Opfer abgelegt waren. Nadine blätterte sie durch, obwohl es unnötig war. Seit sie die Leitung der Soko übernommen hatte, hatte sie sich die Aufnahmen so oft angeschaut, dass sie sich unauslöschlich in ihr Gedächtnis eingebrannt hatten.

Der Puppenmörder hatte seine Opfer mit Spiritus übergossen und angezündet, mit einem Hammer erschlagen, eine Axt verwendet, mit einem Nylonseil stranguliert, das sich tief in den Hals eingeschnitten hatte, in der Badewanne ertränkt, mit Stromstößen traktiert. Es gab weitere Grausamkeiten, bei denen sich Nadine fragte, wie geisteskrank man sein musste, um sich so etwas einfallen zu lassen. Erst recht bei der Idee, Puppen bei den Leichen zu platzieren.

Vor nicht allzu langer Zeit war Nadine in die Ermittlungen im Fall des Schlitzers involviert gewesen – ein Serienkiller, der bei seinen Opfern eine Visitenkarte mit der Aufschrift *Mit den besten Empfehlungen von Thomas Rohde* hinterließ. Der zehnfache Serienmörder Rohde saß seit Jahren im Hochsicherheitstrakt der Psychiatrie. Die Visitenkarten waren bereits absurd gewesen, aber die Puppen setzten noch eins drauf.

Nadine nahm ein Foto, auf dem in Großaufnahme die Puppe vom letzten Tatort abgelichtet war.

Was willst du uns damit sagen?, fragte sie sich und sah in die kalten, leblosen Augen des Mädchens mit den blonden Zöpfen und dem grell geschminkten Gesicht.

Kapitel 10

Kara war erleichtert, als kurz nach vierzehn Uhr endlich die Tür aufging. Die letzten dreieinhalb Stunden waren so quälend langsam verstrichen, dass sie zwischenzeitlich das Gefühl gehabt hatte, der Wecker wäre stehen geblieben. Es war einem Kraftakt gleichgekommen, ihre Angst und die immer wieder aufsteigende Panik zu unterdrücken. Obwohl sie sich vor ein paar Stunden notdürftig frisch gemacht hatte, roch ihr T-Shirt schon wieder verschwitzt.

Mittags hatte sie die beiden Putensandwiches gegessen. Auch hier probierte sie zuerst ein kleines Stück und stellte keinen ungewöhnlichen Geschmack fest. Aus lauter Langeweile kaute sie jeden Bissen so lange, bis er nur noch Brei war. Anschließend legte sie sich ins Bett, und wenngleich sie in der Nacht kaum ein Auge zugetan hatte, konnte sie nicht einschlafen. Nachdem sie eine geschlagene halbe Stunde die Decke angestarrt und die Risse im Putz betrachtet hatte, war sie aufgesprungen und im Raum umhergegangen.

Dorn brachte ein MacBook mit und stellte es auf den Tisch. Weiterhin einen Spiralblock, zwei schwarze Gelstifte, vier Textmarker in verschiedenen Farben, gelbe und rote Post-its sowie mehrere USB-Sticks in einer Schachtel.

»Sind Sie bereit?«, fragte er.

Kara nickte wortlos, obwohl sie alles andere als bereit war. Sie wollte sein blödes Buch nicht schreiben, geschweige denn mit ihm reden. Alles, was sie wollte, war, aus diesem Loch rauszukommen. Doch wenn sie noch ein paar Stunden in Todesangst hier unten verbrachte, ohne irgendetwas zu tun zu haben, würde sie den Verstand verlieren.

»Prima«, sagte er und lief zur Tür. »Bin gleich wieder da.«

Er tippte den Zugangscode ein, und Kara streckte sich, um besser zu sehen. Dorn verdeckte den Ziffernblock mit der anderen Hand. Daher konnte sie nicht einmal erkennen, aus wie vielen Ziffern der Code bestand.

Sie fluchte stumm.

Es dauerte keine halbe Minute, bis er zurück war. Er hatte einen Drucker bei sich, den er auf dem Boden in der Ecke abstellte und einsteckte.

»Möchten Sie noch einen Kaffee?«, fragte er, und sie bejahte.

Wieder versuchte sie vergeblich, den Code auszuspähen, als er hinausging.

Wenig später setzte sich Dorn an den Tisch und schenkte ihnen aus einer Thermoskanne ein. Kara griff nach ihrem Pappbecher und trank einen Schluck. Sie zitterte so stark, dass die Flüssigkeit fast überschwappte.

»Als Erstes sollten wir ein paar grundsätzliche organisatorische Sachen besprechen«, begann er. »Ich habe auf dem Laptop Word installiert. Sie schreiben doch mit Word, oder?«

Nein. Sie arbeitete mit einem speziellen Schreibprogramm für Autoren, trotzdem nickte sie.

»Wusste ich's.« Er grinste selbstgefällig, und am liebsten hätte sie ihm dafür ihren Kaffee ins Gesicht geschüttet. »Außerdem sind noch Excel und Notizen darauf. Keine Ahnung, mit welchen Programmen Sie Ihre Krimis planen, aber ich dachte mir, damit liege ich bestimmt richtig. Wenn Sie etwas anderes brauchen, sagen Sie es mir einfach.«

Kara verdrehte innerlich die Augen. Bei ihren ersten Gehversuchen als Autorin hatte sie mit Excel geplant und war damit schnell an ihre Grenzen gestoßen. Auch hierfür hatte sie sich ein professionelles Programm zugelegt.

»Passt«, sagte sie.

»Prima. Sie machen täglich eine Sicherheitskopie auf einem USB-Stick. Ich werde ihn jeden Abend abholen. Wenn Sie ein Kapitel fertig haben, drucken Sie es für mich aus, dann kann ich meine Änderungswünsche gleich einfügen. Sie können selbst so viel ausdrucken, wie Sie möchten. Je nachdem ob Sie am Bildschirm Korrektur lesen oder lieber etwas in der Hand haben. Am Drucker hängt ein Kabel, schließen Sie damit den Laptop an. Wenn das Papier ausgeht, geben Sie mir Bescheid.«

Stocksteif hörte Kara seinen Anweisungen zu. Ihre Hände hatte sie zwischen die Knie geklemmt, damit er ihr Zittern nicht bemerkte. Ein brutaler zehnfacher Serienkiller saß ihr gegenüber und sprach so ruhig und sachlich, als hätte er sie zu einem gewöhnlichen Interviewtermin eingeladen.

»Kommen wir zu meinen inhaltlichen Vorstellungen«, fuhr er fort, und sie bemerkte, dass sich sein Tonfall veränderte. Es war nur eine Nuance, in der eine gewisse Anspannung mitschwang. »Es soll ein Buch über mein Leben werden, aber ich möchte keine normale Biografie. Das ist langweilig und interessiert niemanden. Es soll ein Krimi werden, genau wie Ihre. Nur dass dieser nicht fiktiv, sondern real ist. Sie schreiben in der dritten Person, und ich erwarte, dass die Geschichte so spannend wird, dass die Leser sie nicht aus der Hand legen können, verstanden?«

»Ja«, antwortete sie mit belegter Stimme, weil sie keine Ahnung hatte, wie sie das umsetzen sollte. Spannung entstand nicht aufgrund von möglichst grausamen Mordschilderungen, wie sie es vermutlich zu erwarten hatte, sondern basierte auf interessanten Figuren. Wenn sie einen Krimi plante, legte sie ihre Figuren so fest, dass sie genug Konfliktpotenzial boten, die Geschichte voran- und die Spannung konstant auf ihren Höhepunkt zutrieben. Wie sollte das funktionieren, wenn sie keine eigenen Ideen einbringen durfte, sondern sich an Dorns Erzählungen halten musste?

Und noch immer fragte sie sich, wie er das Werk veröffentlichen wollte. Jeder Verlag würde sofort die Polizei einschalten, wenn er das Manuskript erhielt.

Außer er veröffentlicht es in Eigenregie, beantwortete sie ihre Frage selbst.

»Ich werde Ihnen mein Leben chronologisch erzählen. Machen Sie sich Notizen, und schmücken Sie es dann entsprechend aus. Und damit eines klar ist …« Er legte die Unterarme auf den Tisch und beugte sich zu ihr vor. Seine Augen blitzten gefährlich auf. »*Ich* bin der Protagonist. In diesem Buch gewinne ich, nicht die Polizei.«

Kara senkte den Kopf.

Es war unmöglich, was er von ihr verlangte. Sie konnte das nicht. Es war ein vollkommen anderes Arbeiten, als sie es gewohnt war, abgesehen davon, dass sie nicht aus Spaß schrieb, sondern weil er sie gefangen hielt und ihr damit drohte, sie umzubringen. Es würde nicht lange dauern, bis er merkte, dass sie seine Erwartungen nicht erfüllte. Und das wäre ihr Todesurteil.

Jessie, bitte, bitte hilf mir!

»Ich werde mein Bestes geben«, sagte sie kaum hörbar.

»Dann lassen Sie uns loslegen.«

Kapitel 11

Rafael Dorn lehnte sich in seinem Stuhl zurück und schloss die Augen. Kara hatte das Gefühl, dass er sich sammeln musste, bevor er sein Leben vor ihr ausbreitete.

»Ich bin am achtzehnten Juli neunzehnhundertzweiundachtzig in München zur Welt gekommen«, begann er schließlich. »Das war ein Sonntag. Draußen tobte ein Sommergewitter mit golfballgroßen Hagelkörnern, als bei meiner Mutter die Wehen einsetzten. Mein Vater hat sie gerade noch rechtzeitig ins Krankenhaus gebracht, dann ging alles recht schnell.«

Er öffnete die Augen, und Kara bemerkte seinen sanften, beinahe verträumten Blick.

»Meine Mutter hieß Angela, mein Vater Bernhard, und ich war ihr einziges Kind. Rafael Koberstein.« Er lächelte. »Meine Eltern liebten mich sehr, und ich liebte sie. Ich hatte eine schöne Kindheit mit allem, was dazugehörte. Kindergeburtstage mit reichlich Geschenken und Freunden, Besuche im Zoo, Campingurlaube in Italien und die vielen Stunden, die meine Eltern mit mir Eisenbahn, Playmobil, Lego oder mit Tierfiguren gespielt haben. Wenn das Wetter schön war, waren wir sooft wie möglich draußen. In der Nähe unserer Wohnung gab es einen Abenteuerspielplatz, der für mich das Paradies war. Dort konnte ich mit meinen Freunden toben, während sich Mama mit den anderen Müttern unterhielt. Wenn Papa dabei war, musste er mich auf der Schaukel anschubsen. ›Höher, höher!‹, schrie ich und stellte mir dabei vor, dass ich wie Superman durch die Luft flog.«

Kara war angespannt, und mit jedem Wort von ihm

verkrampfte sie sich mehr. Normalerweise spielte sich ein Kopfkino in ihr ab, wenn sie einen neuen Krimi plante. Jetzt war der schwere Vorhang geschlossen. Sie hörte Dorns Stimme, doch ihre innere Leinwand blieb verdeckt. Angst machte sich in ihr breit, denn sie wusste nicht, wie sie ohne diese Bilder eine Geschichte zu Papier bringen sollte.

»Papa war wirklich cool. Er hatte dieses verschmitzte Lächeln, wenn er irgendwelche Streiche ausheckte und mich zum Lachen brachte. Ich habe seine Augen geerbt. Mama war eine lebenslustige und hübsche Frau mit langen braunen Haaren, die aussahen, als wären sie ein sanft plätschernder Wasserfall.«

Kara bemühte sich, sich die beiden bildlich vorzustellen, aber sie sah nur zwei gesichtslose Personen vor ihrem inneren Auge. Sie konnte nicht einmal sagen, welche der Vater oder die Mutter war.

»Hören Sie mir eigentlich zu?«, schrie Dorn plötzlich und schlug mit der flachen Hand auf den Tisch.

Kara fuhr zusammen. Er war von seinem Stuhl aufgesprungen, das Gesicht vor Wut dunkelrot angelaufen. Seine Augen durchbohrten sie wie Dolche.

Unwillkürlich rutschte Kara nach hinten, bis sie gegen die Lehne stieß.

»Was? Nein … Ich …«, stotterte sie.

»Meinen Sie eigentlich, dass ich Ihnen zum Spaß Block und Stift gebracht habe?«, brüllte er und beugte sich so weit über den Tisch, dass Kara seinen Atem auf ihrer Haut spürte. »Passen Sie gefälligst auf, wenn ich Ihnen von meiner Mama erzähle, und machen Sie sich Notizen! Sie sollen die Details im Buch einbauen.«

»Es … es tut mir leid«, stammelte sie und schlug hektisch die erste Seite auf. »Ich … ich wollte nicht …«

»Es ist mir scheißegal, was Sie wollen oder nicht«, unterbrach er sie. »Sie sollen mein Buch schreiben.«

Kara griff nach dem Stift. Aus Angst, er könnte ihren Fingern entgleiten, hielt sie ihn so fest, dass ihre Knöchel weiß hervortraten.

Sie versuchte, sich zu erinnern, was er bisher erzählt hatte, doch in ihrem Kopf herrschte gähnende Leere. Als hätte sich ein schwarzes Loch in ihr aufgetan, das sämtliche Informationen aus ihrem Gehirn gesaugt hatte.

Wann war sein Geburtstag? Und der Name seiner Mutter – war es Anika oder Angelika? Sie konnte sich nicht einmal mehr daran erinnern, wo er geboren worden war.

Schweiß perlte von ihrer Stirn. Sie strengte sich derart an, sich alles ins Gedächtnis zu rufen, dass ihre Schläfen schmerzhaft pochten und das Denken noch mehr erschwerten.

Dorn stand über den Tisch gebeugt da. »Haben Sie ein Wort von dem mitbekommen, was ich gerade gesagt habe?«

»Schon. Aber ...«

Sein Blick ließ sie augenblicklich verstummen.

»Ich habe Sie gewarnt, dass ich keine halben Sachen dulden werde«, sagte er mit einer Stimme, die so rasiermesserscharf war wie das Samuraischwert, mit dem der Mörder aus *Dunkle Rache* seine Opfer enthauptete. »Entweder Sie schreiben das beste Buch Ihres Lebens, oder ich werde Sie töten. Haben Sie verstanden?«

Kara nickte kaum merklich.

»Ich habe gefragt, ob Sie mich verstanden haben!«

Speicheltropfen trafen sie im Gesicht. Ekel überkam Kara, doch sie wagte nicht, sie wegzuwischen.

»Ja«, presste sie mühsam hervor.

Erst nach mehreren Sekunden nahm er wieder Platz.

Sie atmete auf, wenngleich sie weiterhin am ganzen Körper zitterte.

»Ich … Es war ein schlechter Start. Bitte entschuldigen Sie. Ich muss mich erst auf die Situation einstellen. Jetzt bin ich bereit.«

»Also noch mal von vorne«, sagte er genervt.

Aus Angst, ein wichtiges Detail zu vergessen, schrieb Kara fast wortwörtlich mit und kam kaum hinterher. Ihre Hand verkrampfte sich.

Dorn erzählte ihr in allen Einzelheiten von seiner Kindheit. Dass er im Zoo stundenlang vor dem Affengehege stand und die Tiere beobachtete. Wie sein Vater ihm mit sechs während ihres Italienurlaubs das Schwimmen beibrachte und er beinahe im Meer ertrunken wäre, als er in einem unbeobachteten Moment ins Wasser gesprungen war. Kara ärgerte sich, dass sein Vater ihn in letzter Sekunde gerettet hatte. Hätte er ihn ertrinken lassen, säße sie jetzt nicht hier im Keller, sondern mit einem Cappuccino und einem spannenden Buch gemütlich bei sich zu Hause auf der Couch.

»Dann, am achten Oktober neunzehnhundertneunzig, änderte sich alles.« Dorns Stimme brach, sein Blick verlor sich in der Ecke, in der der Drucker stand. »Es war ein Montag. Ich hatte gerade Matheunterricht, lernte das kleine Einmaleins, als der Rektor zusammen mit Mama in die Klasse kam und mich rausholte. Sie weinte. Ich …«

Er stockte, und Kara bemerkte, dass seine Augen feucht schimmerten.

»Papa hatte einen Autounfall«, fuhr er tonlos fort. »Ein Wagen hatte auf der Landstraße einen Laster überholt und war dabei frontal mit seinem zusammengestoßen. Papa war auf der Stelle tot.« Sein Brustkorb hob und senkte sich im schnellen Wechsel. »Ich war damals acht, konnte das Ganze kaum begreifen. Es war, als wäre ich aus meiner Welt herausgerissen und direkt in die Hölle katapultiert worden. Zumindest dachte ich das damals. Zu diesem Zeitpunkt konnte ich nicht ahnen, dass mir die wahre Hölle erst bevorstand.«

Kara horchte auf. Nicht aus Mitgefühl Dorn gegenüber, sondern aus einem beruflichen Reflex heraus. Dunkle Geheimnisse, verborgene Familientragödien, schwere Schicksale – sie waren die Würze eines jeden Krimis und zogen Kara daher magisch an.

Abermals legte er eine Pause ein, und Kara schüttelte ihre Hand. Lange würde sie den Stift nicht mehr halten können. Dorns Drohung, sie zu töten, wenn sie keine Notizen machte, ließ den Schmerz jedoch in den Hintergrund treten.

Die Zeit nach dem Tod seines Vaters beschrieb Dorn mechanisch und mit monotoner Stimme. Dass sich der aufgeweckte, fröhliche Junge immer mehr in sich zurückzog und in eine Welt aus Comics flüchtete. Dorthin, wo Superhelden Probleme lösten und Menschen retteten.

»Zwei Jahre später lernte Mama einen neuen Mann kennen. Jens Dorn.« Er spie den Namen förmlich aus. »Mama, die bis zu Papas Tod zu Hause gewesen war, hatte in der Zwischenzeit eine Halbtagesstelle als Kassiererin in einem Supermarkt angenommen. Das Geld reichte vorne und hinten nicht, lange hätten wir uns die Wohnung nicht mehr leisten können. Deshalb zogen wir kurz darauf in das Haus von Jens.« Erneut schwang bei der Nennung seines Namens ein hasserfüllter Unterton mit. »Jens war einige Jahre älter als Papa und hatte kurze grau melierte Haare und einen Dreitagebart. Die dunklen Augen in seinem wettergegerbten Gesicht waren nicht menschlich, sie hatten etwas von einem Raubtier, das er vermutlich auch war. Ein ehemaliger Soldat, der einige Jahre in der Fremdenlegion gedient hatte, bis er verletzungsbedingt aus dem Dienst ausgeschieden war. Seitdem war er als Jäger tätig.« Dorn stand auf und lief vor dem Tisch auf und ab, während er weitersprach. »Ich verstehe bis heute nicht, wie Mama diesen Mistkerl heiraten konnte. Er hat sie wie Dreck behandelt, sie wegen jeder Kleinigkeit angeschrien und nach einer Weile angefangen, sie zu verprügeln. Genau wie mich. Anfangs war es nur ein Schubsen, dann schlug er mit der flachen Hand zu und irgendwann mit der Faust.«

Er blieb seitlich am Tisch stehen und sah Kara verächtlich an. Obwohl sie wusste, dass der Blick nicht ihr galt, sondern seinem Stiefvater, sank sie in sich zusammen.

»Können Sie sich vorstellen, wie sich ein Zwölfjähriger fühlt, der einen Faustschlag in den Magen abbekommt und nach Luft japsend zu Boden geht? Wenn er mit schweren Stiefeln in die Rippen getreten wird und sich dabei anhören muss, was für ein Versager er ist?«

Kara schüttelte den Kopf. Nein, das konnte sie zum Glück nicht nachvollziehen. Sie hatte liebevolle Eltern, die nie die Hand gegen sie erhoben hatten.

Sie fühlte mit ihm, dann rief sie sich in Erinnerung, wie viele Menschen er getötet hatte und dass er sie gefangen hielt. Augenblicklich verwandelte sich ihr Mitgefühl in Wut.

»In der Schule bin ich zum Außenseiter geworden«, fuhr er fort und wanderte ziellos im Raum umher. »Diese Idioten hatten keine Ahnung, welch schönes Leben sie führten und wie privilegiert sie waren. Sie mussten keine Angst haben, wenn sie zu spät nach Hause kamen oder schlechte Noten heimbrachten. Stattdessen machten sie sich über mich lustig. Wissen Sie, wie sie mich genannt haben?«

Er war hinter sie getreten, und Kara wurde mulmig zumute. Sie ließ den Stift über dem Papier schweben und wagte nicht, sich umzudrehen.

»Nein«, antwortete sie leise.

Dorn beugte sich über ihre Schulter. Kara versteifte sich.

»Schwuchtelwurm.« Er schnaufte verächtlich. »Auch wenn man es mir nicht mehr ansieht, damals war ich ein schmächtiger Junge und konnte mich nicht dagegen wehren.«

Er entfernte sich, und sie hatte das Gefühl, wieder atmen zu können.

»Irgendwann blieb es nicht mehr bei Worten. Sie schubsten mich im Pausenhof herum, und ein paar von den Älteren missbrauchten mich als Punchingball. Genau wie an jenem Tag, als ich die Tür aufschloss und hörte, wie sich Jens mit Mama stritt. ›Wie oft …?‹«

»… hab ich dir schon gesagt, dass das Essen pünktlich auf dem Tisch zu stehen hat?«, schrie Jens.

»Es tut mir leid«, erwiderte Mama mit zitternder Stimme. »Ich habe vollkommen die Zeit vergessen, weil ich …«

»Weil du wieder gestrickt hast? Weil dir dein beschissenes Hobby wichtiger ist als ich? War es das?«

Mein Stiefvater ließ die Faust auf den Tisch krachen. »Verdammte Scheiße, ich werde diesen Mist nicht länger dulden!«

»Aber sie brauchen was Warmes zum Anziehen.«

»Und ich was Ordentliches zu essen. Das war heute das letzte Mal. Solltest du noch einmal vergessen zu kochen, werfe ich euch beide hochkant aus dem Haus. Dann könnt ihr schauen, wo ihr bleibt.«

Mama begann zu weinen.

»Hör auf zu flennen. Kein Wunder, dass Rafael so ein missratenes Weichei ist. Wäre er mein Sohn, wäre er ein echter Mann.«

»Er ist erst zwölf und noch ein Kind.«

Jens stieß einen verächtlichen Laut aus. »In seinem Alter habe ich längst auf dem Bauernhof meiner Eltern gearbeitet. Den Kuhstall ausgemistet, Hühner geschlachtet und gerupft und bei der Ernte geholfen. Und was macht dieser Versager? Bringt eine schlechte Note nach der anderen nach Hause. Er kann nichts und wird nie etwas können. Wenn du meinst, dass ich ihn bis an sein Lebensende durchfüttern werde, hast du dich geirrt. Sobald er achtzehn ist, hat er für sich selbst zu sorgen.«

»Du kannst doch nicht …«

Weiter kam sie nicht, denn Jens schlug zu. Das Klatschgeräusch hallte bis in den Flur.

»Wage es nie wieder, mir zu widersprechen!«, brüllte er, und erneut …

»… brach mir dieses fürchterliche Geräusch das Herz.« Dorn ließ sich auf den Stuhl fallen. »Hilflos stand ich im Flur und wünschte mir nichts sehnlicher, als Mama helfen zu können. Wenn ich nur so stark wie die Helden aus meinen Comics gewesen wäre. Bruce Wayne wäre in die Küche gestürzt und hätte diesen Dreckskerl derart verprügelt, dass er bis an sein Lebensende im Rollstuhl gesessen hätte. Aber ich hatte Angst.« Er trank seinen Kaffee aus und schenkte sich nach. »Ich bin in mein Zimmer gegangen, um nicht mit anhören zu müssen, wie er Mama misshandelt. Und weil ich nicht selbst verprügelt werden wollte. Ich drehte meine Stereoanlage auf – Nirvana, meine Lieblingsband damals – und holte ein Buch aus dem Schrank. Darin hatte ich ein Foto von mir und meinen leiblichen Eltern versteckt. Sie müssen wissen, dass Jens keine anderen Männer neben sich duldete, auch wenn sie längst Vergangenheit waren. Aus diesem Grund hat er sämtliche Fotoalben meiner Mutter weggeworfen. In jener Nacht bin ich heimlich rausgeschlichen und habe ein Album aus der Mülltonne gefischt. Ich wollte die Erinnerung an meinen Papa nicht verlieren, und wenn es nur ein einziges Bild war. Und an Mama, als sie noch glücklich war. Daher bedeutete mir dieses Foto alles, und ich habe es gut versteckt, damit *er* es nicht entdeckte.«

Kara griff nach ihrem Kaffee, der mittlerweile lauwarm geworden war. Die Geschichte mit dem Foto berührte sie mehr, als sie wollte.

Gott sei Dank sind meine Eltern noch am Leben, dachte sie.

»Da saß ich also mit dem Foto auf meinem Bett, während Jens ein Stockwerk unter mir Mama schlug, und träumte von einer besseren Zeit, die es längst nicht mehr gab. Wünschte mir, wir würden noch in unserer alten Dreizimmerwohnung leben, die mehr Wärme ausstrahlte, als es dieses Haus jemals tat. Selbst wenn die Heizung auf Hochtouren lief, war dort immer dieser eisige Hauch, der durch die Räume strich und jegliche Geborgenheit unter einer kalten Schicht begrub.«

Kara fröstelte bei dem Gedanken.

»Nach einer Weile versteckte ich das Foto wieder und erledigte meine Hausaufgaben, bis Jens ins Zimmer stürmte. »Mach …«

»… diese Scheißmusik aus!«, brüllte er. »Ich will diesen Krach nicht in meinem Haus haben!«

Ich fuhr hoch und lief zur Stereoanlage. Auf halben Weg dorthin stolperte und stürzte ich.

Er lachte dreckig, während ich mich aufrappelte und hastig die Musik abstellte.

»Nicht mal laufen kannst du«, sagte er. »Wenn du mein Sohn wärst …«

Ich schaltete geistig auf Durchzug, denn ich konnte es nicht mehr hören. Jens konnte keine eigenen Kinder zeugen, weshalb er mir ständig erzählte, wie ich wäre, wenn ich seine Gene geerbt hätte. Als ob ich so sein wollte wie er.

»Was ist das?« Jens deutete auf meinen Oberarm.

Ich fluchte innerlich. Warum hatte ich kein Sweatshirt angezogen?

»Nichts. Ich …«

Er packte mit eisernem Griff meinen Arm.

»Das ist ein blauer Fleck«, stellte er fest. »Wer hat dir den verpasst?«

»Jemand aus der Schule«, murmelte ich.

Daniel, ein Junge aus der Klasse über mir hatte mit Karate angefangen und seinen Mitschülern in der großen Pause seinen rechten Schlag demonstriert. Als Ziel hatte mein linker Oberarm herhalten müssen.

»Hast du denjenigen dafür verprügelt?«, wollte Jens wissen.

Zögerlich schüttelte ich den Kopf. Ich hatte es nicht gewagt, mich zu wehren, weil es sonst nicht bei der einmaligen Demonstration geblieben wäre.

»Was bist du nur für eine Memme? Wenn jemand es wagen sollte, mir eine reinzudreschen, würde ich demjenigen zuerst sämtliche Knochen im Leib brechen und ihn anschließend erwürgen.«

Er stieß mich mit voller Wucht von sich, sodass ich rückwärts gegen den Kleiderschrank prallte.

»Aus dir mach ich schon noch einen Mann!«, schrie er und hob die Hand.

Kapitel 12

Kaum hatte Dorn den Keller verlassen, klappte Kara den Laptop auf. Die Seitenleiste war bis auf Word, Excel, Notizen und einige wenige Mac-spezifische Programme leer. Vergeblich suchte sie das E-Mail-Icon.

Dann musste sie es eben über das Internet probieren.

Sie öffnete Safari und erhielt die Meldung, dass der Computer offline war. Kara klickte auf das WLAN-Symbol rechts oben auf dem Bildschirm. In der Liste tauchte ein einziges Netzwerk auf. Als sie es auswählte, wurde sie nach einem Passwort gefragt.

Verdammt!

Sie versuchte es mit dem Gängigsten, den Zahlen von eins bis sechs. Nichts. Auch die von eins bis neun waren falsch, genauso wie *passwort* und *qwertz.*

Sie tippte *Dornistdoof* ein, bevor sie entnervt den Laptop zuschlug.

Sie hatte darauf spekuliert, über das Internet Hilfe zu rufen, dabei hätte ihr klar sein müssen, dass ihr Entführer kein ungesichertes Netzwerk verwendete.

Erschöpft lehnte sie sich in ihrem Stuhl zurück. Ihre Hand schmerzte. Mehr als fünfzehn Seiten hatte sie vollgeschrieben, und ihre Schrift war so krakelig, dass sie ihre Notizen nur schwer lesen konnte. Vor allem als es um seinen Stiefvater ging, hatte er immer schneller gesprochen, und sie war kaum mit dem Schreiben hinterhergekommen. Sie hatte Angst gehabt, ihn zu unterbrechen und um eine Pause zu bitten. Bestimmt wäre er wieder ausgetickt.

Kara erinnerte sich daran, wie er sie angebrüllt und

sein Speichel sie getroffen hatte. Angewidert lief sie ins Bad, wo sie sich gründlich das Gesicht wusch. Anschließend rieb sie es mit dem Handtuch trocken, bis ihre Haut rot anlief. Dennoch hatte sie weiterhin das Gefühl, dass sein Speichel an ihr klebte, und wusch sich erneut – diesmal mit dem Duschgel, das neben dem Shampoo in der Dusche stand. Danach fühlte sie sich sauber, wenngleich ein leichtes Ekelgefühl blieb.

Kara verließ das Bad und streckte sich. Ihre Muskeln waren vom stundenlangen Sitzen verspannt. Sie ging zum Fenster und blickte zu dem schmalen Spalt hinauf. Draußen war es dunkel. Nachdem der Keller von den beiden Lampen nur mäßig beleuchtet wurde und kein Tageslicht in den Raum drang, fiel es ihr schwer, ein Zeitgefühl aufrechtzuerhalten.

Seufzend ließ sie sich am Tisch nieder und griff nach der Wasserflasche. Sie schenkte sich in den Pappbecher ein und trank. Das Wasser schmeckte nach den Resten des Kaffees.

Ihr schwirrte der Kopf von dem Gespräch. Sie schloss die Augen, und für ein paar Minuten lauschte sie in die Stille. Nur das leise Summen des Lüfters oben an der Wand zwischen den beiden Türen war zu hören. Ein tiefes, gleichmäßiges Geräusch, das Kara an ein weit entferntes Propellerflugzeug erinnerte.

Noch immer hatte sie keine Ahnung, wie sie das Buch angehen sollte.

Sie schreiben fiktive Romane. Jetzt sollen Sie einen realen über mich schreiben.

Wie, um alles in der Welt, stellte er sich das vor? Kara hatte sich im zweiten Anlauf ganz auf seine Erzählung konzentriert, das Kopfkino war trotzdem ausgeblieben. Sie hatte die Beschreibung seiner Eltern und seines Stiefvaters im Detail aufgeschrieben, aber die Figuren waren in ihrer Vorstellung nicht lebendig geworden, sondern schattenhafte Umrisse geblieben.

Verzweifelt stützte sie den Kopf in ihre Hände.

Sie konnte so nicht arbeiten und schon gar nicht das beste Buch ihres Lebens schreiben, wie er es von ihr verlangte.

Im nächsten Moment öffnete sich die Tür, und Kara schreckte hoch.

Dorn kam herein, er wirkte mitgenommen. Zumindest war sein Gang langsamer und seine Körperhaltung leicht gebeugt.

»Hier«, sagte er und stellte ihr eine dampfende Plastikschale auf den Tisch. Irgendein Fertigfraß aus zermatschten Fleischstücken, verklebten Nudeln und Soße, den er vermutlich in der Mikrowelle warm gemacht hatte. Kara verging allein beim Anblick der Appetit.

»Benötigen Sie sonst noch etwas?«, fragte er und tauschte die fast leere Wasserflasche gegen eine neue aus.

Kara schüttelte den Kopf.

»Gut. Dann sehen wir uns morgen früh. Ich bringe Ihnen um acht Uhr das Frühstück.« Er ging zur Tür und tippte den Code ein, wobei er sich so hinstellte, dass er sie aus den Augenwinkeln sehen konnte. Bevor er den Keller verließ, drehte er sich noch einmal zu ihr um. »Ich will keine Zeit verlieren. Sie sollten also bald zu schreiben anfangen.«

Der scharfe Unterton machte deutlich, dass das keine freundliche Aufforderung, sondern eine ernst zu nehmende Drohung war.

Kara griff nach dem Plastiklöffel und stocherte lustlos im Essen herum. Es schmeckte genauso, wie es aussah – nach nichts. Widerwillig zwang sie es herunter, weil sie wusste, dass sie all ihre Kraft brauchte.

Als sie fertig war, war es sieben Uhr.

Sie dachte an Dorn und wie brutal er seine Opfer umgebracht hatte. Die Vorstellung, dass er auch sie bei lebendigem Leib verbrennen, mit einer Axt zerstückeln oder ihr mit einem Hammer den Schädel einschlagen könnte, ließ sie in Schweiß ausbrechen.

Sie musste hier raus!

Kara hastete zur Tür, dem einzigen Weg ins Freie. Die fehlende Klinke versetzte sie nach wie vor in lähmendes Entsetzen.

Sie musste den Code herausfinden. Nur so konnte sie die Tür öffnen und fliehen.

Die Kälte des Stahls kroch in ihre Finger und weiter in den Körper. Kara fror. Sie nahm die Hände von der Tür, die auf einmal immer größer wurde, während sich gleichzeitig die Decke herabsenkte.

Kara schloss für einen Moment die Augen, bevor sie sich auf der Matratze zusammenrollte.

Es war sinnlos, heute mit der Arbeit zu beginnen. Dafür war sie zu müde und erschöpft. Aus Erfahrung wusste sie, dass sie in einer solchen Verfassung nichts Vernünftiges zustande brachte. Selbst wenn sie eine Seite schaffte, würde sie morgen umso mehr Zeit für die Überarbeitung aufwenden müssen. Abgesehen davon, dass sie keine Ahnung hatte, wie sie überhaupt anfangen sollte.

Der Essensgeruch hing penetrant im Raum. Kara wollte aufstehen, um zu lüften, bis ihr einfiel, dass das Fenster keinen Griff zum Öffnen hatte.

Sie beschloss, schlafen zu gehen. Sowohl ihr Körper als auch ihr Geist sehnten sich nach Ruhe.

Hoffentlich träumte sie nicht davon, dass sie im Keller festsaß, sondern konnte für ein paar Stunden abschalten.

Sie begab sich ins Bad. Wieder wurde ihr mulmig, weil sie die Tür nicht abschließen konnte. Nachdem sie sich die Zähne geputzt hatte, sah sie zur Dusche. Sie zögerte. Doch bei ihrem verschwitzten Geruch rümpfte sie die Nase. Schließlich gab sie sich einen Ruck und zog sich aus.

Nach einer kurzen Dusche kleidete sie sich an – den Pyjama hatte sie diesmal mit ins Bad genommen – und föhnte sich die Haare. Obwohl sich ihre Situation nicht geändert hatte, fühlte sie sich ein wenig besser.

Als sie vor dem Bett stand, kehrte die Angst schlagartig zurück. Bestimmt würde es wieder eine unruhige Nacht werden und sie mehrmals hochschrecken.

Kara gähnte vor Müdigkeit und Erschöpfung. Sie legte sich hin und drückte den Lichtschalter.

Die Dunkelheit traf sie wie ein Faustschlag.

Zu Hause ließ sie nie die Rollläden herunter, weil es ihr Unbehagen bereitete. Die Straßenlaternen warfen gerade genug Licht in den vierten Stock hinauf, dass sie beruhigt schlafen konnte. Hier im Keller herrschte völlige Finsternis. Sie konnte nicht einmal Umrisse erkennen.

Panisch tastete Kara nach dem Schalter, und die Lampen gingen an. Mit klopfendem Herzen saß sie im Bett.

Was sollte sie tun? Mit Licht würde sie genauso schlecht schlafen wie letzte Nacht, oder erst gar kein Auge zumachen. In beiden Fällen würde sie morgen noch geräderter sein als heute, und an Schreiben war dann nicht zu denken.

Dorn würde sie töten, bevor Jessie bemerkte, dass sie entführt worden war.

Du musst schlafen, sagte sie zu sich selbst.

Mit zitternden Fingern löschte sie das Licht, nur um es Sekunden später wieder anzuschalten. Die Dunkelheit war zu erdrückend.

Kara zwang sich zur Ruhe.

Stell dir vor, du …

Fieberhaft überlegte sie, woran sie denken sollte, außer dass sie in einem Fahrstuhl ohne Licht feststeckte.

Es ist eine Überraschung, kam ihr eine Idee. Jessie hat mir die Augen verbunden und führt mich ins Wohnzimmer, wo sie eine Überraschungsparty vorbereitet hat. Genau wie zu meinem dreißigsten Geburtstag.

Kara hatte den Nachmittag bei ihren Eltern verbracht. Kaum war sie zu Hause, klingelte es, und Jessie und ein paar Freunde standen vor der Tür. Sie hatten Essen und ein Geschenk mitgebracht. Eine alte Underwood-Schreibmaschine, die sich Kara schon lange als Deko für ihr Schreibzimmer gewünscht hatte. Das Papier, auf das ihre Freunde *Happy Birthday* und ihre Namen getippt hatten, steckte auch heute noch in der Maschine.

Es ist wie damals, redete sie sich ein.

Kara zögerte einen Moment, dann löschte sie das Licht. Erneut überkam sie Angst, doch sie hielt an dem Gedanken der Überraschungsparty fest.

Sie roch das Essen und hörte das Kichern ihrer Freunde, als sie sich hinlegte.

Es wird ein toller Abend werden.

Damit schloss sie die Augen und war wenig später eingeschlafen.

Kapitel 13

Ein Geräusch riss Kara aus dem Tiefschlaf. Müde drehte sie den Kopf zur Seite und blinzelte. Im schwachen Licht des Gangs zeichnete sich eine Silhouette im Türrahmen ab.

In der nächsten Sekunde flammte das Kellerlicht auf.

»Was, zum Teufel, soll das werden?«, schrie Dorn, der ein Tablett in den Händen hatte.

Kara fuhr in die Höhe und zog schützend die Decke bis zum Kinn hoch.

»Was glauben Sie eigentlich, wo Sie hier sind? In einem Wellnesshotel?«

Dorn wirkte, als würde er gleich das Tablett nach ihr werfen. Seine Augen funkelten zornig.

Irritiert sah Kara auf die Uhr und spürte, wie ihr sämtliche Farbe aus dem Gesicht wich. Es war kurz nach acht. Sie hatte gestern vollkommen vergessen, den Wecker zu stellen!

»Es … es tut mir leid«, stammelte sie und klammerte sich an die Decke. »Ich …«

»Halten Sie die Klappe! Ihre Entschuldigungen interessieren mich nicht. Was haben Sie nicht verstanden, als ich sagte, dass Sie bald mit dem Schreiben anfangen sollen?«

Er fixierte sie mit einem solch eisigen Blick, dass Kara am liebsten unter das Bett gekrochen wäre.

»Haben Sie gestern noch gearbeitet?«, wollte er wissen.

Kara schwieg. Ihre Kehle war auf einmal so trocken, dass sie ohnehin kein Wort herausgebracht hätte.

»Ich habe Sie etwas gefragt!«, brüllte er und schleuderte das Tablett gegen die Wand neben dem Bett.

Die Thermoskanne fiel auf den Hocker und riss den Wecker zu Boden.

Ängstlich schüttelte Kara den Kopf. Sie war gestern so müde gewesen.

Dorn machte einen Schritt auf sie zu, die Tür fiel hinter ihm ins Schloss. Kara presste die Decke noch enger an sich.

Eine gefühlte Ewigkeit malträtierte er sie mit seinem Blick.

»Sie schreiben besser ein verdammt gutes Kapitel heute, oder Sie haben ein Problem.« Er ging zur Tür und tippte den Code ein, wobei er wie immer mit der anderen Hand das Tastenfeld abdeckte und leicht schräg dastand, um sie aus den Augenwinkeln sehen zu können. »Wenn Sie noch einmal verschlafen, töte ich Sie.«

Mit diesen Worten drehte er sich um und verließ den Keller.

Kara atmete auf.

Ich muss besser aufpassen, dachte sie. Das darf mir kein zweites Mal passieren.

Sie kroch aus dem Bett, sammelte die Toasts und das Geschirr vom Boden auf und stellte alles auf dem Tisch ab. An der Wand und auf dem Teppich klebte Honig. Kara wischte die Flecke mit einem befeuchteten Handtuch weg. Der Wecker war unters Bett gerutscht. Kara holte ihn hervor. Anschließend verschwand sie im Bad.

Zehn Minuten später saß sie am Tisch. Die Toastbrote würde sie nicht mehr essen, der Appetit war ihr ohnehin vergangen. Sie schenkte sich Kaffee in den Pappbecher und trank einen Schluck. Langsam beruhigte sie sich.

In der Nacht hatte sie wider Erwarten gut geschlafen.

Dreimal war sie aufgewacht und aufgrund ihrer Erschöpfung rasch wieder eingeschlafen.

Sie sah zu dem Block. Es hatte keinen Sinn, es noch länger hinauszuzögern. Entweder sie fing an, oder Dorn würde seine Drohung wahrmachen.

Sie nahm ihre Notizen. Eine Passage war vollkommen unleserlich, und Kara versuchte sich zu erinnern, worum es gegangen war.

Schließlich klappte sie den Laptop auf und öffnete ein Word-Dokument.

Wie sollte sie das Buch nennen?

Sie überlegte eine Weile, doch ihr wollte kein guter Titel einfallen. Also entschied sie sich für das Naheliegendste: *Rafael Dorn – Mein Leben.*

Auf die nächste Seite schrieb sie *Kapitel 1.*

Und nun?

Der erste Satz war immer der schwerste. Er musste die Leser packen und in die Geschichte ziehen. Wie sollte sie das hier anstellen? In ihren Krimis konnte sie den Startpunkt bestimmen, weshalb sie immer einen spannenden Auftakt wählte, meistens einen Mord. Nur was sollte an Dorns Geburt spannend sein?

Kara starrte die leere Seite auf dem Bildschirm an. Die Zeit verstrich.

Sie schloss die Augen und schaffte es nicht, ihr Kopfkino einzuschalten. Der schwere Vorhang hing bleiern vor ihrer inneren Leinwand.

Ach, was soll's?, dachte sie nach einer Stunde und fing an zu tippen.

Kapitel 14

Es läutete und läutete, aber niemand nahm ab. Irgendwann sprang der Anrufbeantworter an, und die Standardansage ertönte.

»Hey, Kara«, sagte Jessie nach dem Signalton. »Ruf mich bitte zurück. Ich mach mir langsam Sorgen um dich.« Sie wartete ein paar Sekunden, ob ihre Freundin doch noch persönlich ans Telefon ging, dann drückte sie auf das Symbol mit dem roten Hörer.

Seltsam, dachte sie und legte das Handy neben sich aufs Nachtkästchen. Seit sie sich Freitagabend voneinander verabschiedet hatten, hatte sie nichts mehr von Kara gehört. Weder hatte sie auf ihre SMS reagiert, in der sie sich für das Essen bedankte, noch auf die anderen, in denen sie sich nach ihr erkundigte.

Das passte so gar nicht zu ihr.

Morgen erschien Karas neuer Krimi, und normalerweise war sie am Tag vor einer Veröffentlichung derart nervös, dass sie Jessie mit Text- und Sprachnachrichten förmlich bombardierte. Für Jessie war es ein jährliches Ritual geworden, ihr jedes Mal zu versichern, dass ihr Buch wirklich gut war und die Leser es lieben würden. Allerdings ließ sie es sich nicht nehmen, ihre Freundin ein wenig aufzuziehen. Das gehörte dazu, und Kara war ihr für die Unterstützung und Aufmunterung dankbar.

Dennoch herrschte jetzt Funkstille. Selbst in den sozialen Netzwerken hatte Kara nichts gepostet, obwohl sie um den Erscheinungstermin herum aktiver war als sonst. Kein Beitrag, keine Instagram-Story, nichts.

Ob ihr irgendetwas zugestoßen war?

Jessie überfiel ein komisches Gefühl.

Wenn sich Kara inmitten einer Schreibphase befand, tauchte sie manchmal vollkommen in ihrer fiktiven Welt ab. Da konnte es schon mal passieren, dass sie nichts mehr um sich herum wahrnahm. Doch gegenwärtig schrieb sie an keinem neuen Buch, und selbst wenn, hätte sie Jessie spätestens am Abend zurückgerufen.

Kara war eine der zuverlässigsten Menschen, die Jessie kannte. Nie erschien sie zu spät zu einer Verabredung oder versäumte Termine. Auf ihre Versprechen war hundertprozentig Verlass, und wenn einer ihrer Freunde Hilfe brauchte, war Kara die Erste, die sich anbot. Ihre Freundschaft war etwas Besonderes, sie konnten sich blind aufeinander verlassen. So wie Jessie damals für Kara nach Yvonnes Tod da gewesen war, hatte Kara ihr mit Dennis beigestanden.

Sie lernte Dennis Ende zwanzig kennen, kündigte ihre Wohnung und zog zu ihm. Im Gegensatz zu Kara war Jessie impulsiv und traf schnelle Entscheidungen – manchmal zu schnell und zu unüberlegt. Nur vier Monate später trennte er sich aus heiterem Himmel von ihr und warf sie raus. Kara hatte ihre Freundin, ohne zu zögern, bei sich aufgenommen und deswegen sogar Ärger mit ihrem Vermieter bekommen.

Kara war kein oberflächlicher Mensch, sondern nahm die Menschen so, wie sie waren. Als Jessie mit zwölf an Gewicht zulegte und deswegen von den Mitschülern gehänselt worden war, hatte Kara immer zu ihr gehalten. Gemeinsam gingen sie dreimal die Woche zum Schwimmen, bis Jessie wieder Normalgewicht hatte.

Und wenn sie bei ihren Eltern war?

Dunkel glaubte sie sich zu erinnern, Kara hatte erzählt, dass sie die beiden am Wochenende besuchen wollte.

Jessie überlegte, ob sie dort anrufen und nachfragen sollte, ein Blick auf die Uhr ließ sie davon abrücken. Bestimmt war Kara bei ihnen und hatte die Zeit vergessen. Dass sie nicht auf Anrufe und SMS reagierte, hatte mit Sicherheit einen simplen Grund. Vielleicht war ihr Handy kaputt, oder sie hatte es zu Hause liegen gelassen.

Ja, dachte Jessie, so wird es sein.

Sie schaltete die Nachttischlampe aus.

Trotzdem würde sie morgen nach der Arbeit bei ihr vorbeifahren und nachschauen, ob alles in Ordnung war.

Kapitel 15

Kara war vor dem Wecker wach. Zu groß war unterbewusst ihre Angst, erneut zu verschlafen.

Es war halb acht, und sie quälte sich aus dem Bett. Die Nacht war unruhig gewesen. Immer wieder war sie hochgeschreckt, hatte das Licht eingeschaltet und die Uhrzeit geprüft. Normalerweise stellte sie nie einen Wecker, sondern richtete sich nach dem Sonnenaufgang. Hier unten gab es jedoch keine Sonne, die den Tagesrhythmus bestimmte. Es gab nicht einmal natürliches Licht.

Sie griff nach frischer Kleidung und stieg unter die Dusche. Das Wasser stellte sie auf kalt.

Gestern hatte sie den ganzen Tag geschrieben. Dorn war mittags in den Keller gekommen, um ihr das Essen zu bringen. Als er sah, dass sie arbeitete, hellte sich sein Gesichtsausdruck schlagartig auf. Abends kontrollierte er, wie viele Seiten sie geschafft hatte, und war sichtlich zufrieden. Er blieb sogar ruhig, obwohl Kara die Sicherheitskopie vergessen hatte.

»Kann ich den Anfang lesen?« Er strahlte wie ein Kind an Weihnachten, das die Geschenke unter dem Tannenbaum entdeckt hatte.

»Das ist nur der Rohentwurf«, sagte sie. »Ich muss ihn noch überarbeiten.«

»Ach, wie ich Sie kenne, ist der schon gut.«

»Es ist besser, wenn Sie das ganze Kapitel am Stück lesen.«

»Sie spannen mich ganz schön auf die Folter.« Er hatte gelacht und war gegangen.

Nun saß sie am Tisch und frühstückte die beiden obligatorischen Honigtoasts und trank Kaffee.

Den Vormittag verbrachte sie mit der Überarbeitung des ersten Kapitels, bevor sie es kurz vor Mittag ausdruckte.

Als Dorn mit dem Essen in den Keller kam, lächelte er.

»Ist es endlich so weit?«, fragte er und stellte die dampfende Plastikschale auf den Tisch. So viel Kara erkennen konnte, war es irgendein Fertigfraß mit Nudeln. »Kann ich es lesen?«

Die Ungeduld in seiner Stimme war nicht zu überhören.

»Ja«, antwortete sie. »Sie können es lesen.«

Er griff nach den Ausdrucken. Insgesamt waren es sieben Seiten.

»Ich werde mich gleich an die Arbeit machen. Und Sie lassen es sich in der Zwischenzeit schmecken.« Gut gelaunt verschwand er.

Kara würgte das Essen herunter und legte sich anschließend ins Bett. Während sie überlegte, wie lange Dorn wohl zum Lesen brauchte, döste sie ein.

Kara schreckte hoch, als die Tür aufgerissen wurde. Dorn sah aus, als würde er gleich auf sie losgehen. Sein Gesicht war rot angelaufen, seine Kiefer mahlten.

Mit einem Satz war sie aus dem Bett.

Hatte sie etwas falsch gemacht?

Er erdolchte sie förmlich mit seinem Blick, und Kara wurde angst und bange.

»Wollen Sie mich verarschen?«, schrie er.

Kara war irritiert.

»Was soll das sein?« Er wedelte mit den Ausdrucken in der Luft.

Sie schwieg, weil sie nicht wusste, worauf er hinauswollte.

In der nächsten Sekunde stürmte er auf sie zu, und Kara wich nach hinten aus, bis sie gegen die Wand stieß. Wutschnaubend blieb er vor ihr stehen.

»Was soll die Scheiße?«, brüllte er und hielt ihr die Blätter vor die Nase.

»Hat … hat es Ihnen nicht gefallen?« Ihre Stimme war kaum mehr als ein Flüstern.

»Nicht gefallen? Haben Sie diesen Mist eigentlich mal selbst gelesen?«

Er beugte sich so nah zu ihr vor, dass sich ihre Nasenspitzen fast berührten. Sein Atem war warm und roch nach Knoblauch. Karas Knie wurden weich.

Er sah auf das erste Blatt und las mit verstellter Stimme vor.

»Mein Name ist Rafael Dorn, und das ist meine Geschichte.« Er nahm sie wieder ins Visier. »Ernsthaft? Das soll ein guter Einstieg in einen Krimi sein?«

Karas Handflächen wurden feucht.

»Und das hier.« Er blätterte ein paar Seiten weiter. *»Rafael wollte nicht mit anhören, wie Jens Dorn seine Mutter schlug. Er lief in sein Zimmer und drehte die Musik auf. Dann holte er ein Foto aus einem Buch, das er dort versteckt hatte. Es zeigte seinen leiblichen Vater. Seufzend dachte er an die gute alte Zeit zurück.«* Er kniff die Augen zu Schlitzen zusammen. »Das ist gequirlte Scheiße!«, schrie er und schleuderte ihr die Ausdrucke ins Gesicht.

Kara wandte den Kopf zur Seite. Tränen stiegen ihr in die Augen. Sie hatte seine Erwartungen nicht erfüllt, und jetzt würde er sie töten.

»Das ganze Kapitel ist ohne jede Spannung und Emotion. Es liest sich, als hätte es ein Drittklässler geschrieben.«

Kara presste die Lippen zusammen.

Das kam dabei heraus, wenn sie unter Druck und ohne Kopfkino schrieb. Wenn sie eine Geschichte erzählen sollte, die sie, entgegen ihrer üblichen Arbeitsweise, nicht vorab im Detail geplant hatte.

Erneut ging Dorn auf Tuchfühlung, und Kara drückte sich noch enger gegen die Wand.

»Ich habe Sie ausgewählt, weil Sie spannend schreiben und Ihre Charaktere authentisch und nicht die üblichen klischeehaften Abziehbilder sind. Davon ist hier nichts, wirklich absolut nichts zu spüren. Mama und ich kommen rüber wie tote, gefühllose Figuren.« Er tippte mit dem Zeigefinger gegen ihr Brustbein.

Kara glaubte, ihr Herz würde einen Schlag aussetzen.

Mit ruhiger und dadurch umso beängstigenderer Stimme sagte er: »Ich hatte Sie gewarnt. Ich dulde keine halben Sachen. Entweder Sie schreiben das beste Buch Ihres Lebens, oder ich töte Sie.«

»Bitte …«, wimmerte sie. »Ich …«

»Seien Sie still«, schnitt er ihr das Wort ab. Für eine Weile musterte er sie, als würde er überlegen, wie er sie am grausamsten umbringen könnte.

Kalter Schweiß stand ihr auf der Stirn, und sie zitterte so stark, dass sie sich kaum auf den Beinen halten konnte.

»Ich gebe Ihnen eine letzte Chance«, sagte er schließlich. »Schreiben Sie das Kapitel neu, und diesmal auf dem Niveau Ihrer Krimis. Aber ich warne Sie. Sollte es wieder so schlecht sein, war's das, und ich werde mir eine andere Autorin suchen. Haben Sie das verstanden?«

»Ja«, brachte sie mühsam hervor. Gleichzeitig war sie unendlich erleichtert, dass er sie nicht tötete. Zumindest vorerst nicht.

Er machte einen Schritt zurück. »Ich empfehle Ihnen,

schnell zu schreiben. Denn bis das Kapitel fertig ist, kriegen Sie nichts zu essen.«

Mit diesen Worten drehte er sich um, und Karas Knie gaben nach.

Kapitel 16

Nadine Herfurth vertilgte den letzten Bissen ihres Burgers und spülte mit stillem Wasser nach.

»Hat's geschmeckt?«, wollte Carlos, der Mann hinter dem Tresen, wissen. Ein kleiner Spanier mit gewellten schwarzen Haaren.

Nadine streckte den Daumen hoch. »Gut wie immer.«

Es war früher Nachmittag und sie auf dem Rückweg von einer potenziellen Zeugin gewesen, als sie kurz im *Carlos* etwas gegessen hatte.

Die Zeugin hatte am Telefon vielversprechend geklungen, und Nadine war sofort losgefahren, in der Hoffnung, endlich eine heiße Spur zu haben. Leider hatte sich die Frau als Wichtigtuerin herausgestellt. Es hatte Nadine Mühe gekostet, nicht ungehalten zu werden.

Wenn sie nur endlich einen brauchbaren Hinweis bekämen!

Sie verließ den Imbiss, der in der Nähe des Präsidiums lag und ein Geheimtipp unter den Kollegen war, und betrat die Buchhandlung auf der gegenüberliegenden Straßenseite. Ein weiterer Grund, warum sie das *Carlos* so mochte. Sie konnte sich anschließend mit neuer Lektüre eindecken, ohne dafür Umwege in Kauf nehmen zu müssen.

»Hallo, Frau Herfurth«, begrüßte die Buchhändlerin sie, eine Frau Anfang fünfzig mit feuerroten Haaren, die sich um einen imaginären Bleistift kringelten. »Haben Sie den neuen Gruber schon durch?«

»Leider«, antwortete sie. »Sneijder war wie immer in Höchstform. Jetzt brauche ich dringend Nachschub.«

Sie liebte den misanthropischen, kiffenden und Vanilletee trinkenden Profiler Maarten S. Sneijder aus der Feder von Andreas Gruber und hatte sich bereits bei dem ein oder anderen realen Tatort gefragt, wie Sneijder wohl die Szene deuten würde.

»Haben Sie irgendwas Spannendes da? Am liebsten mit einem Serienkiller.«

Wenn sie bei einer Mordermittlung feststeckte, halfen ihr zwei Dinge, um den Kopf freizukriegen: Sport und Lesen. Es verschaffte ihr den nötigen Abstand, um den Fall aus einem anderen Blickwinkel betrachten zu können. Manchmal fiel ihr dann ein Detail auf, das die ersehnte Wendung brachte.

»Da kann ich Ihnen das empfehlen«, antwortete die Buchhändlerin namens Mona und zog ein Buch aus dem Regal. »Hier haben Sie es gleich mit zwei Serienkillern zu tun.«

»Klingt gut«, meinte Nadine und las den Klappentext durch. Er traf ihren Geschmack.

»Und seit heute frisch auf dem Markt – *Dunkle Rache* von Kara Bender.« Mona ging zu einem Tisch, auf dem sich einige Neuerscheinungen stapelten. »Das könnte Ihnen auch gefallen.«

Nadine hatte noch nichts von dieser Autorin gehört, geschweige denn gelesen, und griff danach.

»Ich nehme beide«, entschied sie. »Damit bin ich wieder für eine Weile versorgt.«

Sie schlenderten zur Kasse.

»Kann man als Polizistin überhaupt normal einen Krimi lesen, oder vergleicht man da ständig mit der Realität?«, wollte Mona wissen und tippte den Preis ein.

»Wenn die Polizeiarbeit absolut falsch dargestellt wird, tue ich mich schwer damit. Ansonsten hilft es mir beim Abschalten.«

»Obwohl Sie tagtäglich mit echten Leichen zu tun haben?«

Nadine zuckte mit den Schultern. »Klingt komisch, ich weiß. Natürlich muss ich schmunzeln, wenn sich Kriminalkommissare in Büchern etwas leisten, was in der Realität nicht möglich wäre. Oder wenn das Ergebnis einer DNA-Probe innerhalb weniger Stunden vorliegt.«

Wie oft hatte sie sich gewünscht, dass dem so wäre, doch im Gegensatz zu Büchern und gängigen Krimiserien konnte es mitunter mehrere Tage dauern. Selbst bei höchster Priorisierung durch das LKA war unter vierundzwanzig bis achtundvierzig Stunden kein Resultat zu erwarten. Reale Polizeiarbeit zeichnete sich durch viel Geduld, akribische und teils langwierige Ermittlungen aus.

»Irgendwie habe ich immer gedacht, Polizisten würden in ihrer Freizeit etwas lesen, was so gar nichts mit ihrem Beruf zu tun hat. Liebesromane, zum Beispiel.«

»Um Gottes willen.« Nadine lachte auf. »Ich bleibe lieber bei Krimis und Thrillern.«

Sie bezahlte, verabschiedete sich von der Buchhändlerin und ging zu ihrem schwarzen 5er-BMW, der nicht weit entfernt am Straßenrand parkte. Gerade wollte sie den Motor starten, als ihr Handy klingelte.

»Hi, Diesel. Was gibt's?«

»Leider nichts Gutes«, antwortete ihr Kollege, und sie erkannte an seinem Tonfall, dass etwas passiert war. »Der Puppenmörder hat erneut zugeschlagen.«

»Was? Wir haben doch erst vor drei Tagen eine Leiche gefunden.«

Bei den letzten Morden lag immer etwa ein Jahr zwischen den Taten. Die sogenannte Abkühlungsphase, die charakteristisch für die meisten Serientäter war, bis sie einen neuen Kick brauchten.

»Wer ist es?«, wollte sie wissen.

»Kara Bender.«

Kara Bender, wiederholte sie in Gedanken. Der Name kam ihr bekannt vor. Ihr Blick fiel auf die beiden Bücher auf dem Beifahrersitz.

»Die Autorin?«, fragte sie.

»Genau die.«

Er gab ihr die Adresse durch, und Nadine raste los.

Kapitel 17

Kara kauerte auf dem Boden, den Kopf an die Wand gelehnt, die Augen geschlossen. Sie war heilfroh, mit dem Leben davongekommen zu sein, doch das Damoklesschwert über ihr hing an einem seidenen Faden.

Es dauerte eine Weile, bis sich ihr Puls normalisiert hatte. Sie griff nach den Blättern, die sich um sie herum auf dem braunen Teppich verteilt hatten.

Mein Name ist Rafael Dorn, und das ist meine Geschichte.

Sie musste ihm recht geben. Der Einstiegssatz war grausam, genau wie der Rest des Kapitels.

Nur wie sollte sie unter diesem gewaltigen Druck ihr bestes Buch zustande bringen? Einen gewissen Stress hatte sie sonst auch, weil sie die mit dem Verlag vereinbarte Deadline einhalten musste. Da schrieb sie allerdings nur gegen die Zeit und nicht um ihr Leben.

Kara zerknüllte die Blätter und warf sie durch den Raum.

Schließlich erhob sie sich und setzte sich an den Tisch. Sie klappte den Laptop auf und legte ein neues Word-Dokument an.

Okay, sagte sie zu sich selbst. Fangen wir noch mal von vorne an. Beim Titel.

Es war das Erste, das der Leser neben dem Cover wahrnahm. Er musste Neugierde wecken und gleichzeitig das Genre widerspiegeln. *Rafael Dorn – Mein Leben* tat das nicht. Es klang nach einer staubtrockenen Biografie, nicht nach einem spannenden Krimi.

Kara grübelte einige Zeit, dann fiel es ihr wie Schuppen von den Augen. Es gab nur einen einzigen Titel für dieses Buch.

Der Puppenmörder.

Ja, das ist es, dachte sie und spürte, wie sich innerlich etwas löste.

Nun folgte der schwierigste Teil: der Anfang. Kara hatte nach wie vor keine Ahnung, wie sie ihn gestalten sollte.

Zwei Stunden lang saß sie vor dem Bildschirm, fing zu tippen an, löschte alles, formulierte einen neuen Satz und verwarf ihn.

Sie wusste, sie hatte nur noch diesen einen Versuch. Wenn es Dorn nicht gefiel, war es ihr endgültiges Todesurteil.

Verzweiflung machte sich in ihr breit. Mittlerweile war es halb fünf. Selbst wenn es ihr heute noch gelänge anzufangen, würde sie zusätzlich den morgigen Tag brauchen. Und das ohne Essen. Momentan verspürte sie keinen Appetit, aber in ein paar Stunden würde sie Hunger haben. Und mit knurrendem Magen schrieb es sich noch schwerer.

»Verdammter Mist!« Sie schlug mit der Faust auf den Tisch.

Wenn sie zu Hause in solch einer Situation war, zog sie ihre Joggingklamotten an und lief ein paar Runden um den nahe gelegenen See. Danach kamen die Ideen meist ganz von allein.

Kara stand auf und lief durch den Raum. Vom Fenster bis zum Regal auf der gegenüberliegenden Seite und zurück.

Komm schon!

Sie tigerte auf und ab und legte die Strecke Dutzende Male zurück.

Ihre Gedanken schweiften ab.

Und plötzlich lichtete sich der Vorhang und gab den Blick auf die Leinwand frei. Kara verließ den Keller und fand sich in einem schweren Unwetter wieder.

Das ist es!

Sie stürzte zum Laptop und ließ die Finger über die Tastatur fliegen.

Ein lautes Krachen ließ ihn zusammenfahren. Sekunden später durchzuckte ein greller Blitz den kohlrabenschwarzen Himmel und schlug im Sendemast auf dem Dach des gegenüberliegenden Hauses ein.

Bernhard Koberstein sah mit sorgenvollem Blick aus dem Fenster. Es war, als würde der Weltuntergang eingeläutet. Äste bogen sich im aufbrausenden Sturm, die Straße stand knöcheltief unter Wasser. Unvermittelt setzte Hagel ein, und golfballgroße Körner prasselten gegen die Scheibe und auf die am Straßenrand geparkten Autos. Er beobachtete, wie die Eisgeschosse Windschutzscheiben durchschlugen, Blätter und Pflanzen aus den umliegenden Gärten zerfetzten und eine weiße Schicht auf dem Asphalt hinterließen.

Hinter ihm wimmerte seine Frau.

Nicht jetzt, flehte er in Gedanken und hörte, wie sie im nächsten Moment nach ihm rief. Er wusste, dass es so weit war. Dass er in das Unwetter rausmusste.

Kapitel 18

Nadine traf gleichzeitig mit Diesel an Karas Wohnadresse ein. Eine gepflegte Siedlung aus vier- bis fünfstöckigen Mehrfamilienhäusern. Die Polizei hatte die Gegend abgesperrt. Streifenwagen blockierten die Zufahrten, rotweißes Absperrband flatterte im auffrischenden Wind, der durch die Straßen zog.

Nadine hielt Ausschau nach Christian Kehl, doch der nervige Reporter war nirgendwo zu sehen.

Sie und Diesel zeigten dem diensthabenden Beamten ihre Ausweise und ließen sich von ihm einen Lagebericht geben.

»Die Wohnung von Kara Bender liegt im vierten Stock. Der Täter hat sein übliches Markenzeichen im Wohnzimmer hinterlassen, jedoch fehlt die Leiche.«

Nadine stutzte. »Wie, die Leiche fehlt?«

»Es war keine da. Die Kollegen vom KD waren als Erste vor Ort und haben die ganze Wohnung abgesucht. Fehlanzeige.«

»Wer hat die Polizei gerufen?«, fragte sie.

»Eine Frau namens Jessica Fuchs. Sie ist mit Kara Bender befreundet. Nachdem sie seit drei Tagen nichts mehr von ihr gehört hat, hat sie nachgeschaut und die Puppe entdeckt. Eine Kollegin nimmt gerade ihre Aussage auf, sie sitzt dort drüben im Streifenwagen.«

Nadine folgte seinem ausgestreckten Arm.

»Gut. Behaltet sie noch da. Wir werden uns einen Überblick verschaffen, dann möchte ich mit ihr persönlich sprechen.« Sie wollte sich gerade umdrehen, als ihr etwas einfiel. »Ach ja, achtet bitte auf einen Reporter, groß, braune Haare, und seinen Kameramann. Sein Name ist Christian Kehl, er arbeitet für *Tele1*. Sollte er auftauchen, schafft ihn sofort weg.«

Der Beamte nickte, und Nadine lief zusammen mit Diesel zu dem aufgebauten Zelt vor dem Haus. Dort trugen sie sich in die Liste ein, zogen Ganzkörperschutzanzüge an und streiften sich Überziehschuhe und Nitril-Einweghandschuhe über, bevor sie in den vierten Stock hinaufstiegen.

Ekhard Stollberg und sein Team von der Kriminaltechnik mussten kurz vor ihnen eingetroffen sein. Im Hausflur packten sie ihre Koffer aus. Einer der Mitarbeiter untersuchte die Wohnungstür, die offen stand.

»Irgendetwas Auffälliges?«, wollte Nadine wissen.

»Das Schloss sieht verkratzt aus. Als hätte sich jemand daran zu schaffen gemacht.«

Vermutlich war der Täter so in die Wohnung gelangt. An der Außenfassade war er sicher nicht hochgeklettert.

Sie betrat die Wohnung und rief über die Schulter zurück: »Ich weiß, Ekhard, wir beeilen uns und passen auf, wo wir hintreten.«

Sie konnte den missbilligenden Blick des Leiters der Spurensicherung in ihrem Rücken spüren.

Die geräumige und helle Wohnung erweckte einen ordentlichen Eindruck. Im Flur hingen ein paar Jacken am Garderobenhaken, die Schuhe schienen alle im Schuhschrank daneben verstaut zu sein. Nadine bemerkte das iPhone, das darauf lag. Sie tippte mit ihren behandschuhten Fingern auf das Display, auf dem die Info erschien, dass zwölf Textnachrichten von Jessica Fuchs und eine von Tanja Gerritzen sowie neunzehn Anrufe eingegangen waren. Der Ladebalken zeigte einen fast leeren Akkustand an. Mehr konnte Nadine nicht herausfinden, da das Handy zum Entsperren eine Face ID oder alternativ ein Passwort verlangte. Die IT-Forensiker würden sich darum kümmern.

Sie wandte sich ab und warf einen Blick ins Arbeits- und Schlafzimmer. Das Bett war unberührt. Die alte Schreibmaschine im Arbeitszimmer fiel Nadine sofort auf. Es war selten, dass man so etwas heutzutage sah.

Sie ging weiter in die offene Wohnküche und entdeckte die Puppe in dem blauen Kleid und den zu einem Pferdeschwanz gebundenen Haaren auf der Couch. Auf der Wand dahinter stand in großen roten Buchstaben das Wort *Bald*.

»Es ist eindeutig sein Modus Operandi«, sagte Diesel. »Und zum zweiten Mal diese ominöse Botschaft. Was hat das zu bedeuten?«

»Ich habe keine Ahnung.« Nadine trat näher an die Wand heran. »Das ist nicht mit Blut geschrieben, so wie beim letzten Opfer. Sieht mir nach einer Spraydose aus.«

Die Küchenfläche war sauber, genau wie der Esstisch aus braunem Holz mit den hohen, mit schwarzem Leder bezogenen Stühlen. Bis auf einen Mixer, einen Messerblock und zwei Töpfen mit Basilikum und Minze stand nichts offen herum. Das Wohnzimmer war modern und gemütlich eingerichtet. Helles Parkett, eine schwarze Stoffcouch und ein Sessel vor einem gläsernen Beistelltisch, ein großer Fernseher und mehrere Pflanzen. Der imposante Benjamin-Ficus in der Ecke verdeckte zum Teil das vollgestopfte Bücherregal, das die halbe Wandseite einnahm und bis zur Decke reichte. Daneben ruhte ein Staubsaugerroboter in der Station, die Ladelampe leuchtete.

Nadine verzog das Gesicht. Wenn ein automatisches Reinigungsprogramm eingestellt war und er in der Zwischenzeit gesaugt hatte, waren mit Sicherheit Spuren vernichtet worden. Die Kriminaltechniker mussten unbedingt den Staubbeutel mitnehmen und untersuchen.

»Hast du irgendwo Blutspuren entdeckt?«, fragte sie.

Diesel schüttelte den Kopf. »Kein Blut, keine Leiche.«

Nadine runzelte die Stirn. Natürlich bestand die Möglichkeit, dass der Mörder Kara Bender auf eine Art getötet hatte, bei der kein Blut geflossen war. Wie bei seinem dritten Opfer, das er erdrosselt hatte, oder der jungen Frau, die in der Badewanne ertränkt worden war.

»Ob er die Leiche woanders hingeschafft hat?«, fragte sie.

»Dann hätte er nicht die Puppe auf die Couch gesetzt«, sagte Diesel. »Bisher hat er sie immer bei der Leiche platziert.«

Da hatte er recht. Trotzdem würde sie eine groß angelegte Suche nach Kara Bender veranlassen.

Nadine dachte angestrengt nach. Dieser Tatort ergab keinen Sinn. Zehn Menschen hatte der Puppenmörder bisher auf brutale Art und Weise getötet, jedes Mal in deren Wohnung oder Haus. Und immer hatte er eine Puppe als sein persönliches Markenzeichen hinterlassen. Die fehlende Leiche passte nicht in seine übliche Vorgehensweise.

»Kann jemand anders die Leiche weggeschafft haben?«, fragte Diesel.

»Daran habe ich auch schon gedacht. Lass uns mit Jessica Fuchs sprechen, vielleicht kann sie Licht ins Dunkel bringen.«

Zu Stollbergs sichtlicher Erleichterung verließen sie die Wohnung und überließen die Kriminaltechniker ihrer Arbeit. Unten im Zelt zogen sie die Schutzkleidung aus und liefen zu dem Streifenwagen. Auf der Rückbank saß eine Frau Mitte dreißig mit langen schwarzen Haaren und schnäuzte in ein Taschentuch. Nadine bedeutete der Beamtin, die Jessicas Aussage aufgenommen hatte, aus dem Auto zu steigen. Nadine nahm auf der Rückbank Platz, Diesel quetschte sich auf den Beifahrersitz.

»Hallo, Frau Fuchs. Mein Name ist Herfurth, Kriminalhauptkommissarin. Das ist mein Kollege Henning.«

Jessica Fuchs sah sie mit verweinten Augen an.

»Ist sie tot?«, fragte sie.

»Bis jetzt haben wir keine Leiche gefunden. Es besteht durchaus die Chance, dass Ihre Freundin noch am Leben ist. Wir hoffen, dass Sie uns bei der Aufklärung helfen können.«

»Das … das war der Puppenmörder, oder? Ich habe in der Zeitung von ihm gelesen. Dass er immer eine Puppe bei seinen Opfern hinterlässt. Und …« Der Rest ging in einem Schluchzen unter.

Nadine ließ ihr Zeit.

»War er es?«, wiederholte sie ihre Frage, nachdem sie sich beruhigt und mit dem Taschentuch die Tränen weggewischt hatte.

»Unsere Ermittlungen stehen erst am Anfang«, sagte Nadine ausweichend. »Sind Sie in der Lage, uns ein paar Fragen zu beantworten?«

»Ja.« Sie schniefte, sichtlich bemüht, nicht erneut loszuweinen.

»Wie lange sind Sie schon mit Kara Bender befreundet?«

»Seit siebenundzwanzig Jahren.«

»Und Sie haben vorhin nach ihr gesehen?«

Jessica Fuchs nickte. »Wir waren am Freitagabend zusammen essen. Seitdem habe ich nichts mehr von Kara gehört. Sie hat weder auf meine SMS noch auf meine Anrufe reagiert. Ich habe sogar ihre Eltern angerufen, aber die wissen auch nicht, wo sie ist. Sie wollten sofort vorbeikommen und nachsehen. Da sie im Süden außerhalb von München wohnen, bin ich zu ihr gefahren.« Sie hob ruckartig den Kopf, als wäre ihr gerade etwas eingefallen. »Ich sollte ihren Eltern Bescheid geben, wenn ich bei ihr war. Ich muss sie …«

»Das übernehmen wir«, meinte Nadine mit ruhiger Stimme. »Sie haben einen Schlüssel für ihre Wohnung?«

»Ja.«

»Wer noch?«

»Ihre Eltern.«

»Was ist mit ihrem Freund?«

»Sie ist momentan Single.«

»Und sonst hat niemand einen Schlüssel?«

»Nicht dass ich wüsste.«

Hm, dachte Nadine. Dann konnte niemand anders ohne Weiteres in die Wohnung eingedrungen sein und die Leiche fortgeschafft haben. Sofern es überhaupt eine gab.

»War die Wohnungstür offen oder geschlossen, als Sie nachgeschaut haben?«

»Sie war geschlossen, aber nicht abgesperrt. Das hat mich sofort beunruhigt, denn Kara ist sehr vorsichtig. Sie schließt immer ab, selbst wenn sie zu Hause ist.«

»Hatte Kara in letzter Zeit«, Nadine suchte nach den passenden Worten, »Stress oder Ärger mit jemandem? Oder einen Streit?«

»Kara hatte keine Feinde, wenn Sie darauf hinauswollen. Sie war …« Sie stutzte, als sie bemerkte, dass sie in der Vergangenheit von ihr sprach. Hastig korrigierte sie sich. »Sie ist ein sehr netter und liebenswürdiger Mensch. Heute kam ihr neues Buch raus. Sie … sie war so aufgeregt deswegen.« Ihre Worte gingen in einem Weinkrampf unter.

Nadine und Diesel tauschten einen Blick aus.

»Meine Kollegin wird sich weiter um Sie kümmern«,

sagte Nadine und legte Jessica Fuchs eine Hand auf die Schulter. »Ich danke Ihnen für Ihre Mithilfe. Wir werden alles in unserer Macht Stehende tun, um Ihre Freundin zu finden.«

Sie zweifelte an ihren Worten, denn der Puppenmörder ließ seine Opfer nicht am Leben.

Merkwürdig das Ganze, dachte sie, als sie aus dem Auto stieg. Der kalte Wind blies ihr scharf ins Gesicht, und sie zog den Reißverschluss ihrer Lederjacke zu. Sehr merkwürdig.

Kapitel 19

Kara wachte auf, weil ihr Magen knurrte. Verschlafen tastete sie nach dem Lichtschalter und sah auf die Uhr. Es war zehn nach sieben.

Was würde sie jetzt für einen Honigtoast oder sogar Fertigfraß geben?

Dorn hatte seine Drohung wahr gemacht und ihr gestern Abend nichts zu essen gebracht. Er war auch nicht erschienen, um die Sicherheitskopie auf dem USB-Stick zu holen. Nachdem sie endlich in den Schreibfluss gekommen war, hatte sie fast bis Mitternacht durchgearbeitet. Sie wollte so viel wie möglich schaffen, denn mit leerem Magen würde ihr das Schreiben wesentlich schwerer fallen.

Müde rieb sie sich die Augen. Sollte sie es riskieren und noch eine Stunde schlafen? Dorn würde ihr kein Frühstück bringen, daher würde er es nicht bemerken. Andererseits, falls er nach ihr sah, hatte sie ein Problem.

Wenn Sie noch einmal verschlafen, töte ich Sie.

Genauso wenn ihm der neue Versuch des ersten Kapitels nicht gefiel.

Kara richtete sich auf. Hätte sie den Wecker nicht, sie könnte nicht sagen, ob es überhaupt schon früher Morgen war.

Eine drückende Schwere legte sich auf den Raum. Angst kroch in ihr hoch. Wie ein dunkler Schatten, der Besitz von ihr ergriff und sein lähmendes Gift verspritzte.

Rasch schloss sie die Augen und atmete einige Male tief ein und aus.

Ganz ruhig, sagte sie zu sich selbst. Wenn du die Nerven verlierst, bist du tot.

Sie benötigte ein paar Minuten, dann öffnete sie die Augen wieder. Der Anblick der klinkenlosen Tür schnürte ihr die Kehle zu, doch die Panikattacke war vorbei.

Wenn sie nur wüsste, wie sie aus dem Keller fliehen könnte. Doch so sehr sie sich darüber den Kopf zerbrach, ihr fiel nichts ein. Der einzige Weg nach draußen führte über die codegesicherte Stahltür.

Kara quälte sich aus dem Bett und verschwand im Bad. Bevor sie sich an den Tisch setzte, warf sie einen Blick aus dem Fenster. Durch den schmalen Spalt sah sie, dass die Sonne noch nicht aufgegangen war.

Karas Blick fiel auf die leere Plastikschale mit dem gestrigen Mittagessen.

Ihr knurrte der Magen.

Kara trank zwei Gläser Wasser, um ihr Hungergefühl zu unterdrücken, und klappte den Laptop auf. Die nächste Stunde verbrachte sie damit, das Geschriebene von gestern zu überarbeiten, dann fuhr sie mit dem Kapitel fort.

Als ihr Magen immer lauter knurrte, füllte sie im Bad die Wasserflasche auf und stellte sich vor, sie würde einen grünen Smoothie trinken. Schmeckte die reife Banane, den leicht bitteren Rucola und den kräftigen erdigen Geschmack von Mangold.

Um halb elf war sie so stark unterzuckert, dass die Buchstaben auf dem Bildschirm verschwammen.

Nein, nein, nein!

Hektisch überlegte sie, was sie tun sollte. Sie griff nach der Plastikschale. Unter dem Löffel klebte eine vertrocknete Nudel, und Kara schlang sie herunter.

Reiß dich zusammen!, mahnte sie sich selbst und

konzentrierte sich so stark auf den Text, bis sie wieder klar sehen konnte.

Gegen Mittag hatte sie das Kapitel fertig und zwang sich zu einer Pause. Für die Überarbeitung brauchte sie einen ungetrübten Blick, und den bekam sie nur, wenn sie Abstand gewann. Sie legte sich ins Bett, stellte sicherheitshalber den Wecker fünfzehn Minuten später und schreckte hoch, als er klingelte.

War sie eingeschlafen?

Kara schleppte sich zum Tisch. Strich Sätze, formulierte um, ergänzte und eliminierte Wiederholungen. Und begann von vorne. Es musste perfekt werden. Sie hatte nur diese eine Chance.

Anderthalb Stunden später druckte sie das Kapitel aus. Knapp fünfzehn DIN-A4-Seiten waren es geworden. Mit den Ausdrucken in der Hand stand sie da, zögerte.

Hatte sie ausreichend Emotionen reingebracht? Kamen Dorn und seine Mutter sympathisch rüber? War sein Stiefvater als Antagonist in diesem Kapitel gefährlich genug?

Kara blätterte durch die Seiten. Und blieb an einer Stelle hängen.

Verdammt! Sie hatte einen Rechtschreibfehler übersehen.

Sie stürmte zum Laptop und korrigierte ihn.

Ich sollte das Kapitel in drei aufteilen, schoss es ihr durch den Kopf. Zuerst Dorns Kindheit, die mit dem Tod seines Vaters endet. Die Stelle, als seine Mutter ihm in der Schule die Schreckensnachricht überbringt, wäre ein guter Cliffhanger und würde die Spannung erhöhen. Dann die Zeit danach, bis seine Mutter ihren zweiten Mann kennenlernt. Das dritte Kapitel würde die Phase beschreiben, nachdem sie bei ihm eingezogen waren.

Kara nahm die Änderungen vor, las alles noch einmal durch und druckte es aus.

Mit einem mulmigen Gefühl ging sie zur Tür.

Vielleicht sollte sie einen weiteren Korrekturlauf machen. Immerhin hing ihr Leben davon ab.

Sie holte tief Luft. Vor einer Viertelstunde hatte der Schwindel wieder eingesetzt, diesmal stärker, und ihre Hände hatten zu zittern angefangen. Bis dahin hatte sie es irgendwie geschafft, ihr Hungergefühl zu unterdrücken, nun war die Grenze überschritten. Sie würde nicht mehr die notwendige Konzentration aufbringen können.

Kara biss sich auf die Unterlippe. Die Stunde der Wahrheit war gekommen.

Sie drückte den Knopf für die Gegensprechanlage.

Kapitel 20

Das Telefon klingelte, und Tanja zuckte zusammen.

Bitte nicht schon wieder, flehte sie innerlich und hob ab. »Gerritzen.«

»Guten Tag, Frau Gerritzen«, sagte eine männliche Stimme. »Kurt Stocker vom *Passauer Tageblatt*. Ich ...«

Tanja beendete das Gespräch kommentarlos und schaltete den Anrufbeantworter ein. Seit die Medien gestern Abend über Kara als vermeintlich elftes Opfer des Puppenmörders berichtet hatten, stand ihr Telefon nicht mehr still. Bestimmt dreißig Journalisten hatten seitdem angerufen, um sie zu einem Interview zu überreden. Anfangs hatte sie noch höflich abgelehnt, dann ohne ein Wort aufgelegt. Am hartnäckigsten war ein Reporter namens Kehl. Er hatte es dreimal probiert.

Sie schielte zu ihrem Handy.

Kara, wo immer du bist, melde dich!

Tanja hatte es zuerst nicht glauben wollen, als die Meldung über Karas Verschwinden im Fernsehen kam. Dann war die Polizei bei ihr gewesen und ihr anfängliches Unbehagen in Entsetzen umgeschlagen.

Kara war tot. Der Puppenmörder hatte sie umgebracht.

Obwohl Kara nicht auf ihre SMS und Anrufe reagierte, weigerte sich Tanja, das zu glauben. Es durfte nicht sein. Nicht Kara. Sie hatte niemandem etwas getan.

Vor vier Tagen hatten sie sich zuletzt in der Buchhandlung getroffen. Kara war so aufgeregt gewesen wegen ihrer Veröffentlichung, die jetzt keine Rolle mehr spielte. Alles, was zählte, war, dass es ihr gut ging und sie am Leben war.

Tanja wandte sich ihrem Laptop zu. Die Arbeit stapelte sich, sie schaffte es jedoch nicht, sich darauf zu konzentrieren. Zu groß war ihre Sorge um Kara. Stattdessen surfte sie seit Stunden im Internet und recherchierte alles über den Puppenmörder. Sie hoffte, irgendeinen Hinweis auf ihn zu entdecken oder darauf, was mit Kara passiert war. Mit jedem Artikel wuchs ihre Angst um Kara, die Grausamkeit des Puppenmörders schockte sie.

Auf dem Bildschirm war die Internetseite des Boulevardmagazins *Blitz* geöffnet. Der neueste Beitrag war vor wenigen Minuten online gegangen.

Eine Stadt in den Klauen des Puppenmörders!

Seit zwölf Jahren terrorisiert der Puppenmörder München. Zehn Menschen hat Deutschlands gefährlichster Serienkiller bereits auf brutale Art und Weise ermordet. Sein letztes Opfer, den alleinstehenden Rentner Hermann B., erst vor wenigen Tagen. Obwohl die Polizei mit einem Großaufgebot an dem Fall arbeitet, gibt es seit gestern ein elftes Opfer zu beklagen – die Krimiautorin Kara Bender. Offiziell hat die Polizei ihren Tod noch nicht bestätigt, was mehrere Fragen aufwirft. Wo ist ihre Leiche? Wie hat der Puppenmörder sie getötet? Und vor allem: Wann wird der Killer endlich gefasst?

»Ich habe Angst«, sagt eine Frau (63), die ihren Namen nicht preisgeben möchte. »Jeder kann der Nächste sein. Und was tut die Polizei, um uns zu schützen? Nichts!«

Blitz *hat exklusiv für Sie Tipps zusammengestellt, wie Sie sich vor dem Puppenmörder schützen und verhindern können, dass er in Ihre Wohnung eindringt. Lesen Sie außerdem das Interview mit dem Sicherheitsexperten Ronald Glockner.*

Tanja verzichtete darauf, die beiden Links anzuklicken, und fuhr fort.

»Ich habe Kara Bender auf einer Lesung getroffen«, berichtet ein Mann (43), der ebenfalls unerkannt bleiben möchte. »Sie ist eine sympathische Autorin und schreibt spannende Krimis. Ich bin mir sicher, dass der Mörder sie ausgewählt hat, weil sie über Morde schreibt.«

Was für ein Blödsinn! Tanja brach den Bericht ab und klappte den Laptop zu.

Es hatte keinen Sinn. Sie würde im Netz keinen Anhaltspunkt auf Karas Verbleib finden. Was konnte sie sonst tun? Es war unerträglich, untätig herumzusitzen, während sich Kara möglicherweise in der Hand des Puppenmörders befand und er weiß Gott was mit ihr anstellte. Sie wagte nicht, den Gedanken zu Ende zu bringen.

In der nächsten Sekunde schrillte die Klingel, und Tanja sprang auf.

War das die Polizei? Hatte sie Kara gefunden?

Sie lief zur Haustür und riss sie auf. Vor ihr standen zwei Männer, einer richtete eine Kamera auf sie.

»Christian Kehl von *Tele1*«, stellte sich der Braunhaarige vor. »Wir haben telefoniert.«

»Was fällt Ihnen ein, bei mir zu läuten?« Sie wollte die Tür schließen.

Doch Kehl hatte seinen Fuß dazwischengestellt. »Warten Sie. Wir würden gerne …«

»Verschwinden Sie!«

Er drückte die Tür auf und streckte ihr ein Mikrofon entgegen. »Was sagen Sie als Kara Benders Literaturagentin zu …?«

Weiter kam er nicht, Tanja trat ihm mit voller Kraft

auf den Fuß. Kehl heulte auf und machte einen Schritt rückwärts.

»Hauen Sie ab, oder ich rufe die Polizei!«, schrie sie und knallte die Tür derart schwungvoll zu, dass die Glasscheibe darin vibrierte.

Unverschämter Kerl, dachte sie.

Mit hängenden Schultern kehrte sie zurück ins Büro. Ihr Blick blieb am Bücherregal hängen, in dem Karas Krimireihe stand.

Bitte, Kara, sei am Leben!

Kapitel 21

Es gefällt ihm nicht.

Kara wurde den Gedanken nicht mehr los. Er hat es gelesen, und es gefällt ihm nicht.

Vor einer Stunde hatte er mit finsterer Miene die ersten drei Kapitel abgeholt und sich seitdem nicht mehr blicken lassen. Wie lange brauchte man für fünfzehn Seiten? Eine halbe Stunde, vielleicht fünfundvierzig Minuten, wenn man langsam las.

Wahrscheinlich überlegte er gerade, wie er sie töten sollte. Schärfte sein Messer oder die Axt, mit der er eines seiner Opfer getötet hatte.

Kara war speiübel. Wäre ihr Magen nicht ohnehin leer gewesen, sie hätte ihn spätestens jetzt über der Toilettenschüssel geleert.

Der Schwindel wurde stärker.

Egal. Er würde ohnehin bald erscheinen und sie umbringen.

Die drückende Schwere des Raums war kaum auszuhalten. Es kostete Karas ganze Kraft, nicht mit den Fäusten gegen die Tür zu hämmern. Sie wollte von hier weg. Raus aus diesem Loch, in dem es weder Tageslicht noch eine Klinke oder einen Fenstergriff gab. Das monotone Surren des Lüfters erschien ihr allmählich wie der berühmte tropfende Wasserhahn, der einen langsam in den Wahnsinn trieb.

Ob Jessie ihr Verschwinden inzwischen bemerkt hatte? War die Polizei bereits auf der Suche nach ihr?

Kara grübelte, welcher Tag heute war.

Dienstag. Es war Dienstag, und gestern war *Dunkle*

Rache erschienen. Sie hatte es in ihrer Todesangst völlig vergessen.

Die ersten Leser hatten es mit Sicherheit schon durch, und bestimmt hatten einige Blogger ihre Rezensionen auf den Verkaufsplattformen, LovelyBooks und Instagram geteilt.

Sie hätte ihren Vorschuss dafür gegeben zu erfahren, wie ihnen der Krimi gefiel. Die Unkenntnis darüber kam für sie als Autorin psychischer Folter gleich.

Kara warf einen Blick auf den Wecker. Eindreiviertel Stunden.

Sie könnte hinter dem Tisch Deckung suchen, wenn Dorn auf sie losging. So konnte er sie nicht so leicht erreichen. Doch was dann? Ohne den Zahlencode gab es aus dem Keller kein Entkommen.

Und wenn sie Dorn beim Eintreten niederschlug? Wenn sie schnell genug war, konnte sie es vielleicht schaffen, aus dem Keller zu rennen, bevor die Tür ins Schloss fiel.

Kara verwarf den Gedanken. Sie hätte keine Chance gegen ihn.

Ihre Hände zitterten immer unkontrollierter, um sie herum drehte sich alles. Sie stützte sich am Tisch ab.

Fast zwei Stunden.

Okay, dachte sie. Das war's.

Selbst wenn er im Schneckentempo las, er hätte längst fertig sein müssen. Nun war sie sich absolut sicher, dass er ihren Tod vorbereitete.

Kara wollte sich gerade auf den Stuhl setzen, als sich die Stahltür öffnete. Reflexartig stellte sie sich hinter den Tisch.

Dorn betrat den Keller. Ein breites Grinsen lag auf seinem Gesicht, und in den Händen hielt er ein Tablett. »Haben Sie Hunger?«

»Was?« Kara war irritiert. Sie hatte erwartet, dass er ein Messer oder eine Axt zücken und auf sie losstürmen würde, aber nicht, dass er sie fragte, ob sie Hunger habe.

»Ich habe Spaghetti Bolognese für Sie gekocht«, sagte er. »Ich musste erst das Hackfleisch auftauen, daher hat es etwas länger gedauert.«

Kara beobachtete mit offenem Mund, wie er das Tablett auf dem Tisch abstellte. Der Geruch nach Hackfleischsoße stieg ihr in die Nase, und ihr Magen begann laut zu knurren.

»Hab ich's mir doch gedacht.« Dorn, der es offensichtlich gehört hatte, lachte. »Ich habe Parmesan drübergestreut. Ich hoffe, Sie mögen Parmesan.«

»Äh, ja. Ich …« Sie war vollkommen aus dem Konzept gebracht.

Er sah sie mit einem weichen, beinahe sanften Gesichtsausdruck an. »Ich wusste, dass Sie die Beste sind. Deshalb habe ich Sie ausgewählt.« Er nickte, als würde er sich selbst bestätigen. »Die Kapitel sind super. Genau so habe ich es mir vorgestellt. Ich war derart begeistert davon, dass ich sie gleich zweimal gelesen habe. Zwei oder drei Anmerkungen habe ich, aber das sind Kleinigkeiten. Geht nur um eine Wortwahl, die Mama und Papa nicht verwendet haben.«

Es gefällt ihm. Er hat es gelesen, und es gefällt ihm.

Es dauerte eine Weile, bis ihr die Bedeutung klar wurde.

Er würde sie nicht töten.

Unendliche Erleichterung durchströmte Kara, und sie spürte, wie sich ihre Anspannung löste.

»Bitte«, sagte er und deutete auf den Stuhl. »Nehmen Sie Platz, und lassen Sie es sich schmecken. Ich habe mehrere Portionen gekocht, wenn Sie einen Nachschlag wollen, geben Sie mir einfach Bescheid.«

Kara zögerte, dann setzte sie sich und griff nach dem Plastikbesteck. Gierig schaufelte sie sich eine Portion Nudeln mit Soße in den Mund.

Es schmeckte köstlich. Nicht nur weil sie einen solchen Hunger hatte, dass sie alles gegessen hätte, sondern weil er wirklich gut gekocht hatte. Die Nudeln waren al dente, das Hackfleisch perfekt gewürzt und mit einer leicht rauchigen Note.

Dorn sah auf seine Armbanduhr. »Für heute ist es schon zu spät, um mit dem nächsten Kapitel anzufangen. Ich lasse Sie erst einmal in Ruhe essen und komme später, um den USB-Stick abzuholen und Ihnen das Abendessen zu bringen. Vorausgesetzt, Sie wollen nach den Spaghetti überhaupt noch etwas zu essen.«

Und ob sie das wollte!

Mit vollem Mund nickte sie.

»Ist ein Käsebrot okay, oder möchten Sie lieber etwas anderes?«

»Käsebrot klingt gut«, sagte sie.

Dorn verließ den Keller.

Kara schlang das Essen herunter, und mit jedem Bissen ließen der Schwindel und das Zittern nach.

Satt und erleichtert lehnte sie sich in ihrem Stuhl zurück.

Und nun?

Der Wecker zeigte halb vier an.

Eine Weile trommelte sie mit den Fingern auf die Tischplatte.

Wenn auf dem Laptop wenigstens ein Spiel drauf wäre. Egal welches, Hauptsache sie könnte irgendwie die Zeit totschlagen.

Kara legte sich ins Bett. Sie umklammerte das Kissen und presste es an sich. Dachte an Jessie und ihre Eltern und wünschte sich nichts mehr, als bei ihnen zu sein.

Sehnte sich nach einer Umarmung ihrer Mutter, die ihr als Kind Sicherheit und Geborgenheit gegeben hatte.

Eine Träne kullerte ihr über die Wange.

Die Zeit verstrich so langsam, dass Kara überprüfte, ob der Wecker stehen geblieben war. Mit jeder Minute wurden ihre Gedanken düsterer und hoffnungsloser. Sie würde weder ihre Freundin noch ihre Familie jemals wiedersehen.

Wutentbrannt schleuderte sie das Kissen von sich und schlug mit den Fäusten auf die Matratze ein, bevor sie auf den Rücken rollte und reglos liegen blieb.

Irgendwann stand sie auf und begann aus lauter Langeweile, im Raum umherzulaufen und Schritte zu zählen. Als sie bei tausend angelangt war, wusste sie, dass sie es keine Woche im Keller aushalten würde. Sie brach auf dem Boden zusammen und fing hemmungslos zu weinen an.

Kapitel 22

Der Puppenmörder – Kapitel 4

»Nimm das!«, schrie Rafael und versetzte seinem Kontrahenten einen Schlag. Er traf ihn am Kinn, und Daniel, der Junge, der die Klasse über ihm besuchte und seit mehr als einem Jahr Karate trainierte, kippte rücklings um.

Ein Raunen ging durch die Mitschüler, die um sie herum einen Kreis gebildet hatten.

Rafael stemmte die Hände in die Hüften und blickte verächtlich auf den Jungen am Boden hinunter. »Wage es nie wieder, mich zu schlagen, oder ich prügle dich windelweich. Hast du mich verstanden?«

Daniel rieb sich das Kinn.

»Ob du mich verstanden hast?«, wiederholte Rafael.

Der besiegte Karateka antwortete hastig mit »Ja«.

Rafael drehte sich um und marschierte davon. Seine Mitschüler traten ehrfürchtig zur Seite und ließen ihn durch.

Er fühlte sich gut.

»Hey.«

Nein, er fühlte sich großartig.

»Wach auf.«

Er hatte all seinen Mut aufbringen müssen, sich gegen seinen Peiniger zu wehren, und es hatte sich gelohnt. Ab sofort würde es niemand mehr wagen, ihn als Punchingball zu missbrauchen.

»Wach endlich auf.«

Rafael spürte, wie ihn jemand an der Schulter rüttelte, und murmelte irgendetwas Unverständliches.

In der nächsten Sekunde wurde die Nachttischlampe angeschaltet, das Licht blendete ihn. Verschlafen blinzelte er.

»Was ist denn los?«, fragte er.

»Ich hab eine Überraschung für dich«, sagte eine männliche Stimme, und Rafael war hellwach.

Er riss die Augen auf und sah seinen Stiefvater, der sich über ihn beugte.

Hatte er was falsch gemacht? Oder was Falsches gesagt?

»Wie spät ist es?« Möglicherweise hatte er verschlafen. Andererseits war Wochenende, er musste nicht zur Schule, und durch die Ritzen der Jalousie drang kein Tageslicht.

»Fünf Uhr«, antwortete Jens.

Fünf Uhr?

Augenblicklich schrillten sämtliche Alarmglocken in ihm. Warum weckte sein Stiefvater ihn mitten in der Nacht? Wollte er ihn schlagen? Ihn dafür bestrafen, dass er ein Versager und Nichtsnutz war?

»Zeit zum Aufstehen.«

Jens' Stimme war ruhig, beinahe fröhlich, was Rafaels Misstrauen weiter schürte.

Irgendetwas stimmte nicht.

»Ich … ich verstehe nicht.«

Nun lächelte Jens sogar. »Ich hab eine Überraschung für dich. Also steh auf, und zieh dich an. Aber sei leise. Angela schläft tief und fest, ich will sie nicht wecken.«

Er hob die Decke an, und Rafael schwang die Beine aus dem Bett. Argwöhnisch beäugte er Jens, der ihn weiterhin anlächelte.

Was sollte das? Die letzten Wochen hatte sein Stiefvater ihn konsequent ignoriert und kein einziges Wort mit ihm gesprochen. Es sein denn, Rafael sollte ihm abends ein Bier aus dem Kühlschrank holen oder wenn er ihn schlug. Genau wie seine Mutter, die Rafael verteidigte und dafür ebenfalls Schläge kassierte.

»Na los, putz dir die Zähne, und zieh dich an. Ich warte unten auf dich.«

Rafael huschte ins Bad. Als er die Küche betrat, war Jens gerade dabei, Brote zu schmieren.

Er bereitete Essen vor?

Rafael war perplex.

»Hier«, sagte Jens und reichte ihm ein Leberwurstbrot. Die anderen wickelte er in Papier ein und steckte sie in seinen braun-grün gemusterten Jagdrucksack. An der Wand lehnte sein Gewehr.

Bei dem Anblick bekam Rafael es mit der Angst zu tun.

»Was hast du vor?«, fragte er heiser.

Wollte er ihn von hier wegbringen und in einer einsamen Gegend erschießen? Sollte Mama deshalb nicht wach werden?

»Zieh deine Jacke und Wanderschuhe an.«

»Wohin fahren wir?« Rafael wollte nicht mit. Erst recht nicht, wenn er mit seinem Stiefvater allein war.

»Lass dich überraschen.« Jens schulterte den Rucksack. Er betrachtete das Wurstbrot, das Rafael in der Hand hielt. »Willst du nicht essen?«

Der Hunger war ihm vergangen, trotzdem biss er in das Brot, weil er Jens nicht provozieren wollte.

Kurz darauf saßen sie im Auto. Zu dieser frühen Stunde war auf den Straßen kaum etwas los, und Rafael sah sorgenvoll durch das Seitenfenster in die Dunkelheit hinaus.

Er überlegte, ob er Jens noch einmal fragen sollte, wohin sie fuhren, doch seine Angst hielt ihn davon ab.

Sein Stiefvater pfiff leise vor sich hin.

Nach zehn Minuten, die sie wortlos nebeneinandergesessen hatten, sagte Jens: »Weißt du, ich finde, es wird langsam Zeit, dass wir uns besser kennenlernen.«

Äh? Irritiert warf Rafael ihm einen Blick zu. Vor drei Jahren waren Mama und er bei ihm eingezogen. In der ganzen Zeit hatte Jens nichts als verächtliche Worte für ihn übrig ge-

habt und ihn geschlagen. Und nun wollte er ihn besser kennenlernen?

»Okay«, sagte er.

Wenig später verließ Jens die Hauptstraße und wechselte auf einen ungeteerten Weg, der auf einen Wald zuführte. Schemenhaft zeichneten sich die Bäume in der Finsternis ab.

Rafaels Befürchtung, dass Jens ihn in einer einsamen Gegend erschießen wollte, schien sich zu bewahrheiten.

Jens parkte das Auto am Wegrand und stellte den Motor ab. Er stieg aus und holte den Rucksack sowie das Gewehr aus dem Kofferraum.

»Was ist jetzt?« Er öffnete die Tür.

Widerwillig verließ Rafael den Wagen. »Wo sind wir hier?«

»Im Ebersberger Forst.« Jens zog eine Taschenlampe aus dem Rucksack und leuchtete Richtung Wald. »Los, komm. Wir haben etwa zehn Minuten Fußmarsch vor uns.«

»Und dann?«

»Sind wir an meinem Jägerstand.«

Endlich begriff Rafael. Sein Stiefvater nahm ihn mit zur Arbeit.

Schweigend liefen sie hintereinander her, bis er im Schein der Taschenlampe den Hochsitz sah. Er kletterte nach Jens die Leiter hoch. Kaum war er oben, warf er einen Blick zurück. Im Wald war es so dunkel, dass er den Boden nicht erkennen konnte.

Wenn sein Stiefvater ihn runterschubste, würde er sich das Genick brechen.

Er verwarf den Gedanken wieder, dennoch begab er sich sicherheitshalber auf die andere Seite des Jägerstands.

Jens stellte den Rucksack ab und lehnte das Gewehr an die Wand. »Jetzt warten wir, bis die Sonne aufgeht.«

Eine halbe Stunde später zeichnete sich ein schwacher Silberstreifen zwischen den Baumwipfeln ab, und der Himmel wurde langsam heller. Gleichzeitig erwachte der Wald zum Leben. Von überall her erklang Vogelgezwitscher, eine leichte Brise ließ die Blätter rascheln. Immer wieder hörte Rafael Geräusche aus dem Unterholz, die er nicht zuordnen konnte.

»Das sind Wildschweine«, sagte Jens gedämpft und deutete in das Dickicht. »Siehst du, dort drüben.«

Er reichte Rafael das Fernglas, und nach einigem Suchen entdeckte er sie. Fasziniert beobachtete er die Tiere, bis sie zwischen den Bäumen verschwanden.

»Wow«, sagte er und lächelte. »Das war toll.«

Zum ersten Mal, seit Rafael ihn kannte, fühlte er eine Verbindung zu ihm. Eine jenseits von Gewalt und Bestrafungen. Auf einmal erkannte er, dass Jens auch anders sein konnte. Dass er so seinen leiblichen Sohn behandeln würde, wenn er eigene Kinder haben könnte.

Jens legte einen Finger auf die Lippen und zeigte in westliche Richtung. Rafael folgte seinem Blick mit dem Fernglas und stieß einen leisen Freudenschrei aus. Etwa fünfzig Meter von ihnen entfernt stand ein Hirsch und fraß.

»Pst«, flüsterte Jens. »Wenn er uns hört, ist er weg.«

Rafael nickte und betrachtete andächtig das wunderschöne Tier mit dem imposanten Geweih. Er zählte zehn Enden.

Wahnsinn, dachte er.

In der nächsten Sekunde zerriss ein Schuss den frühmorgendlichen Tag, und Rafael zuckte zusammen. Beinahe hätte er das Fernglas fallen gelassen.

Jens hatte das Gewehr gegen die Schulter gedrückt und grinste.

»Volltreffer«, sagte er.

Rafael benötigte einen Moment, bis er verstand. Er hob das Fernglas und suchte die Stelle ab, wo bis vor wenigen Sekunden der Hirsch gewesen war. Da lag er auf dem Boden, aus dem Hals floss Blut.

»Warum?«, fragte er fassungslos.

Jens zuckte mit den Schultern.

»Es ist Jagdsaison, mein Junge.« Er schulterte das Gewehr und stieg die Leiter hinunter. »Los, komm mit. Wir müssen den Hirsch überprüfen.«

Was? Rafael wollte das tote Tier nicht sehen. Nicht nachdem er zuvor seine Schönheit bewundert hatte.

»Willst du da oben übernachten?« Jens hatte den Boden erreicht und schaute zu ihm hinauf. »Schwing deinen Arsch runter.«

Widerwillig folgte Rafael ihm.

Sie erreichten den Hirsch, und Rafael stellte entsetzt fest, dass er noch lebte. Der Atem des Tiers war schwach und unregelmäßig. Der Hirsch wollte den Kopf heben, doch ihm fehlte die Kraft. Dass er Schmerzen litt, war nicht zu übersehen.

Jens zog ein Jagdmesser aus der Tasche. Er drehte sich zu Rafael.

»Hier«, sagte er und reichte ihm das Messer.

Rafael runzelte die Stirn. »Was soll ich damit?«

»Töte ihn.«

»Was?« Entgeistert starrte er seinen Stiefvater an.

»Du sollst ihn töten.«

Rafaels Blick wanderte zwischen Jens und der rasiermesserscharfen Klinge hin und her.

»Schneid ihm die Kehle durch.«

Rafael spürte, wie er blass wurde. Sein Atem war genauso flach wie der des sterbenden Hirsches.

»Nun mach schon. Töte ihn, und werde endlich zum Mann.«

Und plötzlich begriff er. Jens hatte den Hirsch absichtlich nicht getötet, um Rafael dazu zu zwingen. Das war seine Überraschung.

»Das … das kann ich nicht«, stammelte er.

»Natürlich kannst du das. Jeder kann töten.« Er drückte Rafael das Messer in die Hand.

Rafael schluckte schwer und trat einen Schritt auf den Hirsch zu.

»Setz die Klinge seitlich am Hals an, und zieh sie mit Druck quer über seine Kehle.«

Rafael begann zu zittern. Die Waffe wog schwer in seiner Hand. Er blickte dem Hirsch direkt in die Augen und erkannte, dass er ein fühlendes Lebewesen vor sich hatte. Jemanden, der genauso Schmerz und Freude empfand wie er.

Er konnte das nicht.

»Töte ihn!«, schrie sein Stiefvater hinter ihm.

»Nein!« Rafael wirbelte herum und funkelte Jens wütend an.

In der nächsten Sekunde hob er das Messer und rammte es ihm bis zum Schaft in den Brustkorb. Jens taumelte rückwärts, seine Jacke färbte sich rot. Ungläubig stand er da, dann sank er zu Boden und blieb reglos liegen.

»Du sollst ihn endlich töten!«, schrie Jens und riss Rafael aus seinen Gedanken.

»Ich … ich kann das nicht.« Er hielt den Kopf gesenkt.

Jens trat ihm von hinten in die Kniekehle, sodass Rafael hinfiel. Er packte ihn am Nacken und drückte ihn zu dem blutenden Tier hinunter. Rafael fühlte den schwächer werdenden Atem des Hirsches in seinem Gesicht, nahm den erdigen und wilden Geruch seines Fells wahr und sah die Todesangst in dessen Augen.

Er wollte sich aufrichten, doch Jens hielt ihn mit eisernem Griff unten.

»Bitte«, wimmerte er und versuchte vergeblich, sich zu befreien.

Mit seinen dreizehn Jahren hatte er nicht den Hauch einer Chance gegen den durchtrainierten ehemaligen Fremdenlegionär.

Jens packte seine Hand mit dem Messer und führte sie zum Hals des Tiers.

Rafaels Augen weiteten sich vor Schreck. Er wollte die Waffe fallen lassen, aber Jens umklammerte seine Finger.

»Nein!«, schrie er und spürte, wie das Messer in das Tier eindrang. Blut spritzte und traf ihn an Stirn und Wange. Angewidert verzog er das Gesicht. Der Hirsch stieß einen kläglichen Laut aus, der Rafael das Herz brach. Jens führte seine Hand an der Kehle entlang. Die scharfe Klinge durchschnitt mühelos das Fleisch.

Rafael hatte das Gefühl, dass die Pupillen des Hirsches flackerten. Ein letztes Zucken, ein letzter Atemzug, dann erschlaffte das Tier. Und mit ihm Rafael.

Vollkommen geschockt kniete er am Boden. Er fühlte sich ausgelaugt, sein Kopf war wie leer gefegt.

Jens ließ ihn los, und das Messer entglitt seiner kraftlosen Hand. Sein Stiefvater nahm es an sich.

»Was bist du nur für ein Versager?«, meinte er und spuckte neben ihn.

Kapitel 23

Es gab keine Alternative. Sie musste es tun.

Bis tief in die Nacht hinein hatte Kara wach gelegen und nachgedacht. Dorns Erzählung über den Jagdausflug mit seinem Stiefvater hatte sie mehr mitgenommen, als sie zulassen wollte. Beim Schreiben hatte sie eine regelrechte Wut auf Jens und Mitleid mit Dorn verspürt.

Ob das bereits das Stockholm-Syndrom war? Das psychologische Phänomen, bei dem das Opfer einer Geiselnahme oder Entführung Sympathie für den Täter entwickelte.

Sie musste aufpassen. Auf keinen Fall durfte sie Mitgefühl für Dorn empfinden. Er war ein brutaler Mörder, der nicht zögern würde, sie zu töten.

Die Langeweile in den Abendstunden war kaum mehr zu ertragen. Die Minuten verstrichen quälend langsam und zogen sich hin, als wären es Stunden. Inzwischen war sie bei dreitausend Schritten jeden Abend angekommen. Das Schreiben war die einzige vertraute Ablenkung in der stumpfen Monotonie des Kellers.

Bis jetzt hatte sie es geschafft, ihre Angst und die Klaustrophobie unter Kontrolle zu halten, doch es kostete sie von Mal zu Mal mehr Kraft. Kraft, die mit jedem Tag weiter schwand. Ihr war klar geworden, dass sie es nicht länger aushalten würde. Sie würde verrückt werden, ehe sie das Buch fertiggestellt hatte.

Kara schlug die Decke zur Seite und stand auf. Selbst das fiel ihr zunehmend schwerer. Deshalb hatte sie beschlossen, trotz ihrer Angst zu handeln. Sie musste einen Fluchtversuch wagen.

Kara huschte ins Bad. Entweder gelang ihr die Flucht, oder Dorn tötete sie. Es gab nur diese beiden Optionen, und nachdem sie stundenlang darüber gegrübelt hatte, hatte sie sich entschieden, es zu versuchen. Sterben würde sie spätestens, wenn die letzte Seite geschrieben war, daher hatte sie nichts zu verlieren.

Sie wollte Dorn in dem Moment überwältigen, in dem er ihr das Frühstück brachte. Das MacBook war aus Aluminium und schwer. Wenn sie es ihm über den Kopf schlug, würde er zu Boden gehen. Sie musste nur schnell genug sein und durch die Tür, bevor sie ins Schloss fiel. Sie hatte einen automatischen Schließmechanismus, es dauerte knapp zwei Sekunden, bis sie zu war.

Mit dem Laptop stellte sie sich auf die Position, die sie für die beste hielt. Etwas seitlich, sodass Dorn sie beim Reinkommen nicht sofort sah und die Tür sie nicht traf.

Das MacBook lag gut in der Hand. Wenn sie Dorn mit der Kante an der Schläfe erwischte, würde er mit Sicherheit bewusstlos werden.

Sie holte aus und schlug zu. So wie sie es heute Nacht Dutzende Male geübt hatte. Dann würde sie den Laptop fallen lassen und mit der Linken die Türkante packen. Ein Satz über den am Boden liegenden Dorn hinweg und nichts wie raus.

Sie wollte die Terrassentür nehmen und hoffte, dass es eine gab. Die Gefahr, dass er die Haustür abgeschlossen hatte und sie dadurch in der Falle saß, erschien ihr zu groß. Sobald sie auf der Straße war, würde sie laut um Hilfe schreien und den nächsten Wagen anhalten oder bei Nachbarn klingeln. Die Polizei würde erscheinen, Dorn verhaften, und sie hätte ihre Freiheit zurück.

Das war die Theorie.

In der Praxis waren Karas Hände schweißnass, und

sie fürchtete, der Laptop könnte ihr entgleiten, die Tür zufallen oder Dorn sie einholen, bevor sie aus dem Haus war.

Ein Blick auf den Wecker verriet ihr, dass es halb acht war. Ihr blieben dreißig Minuten.

Obwohl sie vorhin auf der Toilette gewesen war, drückte ihre Blase, und Kara verschwand im Bad. Eine Viertelstunde später ein weiteres Mal.

Noch zehn Minuten.

Sie wartete hinter der Tür, den Laptop schlagbereit in den Händen, und schwitzte, als wäre sie in einer Sauna.

Sie hatte nur einen einzigen Versuch. Der Schlag musste sitzen. Wenn sie Dorn verfehlte oder nicht richtig traf, war's das. Vermutlich würde er so wütend werden, dass er sie zu Tode prügelte.

Sie schob den Gedanken beiseite und konzentrierte sich darauf, dass alles gut ging. Wieder übte sie die Bewegung.

Es musste einfach klappen!

Kara legte ein Ohr an die Stahltür und lauschte. Nichts war zu hören.

Acht Uhr.

Sie hielt den Laptop so fest umklammert, dass sie fast einen Krampf bekam. Das Herz pochte ihr bis zum Hals, sie hatte das Gefühl, es wäre durch die Tür zu hören.

Dorn musste jeden Moment auftauchen.

Noch nie in ihrem Leben hatte sie eine solche Angst verspürt, und sie war kurz davor, ihren Plan aufzugeben. Doch die Vorstellung, monatelang in diesem Loch festzusitzen, war weitaus schlimmer, und so riss sie sich zusammen und setzte alles auf eine Karte.

Sie dachte an den geplanten Südseeurlaub mit Jessie, an die bevorstehende Geburtstagsfeier ihrer Mutter und an *Dunkle Rache.*

Drei Minuten nach acht.

Ihr Sichtfeld zog sich zu einem Tunnel zusammen. Sie blendete alles um sich herum aus, war voll und ganz auf die Tür konzentriert. Ihre Muskeln waren angespannt, die Freiheit zum Greifen nah. Sie musste Dorn nur am Kopf treffen. Das richtige Timing entschied über Leben und Tod.

Dann ging die Tür auf. Karas Tunnelblick wurde noch enger. Dorn betrat den Raum, in den Händen hielt er ein Tablett.

Jetzt!

Kara holte aus und zielte mit dem Laptop auf seinen Schädel. Dorn ließ das Tablett fallen, das mit einem Scheppern auf dem Boden aufschlug. Er wich mit dem Oberkörper nach hinten aus, sodass das MacBook ihn um Haaresbreite verfehlte und stattdessen die Tür traf.

Scheiße!

Kara holte erneut aus. Im nächsten Moment war Dorn bei ihr und rammte ihr die Faust ins Gesicht. Sie stieß einen Schmerzensschrei aus und ließ den Laptop los. Tränen schossen ihr in die Augen.

»Sind Sie verrückt geworden?«, schrie Dorn und schubste sie mit voller Wucht von sich.

Kara stolperte rückwärts und prallte gegen das Metallgestell am Bettende. Dorn stürmte auf sie zu, sie hob schützend die Hände. Er packte sie und schleuderte sie Richtung Tür. Kara knallte mit der Stirn gegen den Stahl. Ein stechender Schmerz schoss durch ihre Rechte, mit der sie den Aufprall abfangen wollte. Sterne tanzten vor ihren Augen. Sie warf sich herum und versuchte vergeblich, sich vor Dorns Attacke zu schützen. Er griff nach ihrem Hals und drückte zu. Panisch schlug sie um sich, bekam keine Luft und geriet noch mehr in Panik. Die Umgebung verschwamm, ihre Knie wurden weich.

Kurz bevor sie vollends das Bewusstsein verlor, lockerte er seinen Griff, und sie japste nach Luft. Ohne sie loszulassen, beugte er sich zu ihr vor. Seine Augen strahlten eine Kälte aus, dass sie glaubte, zu Eis zu erstarren.

»Das war ein großer Fehler«, keuchte er und presste sie noch mehr gegen die Tür.

»Bitte …«, wimmerte Kara, auch wenn sie wusste, dass es vorbei war. Sie hatte alles riskiert und verloren.

Lange standen sie da, ihre Gesichter nur wenige Zentimeter voneinander entfernt. Dann ließ er abrupt von ihr ab.

»Sie können von Glück reden, dass mir die ersten Kapitel so gut gefallen haben«, sagte er. »Aber wenn Sie das noch mal versuchen, werde ich Ihnen jeden Knochen einzeln brechen, verstanden?«

Kara bebte am ganzen Körper. Zaghaft nickte sie.

Dorn packte sie am Arm und zog sie ruckartig von der Tür weg, sodass sie stolperte und hinfiel. Zusammengekrümmt und voller Angst blieb sie liegen.

»In einer Stunde fangen wir an. Bis dahin entfernen Sie das Essen vom Boden. Ich will keinen Fleck im Teppich haben.«

Kapitel 24

Die tägliche Vormittagsbesprechung der Sonderkommission »Puppe« war für neun Uhr angesetzt. Nadine betrat als Letzte den Konferenzraum. Es herrschte eine angespannte Stimmung. An der linken Wandseite hingen zwei Whiteboards. Auf dem ersten klebten Fotos der Opfer des Puppenmörders, auf dem zweiten waren die nächsten Schritte und dringenden Maßnahmen notiert. Rote Pinnnadeln markierten auf dem großen Stadtplan daneben die Leichenfundorte.

Nadine räusperte sich, und das Stimmengewirr verstummte. Als Leiterin der Soko gab sie ihren Kollegen einen Überblick über den Ermittlungsstand und fasste die bisherigen Erkenntnisse zusammen.

»Damit erhöht sich die Zahl der Opfer auf insgesamt elf«, schloss sie ihren Bericht. »Sieben weibliche Opfer und vier männliche in einem Zeitraum von zwölf Jahren. Die Altersspanne reicht von zweiundzwanzig bis neunundsiebzig. Auffallend ist, dass der Täter ausschließlich in den Monaten Februar und März mordet. Dieses Jahr ist er mit Januar früher dran.«

»Ist die Leiche von Kara Bender mittlerweile gefunden worden?«, erkundigte sich Pascal Heckmann, ein Polizist Ende zwanzig.

Nadine schüttelte den Kopf. »Wir suchen mit Hochdruck nach ihr, auch über eine öffentliche Vermisstenfahndung.«

»Das passt nicht ins Bild. Bisher hat der Täter sein Markenzeichen neben der Leiche hinterlassen. Und in der Wohnung von Kara Bender ist eine Puppe gefunden worden.«

»Ich gebe dir vollkommen recht, Pascal. Es entspricht nicht seinem üblichen Modus Operandi. Wir gehen momentan stark davon aus, dass er die Leiche – aus welchem Grund auch immer – aus der Wohnung fortgeschafft hat.«

»Warum? Was bezweckt er damit?«

Nadine zuckte mit den Schultern. »Wenn ich das wüsste. Vielleicht hat er sie woanders deponiert, und wir haben sie nur noch nicht gefunden.«

Sie wandte sich an Jochen Kolb, den Leiter der operativen Fallanalyse. Er war vor acht Jahren zu dem Fall hinzugezogen worden, als klar geworden war, dass sie es mit einem Serientäter zu tun hatten. Der Fallanalytiker sollte ein psychologisches Profil des Täters und zu seinen möglichen Motiven erstellen.

»Jochen, was meint dein Team dazu?«

»Auf die Schnelle haben wir dazu keine Antwort. Wir diskutieren und analysieren noch. Auffallend ist jedoch, dass Kara Bender im Gegensatz zu den anderen Opfern als Autorin in der Öffentlichkeit stand. Möglicherweise spielt ihr Bekanntheitsgrad eine Rolle, weshalb er die Leiche mitgenommen hat. Vielleicht möchte er, dass sie öffentlichkeitswirksam gefunden wird.« Er kratzte sich am Kinn. »Sofern es überhaupt eine Leiche gibt.«

»Endgültige Gewissheit werden wir erst haben, wenn wir sie gefunden haben«, sagte Nadine. »Aufgrund seiner bisherigen Vorgehensweise müssen wir davon ausgehen, dass sie tot ist.«

»Meinst du, Kara Bender war ein zufälliges Opfer, oder hat er sie bewusst ausgewählt, Jochen?«, wollte Diesel wissen.

»Der Puppenmörder mordet nicht wahllos oder nach

dem Zufallsprinzip«, antwortete Kolb. »Er sucht sich seine Opfer gezielt aus. Die Analyse der bisherigen Morde spricht eine klare Sprache. Vieles deutet darauf hin, dass er sie über einen längeren Zeitraum beobachtet und ihre Wohnungen und Häuser auskundschaftet. Ein Zeuge hat in der Nähe des fünften Tatorts jemanden mit einem Fernglas gesehen. Leider hat er nicht sofort die Polizei verständigt, sondern die Sache auf sich beruhen lassen. Er hat sich nichts dabei gedacht. Erst als einer seiner Nachbarn dem Puppenmörder zum Opfer gefallen ist, hat er sich daran erinnert.«

»Konnte er sagen, ob es sich bei dem Täter um einen Mann oder eine Frau handelt?«, fragte die Polizistin neben ihm.

»Nein. Die übereinstimmende DNA von sieben Tatorten stammt von einem männlichen Genträger. Mit hoher Wahrscheinlichkeit ist der Täter weiß, zwischen dreißig und fünfzig Jahren und lebt in München oder im nahen Umland. Die Gegend ist ihm vertraut. Für ein rassistisches oder sexuelles Motiv spricht nichts.«

»Und wie wählt er seine Opfer dann aus?«

»Aus unserer Sicht danach, wer für ihn ein leichtes Opfer ist, also jemanden, von dem keine nennenswerte Gegenwehr zu erwarten ist. Auffallend ist, dass er keinen spezifischen Opfertyp hat, wie es bei Serienmördern üblicherweise der Fall ist. Er scheint querbeet zu morden, Männer gleichermaßen wie Frauen, junge Menschen genauso wie alte. Zwischen den Opfern existiert keinerlei Verbindung. Weder kannten sie sich untereinander, noch vereinte sie irgendeine Gemeinsamkeit wie Hobby, Beruf oder Bekannte. Sie gehörten nicht einmal derselben Religion an.«

Nadine biss sich auf die Unterlippe. Genau das erschwerte ihre Ermittlungen. Es gab keine konkreten Ansätze oder ein nachvollziehbares Motiv. Hätte er es beispielsweise nur auf Frauen eines bestimmten Alters, Berufs oder einer Haarfarbe abgesehen, würde ihnen das die Arbeit deutlich erleichtern. So stocherten sie im Nebel und arbeiteten mit zahlreichen Hypothesen, die sie bisher nicht ans Ziel geführt hatten. Genauso wenig konnten sie sich einen Reim darauf machen, warum er Puppen an den Tatorten platzierte. Sie waren sich sicher, dass sie für ihn ein Symbol darstellten, doch was für eines, war reine Spekulation.

»Deshalb glauben wir, dass es ihm nicht um die Opfer geht, sondern um die Tat an sich«, fuhr Kolb fort. »Es wirkt auf uns, als würde sich mit dem Töten etwas in ihm entladen. Als bräuchte er ein Ventil. Über das Wofür können wir allerdings nur mutmaßen. Eine fortwährende Kränkung aus seinem direkten Umfeld wie Ehefrau oder Arbeitgeber kommt ebenso infrage wie eine narzisstische Persönlichkeitsstörung. Die Abkühlungsphase zwischen den Morden beträgt, abgesehen von den ersten drei Fällen, ziemlich genau ein Jahr. Nach der Tat fühlt er sich erleichtert, bis der Druck irgendwann zu groß wird.«

»Zwischen dem zehnten Opfer und Kara Bender lag nur ein Tag«, warf Nadine ein. »In der Zeit kann sich nicht erneut solch ein Druck in ihm aufgestaut haben.«

Die Auswertung ihres Handys hatte ergeben, dass die Autorin Freitagabend um halb elf zuletzt online gewesen war, daher gingen sie davon aus, dass der Puppenmörder irgendwann in der Nacht auf Samstag zugeschlagen hatte.

»Dieser Punkt gibt uns zu denken. Genau wie das Fehlen der Leiche.«

»Kann er sie entführt haben?«, meinte ein älterer Kollege in der letzten Reihe.

»Warum hätte er dann eine Puppe hinterlassen?«, entgegnete Diesel. »Bisher war es sein Zeichen dafür, dass er jemanden getötet hat.«

»Vielleicht hat er sein Vorgehen geändert. So wie er auf einmal diese ominöse Botschaft *Bald* an die Wand schreibt.«

»Das ist in der Tat eine interessante Entwicklung«, bestätigte Kolb. »Er kündigt irgendetwas an. Das könnte ein Grund dafür sein, warum er sich mit Kara Bender eine bekannte Person ausgesucht hat. Weil es für entsprechende Publicity sorgt.«

O ja, dachte Nadine. Christian Kehl war schon ordentlich bei der Sache und stellte in seiner Sendung die abstrusesten Theorien auf. Länger als ein paar Minuten hatte sie den Schwachsinn auf *Tele1* nicht ausgehalten. Aber auch die Print- und Onlinemedien schlachteten das Thema aus und sorgten dafür, dass die Soko unter zusätzlichen Druck geriet.

Berühmte Autorin elftes Opfer des Puppenmörders – sie schrieb über Mord und wurde ermordet, war noch die harmloseste Schlagzeile gewesen. Bei *Todesschriftstellerin wird selbst Opfer* und *Mord war ihr Hobby* hatte sie entnervt die Internetseiten geschlossen.

»Und was kündigt er an?«, wollte Heckmann wissen.

»Das ist eine gute Frage«, antwortete Kolb. »Es kann sich dabei nicht einfach nur um einen weiteren Mord handeln, ansonsten hätte er die Botschaft schon früher hinterlassen. Einiges spricht dafür, dass er zusätzlich auf eine gewisse Profilierung und Geltungssucht abzielt. Aufgrund der Puppen und seiner Brutalität hat er die Aufmerksamkeit in den Medien, die er mit Sicherheit genießt. Jetzt setzt er eine Schippe drauf und erhöht mit seiner Ankündigung die Spannung und damit seinen medialen Bekanntheitsgrad.«

»Wir halten die Botschaft weiterhin unter Verschluss«, sagte Nadine. »Die Presse und die Öffentlichkeit wissen nichts davon.«

»Gut. Damit hat es nicht den von ihm gewünschten Effekt, und das könnte ihn provozieren. Möglicherweise lässt er sich zu einer Spontanhandlung hinreißen, die es uns ermöglicht, ihm endlich auf die Spur zu kommen.«

»Apropos Spur.« Nadine wandte sich an eine Frau Mitte vierzig, die ihre langen blonden Haare zu einem Pferdeschwanz gebunden hatte. »Sabine, gibt es hierzu Neuigkeiten?«

»Die Spurenauswertung der letzten zwei Opfer ist noch nicht abgeschlossen. Jedoch konnte an beiden Tatorten DNA gesichert werden, die mit der von sieben anderen Tatorten übereinstimmt.«

Nadine nickte nachdenklich. Zumindest konnten sie so einen Nachahmungstäter ausschließen.

»Leider gibt es keinen Treffer in der DNA-Datenbank«, fuhr Sabine fort. »Der Täter ist bisher nicht erkennungsdienstlich behandelt worden. Wir brauchen also zuerst einen Tatverdächtigen, dann können wir einen DNA-Abgleich durchführen.«

»Okay, danke.«

»Hat der Täter wieder ein Souvenir mitgenommen?«, fragte jemand.

Nadine bejahte.

Der Puppenmörder hatte von allen Opfern – mit Ausnahme des ersten – eine Haarsträhne abgeschnitten. Es war nicht unüblich, dass Serienmörder Andenken an ihre Taten aufhoben. Aus ermittlungstaktischen Gründen hielten sie diese Information vor der Öffentlichkeit zurück.

Nadine sah zu Georg Zettler, einem Mann um die fünfzig. »Was habt ihr bisher über Hermann Bach und

Kara Bender herausgefunden? Gibt es zwischen ihnen und den anderen Opfern eine Verbindung?«

»Leider nein. Wir haben eine Personenanalyse durchgeführt und das Umfeld der beiden genau überprüft, bis jetzt jedoch keine neuen Ermittlungsansätze oder gar Tatverdächtige gefunden. Das stützt Jochens Hypothese. Kara Bender sticht als Einzige insofern heraus, als dass sie als Autorin einer breiteren Masse bekannt ist und in der Öffentlichkeit steht.«

»Also jagen wir nach wie vor einem Phantom hinterher.« Nadine seufzte und überlegte. »Wir sollten uns zunächst vorrangig auf Kara Bender konzentrieren«, entschied sie. »Es spricht zwar vieles dafür, dass sie nicht mehr am Leben ist, doch solange wir keine hundertprozentige Gewissheit haben, müssen wir der Suche nach ihr oberste Priorität einräumen.«

Kapitel 25

Kara zitterte immer noch am ganzen Körper, als sie ins Bad taumelte. Schwer atmend stützte sie sich am Waschbecken ab und sah in den Spiegel. Auf der Stirn prangte eine Platzwunde, Blut lief ihr über den Nasenrücken. Vorsichtig berührte sie die linke Wange, die geschwollen und blau war, und zuckte schmerzerfüllt zusammen. Ihr rechtes Handgelenk pochte, genau wie ihr Kopf. Sie zog Pulli und T-Shirt hoch und betrachtete ihren Rücken. Ein dunkler Fleck zeichnete sich an der Stelle ab, wo sie gegen das Bettgestell geprallt war.

Was hatte sie sich nur dabei gedacht? Sie könnte jetzt tot sein!

Die Angst saß tief. Dorn war, ohne zu zögern, auf sie losgegangen und hatte sie brutal geschlagen. Kara konnte von Glück reden, dass er sie nicht ermordet hatte.

»Scheiße!«, fluchte sie und hielt ihr schmerzendes Gelenk unter das fließende Wasser, bis das Pochen nachließ. Sie befeuchtete das Handtuch und drückte es auf die Stirn, bis die Blutung aufhörte. Anschließend wusch sie sich das Blut aus dem Gesicht.

Sie blieb noch eine Weile im Bad, um die Konsequenzen des missglückten Fluchtversuchs zu verdauen. Dass sie weiterhin im Keller eingesperrt war, machte ihr mehr zu schaffen als die Verletzung.

Schließlich nahm sie das feuchte Handtuch, ging zur Stahltür und wischte den Fleck aus dem Teppich. Das Frotteetuch warf sie in den Wäschesack und das Essen in den Mülleimer, den Dorn gestern Vormittag gebracht hatte.

Kara hob den Laptop vom Boden auf und stellte ihn auf den Tisch. Bis auf eine Delle war er heil geblieben. Nicht auszudenken, wenn er kaputt gegangen wäre.

Sie setzte sich und schenkte sich Kaffee ein.

Das Pochen in ihrem Handgelenk kehrte zurück, und Kara fragte sich, wie sie damit den Stift halten sollte. In ihrem Schädel hämmerte es so stark, dass sie befürchtete, eine Gehirnerschütterung davongetragen zu haben. Sie würde nachher Mühe haben, sich zu konzentrieren. Allerdings konnte sie es sich nicht erlauben, unaufmerksam zu sein.

Sie überlegte, Dorn um eine Schmerztablette zu bitten, doch sie wollte nicht noch mehr Öl ins Feuer gießen. Stattdessen trank sie einen Schluck und hoffte, dass das Koffein die Kopfschmerzen linderte.

Dorn kam um kurz nach neun in den Keller. Sein grimmiger Gesichtsausdruck verriet, dass er immer noch wütend war. Sie senkte den Blick und wagte nicht, ihm in die Augen zu sehen, als er sich zu ihr an den Tisch setzte.

»Fangen wir an«, sagte er mit einem gereizten Unterton.

Kara schlug den Block auf und griff nach dem Stift. Ein stechender Schmerz fuhr durch ihr Handgelenk, für einen Moment schloss sie die Augen.

Beiß die Zähne zusammen, sagte sie zu sich selbst. Du darfst ihn auf keinen Fall reizen.

Sie musste da jetzt durch. Nach ihrem Gespräch würde sie das Gelenk kühlen.

Kara zwang sich zur Konzentration und versuchte, die Schmerzen in ihrer Hand und in ihrem Kopf auszuschalten.

Dorn nippte an seinem Kaffee.

»Ich stand auf dem Bolzplatz am Spielfeldrand und

beobachtete eine Gruppe Jugendlicher beim Fußballspielen«, begann er.

Kapitel 26

Der Puppenmörder – Kapitel 5

Rafael stand auf dem Bolzplatz am Spielfeldrand und beobachtete eine Gruppe Jugendlicher beim Fußballspielen. Wie gerne hätte er mitgemacht, doch mit seiner schlaksigen Figur wäre er wahrscheinlich nur über seine eigenen Beine gestolpert.

Es war Ende Mai, und zum ersten Mal seit einer Woche schien die Sonne. Der Boden war mehr Matsch als Wiese, aber niemand störte sich daran. Die Jungs jagten dem Ball hinterher, und Rafael sah ihnen neidvoll dabei zu.

Er war um jede Minute froh, die er nicht in der Nähe seines Stiefvaters oder in dessen Haus verbringen musste. Während der Wintermonate war Jens noch übellauniger und aggressiver geworden, das Haus unbehaglicher und kälter. Hätte er seine Mutter nicht, seine Seele wäre längst erfroren. Mama hielt zu ihm, egal wie oft ihr Mann sie schlug, und sie gab Rafael die Wärme und Geborgenheit, nach der er sich so sehr sehnte.

Der Jagdausflug war neun Monate her, und noch immer wachte Rafael nachts schweißgebadet auf, wenn er von dem Hirsch geträumt hatte. Das Gefühl, als die Klinge die Kehle des Tiers aufschlitzte, war so präsent, als wäre es erst gestern passiert.

Einer der Jugendlichen schoss ein Tor, seine Freunde klatschten ihn ab. Rafael unterdrückte ein Seufzen. Es musste ein schönes Gefühl sein dazuzugehören. Beachtet zu werden.

Er sah auf die Uhr. Zu Hause wartete ein Aufsatz auf ihn, den er bis morgen schreiben musste.

Wehmütig vergrub er die Hände in den Hosentaschen und

ging. Kaum hatte er sich ein paar Meter vom Bolzplatz entfernt, traf ihn etwas im Rücken, und er wirbelte herum. Vor ihm auf dem Boden lag der Fußball.

»Hey, du!«, rief ein Junge, der seine schwarzen Haare zu einem Irokesenschnitt gestylt hatte.

Rafael sah sich um.

»Ja, ich mein dich. Schieß den Ball rüber.«

Rafaels Herz machte einen Sprung. Das war seine Chance zu zeigen, was er drauf hatte. Vielleicht ließen sie ihn sogar mitspielen.

»Wer ist das?«, fragte der Torhüter.

»Keine Ahnung«, antwortete ein anderer.

Rafael zögerte.

»Los!«, rief der Junge mit dem Irokesenschnitt.

Rafael nahm zwei Schritte Anlauf. Mit voller Wucht trat er gegen den Ball – und verschoss ihn meterweit.

Die Jugendlichen brachen in lautes Gelächter aus. Nur der Irokese schüttelte entnervt den Kopf und lief dem Ball hinterher.

»Der kickt wie ein Mädchen«, sagte jemand.

Rafael spürte, wie er rot anlief. Tränen schossen ihm in die Augen. Sein Stiefvater hatte recht. Er konnte nichts und würde nie etwas können.

Er zog den Kopf ein und rannte davon.

»Hey, Schatz«, begrüßte seine Mutter ihn aus der Küche, als er nach Hause kam.

»Hallo«, murmelte er und zog die Schuhe aus.

Sie trocknete Geschirr ab und legte das Handtuch beiseite. »Ist alles in Ordnung mit dir?«

Hastig wischte sich Rafael die Tränen aus dem Gesicht. »Bin in meinem Zimmer.«

Er lief die Treppe hoch, knallte die Tür hinter sich zu und warf sich aufs Bett. Seine Hände krallten sich ins Kopfkissen.

Die Enttäuschung über den Fehlschuss war groß, aber am meisten war er von sich selbst enttäuscht. Er hatte es verbockt. Mal wieder.

Warum kann mir nicht auch mal was gelingen?, dachte er.

Nach einer Weile stand er auf und zog das Buch aus dem Regal, in dem er das Foto von ihm zusammen mit seiner Mutter und seinem leiblichen Vater versteckt hatte. Er setzte sich aufs Bett und betrachtete es.

Die Ähnlichkeit mit seinem Vater war nicht zu übersehen. Er hatte den Arm um ihn gelegt und grinste schelmisch in die Kamera, sie lachte fröhlich.

Seine Eltern sahen so glücklich aus. Er *sah glücklich aus.*

Du hättest mit mir Fußball gespielt, sagte er in Gedanken zu seinem Vater. Du hättest es mir beigebracht, genau wie viele andere Sachen. Ich würde jetzt nicht allein in meinem Zimmer sitzen, sondern auf dem Fußballfeld Tore schießen. Meine Mitspieler würden mich abklatschen, genau wie den Jungen vorhin auf dem Bolzplatz.

Die Vorstellung war schön.

Und schon gar nicht würdest du mich schlagen.

Sanft berührte er die Silhouette seines Vaters. Eine Träne kullerte ihm über die Wange.

Warum?, dachte er zum wahrscheinlich millionsten Mal. Warum musstest du sterben?

Er war vollkommen in die Erinnerung versunken, als die Tür aufgerissen wurde und sein Stiefvater ins Zimmer stürmte.

»Ich hab dich gerufen!«, schimpfte er. »Warum reagierst du nicht?«

Rafael versteifte sich. Er hatte ihn nicht gehört.

O mein Gott, das Foto! Wenn er das Foto entdeckte.

Rasch schob er es unters Kopfkissen.

»Was hast du da?«, wollte Jens wissen.

»Nichts.«

»Lüg mich nicht an! Ich habe genau gesehen, dass du was vor mir versteckst.«

»Es ist nichts. Ich …«

Doch sein Stiefvater war schon bei ihm. Rafael legte die Hand aufs Kopfkissen, um seinen wertvollsten Besitz zu schützen. Jens schlug seinen Arm zur Seite und hob das Kissen hoch.

Rafael glaubte, sein Herz würde stehen bleiben. Wie in Trance verfolgte er, dass Jens nach dem Foto griff.

Er durfte es auf gar keinen Fall bekommen.

Rafael schnappte sich das Bild und drückte es an die Brust.

»Gib das sofort her.«

Er presste die Lippen zusammen und schüttelte den Kopf.

»Ich hab gesagt, gib das her!«

Wie ein Schraubstock legten sich Jens' Finger um sein Handgelenk, und Rafael stöhnte auf. Mit einem Ruck entriss sein Stiefvater ihm das Foto. Als er die Aufnahme sah, lief er dunkelrot an. »Woher hast du das?«

Rafael schwieg. Sein Kopf fühlte sich auf einmal dumpf und leer an.

»Woher hast du das?«, brüllte Jens, der aussah, als würde er gleich explodieren.

Rafael roch seinen alkoholgeschwängerten Atem. Offenbar hatte er wieder getrunken. Wie so oft in letzter Zeit.

»Das gehört mir«, antwortete er mit leiser Stimme. »Gib es mir wieder.«

»Ich habe dir gesagt, dass ich in meinem Haus keine anderen Männer dulde. Was fällt dir ein, meine Regeln zu brechen?« Seine Kiefer mahlten, und seine Augen glichen denen eines Raubtiers, das gleich seine Beute zerfetzte.

Rafael rutschte auf dem Bett zurück.

Sein Stiefvater warf einen verächtlichen Blick auf das Foto.

»Genau der gleiche Versager wie sein Sohn«, sagte er und riss das Bild entzwei.

»Nein!«, schrie Rafael und hatte das Gefühl, sein Herz würde ebenfalls zerrissen.

Er beugte sich vor und griff nach dem Foto. Jens wich ihm aus.

»Du kleiner Scheißkerl.« Achtlos ließ er die beiden Fotohälften zu Boden fallen und ballte die Hände zu Fäusten.

Die Schläge prasselten so schnell und hart auf Rafael ein, dass er vom Bett fiel und sich wimmernd auf dem Teppich zusammenrollte. Schützend schlang er die Arme um den Kopf und bekam dafür umso mehr am Bauch und Rücken ab.

Als sein Stiefvater fertig war, fühlte es sich an, als wäre jeder einzelne Knochen in seinem Körper gebrochen. Es gab keine Stelle, die nicht schmerzte.

Jens stand keuchend über ihm. »Das nächste Mal schlag ich dich tot.«

Er hob die Fotofetzen auf, drehte sich um und verließ das Zimmer.

Rafael blieb reglos liegen. Es war, als hätte die Welt um ihn herum aufgehört zu existieren. Sein Stiefvater hatte alles zerstört. Nur am Rand bekam er mit, wie Jens unten brüllte: »Hast du ihm das gegeben?«

Es folgte Stille, und Rafael war sich nicht sicher, ob er kurzzeitig das Bewusstsein verlor.

Ein Schrei riss ihn aus seiner Schockstarre.

Mama!

Bestimmt machte sein Stiefvater sie dafür verantwortlich, dass er das Foto aufbewahrt hatte. Er musste ihr helfen.

Unter Schmerzen rappelte er sich auf und wankte in den Flur hinaus. Seine Beine gehorchten ihm kaum.

»Noch ein Mal und ich setz euch beide auf die Straße, dann könnt ihr schauen, wo ihr bleibt!«, brüllte Jens.

Kurz darauf fiel die Haustür ins Schloss.

Rafael stützte sich am Treppengeländer ab und hangelte sich ins Erdgeschoss. Mehrmals sackten die Beine unter ihm weg, und beinahe wäre er die Stufen hinuntergefallen. Im Türstock zur Küche blieb er stehen. Als er seine Mutter sah, die schluchzend auf dem Boden kauerte, brach ihm zum zweiten Mal das Herz.

»Mama.« Er ging neben ihr in die Knie und umarmte sie.

Erschöpft hob sie den Kopf. Ihr linkes Auge war zugeschwollen, auf der Wange zeichnete sich ein blauer Fleck ab. Bei ihrem Anblick verwandelte sich Rafaels Hilflosigkeit schlagartig in rasende Wut.

Wenn er doch nur größer und stärker wäre.

Der Messerblock auf der Anrichte zog Rafaels Aufmerksamkeit auf sich.

Nimm es, sagte seine innere Stimme. Lauf ihm nach, und ramm es ihm in den Rücken.

Seine Mutter nahm ihn in die Arme und drückte ihn an sich. Eng umschlungen saßen sie auf dem kalten Fliesenboden und gaben sich gegenseitig Halt, während die Welt um sie herum auseinanderfiel und sie in tiefe Dunkelheit stürzte.

Rafael legte den Kopf an ihren Brustkorb und spürte ihren rasenden Herzschlag. Fühlte das Beben ihres Körpers, als sie zu weinen begann.

»Es tut mir leid«, flüsterte er.

Woche 2

Kapitel 27

Der Wecker klingelte, und Kara hätte ihn am liebsten gegen die Wand geschleudert. Sie war müde und erschöpft und wollte nicht aufstehen, sondern die Decke über den Kopf ziehen und den ganzen Tag schlafen. Wenn sie Glück hatte, träumte sie von etwas Schönem und konnte wenigstens für ein paar Stunden vergessen, dass sie in einem Keller eingesperrt war.

Welcher Tag war heute? Montag? Dienstag? Kara wusste es nicht. Wenn sie nachher am Rechner saß, musste sie unbedingt nachschauen. Andererseits, welche Rolle spielte das schon?

Bleib liegen, und beende es, sagte eine Stimme in ihr. Du stirbst ohnehin, also warum nicht gleich jetzt?

Weil ich nicht sterben will, antwortete eine andere.

Nein, sie wollte nicht sterben. Nicht heute und nicht hier. Allerdings hatte sie keine Ahnung, wie sie ihrem Gefängnis entfliehen sollte. Jessie hatte mit Sicherheit längst die Polizei eingeschaltet, doch die hatte sie bisher nicht gefunden.

Und sie wird es auch nicht, beharrte die erste Stimme. Du bist verloren.

Dem konnte sie nichts entgegensetzen. Ihr Fluchtversuch war gescheitert, eine zweite Gelegenheit würde sie nicht bekommen.

Noch immer ärgerte sie sich, dass sie die Chance vertan hatte. Sie hätte sich ein Stück weiter vorne positionieren und schneller zuschlagen müssen. Dann hätte sie ihn getroffen.

Wenigstens war der Schmerz in ihrem Handgelenk fast verschwunden. Wenn sie länger schrieb, spürte sie ihn noch, eine kurze Pause und Kühlen verschafften jedoch rasch Linderung. Die Platzwunde an ihrer Stirn war während des Gesprächs mit Dorn aufgeplatzt. Er hatte ihr schließlich ein Klammerpflaster gebracht.

Ihre Gedanken schweiften zu Tanja. Auch sie musste ihr Verschwinden mittlerweile bemerkt haben. Kara hätte in den Tagen nach dem Erscheinen ihres Krimis mehrere Promotiontermine gehabt, und am Wochenende wäre ihre erste Lesung gewesen. So wie sie ihre Agentin kannte, machte sie sich wahnsinnige Sorgen um sie. Genau wie ihre Eltern, die vermutlich durch die Hölle gingen.

Kara hoffte, dass die Medien sie in Ruhe ließen und nicht zusätzlich unter Druck setzten.

Autorin spurlos verschwunden! Sie sah die Schlagzeile förmlich vor sich. Doch schon bald würde sie uninteressant werden, und erst wenn man ihre Leiche entdeckte, würden sich die Journalisten wieder auf sie stürzen. *Kara Bender brutal ermordet!*

Sie zwang sich, nicht weiter darüber nachzudenken, schaltete das Licht an und quälte sich aus dem Bett.

Den Tag verbrachte sie damit, das nächste Kapitel zu schreiben. Eine Familie mit Zwillingen in Rafaels Alter war in die Nachbarschaft gezogen, und die Jungs hatten ihn zu ihrer Geburtstagsfeier eingeladen. Er konnte sein Glück kaum fassen. Sein vierzehnter Geburtstag war erst zwei Wochen her, und er hatte ihn zusammen mit seiner Mutter gefeiert.

Auf der Party der Zwillinge hatte irgendjemand eine Flasche Wodka aus dem Keller seiner Eltern geklaut und mitgebracht. Rafael war am Ende so betrunken, dass seine Mutter ihn abholen musste. Sein Stiefvater kam an dem Abend selbst besoffen nach Hause, sodass er Rafaels Zustand nicht bemerkte.

Kara fiel der Einstieg in das Kapitel schwer. Sie fand ihren Flow nicht, mühte sich um jeden Satz. Vermutlich lag es an dem vorherigen Abschnitt, in dem Jens das Foto zerrissen und Rafael verprügelt hatte. Kara wusste aus eigener Erfahrung, wie schmerzhaft der Verlust eines geliebten Menschen war. Auch von ihrer Stiefschwester Yvonne war ihr nicht viel mehr als ein paar Fotos geblieben. Und die Bürde, dass sie an ihrem Tod schuld war.

Vielleicht ist es Schicksal, dass du in diesem Loch eingesperrt bist, sagte die provokative Stimme in ihr.

»Hör auf!«, schrie Kara und presste die Hände gegen die Schläfen.

Sie musste verhindern, dass sich Dorns Leben mit ihrem vermischte. Er hatte bereits die physische Gewalt über sie, keinesfalls durfte sie zulassen, dass er sich auch noch ihrer Psyche bemächtigte.

Mittags brachte Dorn ihr irgendeine aufgewärmte Reispampe. Nach dem Essen ging sie zum Fenster und sah nach oben.

Wie wohl das Wetter momentan war? Ob es schneite?

Kara stellte sich vor, dass sie einen Spaziergang um den See in der Nähe ihrer Wohnung machte. Der Schnee knirschte unter ihren Füßen, und die Sonne schien von einem strahlend blauen Himmel. Die Wasseroberfläche glitzerte wie ein Meer aus funkelnden Diamanten. Es war klirrend kalt, die Luft klar und frisch. Kara nahm einen tiefen Atemzug. Und roch den muffigen Keller.

Deprimiert setzte sie sich zurück an den Tisch.

Am Abend übergab sie Dorn den USB-Stick mit der

Sicherungskopie und fragte sich, wie sie die restliche Zeit totschlagen sollte. Vor zwei Tagen hatte er ihre Kleidung gewaschen, und sie hatte sich beim Zusammenlegen viel Zeit gelassen. Kloputzen war gestern dran gewesen – eine Tätigkeit, die sie zu Hause wie die Pest hasste. Auch die Fliesen im Bad hatte sie gezählt.

Verzweiflung machte sich in ihr breit. Sie lief zur Stahltür und ballte die Hände. Überlegte, ob sie so lange dagegen schlagen sollte, bis Dorn aufmachte, ließ es aber bleiben. Stattdessen legte sie den Kopf in den Nacken und schrie.

Kapitel 28

Rafael Dorn nahm eine Flasche Bier aus dem Kühlschrank und ging ins Wohnzimmer. Die Stehlampe in der Ecke tauchte den Raum in gedämpftes Licht. Draußen war es dunkel, der Rollladen bis auf einen Spalt heruntergelassen. Die alte Pendeluhr an der Wand, die er damals zusammen mit seiner Mutter auf einem Flohmarkt gekauft hatte, tickte gleichmäßig.

Dorn ließ sich in den Sessel fallen, legte die Beine auf den Beistellhocker und trank einen Schluck aus der Flasche. Gedankenverloren starrte er auf den großen Flatscreenfernseher gegenüber. Das Kellerabteil, in dem Kara eingesperrt war, befand sich direkt unter ihm.

Kara Bender, dachte Dorn.

Sie war eine großartige Autorin, aber es war ihm nicht entgangen, dass sie in den letzten Tagen in einen depressiven Zustand verfallen war, der sich zunehmend verschlimmerte. Bei ihrem letzten Gespräch hatte sie sichtlich Mühe gehabt, ihm zu folgen. Wenn es so weiterging, würde sie bald nicht mehr in der Lage sein zu schreiben.

Sollte er sie töten und eine neue Autorin suchen?

Dorn entschied sich dagegen. Er würde dadurch nur unnötig Zeit verlieren, und das konnte er sich nicht leisten. Außerdem war ihr Schreibstil gut. Er mochte die Art, wie sie ihn, Mama und Jens charakterisierte, die Spannung aufbaute und eine düstere Atmosphäre schuf. Und er liebte ihre Cliffhanger am Ende jedes Kapitels.

Nein. Für sein Buch kam nur eine einzige Person infrage, und das war Kara. Er musste sie lediglich ein wenig motivieren.

Nur wie?

Er hielt sich die kühle Flasche an die Stirn. Er könnte sie schlagen und mit roher Gewalt zwingen, aber wahrscheinlich würde es das genaue Gegenteil bewirken und Kara noch depressiver machen.

Er dachte eine Weile darüber nach, ihm fiel jedoch keine Lösung ein. Schließlich gab er es auf und schaltete den Fernseher ein. Er zappte durch die Programme, bis er bei einer Nachrichtensendung auf *Tele1* hängen blieb. In einem Ticker am unteren Bildschirmrand stand: *Krimiautorin weiterhin spurlos verschwunden.*

Ein Mann Anfang vierzig mit kurzen hellbraunen Haaren wurde in Großaufnahme eingeblendet, darunter der Name *Christian Kehl.*

»Von der Autorin Kara Bender, die vor eineinhalb Wochen spurlos verschwunden ist, gibt es nach wie vor kein Lebenszeichen. Die Polizei geht weiterhin davon aus, dass sie dem Puppenmörder zum Opfer gefallen ist. Nur wo ist ihre Leiche?«

Das Bild wechselte, und Kehl stand mit einem Mikrofon vor einem Wohngebäude.

»In dem Haus hinter mir ist das unfassbare Verbrechen geschehen«, sagte er mit dramatischer Stimme. Dorn gefiel es. »Im vierten Stock wohnte die erfolgreiche Krimiautorin, und genau hier hat der Puppenmörder ihr aufgelauert. Sie ist das mittlerweile elfte Opfer des grausamen Serienkillers, der seit zwölf Jahren ganz München in Angst und Schrecken versetzt. Unbestätigten Berichten zufolge hat der Täter in ihrer Wohnung eine Botschaft hinterlassen. Die Polizei, die sich in dem Fall bisher mehr durch stümperhafte als durch erfolgreiche

Ermittlungsarbeit ausgezeichnet hat, ist zu keiner Stellungnahme bereit.«

Bilder vom damals abgesperrten Tatort und Beamten in weißen Overalls wurden gezeigt, ehe Kehl wieder erschien.

»Wie lautet diese geheimnisvolle Botschaft, und was bedeutet sie? Ich bleibe selbstverständlich für Sie dran und versuche, die genauen Hintergründe herauszufinden.«

Dorn konnte sich ein Grinsen nicht verkneifen. Der Mann war ihm sympathisch.

Als Nächstes wurde eine Puppe mit einem Pferdeschwanz und blauen Kleid eingespielt.

»Hier sehen Sie die Puppe, die der Puppenmörder in der Wohnung von Kara Bender hinterlassen hat. Sein Markenzeichen. Von der Polizei war, wie erwartet, keine vernünftige Auskunft darüber zu erhalten, was es mit dieser Puppe auf sich hat. Deshalb habe ich einen Fachmann der forensischen Psychologie befragt, Professor Doktor Friedrich Striebel.«

Es folgte ein Interview mit dem vermeintlichen Experten, der eine abstruse Theorie über die Puppe aufstellte. Dorn konnte sich ein Lachen nicht verkneifen. Er amüsierte sich bestens.

»Wer ist eigentlich Kara Bender?«, fuhr Kehl anschließend fort. Er stand nun in einer Buchhandlung vor einem Stapel Bücher und hielt eines davon in die Kamera. »*Dunkle Rache* ist der fünfte und neueste Band ihrer Reihe um Kriminalhauptkommissar Lars Beck. Und vermutlich der letzte. Es dürfte nur eine Frage der Zeit sein, bis die Leiche von Kara Bender gefunden wird.«

In der nächsten Szene hastete Kehl mit dem Mikrofon einer Frau Anfang vierzig mit langen brünetten Haaren hinterher.

»Kara Bender schreibt seit mehreren Jahren erfolgreich Krimis und ist bei der Literaturagentin Tanja Gerritzen unter Vertrag.«

Die Frau drehte sich genervt um.

»Kein Kommentar«, blaffte sie ihn an, ehe sie davoneilte.

»Wir bemühen uns gegenwärtig um ein Interview sowohl mit ihrer Literaturagentin als auch mit ihrem aktuellen Verlag und halten Sie auf dem Laufenden. Kara Benders erste vier Bücher erschienen bei …«

In einem kurzen Abriss wurde die schriftstellerische Karriere von Kara gezeigt, und Dorn war begeistert von der medialen Aufmerksamkeit, die sie erhielt. Fast täglich wurde im Fernsehen über sie berichtet, genau wie in den Boulevardzeitungen. Dank ihrer Publicity würde sein Buch bei Erscheinen einschlagen wie eine Bombe. Das letzte Werk der bekannten Autorin – er war sich sicher, dass es seine kühnsten Erwartungen übertreffen würde.

Dorn leerte das Bier und stellte die Flasche neben sich auf den Tisch. Er griff nach der Schale mit gesalzenen Erdnüssen, als ihm ein Gedanke kam.

Das war es!

Ein Lächeln huschte ihm übers Gesicht.

Jetzt wusste er, wie er Kara motivieren konnte. Er würde damit sogar zwei Fliegen mit einer Klappe schlagen.

Kapitel 29

Der Raum pulsierte. Dumpf hallten die Bässe zu *In the Shadows* aus den Lautsprecherboxen. Das Stroboskop warf bunte Lichtblitze durch den Klub, der mit einer elektrisierenden Energie erfüllt war.

Die Nebelmaschine zischte, und die Tanzfläche verschwand hinter einem gespenstischen Schleier. Die Bewegungen der Menschen wurden träge und roboterhaft.

Eine junge Frau schälte sich aus dem Nebel, barfuß und mit blutverschmiertem Gesicht. Die nietenbesetzte schwarze Lederjacke war löchrig, der Minirock zerrissen. Wie in Zeitlupe streckte sie die Arme nach Kara aus und öffnete den Mund.

»Hilf mir, Kara«, sagte sie, wobei die Worte unendlich lang gezogen klangen. »Hilf mir!«

»Yvonne!«, schrie Kara und fuhr senkrecht in die Höhe.

Schweißgebadet saß sie in der Dunkelheit und realisierte nur langsam, dass sie wieder den Albtraum von ihrer Stiefschwester gehabt hatte. Diesmal war er noch intensiver gewesen als vor zwei Tagen, als sie nach ihrem Schreianfall vor der Stahltür ins Bett gefallen war.

Mit klopfendem Herzen verharrte sie und versuchte sich zu beruhigen.

Sie fragte sich, wie spät es war. Der Wecker hatte noch nicht geklingelt. Wahrscheinlich war es mitten in der Nacht.

Ihre Schläfen pochten, und Kara presste die Hände dagegen. Eine leichte Übelkeit überkam sie, und sie fühlte sich noch kraftloser als ohnehin schon in den letzten

Tagen. Ihr Kopf war wie in Watte gepackt, jeder Gedanke fiel ihr schwer.

Sie war so müde.

Wann war sie gestern ins Bett gegangen? Kara erinnerte sich, dass sie nach dem Abendessen Korrektur gelesen hatte, dann verblasste ihre Erinnerung. Sie konnte nicht sagen, was sie im Anschluss daran getan hatte. Ob sie Schritte gezählt oder sich gleich schlafen gelegt hatte.

T-Shirt und Pulli klebten ihr schweißnass auf der Haut, selbst die Jeans fühlte sich feucht an.

Jeans? Pulli?

Kara runzelte die Stirn.

Wie müde war sie gestern gewesen, dass sie sich nicht einmal mehr umgezogen hatte? Sogar ihre Schuhe hatte sie anbehalten.

O Mann, dachte sie und ließ sich aufs Kopfkissen zurückfallen. Sie streckte die Arme zur Seite aus. Ihre linke Hand berührte etwas.

Sie zuckte zusammen.

Was war das?

Kara ertastete Stoff. Es war nicht die Bettdecke. Sie fuhr mit der Hand weiter nach unten und befühlte Haut.

Schlagartig war sie hellwach.

Da lag jemand neben ihr!

Kara sprang aus dem Bett und schaltete das Licht an. Als sie die Person erblickte, glaubte sie, ihren Augen nicht zu trauen.

Auf der linken Seite des breiten Betts lag Tanja Gerritzen, das Gesicht blauviolett verfärbt, die leblosen Augen weit aufgerissen. Um ihren Hals zeichnete sich ein dunkles Strangulationsmal ab.

Kapitel 30

Der Puppenmörder – Kapitel 7

Rafael stand am Fenster und sah in die Dämmerung hinaus. Die Sommerferien waren zur Hälfte vorbei und die meisten Kinder aus der Nachbarschaft mit ihren Eltern in den Urlaub gefahren. Wie gerne würde auch er in Italien am Strand liegen und sich sonnen, zwischendurch im Meer schnorcheln und abends eine Pizza Salami essen. Doch Jens würde nicht mit ihnen wegfahren, und insgeheim war Rafael froh darüber.

Er hatte den heutigen Tag mit seiner Mutter am See verbracht. Sein Stiefvater musste arbeiten. Neidisch beobachtete er andere Jugendliche, die mit einem Volleyball spielten, im Wasser tobten und sich lachend gegenseitig untertauchten. Clara, das hübsche Mädchen mit den langen schwarzen Haaren aus der Parallelklasse, entspannte auf ihrem Handtuch und ließ sich von der Sonne bräunen. Sie sah in ihrem blau-weiß gestreiften Bikini umwerfend aus. Rafael malte sich aus, wie es wäre, neben ihr zu liegen, den Arm um sie geschlungen, und mit ihr rumzualbern.

»Warum gehst du nicht zu ihnen hinüber?«, fragte seine Mutter mit Blick auf die Jungs.

»Keine Lust«, antwortete er, schlug sein Buch auf und vertiefte sich in die Lektüre.

Abends saßen sie am Tisch. Vor ihnen ein Erbseneintopf mit Speck und selbst gebackenes Brot.

»Ich habe Hunger«, sagte Rafael. »Können wir endlich essen?«

»Wir warten auf Jens«, entgegnete seine Mutter, die zum

wiederholten Mal auf die Uhr schielte. »Er kommt bestimmt gleich.«

»Das sagst du seit einer halben Stunde.«

In den letzten Wochen war er mehrfach erst mitten in der Nacht und meist betrunken nach Hause gekommen, und seine Mutter wagte nicht, ihn zu fragen, wo er sich herumgetrieben hatte. Häufig wachte Rafael auf, weil Jens im Schlafzimmer nebenan einen Streit mit ihr anfing.

Für eine Weile schwiegen sie.

»Warum verlässt du ihn nicht?«, brach er abrupt die Stille.

»Was? Wie meinst du das?«

»Na, Jens. Wir könnten woanders hinziehen. Nur wir beide.«

»Das geht nicht.«

»Warum nicht?« Er sah sie auffordernd an.

»Das ist unser Zuhause.«

»Dann suchen wir uns ein neues.«

»Das ist nicht so einfach.«

»Weil?«

»Weil wir es uns nicht leisten können. Ich verdiene momentan kein eigenes Geld, sondern bleibe für dich und Jens zu Hause.«

»Dann geh wieder arbeiten. Und ich suche mir ebenfalls einen Job.«

»Es ist nicht nur das.« Sie stockte. »Du weißt, wie schwierig die Zeit nach Papas Tod für mich war. Wie einsam und verlassen ich mich gefühlt habe.«

Wie könnte er das jemals vergessen? Es war für ihn genauso schlimm gewesen.

»Jens war für mich da. Er hat sich um mich gekümmert und für mich gesorgt.«

»Er schlägt dich.«

»Er kann auch anders sein. So wie damals, als wir uns

kennengelernt haben. Liebevoll und zärtlich. Erwachsene haben manchmal Probleme und …« Sie nestelte an der Serviette. »Jeder von uns muss sein Päckchen tragen. Jens hat eine traumatische Vergangenheit. Er hat als Soldat viel mitgemacht und schlimme Dinge erlebt. Ich will dich damit nicht belasten.«

»Liebst du ihn? Ich meine, so wie Papa?«

Ihre Augen schimmerten feucht.

»Ich werde Papa immer lieben.« Sie schniefte. »Aber er ist nicht mehr da. Im Gegensatz zu Jens. Verstehst du?«

Rafael schüttelte innerlich den Kopf. Nein, tat er nicht.

»Ja«, antwortete er tonlos.

Seine Mutter lächelte, doch es wirkte aufgesetzt. Sie hob den Deckel vom Topf. »Lass uns anfangen.«

Nach dem Essen verschwand Rafael in seinem Zimmer. Er konnte nicht begreifen, warum sie trotz allem zu Jens hielt. Er tat ihr nicht gut. Warum erkannte sie das nicht und redete sich stattdessen etwas ein?

Erwachsene haben manchmal Probleme.

Jens hat eine traumatische Vergangenheit.

Verdammt, er *hatte auch Probleme, und die letzten Jahre waren alles andere als schön für ihn gewesen.*

Frustriert zog er ein Buch aus dem Regal. Er lauschte, ob von unten etwas zu hören war, dann holte er das Foto mit seiner Mutter und seinem leiblichen Vater hervor. Jens hatte es damals in den Mülleimer geworfen, wo Rafael es in derselben Nacht rausgefischt, die Knicke glatt gestrichen und mit Tesafilm geklebt hatte.

Wehmütig und zugleich hasserfüllt betrachtete er das Bild. Jens hatte damals nicht nur das Foto zerrissen, auch in Rafael war etwas kaputtgegangen.

Immer wenn Jens nicht zu Hause war, nahm er das Foto zur Hand. Und jedes Mal wuchs der Hass auf seinen Stiefvater. Als ob tief in seinem Inneren etwas geöffnet worden war, das besser verschlossen geblieben wäre. Etwas Dunkles, Bedrohliches. Mit jeder Ohrfeige wurde Rafaels Verlangen größer, es ihm eines Tages heimzuzahlen und ihn für alles büßen zu lassen, was er ihm und seiner Mutter angetan hatte.

Kapitel 31

Kara starrte ungläubig auf Tanjas Leiche. Es dauerte eine Weile, bis sie die Situation erfasste. Geschockt stolperte sie rückwärts, stieß gegen den Tisch und schrie. Ihre Knie gaben nach, sie sank zu Boden. Am ganzen Körper bebend, kauerte sie auf dem Teppich, während ihr Gehirn Mühe hatte, den Schrecken zu verarbeiten.

»Nein«, schluchzte sie. »Nein! Tanja!«

Das konnte nicht wahr sein. Durfte nicht sein.

Sie vergrub das Gesicht in den Händen und weinte bitterlich.

Warum hatte Dorn das getan? Weshalb hatte er sie umgebracht?

Sie hob den Kopf und sah durch den Tränenschleier hindurch zum Bett. Blickte in die eingetrübten Pupillen ihrer Agentin, in die sich nackte Angst eingebrannt hatte.

Schreckliche Bilder tauchten in ihrer Vorstellung auf. Tanja lag bäuchlings auf dem Boden, Dorn saß auf ihr und zog von hinten das Seil um ihren Hals zu. Tanja röchelte. Verzweifelt schlug sie um sich und versuchte, die Schlinge um ihre Kehle zu lösen. Dorn zog so fest daran, dass sie in ihre Haut einschnitt. Tanjas Augen traten aus den Höhlen. Ein letztes Mal bäumte sie sich auf, dann erschlaffte sie.

Kara schüttelte den Kopf, um die furchtbaren Gedanken loszuwerden. Sie zog die Knie an, schlang die Arme darum und wippte vor und zurück.

Tanja war nicht nur ihre Agentin gewesen, sondern

auch ihre Freundin. Dass Dorn sie brutal ermordet hatte, raubte ihr fast den Verstand.

Vollkommen überfordert schloss sie die Lider, um den grausamen Anblick nicht länger ertragen zu müssen. Ihr Kopf fühlte sich dumpf und leer an.

Sie wusste nicht, wie lange sie so dasaß, als die Tür geöffnet wurde. Kara sah auf. Dorn kam herein.

»Warum haben Sie das getan?«, krächzte sie.

»Weil Sie mich dazu gezwungen haben.«

Wie bitte? Sie kniff die Augen zusammen.

»Es ist Ihre Schuld, dass Tanja Gerritzen tot ist. Wären Sie die letzten Tage nicht immer lustloser und demotivierter geworden, würde sie jetzt noch leben. Sie haben sie auf dem Gewissen.«

Kara klappte die Kinnlade hinunter. Sie glaubte, sich verhört zu haben.

Er hatte Tanja getötet, weil Kara immer mehr unter der klaustrophobischen Enge des Kellers litt, in den er sie eingesperrt hatte?

Dorn verschränkte die Arme vor der Brust. »Wirklich schade um sie. Sie war sehr hübsch.«

Kara spürte, wie Wut in ihr aufwallte. Sie sprang auf.

»Was sind Sie nur für ein Mensch?«, schrie sie. »Tanja hat Ihnen nichts getan!«

»Machen Sie nicht mich für etwas verantwortlich, was in Ihrer Macht lag.«

Kara ballte die Hände zu Fäusten, weil sie nicht wusste, was sie darauf erwidern sollte.

»Sie kannten die Bedingungen. Entweder Sie schreiben das beste Buch Ihres Lebens, oder Sie lassen es bleiben. Ich habe Ihnen klipp und klar gesagt, dass ich keine halben Sachen dulden werde. Sie haben sich dafür entschieden, mein Angebot anzunehmen. Doch Sie haben nicht mehr Ihr Bestes gegeben. Das letzte Kapitel war deutlich schlechter als die ersten.«

Kara war kurz davor, auf ihn loszugehen. Nur die Erinnerung an ihren fehlgeschlagenen Fluchtversuch und dass er sie brutal geschlagen hatte, hielt sie davon ab.

»Ich will eine endgültige Entscheidung von Ihnen«, fuhr er fort, wobei seine Stimme erschreckend ruhig klang. »Sind Sie bereit, sich hundertprozentig reinzuknien?« Er sah sie eindringlich an. »Sie sollten sich Ihre Antwort gut überlegen. Denn wenn Sie mich noch einmal enttäuschen, werde ich zuerst Ihre Freundin Jessica töten und dann Sie.«

Kara sog scharf die Luft ein.

O Gott, nein! Nicht auch noch Jessie!

Sie würde psychisch zerbrechen, sollte er sie ermorden.

»Also, was sagen Sie? Nehmen Sie mein Angebot an oder nicht?«

Karas Gedanken rasten. Sie durfte nicht zulassen, dass er ihre beste Freundin umbrachte. Nur was er von ihr verlangte, war unmöglich.

Sie sah zu Tanja, und ihre Kehle schnürte sich zu.

Um jeden Preis musste sie verhindern, dass er Jessie tötete. Und erst recht durfte er für den Mord an ihrer Agentin nicht ungestraft davonkommen.

»In Ordnung«, presste sie mühsam hervor.

Dorn lächelte. »Ich wusste, dass Sie vernünftig sein würden.«

Kara wäre ihm am liebsten an die Gurgel gesprungen.

»Entschuldigen Sie mich für eine Minute. Ich hole nur rasch einen Müllsack, um die Leiche zu entsorgen.«

Mit diesen Worten drehte er sich um und verschwand aus dem Keller.

Kara blieb schwer atmend zurück. Die tote Tanja brach ihr das Herz, und sie wandte sich vom Bett ab. Ihr Blick fiel auf den Block vor ihr auf dem Tisch.

Ich hole nur rasch einen Müllsack, um die Leiche zu entsorgen.

Plötzlich kam ihr eine Idee. Die Polizei würde Tanja früher oder später finden. Das war ihre Chance!

Mit zitternden Fingern griff sie nach dem Stift und kritzelte hastig auf das Papier: *Hilfe! Puppenmörder Rafael Dorn. Entführt. Keller. Kara Bender.*

Sie schrieb so schnell, dass die Schrift kaum lesbar war. Doch sie hatte nicht viel Zeit. Kara riss die Hälfte des Blatts ab und eilte zu der Leiche. Sie wollte den Zettel in Tanjas Hosentasche schieben, hielt jedoch jäh inne. Wenn Dorn ihre Kleidung abtastete, um sicherzugehen, dass Kara nichts nach draußen schmuggelte, würde er die Botschaft entdecken. Dann wäre nicht nur sie geliefert, sondern auch Jessie. Das durfte sie nicht riskieren.

Fieberhaft überlegte sie. Sie musste den Zettel so verstecken, dass er ihn nicht finden konnte. Die Polizei dagegen schon.

Ihre Augen wanderten den Körper hinauf. Tanjas Lippen waren leicht geöffnet.

Das war es!

Kara knüllte den Papierfetzen zusammen und schob ihn in den Mund, wobei sie darauf achtete, das Gesicht nicht zu berühren.

Der weiße Zettel war deutlich zu sehen.

Kara geriet in Panik.

Schieb ihn in den Rachen, sagte ihre innere Stimme.

O Gott! Kara graute es bei der bloßen Vorstellung, Tanja in die Mundhöhle zu langen.

Dorn konnte jede Sekunde zurück sein. Wenn er sie erwischte … Sie wagte nicht, daran zu denken.

Beeil dich!, schrie die innere Stimme.

Kara beugte sich zu Tanjas blauviolett verfärbtem Gesicht vor. Ein übermächtiges Ekelgefühl überkam sie, als ihre Finger Kinn und Lippen berührten, die sich teigig und zäh anfühlten. Sie versuchte, den Unterkiefer hinunterzudrücken. Er bewegte sich keinen Millimeter. Offenbar hatte die Leichenstarre bereits eingesetzt. Kara wusste von ihren Recherchen für ihre Krimis, dass sie im Nacken anfing und sich über Kiefer und Schultern langsam nach unten fortsetzte.

Verdammte Scheiße!

Sie konnte es mit Gewalt probieren, doch wenn der Kiefer brach, würde Dorn es sofort bemerken.

Sie warf einen verstohlenen Blick zur Tür. Es konnte nicht mehr lange dauern, bis er wiederauftauchte.

Ihr Herz hämmerte. Als würde jemand auf eine Trommel einschlagen.

Kara zögerte eine Sekunde, dann steckte sie den Zeigefinger in Tanjas Mund. Die Zähne streiften ihre Haut. Ihr Magen rumorte.

Sie schob den Zettel nach hinten in den Rachen, was schwerer war als gedacht. Ihr Finger berührte die Zunge, und Kara würgte.

Das weiße Papier war nach wie vor zu sehen. Sie musste den Zettel tiefer in den Hals drücken.

Galle kroch ihre Speiseröhre hinauf.

Nur noch ein kleines Stück!

Kara schluckte den bitteren Geschmack herunter und fuhr mit dem Finger weiter in Tanjas Mund.

Schweiß perlte ihr von der Stirn.

Bitte, bitte lass Dorn jetzt nicht reinkommen!

Das Papierknäuel blieb zwischen Zungenwurzel und Gaumen stecken, und Kara konnte den Brechreiz kaum mehr unterdrücken. Sie rutschte ab, berührte die Innenseite der Wange und übergab sich beinahe. Nur mit großer Mühe schaffte sie es, sich zu beherrschen.

Sie stieß den Finger gegen den Zettel, und endlich verschwand er im Rachen.

Augenblicklich zog sie die Hand aus Tanjas Mund und sprang vom Bett. Ein letztes Mal prüfte sie aus der Entfernung, dass das weiße Papier nicht sichtbar war, dann wurde der Würgereiz so heftig, dass sie nicht länger dagegen ankämpfen konnte. Genau in dem Moment, als sie die Tür zum Bad aufriss, betrat Dorn den Keller. Aus den Augenwinkeln nahm sie wahr, dass er schwarze Handschuhe trug und eine Sturmhaube über den Kopf gezogen hatte. Vermutlich, um keine Spuren auf der Leiche zu hinterlassen.

Kara stürzte zur Toilette und schaffte es gerade noch, den Deckel aufzuklappen, ehe sie sich erbrach.

Kapitel 32

Der Puppenmörder – Kapitel 8

Ein Geräusch ließ Rafael aus seinem wirren Traum hochschrecken. Ein Blick auf den Wecker verriet ihm, dass es zwei Uhr nachts war. Offenbar war sein Stiefvater gerade heimgekommen, und dem Poltern nach zu urteilen, hatte er getrunken.

Rafael stand auf. Leise öffnete er die Tür und schlich in den Flur hinaus. Im Erdgeschoss brannte Licht.

Er hörte das Klimpern eines Schlüsselbunds und Jens' unverständliches Gemurmel. Kurz darauf erschien er am Treppenabsatz.

Rafael zog sich in den Schatten des ersten Stocks zurück.

Sein Stiefvater war derart betrunken, dass er sich am Treppengeländer festhalten musste. Langsam torkelte er die Stufen hinauf und brabbelte irgendetwas vor sich hin, das nach »Scheißnutte« klang.

Rafael spürte, wie sich das Dunkle in ihm regte. Er dachte an seinen leiblichen Vater, der nicht mitten in der Nacht betrunken heimgekommen wäre, sondern mit Mama und ihm zusammen zu Abend gegessen und anschließend mit ihm ein Fußballspiel im Fernsehen angeschaut hätte.

Das Dunkle wuchs. Es durchströmte jede einzelne Zelle seines Körpers und ergriff schließlich vollständig von ihm Besitz.

Jens hatte sich fast bis nach oben gekämpft.

Rafael trat aus dem Schatten. Sein Stiefvater erschrak, als er ihn bemerkte, fing sich jedoch gleich wieder.

»Was machst du hier?«, lallte er. »Versager sollten um die

Uhrzeit schlafen.« Er ließ das Treppengeländer los und streckte die Faust in seine Richtung. »Willst wohl Ärger?«

Rafael wartete, bis Jens die letzte Stufe erreichte. Kurz bevor er den Fuß aufsetzte, ging Rafael blitzschnell in die Knie, packte Jens' Bein und riss es mit aller Kraft hoch.

Sein Stiefvater ruderte wild mit den Armen, um das Gleichgewicht nicht zu verlieren. In seinem Gesicht stand eine Mischung aus Erstaunen und Entsetzen geschrieben. Er streckte die Arme aus, um irgendwo Halt zu finden, und griff ins Leere. Sein Körper neigte sich nach hinten. Und er fiel.

Wie in Zeitlupe stürzte sein Stiefvater die steile Treppe hinunter. Er schlug mit dem Kopf auf der Kante auf, machte eine Rolle rückwärts, prallte gegen die Wand, rollte erneut rückwärts und polterte Stufe für Stufe nach unten. Es gab ein dumpfes Geräusch, als sein Schädel im Erdgeschoss auf die Holzdielen knallte. Mit unnatürlich verrenktem Hals blieb er am Treppenende liegen, während sich unter ihm eine Blutlache auf dem Boden ausbreitete.

Rafael spürte, wie sich die Dunkelheit in ihm in wohlige Wärme verwandelte und ihn mit Genugtuung erfüllte.

Hinter ihm wurde eine Tür aufgerissen. Seine Mutter trat neben ihn. Als sie ihren Mann erblickte, stieß sie die Luft aus.

Rafael drehte den Kopf in ihre Richtung. »Jetzt kann er dir nie wieder wehtun.«

Kapitel 33

Der Bildschirm flimmerte vor ihren Augen. Bis jetzt hatte Kara kein einziges Wort geschrieben.

Neben dem MacBook stand das kalt gewordene Abendessen. Nachdem sie sowohl das Frühstück als auch das Mittagessen nicht angerührt hatte, hatte sie sich gezwungen, etwas zu sich zu nehmen. Nach der Hälfte war ihr so schlecht geworden, dass sie den Rest stehen gelassen hatte.

Sie konnte nicht fassen, dass Tanja tot war. Es kam ihr wie ein schrecklicher Albtraum vor, nur würde sie nicht aufwachen und erleichtert sein, dass er vorbei war.

Sie sah zum Bett und hatte das Gefühl, die Leiche läge noch dort und Tanja starrte sie aus ihren vor Angst weit aufgerissenen Augen an. Kara graute vor der Nacht, denn sie würde jede Sekunde an ihre ermordete Agentin erinnert werden.

Momente ihrer gemeinsamen Zeit blitzten in ihr auf. Sie sah Tanjas fröhliches Lachen, vernahm ihre aufmunternden Worte, wenn Kara einen Tiefpunkt beim Schreiben hatte, und spürte die herzliche Umarmung, mit der sie sich nach dem Signieren ihres neuesten Krimis vor knapp zwei Wochen voneinander verabschiedet hatten.

Tränen schossen ihr in die Augen, und sie wischte sie mit dem Handrücken weg.

Sie musste sich trotz der schrecklichen Situation zusammenreißen, oder Dorn würde seine Drohung in die Tat umsetzen und Jessie umbringen.

Im Augenblick fehlte Kara die Kraft dazu. Sie war müde und erschöpft und hatte Kopfschmerzen.

Wie hatte Dorn es eigentlich geschafft, die Leiche zu ihr ins Bett zu legen, ohne dass sie aufgewacht war?

Kara grübelte schon den ganzen Tag darüber nach. Sie hätte es bemerkt, wenn er in den Keller gekommen wäre. Und erst recht, als er den toten Körper auf die Matratze gehievt hatte.

Es gab nur eine Möglichkeit. Er musste sie vorher betäubt haben.

Entweder hatte er sich in der Dunkelheit in den Keller geschlichen und ihr wie bei der Entführung einen chloroformgetränkten Lappen aufs Gesicht gepresst, oder er hatte ihr irgendetwas ins Abendessen oder in die Wasserflasche getan. Möglicherweise K.-o.-Tropfen. Sie vermutete Letzteres, denn es würde ihren Filmriss erklären und warum sie sich angezogen ins Bett gelegt hatte.

Der Gedanke, dass er sie so leicht außer Gefecht gesetzt hatte, jagte ihr eine Heidenangst ein, denn er konnte es jederzeit wieder tun.

Es tut mir leid, Tanja, dachte sie verzweifelt und weinte. Es tut mir so leid.

Obwohl sie ihre Agentin nicht umgebracht hatte, empfand sie Schuldgefühle. Nach Yvonne hatte sie nun einen zweiten Menschen auf dem Gewissen, weil sie sich nicht unter Kontrolle gehabt hatte. Hätte sie sich von ihrer Angst und der klaustrophobischen Enge des Kellers nicht unterkriegen lassen, würde Tanja noch leben.

Heute Morgen hätte sie beinahe Jessies Tod besiegelt, als Dorn das Frühstücktablett auf dem Tisch abgestellt hatte. Direkt neben dem Block. Kara hatte für ihren Hilferuf eine Hälfte des Papiers abgerissen, die andere hing noch dort. Wenn er es bemerkt und eins und eins zusammengezählt hätte …

Kara brach in Schweiß aus und hielt unwillkürlich die Luft an. Erst als die Tür hinter ihm ins Schloss gefallen war, hatte sie aufgeatmet und sofort den Papierfetzen im Mülleimer entsorgt.

Ob Dorn die Leiche bereits in der Nacht weggebracht hatte? Oder wartete er bis heute?

Kara fragte sich, wie lange es dauerte, bis die Polizei Tanja und die Botschaft fand. Ein paar Tage? Doch was, wenn Dorn sie so gut versteckte, dass sie monatelang oder sogar für immer unauffindbar blieb? Dann käme jede Hilfe zu spät.

Kara zwang sich, nicht weiter darüber nachzudenken. Die Polizei war ihre einzige Chance. Sie durfte die Hoffnung nicht aufgeben.

Für Tanja konnte Kara nichts mehr tun, für Jessie hingegen schon. Sie musste ihre Freundin um jeden Preis schützen.

Und sie wollte Gerechtigkeit für ihre Agentin.

In Karas Trauer mischte sich Wut. Sie hob den Kopf.

Dorn durfte nicht ungestraft davonkommen. Weder für das, was er ihr angetan hatte, und erst recht nicht für diesen sinnlosen Mord.

Die Wut in ihr wuchs.

Ich schwöre bei Gott, Tanja, sagte sie zu sich selbst, er wird dafür büßen. Er wird seine gerechte Strafe kriegen.

Karas Trauer wich zorniger Entschlossenheit.

Sie würde Dorn hinter Gitter bringen. Und dort konnte er bis an sein Lebensende verrotten!

Kapitel 34

Die Sonne war längst untergegangen, als Nadine und Diesel den Ebersberger Forst erreichten. Ein halbes Dutzend Polizeiwagen stand mit zuckenden Blaulichtern auf einem schmalen Feldweg und blockierte die Zufahrt.

Sie stiegen aus. Ihr Atem kondensierte in der kalten Luft, und Nadine rieb sich die Hände. Für die Nacht hatte der Wetterdienst starken Schneefall vorhergesagt.

Sie zeigten dem diensthabenden Beamten ihre Ausweise und passierten die Absperrung. Anschließend folgten sie dem Weg in den Wald hinein, ehe etwas abseits des Pfads gleißendes Licht aus LED-Scheinwerfern die Dunkelheit durchbrach. Zahlreiche Polizisten bewachten das Waldstück, während zwischen den Bäumen Kriminaltechniker in weißen Tyvek-Anzügen nach Spuren suchten.

Nicht weit entfernt parkte der Van der KT. Ekhard Stollberg beugte sich in die geöffnete Hecktür und verstaute Beweismittelbeutel im Inneren. In dem Kollegen neben ihm erkannte Nadine Matthias Bürgel vom Kriminaldauerdienst.

Sie ging zu ihnen hinüber und begrüßte sie.

»Benutzt die markierte Trasse dort drüben.« Stollberg deutete in die Richtung. »Den Abschnitt haben wir bereits abgearbeitet. Wenn ihr fertig seid, gebt Bescheid, dann können wir die Leiche für den Abtransport vorbereiten.«

»Alles klar.« Sie griff nach einem der bereitliegenden Overalls.

»Ganz ehrlich, Nadine«, sagte Stollberg mit ernster

Stimme. »Wir müssen den Kerl schleunigst fassen. Das ist jetzt die elfte Leiche in zwölf Jahren und die zweite innerhalb von vierzehn Tagen. Kara Bender nicht mitgezählt.«

»Ich weiß«, sagte sie nicht minder bedrückt.

Stollberg zog einen Alukoffer aus dem Van. »Okay, ich mach mich wieder an die Arbeit. Wir müssen fertig werden, bevor der Schnee kommt.«

Er wandte sich um und ging zu seinen Kollegen zurück.

Nadine zog den Ganzkörperschutzanzug an und die Kapuze über den Kopf. Anschließend streifte sie sich Nitril-Einweghandschuhe und Überziehschuhe über.

»Kannst du uns schon mit ein paar Information versorgen?«, fragte sie Bürgel und setzte sich die Maske auf. »In der Meldung hieß es lediglich, dass es sich um eine Frau handelt und der Puppenmörder sein übliches Zeichen hinterlassen hat.«

»Die endgültige Identifikation steht noch aus, weil sie keine Ausweispapiere bei sich hat«, antwortete Bürgel, »aber ich bin mir sicher, dass sie Tanja Gerritzen heißt. Ich habe sie kürzlich im Fernsehen gesehen.«

»Gerritzen«, wiederholte Nadine nachdenklich. »Den Namen habe ich schon mal gehört.«

»Sie ist die Literaturagentin von Kara Bender.«

Nadine sah überrascht auf.

Diesel, der seine Handschuhe noch nicht angezogen hatte, kramte sein Smartphone aus der Hosentasche, tippte etwas ein und hielt ihnen das Display hin. Es zeigte eine hübsche Frau Anfang vierzig mit langen brünetten Haaren, die in die Kamera lächelte.

Bürgel nickte. »Genau die. Ich habe veranlasst, dass Kollegen ihre Wohnung überprüfen und gegebenenfalls die Kriminaltechnik rufen. Wir gehen momentan davon aus, dass das Waldstück nicht der Tatort ist, sondern der Puppenmörder die Leiche hier«, er suchte nach den passenden Worten, »nun ja, nur zur Schau gestellt hat.«

Nadine hakte nicht nach, was er damit meinte. Sie würde es gleich selbst herausfinden.

»Wer hat sie entdeckt?«, wollte sie stattdessen wissen.

»Ein Mann, der seinen Hund Gassi geführt hat. Er dreht hier jeden Abend seine Runde. Gestern hat er noch keine Leiche gesehen. Den genauen Todeszeitpunkt muss der Rechtsmediziner bestimmen, doch die Frau ist definitiv seit mehr als vierundzwanzig Stunden tot.«

Nadine nickte. Daher die Annahme, dass der Leichenfundort nicht der Tatort war.

»Gut. Dann wollen wir mal«, sagte sie zu Diesel.

Sie passierten eine dichte Baumreihe, und Nadine wurde klar, was Bürgel gemeint hatte.

Zwischen zwei Fichten hing eine Frau – die Handgelenke mit einem Seil jeweils derart am Stamm befestigt, dass Arme und der Rest des Körpers ein Y bildeten. Das Kinn war auf die Brust gesunken, die Haare hingen strähnig herunter. Die zerrissene schwarze Bluse gab den Blick auf ihren entblößten Oberkörper frei. Quer über den Bauch stand mit roter Farbe *Bald* geschrieben. Vor ihr auf dem Waldboden saß eine Puppe in einem grünen Kleid und mit offenen blonden Haaren und sah Richtung Leiche. Als beobachtete sie die bizarre Szenerie.

»Eindeutig seine Handschrift.« Nadine trat näher an die Tote heran.

Tanja Gerritzen, dachte sie. Eine Ähnlichkeit mit dem Foto, das Diesel ihr gezeigt hatte, war vorhanden, wenngleich von ihrer natürlichen Schönheit nicht mehr viel übrig war.

Das Gesicht der Frau war kalkweiß, die Lippen blauviolett verfärbt. Auf dem ausgetrockneten Hals zeichnete sich deutlich ein Strangulationsmal ab. Nadine bemerkte das in die Haut eingedrückte Relief des Strangulationsmittels und die leichten Brandspuren – ein charakteristisches Merkmal für ein Kunstfaserseil. Vermutlich hatte er sie mit demselben Seil erdrosselt, mit dem ihre Arme an den Baum gefesselt waren.

Vorsichtig zog sie mit ihren behandschuhten Fingern das Unterlid runter und klappte die Lippe nach vorne. Sowohl an den Augenbindehäuten als auch an der Lippeninnenseite gab es punktförmige Einblutungen. Ein klares Indiz für einen Überdruck im Kopf, verursacht durch Strangulation. Sie strich die Haare der Frau zurück und bemerkte, dass ein Büschel fehlte. Der Puppenmörder hatte wieder ein Souvenir mitgenommen. Nadine warf einen Blick hinter die Ohren. Auch hier waren die stecknadelkopfgroßen Blutungen sichtbar.

»Wie viele Ankündigungen hat dieser Mistkerl eigentlich noch vor, bevor er endlich mit seiner großen Überraschung rausrückt?«, meinte Diesel neben ihr.

Nadine schwieg. Sie suchte die Gegend ab und bemerkte die feine Schleifspur auf dem gefrorenen Boden. Vermutlich war der Täter mit dem Auto zum Waldrand gefahren und hatte die Leiche von dort hierher gezogen.

»Zuerst Kara Bender und jetzt ihre Agentin. Das ist die erste Verbindung zwischen zwei Opfern«, stellte sie fest. »Wir müssen herausfinden, warum er ausgerechnet die beiden ausgesucht hat. Dann haben wir hoffentlich endlich eine konkrete Spur.«

Kapitel 35

Rafael Dorn saß zufrieden im Wohnzimmer auf der Couch und aß ein Schnitzel mit Pommes. Kara hatte er vorhin eine Portion zum Mittagessen gebracht.

Sein Plan war aufgegangen. Nach dem ersten Schock über den Tod ihrer Agentin war Kara wie ausgewechselt, ihre Niedergeschlagenheit verschwunden. Bei ihrem letzten Gespräch war sie aufmerksamer gewesen als sonst, und sie hatte im Anschluss daran sogleich mit dem Schreiben begonnen.

Manchmal brauchte es eben einen kleinen Motivationsschub, damit es vorwärtsging.

Dorn schob sich eine Pommes in den Mund und griff nach der Fernbedienung. Er schaltete den Fernseher ein und zappte durch die Programme, bis er bei *Tele1* landete. Als Christian Kehl in Großaufnahme erschien, musste er grinsen. Er mochte den Kerl.

Dramatische Entwicklung im Fall des Puppenmörders, lautete der Text im Banner am unteren Bildschirmrand. *Das zwölfte Opfer!*

»Gestern Abend gab es einen Großeinsatz im Ebersberger Forst«, berichtete Kehl, der mit einem Mikrofon vor dem Wald stand. Im Hintergrund waren Streifenwagen zu sehen. Es schneite, und dicke Flocken fielen auf seine Haare und Jacke. »Ein Spaziergänger hat auf der Gassirunde mit seinem Hund die Leiche entdeckt. Bei dem mittlerweile zwölften Opfer des Puppenmörders handelt es sich um Tanja Gerritzen, die Literaturagentin der zuvor ermordeten Krimiautorin Kara Bender.«

Oh, sie ist nicht tot, dachte Dorn amüsiert.

Fotos der Frauen wurden eingeblendet.

»Die Polizei schweigt sich zu Details aus und hat für morgen eine Pressekonferenz angekündigt. Es kann jedoch kein Zufall sein, dass sich die letzten beiden Opfer kannten. Unbestätigten Berichten zufolge hat der Puppenmörder eine Botschaft bei der Leiche hinterlassen. Ist es dieselbe wie bei Kara Bender?«

Dorn beugte sich gespannt nach vorne.

»Wie wir mittlerweile aus zuverlässiger Quelle erfahren haben, besteht die Nachricht, die bei Kara Bender gefunden wurde, aus einem einzigen Wort: *Bald.*« Er legte eine dramatische Pause ein. »Es scheint, als würde der Puppenmörder etwas ankündigen. Aber was?«

Dorn konnte sich ein Grinsen nicht verkneifen. Der Reporter war gut.

»Spielt er auf das nächste Opfer an, oder deutet er auf etwas Größeres, noch Unfassbareres hin?«, fuhr Kehl fort. »Die Polizei war wie immer für keine Stellungnahme zu erreichen. Wir haben mit unserem Experten Professor Doktor Friedrich Striebel gesprochen, der die Bedeutung der Botschaft erklärt.«

Es folgte eine derart abstruse Erläuterung, dass Dorn in schallendes Gelächter ausbrach. Es war genau die Publicity, die er brauchte.

Er konnte es kaum erwarten, bis das Buch fertig war und er es der Welt präsentierte. Es würde ein internationaler Megaseller werden und mit Sicherheit als Vorlage für einen Hollywood-Blockbuster dienen. Dorn überlegte, wer für seine Rolle infrage käme. Chris Hemsworth vielleicht oder Chris Patt. Für Kara Bender wäre Winona Ryder in ihren jüngeren Jahren die Idealbesetzung gewesen.

Er konzentrierte sich wieder auf Kehl, als das Bild vor ihm plötzlich zu verschwimmen begann. Vor Schreck ließ er die Gabel fallen, die klappernd auf dem Wohnzimmertisch landete. Panisch kniff er die Augen zusammen, bis die Konturen scharfe Züge annahmen.

Dorn atmete auf.

Er griff nach dem Wasserglas und trank mehrere Schlucke, ehe er sich auf der Couch zurücklehnte.

Es ist alles in Ordnung, beruhigte er sich selbst. Denk an das Buch.

Kapitel 36

Zurück in ihrem Büro ließ sich Nadine erschöpft auf den Stuhl fallen. Zwei Stunden lang hatte sie Kriminaloberrat Dirk Walter auf den neuesten Stand gebracht und sich vor ihm rechtfertigen müssen, warum der Puppenmörder noch immer frei herumlief. Sie hatte nicht einmal Zeit gehabt, etwas zu essen.

Im nächsten Moment wurde die Tür aufgerissen, und Pascal Heckmann streckte den Kopf herein.

»Hast du die Nachrichten schon gesehen?«, fragte er.

»Nein. Sollte ich?«

»Die von *Tele1* schon.«

Nadine verdrehte die Augen. »Was hat Kehl jetzt schon wieder angestellt?«

»Schau es dir am besten selbst an.«

Sie öffnete den Internet Explorer, ging auf die Seite von *Tele1* und klickte auf das oberste Video. Widerwillig und dann mit zunehmendem Entsetzen verfolgte sie den Beitrag.

»Wie wir mittlerweile aus zuverlässiger Quelle erfahren haben, besteht die Nachricht, die bei Kara Bender gefunden wurde, aus einem einzigen Wort: *Bald*.«

Nadine sah mit offenem Mund zu Heckmann. Sie hatte das Gefühl, gleich zu explodieren.

»Wie, um alles in der Welt, ist er an die Information gekommen?«, fragte sie, nachdem der Bericht zu Ende war. »Wir hatten das zurückgehalten.«

»Glaubst du, wir haben eine undichte Stelle?«

»Keine Ahnung. Aber wir sollten Kehl im Auge behalten. Es wäre nicht das erste Mal, dass er jemanden besticht, um an eine Verschlusssache zu gelangen.«

Heckmann nickte und ging.

Nadine schlug mit der flachen Hand auf den Tisch. Verdammt!

Erneut gefährdeten sein rücksichtsloses Verhalten und seine Sensationsgier eine laufende Ermittlung. Als hätte sie nicht schon genug damit zu tun, den Puppenmörder zur Strecke zu bringen. Jetzt musste sie sich auch noch darum kümmern, ob jemand aus der Soko die Information weitergegeben hatte.

Seufzend legte sie den Kopf in den Nacken und schloss die Augen. Sie brauchten dringend Ergebnisse.

Ihre Gedanken schweiften zu Tanja Gerritzen. Die Spurensicherung in ihrer Wohnung würde im Laufe des Tages abgeschlossen sein. Nachdem die Beamten, die Bürgel gestern Abend dorthin geschickt hatte, Einbruchs- und Kampfspuren entdeckt hatten, war sie sofort als potenzieller Tatort abgeriegelt und die Kriminaltechnik eingeschaltet worden.

Nadine warf einen Blick auf ihr Handy und bemerkte, dass Diesel in ihrer Abwesenheit zweimal versucht hatte, sie zu erreichen. Noch bevor sie auf die Wahlwiederholung drücken konnte, betrat er ihr Büro.

»Bitte zur Abwechslung mal gute Nachrichten«, sagte sie.

Diesel hatte der Obduktion von Tanja Gerritzens Leiche beigewohnt, die am späten Vormittag angesetzt worden war.

»Die hab ich«, antwortete er und hatte augenblicklich ihre volle Aufmerksamkeit. »Ich wollte dich eigentlich direkt aus dem Sektionssaal anrufen, hab dich aber nicht erreicht.«

»Ich war bei Kriminaloberrat Walter.«

Mehr musste sie nicht sagen. Diesel verstand und sah sie mitfühlend an.

»Also, was hast du für Neuigkeiten?«

»Du errätst nie, was Doktor Claußen bei der Sektion zutage gefördert hat.«

»Jetzt sag schon.«

Diesel zog einen Stuhl heran und nahm Platz. »Im Rachen von Tanja Gerritzen steckte ein zerknüllter Zettel.«

»Ein Zettel?«, wiederholte sie und runzelte die Stirn. »Im Rachen?«

»Ja.«

»Und? Was steht drauf?«

»Das ist der eigentliche Knaller.« Er holte sein Handy aus der Hosentasche. »Ich hab es fotografiert. Hier.« Er hielt ihr das Display hin.

Hilfe! Puppenmörder Rafael Dorn. Entführt. Keller. Kara Bender.

Mehrmals las sie die Botschaft und versuchte, sie in den richtigen Kontext einzuordnen.

»Okay«, meinte sie schließlich. »Entweder ist das ein ganz perfides Spiel vom Puppenmörder und hat mit seiner ominösen Ankündigung zu tun, oder …«

»… er hat Kara Bender gar nicht getötet, sondern nur entführt und hält sie in einem Keller gefangen«, vervollständigte Diesel den Satz.

Nadine stieß hörbar die Luft aus. Sie musste den neuen Sachverhalt erst einmal sacken lassen.

»Der Zettel ist unterwegs ins Labor«, fuhr Diesel fort. »Wenn die Nachricht wirklich von Kara Bender stammt, müssten ihre Fingerabdrücke und DNA darauf sein. Und die können wir mit den Proben vergleichen, die die KT von ihrer Haarbürste genommen hat.«

Nadine nickte. Der DNA-Abgleich würde erst in ein

paar Tagen vorliegen, das Ergebnis der Fingerabdrücke dagegen deutlich schneller.

»Für eine forensische Schriftuntersuchung ist die Nachricht zu kurz. Ich bin im Anschluss an die Obduktion zu ihren Eltern gefahren. Die Worte sind zwar hastig hingekritzelt worden, doch sie glauben, dass es die Handschrift ihrer Tochter ist.«

»Wie sicher sind sie sich?«

»Nicht hundertprozentig, aber ziemlich sicher.«

Nadine überlegte. Falls Kara Bender die Nachricht tatsächlich hinterlassen hatte, konnte das die ersehnte Wendung bei ihren Ermittlungen sein. Sollte der Puppenmörder mit ihnen spielen, müsste sie Kriminaloberrat Walter spätestens morgen erneut Rede und Antwort stehen und ihm erklären, weshalb sie unnötigerweise ein Riesenpolizeiaufgebot in Gang gesetzt hatte, was jetzt der nächste Schritt war. Ganz zu schweigen davon, dass sie von Presse und Öffentlichkeit zerrissen werden würden, was den Druck auf die Soko weiter erhöhen würde. Nadine wollte ihre Mitarbeiter davor schützen.

»Eines verstehe ich trotzdem nicht«, meinte sie. »Warum hat der Puppenmörder sie entführt und nicht wie die anderen Opfer getötet? Und wie ist sie in Kontakt mit Tanja Gerritzens Leiche gekommen, um den Zettel in ihrem Rachen verstecken zu können?«

Diesel drehte die Handflächen zur Decke. »Ich habe keinen blassen Schimmer.«

»Am besten fragen wir sie selbst, sobald wir sie befreit haben«, entschied Nadine. »Wie viele Rafael Dorns gibt es in München?«

»Einen«, antwortete er. »Und er passt genau in unser Profil. Georg hat bereits alle verfügbaren Daten zu ihm zusammengetragen.«

»Haben wir seine Adresse?«

Er nickte.
Nadine griff zum Hörer und forderte das SEK an.

Kapitel 37

Der Puppenmörder – Kapitel 9

Wortlos standen sich Rafael und seine Mutter am oberen Ende der Treppe gegenüber. Schock und Dankbarkeit lagen in ihrem Blick. Es erschien ihm, als würden sie in diesem Moment einen stummen Pakt schließen.

»Hör mir jetzt genau zu«, sagte sie und packte ihn an den Schultern. »Jens ist betrunken nach Hause gekommen, wie so oft in letzter Zeit. Wir beide haben geschlafen. Ich bin aufgewacht, weil ich ein Poltern gehört habe. Unten am Treppenende habe ich Jens entdeckt. Erst dann bist du aus deinem Zimmer raus, und ich habe dich sofort zurückgeschickt. Klar?«

Rafael nickte.

»Du hast mich gefragt, was passiert ist, und ich habe dir gesagt, ein Unfall. Dein Stiefvater ist die Treppe hinuntergefallen. Du bist auch von dem Poltern wach geworden, aber du hast weder ihn noch die Blutlache gesehen.«

»Okay.«

»Die Polizei wird dich fragen, wie dein Verhältnis zu ihm gewesen ist. Du wirst ihnen nichts davon sagen, dass er dich oder mich geschlagen hat. Er war nicht dein leiblicher Vater, doch du hast dich gut mit ihm verstanden und mochtest ihn. Kriegst du das hin?«

Erneut nickte er.

Sie beugte sich ganz nah zu ihm vor und sah ihm tief in die Augen. »Du musst dir absolut sicher sein. Wenn du einen Fehler machst, landest du im Jugendknast.«

Bei dem Gedanken daran wurde ihm angst und bange.

»Ich bin mir sicher«, sagte er schließlich mit fester Stimme und wiederholte ihre Geschichte mit seinen eignen Worten.

Ein Lächeln huschte ihr übers Gesicht. »Genau so. Ich werde der Polizei erzählen, dass ich bei Jens seit einiger Zeit Zeichen einer posttraumatischen Belastungsstörung festgestellt habe. Ich nahm an, dass sie von seinen Kriegseinsätzen bei der Fremdenlegion herrührten, er ist meinen Fragen diesbezüglich jedoch ausgewichen. Immer öfter ist er schreiend aus dem Schlaf aufgewacht, bis er irgendwann zu trinken begonnen hat. Von alldem weißt du nichts. Du hast lediglich bemerkt, dass er sich in den letzten Monaten sehr in sich zurückgezogen hat und häufig betrunken war.«

»Ja«, sagte Rafael nachdenklich. »Er hat sich verändert. Ich habe mich darüber gewundert, aber … nun ja, er war mein Stiefvater. Auch wenn er nicht mein richtiger Papa gewesen ist, ich mochte ihn.«

Seine Mutter tätschelte ihm liebevoll die Wange. »Geh jetzt in dein Zimmer, und bleib dort, bis die Polizei da ist.«

Die Polizei traf zehn Minuten später mit dem Krankenwagen ein. Was dann geschah, erlebte Rafael wie durch einen Schleier. Weitere Polizisten erschienen, und er hörte seine Mutter weinen. Zusammen mit zwei Beamten betrat sie irgendwann sein Zimmer, er saß verstört auf dem Bett. Die Polizei brachte sie ins Präsidium, wo sie ihre Aussagen zu Protokoll gaben. Da er minderjährig war, durfte sie bei seiner Vernehmung dabei sein. Er berichtete alles so, wie sie es vereinbart hatten. Bei der Frage nach dem Verhältnis zu seinem Stiefvater erzählte er, dass sie sich gut verstanden hatten. Jens hatte ihn vor einem Jahr sogar mit zur Arbeit genommen. Vom Hochsitz aus hatten sie Wildschweine und Rehe beobachtet. Er hatte einen imposanten Hirsch gesehen, einen Zehnender.

Er spielte seine Rolle gut, sehr gut sogar. Tat so, als wäre er geschockt und könnte nicht glauben, dass sein Stiefvater tot war. Er brach in Tränen aus, und niemand erkannte, dass es Tränen der Erleichterung waren. Sie waren Jens ein für alle Mal los. Der Albtraum war vorbei.

Die Polizei machte die Kneipe ausfindig, in der er regelmäßig verkehrt und sich betrunken hatte. Eine Prostituierte, die er mehrmals aufgesucht hatte, bestätigte indirekt die Aussage seiner Mutter, dass Jens unter einem Trauma gelitten hatte. Sie hatte das Gefühl, dass er vor etwas davonlief, sich bei ihr und mithilfe von Alkohol abzulenken versuchte.

Kurz vor Ende der Sommerferien erfolgte die erlösende Bestätigung, dass die Ermittlungen eingestellt wurden und Jens' Tod ein Unfall in betrunkenem Zustand war. Er hatte zweieinhalb Promille im Blut gehabt.

Rafael und seine Mutter wechselten wortlos einen Blick und sprachen nie wieder darüber.

Kapitel 38

Das SEK hatte seine Einsatzzentrale in einem Haus in der Parallelstraße zu Rafael Dorns Adresse eingerichtet. Das ältere Ehepaar, dem das Gebäude gehörte, war für die Dauer des Einsatzes bei den Nachbarn untergebracht. Von den Fenstern im ersten Stock auf der Rückseite hatten die Beamten einen guten Blick auf das Zielobjekt. Die Vorhänge waren zugezogen, zwei Präzisionsschützen hinter dem Schlafzimmerfenster in Stellung gegangen. Die Gegend war weiträumig abgeriegelt.

Im Erdgeschoss herrschte reges Treiben. Die Einsatzzentrale sammelte alle Informationen, die sie über Rafael Dorn bekommen konnte, sortierte und bewertete sie und berücksichtigte sie in ihrer Strategie, mit der sie das Haus stürmen wollten.

Timur Koch, der Leiter des SEK, besprach sich mit Philipp Schäfer. Der führte die Gruppe an, die in Dorns Haus eindringen und ihn festnehmen sollte. Schäfer trug seine volle Montur, der Titanhelm lag auf dem Tisch neben ihm. Darauf war ein Plan mit dem Grundriss des Zielobjekts ausgebreitet. Als Nadine Herfurth von der Kripo München den Raum betrat, unterbrachen sie ihr Gespräch und begrüßten sie.

»Wie ist die Sachlage?«, wollte sie wissen.

»Wir sind einsatzbereit und warten nur noch auf das Okay des Polizeiführers«, antwortete Koch.

»Wir haben einige Informationen über Dorn zusammengetragen und wissen, wie gefährlich er ist«, sagte Schäfer. »Um besser einschätzen zu können, was uns erwartet: Glaubst du, er besitzt Schusswaffen? Offiziell sind keine auf ihn zugelassen.«

»Zumindest hat er bisher keines seiner Opfer erschossen. Ganz ausschließen können wir allerdings nicht, dass er welche hat.« Sie sah zu dem geschlossenen Vorhang. »Ist er daheim?«

»In den umliegenden Häusern sind Präzisionsschützen positioniert, die sämtliche Fenster im Visier haben. Bisher keine Meldung über Aktivitäten im Haus. Die Lichter sind aus.«

»Er könnte sich im Keller aufhalten«, meinte Nadine.

»Die Möglichkeit besteht, ja.«

»Was sagen die Nachbarn?«

»Die haben ihn länger nicht mehr gesehen, was laut ihnen nichts Ungewöhnliches ist. Dorn lebt sehr zurückgezogen und ist mehrmals im Jahr für längere Zeit im Ausland. Zu seinen Nachbarn hatte er kaum Kontakt.«

»Wie ist euer Plan?«

»Wir werden uns Zutritt über die Haustür verschaffen. Sie ist von der Straße aus frei zugänglich. Das Nachbargrundstück ist von einer dichten Hecke umgeben, an der können wir uns ungesehen heranschleichen. Dass es dunkel ist, spielt uns in die Karten. Die Präzisionsschützen sichern unser Eindringen von außen. Sobald wir drin sind, teilen wir uns in drei Teams auf. Team eins und zwei übernehmen das Erdgeschoss und den ersten Stock. Team drei, zu dem ich gehöre, macht sich sofort auf den Weg in den Keller. Die Sicherheit von Kara Bender hat für uns oberste Priorität, daher wollen wir so schnell wie möglich zu ihr vorrücken. Dorn soll keine Gelegenheit haben, sie zu töten, wenn er uns hört.«

Im nächsten Moment klingelte Kochs Handy. Er nahm den Anruf entgegen.

»Der Polizeiführer hat sein Okay gegeben«, sagte er,

nachdem er das Gespräch beendet hatte. »Wir können loslegen.«

Schäfer zog sich eine schwarze Sturmmaske über und griff nach seinem Helm.

»Viel Erfolg«, meinte Nadine. »Und passt auf euch auf.«

Schäfer nickte ihr zu. Auch wenn sie derartige Einsätze unzählige Male trainiert und in realen Situationen durchgeführt hatten, blieb ein Restrisiko.

Er setzte den Helm auf und verließ das Haus. Kurz darauf hatte er zu seinen Kollegen aufgeschlossen, die am Anfang der Straße zu Dorns Adresse warteten.

»Wir starten den Zugriff«, sagte er und fühlte Anspannung in sich aufsteigen.

Die Männer formierten sich hintereinander zu einer Linie. Die Reihenfolge hatte Schäfer bei der Einsatzplanung festgelegt. Er selbst war an vierter Position.

Sie bewegten sich die Straße entlang, bis sie bei Dorns Nachbargrundstück waren, und hielten sich dicht an der hohen Hecke, damit sie vom Zielobjekt aus nicht gesehen werden konnten. Am Rand des Gestrüpps blieben sie stehen und legten jeweils die linke Hand auf die Schulter des Vordermanns. Schäfer spürte den leichten Druck und gab ihn nach vorne weiter. Als der sogenannte Squeeze, das Zeichen dafür, dass alle einsatzbereit waren, den ersten Mann erreicht hatte, streckte der den Daumen hoch.

Es konnte losgehen.

Adrenalin schoss durch Schäfers Körper, als sie mit schussbereiten Maschinenpistolen zur Haustür liefen. Dort schalteten sie die Surefire-Taschenlampen an, die an den Läufen ihrer Waffen montiert waren. Der zweite Mann, der einen Rammbock bei sich trug, trat vor. Er schwang die schwere Ramme in weitem Bogen nach hinten und schlug mit dem eisernen Kopf direkt auf das Türblatt über dem Schloss. Es gab einen lauten Knall. Nach dem zweiten Schlag sprang die Tür auf. Der Kollege machte Platz, und sie stürmten ins Haus, das im Dunkeln lag.

Die vordersten beiden Beamten überprüften den Gang, von dem aus eine Treppe in den ersten Stock führte – das Ziel für die vier Männer am Ende der Reihe. Dann rissen sie die Tür auf der linken Seite auf und drangen in die Küche ein. Schäfer eilte mit seinem Team den Flur weiter entlang zur Kellertür, während sich der Rest des Spezialeinsatzkommandos im Erdgeschoss und im ersten Stock verteilte und Zimmer für Zimmer durchsuchte.

Der Mann hinter Schäfer öffnete die Tür, und er leuchtete mit der Waffe im Anschlag die Treppe hinunter. Im Keller war es dunkel. Vorsichtig stieg er hinab, gefolgt von drei weiteren Beamten und dem Rammbock-Mann. Falls Kara Bender eingesperrt war, und davon gingen sie aus, würde er die Tür zu ihrem Gefängnis öffnen.

Unten angekommen, fanden sie sich in einem schmalen Gang wieder, von dem drei Türen abzweigten. Er öffnete die erste. Der Mann hinter ihm folgte Schäfer in den Raum. Die anderen behielten den Flur im Auge. Der Lichtstrahl streifte eine Wäscheleine und Waschmaschine, einen Heizkessel und ein Regal, das sich über die gesamte Wandseite erstreckte. Hier war niemand.

Sie kehrten zurück in den Gang und nahmen sich den zweiten Raum vor, der offensichtlich als Abstellkammer diente und mit zahlreichen Kisten, Plastiksäcken, Schränken und Klappstühlen vollgestellt war. Auch hier war niemand.

Sie näherten sich der dritten und letzten Tür. Schäfer

hob die Maschinenpistole, während sein Kollege nach dem Knauf griff. Der Mann mit dem Rammbock machte sich bereit.

Dann passierte alles schnell.

Kapitel 39

Kara stand auf und streckte sich. Ihr Rücken schmerzte. Zu Hause schrieb sie abwechselnd im Sitzen und Stehen – sie hatte sich extra einen höhenverstellbaren Schreibtisch gekauft – und verhinderte dadurch, dass ihre Muskulatur verkrampfte. Auf dem unbequemen Holzstuhl tat ihr spätestens nach zwei Stunden alles weh.

Sie lief zum Fenster. Es war bereits dunkel, Dorn konnte jeden Moment mit dem Abendessen erscheinen.

Ob die Polizei Tanjas Leiche schon gefunden hatte?

Der Gedanke an ihre tote Agentin schmerzte unerträglich. Doch die Wut über den sinnlosen Mord überwog, und so schaffte sie es, sich zu kontrollieren und die bedrückende Enge des Kellers besser zu ertragen.

Zwei Tage war es her, dass Dorn sie ermordet hatte, und mit jedem Tag war Karas Entschlossenheit, ihn dafür büßen zu lassen, größer geworden. Der Mistkerl würde nicht ungeschoren davonkommen!

Die letzten beiden Nächte hatte sie mehr als schlecht geschlafen. Sie war an den äußersten Rand des Betts gerutscht, um ja nicht den Teil der Matratze zu berühren, wo die Leiche gelegen hatte. Aber es war, als wäre sie immer noch da. Kara glaubte sogar, Verwesungsgeruch wahrzunehmen. Alle paar Stunden wachte sie schweißgebadet auf und tastete mit der Hand die linke Seite ab, um sich davon zu überzeugen, dass niemand neben ihr war. Die Wasserflaschen, die Dorn ihr brachte, leerte sie im Waschbecken aus und füllte sie mit frischem Wasser auf. Es gab keinen Grund, dass er sie erneut mit K.-o.-

Tropfen außer Gefecht setzte, Kara ging jedoch auf Nummer sicher.

Mit viel Glück hatte die Polizei die Leiche gefunden und bei der Obduktion die Botschaft entdeckt. Dann war es nur eine Frage von Stunden, bis ein Spezialeinsatzkommando sie befreite. Möglicherweise waren sie schon vor Ort und planten gerade den Einsatz.

Kara hoffte, dass sie Dorn nicht erschossen. Der Tod wäre eine zu harmlose Strafe für ihn. Lieber sollte er bis an sein Lebensende in einer winzigen Zelle verrotten und …

Sie wurde abrupt aus ihren Gedanken gerissen, als die Tür aufging und Dorn mit einem Tablett eintrat.

»Würden Sie bitte den Tisch frei räumen?«, bat er, und Kara bemerkte den gut gelaunten Unterton in seiner Stimme.

Sie klappte den Laptop zu, warf Stifte, Textmarker und Post-its in den Karton mit den USB-Sticks und legte alles zusammen mit dem Block neben den Drucker auf den Boden. Nur den Speicherstick mit der täglichen Sicherungskopie ließ sie auf dem Tisch liegen.

Dorn stellte das Tablett ab, und Kara wunderte sich, dass er zwei Teller dabei hatte.

»Ich habe mir gedacht, wir essen heute mal gemeinsam zu Abend«, sagte er, als könnte er ihre Gedanken lesen. »Wenn es okay für Sie ist.«

Er wollte was?

In Kara sträubte sich alles dagegen. Seit dem Mord an Tanja hatte sie einen solchen Hass auf ihn, dass sie seine Gegenwart kaum mehr ertrug. Es hatte schon gereicht, dass er ihr am Vormittag von seinem nächsten Lebensabschnitt erzählt hatte, sie wollte sich nicht auch noch außerhalb dieser Zwangsgespräche mit ihm unterhalten.

Andererseits durfte sie ihn nicht provozieren, erst recht nicht, wenn jeden Augenblick das SEK eintreffen könnte.

»Klar. Gerne«, erwiderte sie und bemühte sich um einen freundlichen Ton.

Dorn nahm die Teller vom Tablett. Es gab geräucherten Lachs mit einer cremigen Rosmarin-Sahnesoße sowie Kartoffeln und geschmorte Paprika als Beilagen. Kara stellte erstaunt fest, dass er sogar richtiges Besteck und keines aus Plastik mitgebracht hatte. Und Gläser statt Pappbecher.

Sie schielte auf das Messer, das er neben ihren Teller legte. Im Geiste griff sie danach und rammte es ihm in den Hals.

»Sieht lecker aus«, sagte sie und musste nicht einmal lügen. Bis auf die Spaghetti Bolognese und das Schnitzel mit Pommes hatte er ihr nur belegte Brote oder aufgewärmten Fertigfraß vorgesetzt. Die allmorgendlichen Honigbrote hatte sie mittlerweile derart satt, dass sie sich geschworen hatte, nie wieder eines anzurühren, wenn sie in Freiheit war.

»Fisch ist eine meiner Spezialitäten«, erklärte Dorn und schenkte Wasser in die Gläser ein. »Warten Sie, bis Sie ihn probiert haben.«

Kara nahm Platz, und ihre Hand berührte das Messer.

Tu es!, schrie ihre innere Stimme.

Ihre Finger umschlossen den Griff. Mit dem Überraschungsmoment auf ihrer Seite könnte es klappen.

Sie zögerte.

Und wenn nicht?

Kara erinnerte sich an ihren Fluchtversuch und an seine blitzschnelle Reaktion, als sie mit dem Laptop nach ihm geschlagen hatte. Nein, das Risiko, dass sie ein weiteres Mal versagte, war zu groß. Dann würde nicht nur sie sterben, sondern auch Jessie. Und Tanjas Tod würde ungesühnt bleiben. Ganz abgesehen davon, käme sie ohne Code nicht aus dem Keller und würde in ihrem Gefängnis elendig krepieren.

»Guten Appetit«, sagte Dorn und warf ihr ein Lächeln zu.

Kara traute seiner fröhlichen Stimmung nicht. Sie wusste, wie schnell er ausrasten konnte. Hatte er irgendetwas vor? Wollte er sie in Sicherheit wiegen, bevor er, aus welchem Grund auch immer, auf sie losging?

Misstrauisch nahm sie die Gabel und schob sich ein Stück Lachs in den Mund.

»Das schmeckt fantastisch«, meinte sie und konnte ihr Erstaunen nicht verbergen. »Woher können Sie so gut kochen?«

»Ich habe es von Mama gelernt«, antwortete er sichtlich stolz.

Kara probierte die Kartoffel, die sie in die cremige Soße tunkte. Ein Gaumenschmaus.

»Wie sind Sie eigentlich zum Schreiben gekommen?«, wollte Dorn wissen.

Kara haderte mit sich. Sie hatte keine Lust, ihm das zu erzählen. Doch wenn sie ihm nicht antwortete, würde er nur wütend werden, und das wollte sie vermeiden.

»Das weiß ich gar nicht mehr so genau«, sagte sie. »Ich hatte irgendwann einfach eine Geschichte im Kopf, und die habe ich aufgeschrieben. Es ging um ein Mädchen in einem Ferienlager, deren Hund plötzlich verschwunden ist. Auf der Suche nach ihm stößt sie auf eine Bande, die Haustiere entführt und an Tierhändler verkauft.«

»Wie alt waren Sie damals?«

»Dreizehn.«

»Hat sie ihren Hund wiedergefunden?«, fragte er.

»Natürlich.«

Unwillkürlich musste sie grinsen und dachte gleichzeitig, was für eine absurde Situation das war. Sie hockte mit ihrem Entführer in diesem Loch, und er unterhielt sich mit ihr, als wäre nichts geschehen.

Plötzlich schoss ihr ein Gedanke durch den Kopf. Was, wenn das SEK genau in dem Moment das Haus stürmte? Sie würden die Stahltür nicht aufbrechen können, zumindest nicht so schnell, und Kara säße mit Dorn in der Falle. Wahrscheinlich würde er sie töten, damit sie nicht gegen ihn aussagen könnte.

»Wie ging es mit dem Schreiben weiter?«

»Nun ja«, meinte sie, bemüht, sich wieder auf das Gespräch zu konzentrieren. »In der Pubertät waren die Jungs interessanter. Also ist es erst einmal bei dieser einen Geschichte geblieben.«

»Aber nicht für immer.«

Nein, dachte sie und spürte den Kloß in ihrem Hals. Dann starb Yvonne, und Kara wäre fast daran zerbrochen. Drei Jahre später verfasste sie ihren ersten Krimi. Eine fiktive Geschichte, in der sie den Vorfall einbaute. Sie hoffte, darüber hinwegzukommen, wenn sie sich alles von der Seele schrieb. Zwar hatte sie den Tod ihrer Stiefschwester bis heute nicht überwunden, doch das Schreiben hatte ihr geholfen, mit ihren Schuldgefühlen fertigzuwerden. Anders wäre sie mit Sicherheit an ihren inneren Dämonen zugrunde gegangen. Also hatte sie weitergeschrieben.

»Nein«, antwortete sie.

»Wann haben Sie das Schreiben wiederaufgenommen?«

»Mit zwanzig.«

Erneut schweiften ihre Gedanken zu einen möglichen SEK-Einsatz. Sie wäre Dorn schutzlos ausgeliefert. Selbst wenn die Polizei Tanjas Leiche noch nicht gefunden hatte, es war nur eine Frage der Zeit. Dann saßen sie vielleicht nicht gerade beim Abendessen zusammen, sondern bei einem ihrer Gespräche über sein Leben. Die Situation blieb dieselbe.

Sie fühlte das Messer in ihrer Hand. Es war ihre einzige Chance sich zu verteidigen.

»Und warum schreiben Sie Krimis?«, wollte Dorn wissen. »Was reizt Sie daran?«

»Was reizt den Leser, sie zu lesen?«, entgegnete sie.

»Gute Frage. Was denken Sie?«

»Ich glaube, Krimis bieten eine gute Möglichkeit, sich in einer sicheren Umgebung mit dem Tod oder den eigenen Ängsten auseinanderzusetzen. Jeder hat Angst zu sterben. Und welche Frau fürchtet sich nicht davor, in einer Tiefgarage oder in einer einsamen Gegend einem Verbrechen zum Opfer zu fallen? All diese Ängste kann man in einem Krimi ausleben. Außerdem erlebt man bei einem guten Buch eine Achterbahn der Gefühle. Angst wechselt sich mit Hoffnung ab, Anspannung mit Erleichterung. Am Ende klappt man das Buch zu und weiß, dass es nur eine fiktive Geschichte gewesen ist.«

Und das Verbrechen ist aufgeklärt worden, und der Täter hat seine gerechte Strafe erhalten, ergänzte sie in Gedanken. Das befriedigt den Leser genauso wie den Autor.

Sie wagte nicht, es laut auszusprechen, denn Dorns Erwartungshaltung an seine eigene Geschichte war klar gewesen. Ich *bin der Protagonist. In diesem Buch gewinne ich, nicht die Polizei.*

»Ein interessanter Ansatz.« Er griff nach der Wasserflasche.

Kara nutzte die Sekunde, in der er abgelenkt war, und ließ das Messer unauffällig unter dem Tisch verschwinden, wo sie es unter ihren rechten Oberschenkel schob. Als wäre nichts geschehen, spießte sie mit der Gabel ein Stück geschmorte Paprika auf.

»Und natürlich dient ein Krimi auch einfach nur dazu, um nach einem anstrengenden Tag zu entspannen«, fuhr sie beiläufig fort. »Der Leser kann für ein paar Stunden in eine spannende Geschichte eintauchen, miträtseln und mitfiebern und dadurch abschalten. All der Stress, den er auf der Arbeit oder mit anderen Menschen hatte, ist während des Lesens vergessen.«

Dorn nickte nachdenklich. »Es würde erklären, warum das Spannungsgenre so beliebt ist und jeden Sonntagabend Millionen von Zuschauern den *Tatort* einschalten.«

Kara zerteilte ein Stück Fisch mit der Gabel. Wider Erwarten tat ihr das Gespräch gut. Es lenkte sie ab, und sie redeten über etwas, für das sie brannte: das Schreiben. Und sie lernte eine andere Seite von Dorn kennen. Oder war sie lediglich froh, nach zwei Wochen der Isolation ein normales Gespräch zu führen? Auch wenn es mit ihrem Peiniger war.

»Ich werde auf meinen Lesungen oft gefragt, wie man sich als Autorin solch abscheuliche Verbrechen und Morde ausdenken kann. Ob man nicht einen, nun ja, an der Klatsche haben muss, um so etwas zu schreiben. Wissen Sie, was ich darauf antworte?«

Dorn neigte erwartungsvoll den Kopf zur Seite.

»Ich antworte mit einer Gegenfrage. Wer ist schlimmer: der Autor, der sich diese Geschichten ausdenkt, oder der Leser, der sie mit Vergnügen liest?«

Dorn grinste. »Wer ist Ihrer Meinung nach schlimmer?«

»Es ist das berühmte Paradoxon von der Henne und dem Ei«, sagte Kara. »Was war zuerst da?«

Dorn lachte, zerdrückte eine Kartoffel und vermischte sie mit der Soße.

Kara bemerkte, dass sie sich ein wenig entspannte. Die Waffe unter ihrem Oberschenkel gab ihr Sicherheit, genau wie die Hoffnung, dass der Horror bald vorbei war.

»Ich muss Ihren Lesern recht geben«, meinte Dorn. »Es ist eine spannende Frage, wie ein Autor auf seine Ideen und Morde kommt. Was inspiriert Sie?«

Sie zuckte mit den Schultern. »Das kann alles Mögliche sein. Eine reale Gegebenheit, ein Satz, den jemand sagt, oder ein Foto mit einem interessanten Motiv. Manchmal triggert auch ein Lied etwas in mir. Als Autor muss man auf alle Fälle neugierig und offen für sein Umfeld sein, denn jede Begegnung, jede Erfahrung kann der Ausgangspunkt für einen packenden Krimi sein.«

»Verstehe.«

Sie unterhielten sich noch eine Weile, und Karas Angst trat weiter in den Hintergrund. Außerdem verstrich die Zeit wesentlich schneller als beim Fliesenzählen.

Es war fast acht, als Dorn seinen leeren Teller, das Glas und das Besteck aufs Tablett legte. Karas Herz klopfte wie wild, als sie ihr Geschirr auf seinem stapelte.

Hoffentlich bemerkte er das fehlende Messer nicht.

Dorn stand auf. »Es war ein schöner Abend mit Ihnen, Kara. Ich danke Ihnen für das interessante Gespräch.«

Kara musste gestehen, dass es eine willkommene Abwechslung zu ihren sonst so monotonen Abenden gewesen war.

Dorn steckte den USB-Stick ein und hob das Tablett hoch. »Wenn Sie dann bitte noch das Messer zurücklegen würden.«

Kapitel 40

Nadine betrat das Kellerabteil, das mit einem beigefarbenen Teppich ausgelegt war, und sah sich um. Ein Tisch mit drei Stühlen, ein alter, kunstvoll verzierter Bauernschrank, eine Tischtennisplatte, die zusammengeklappt neben der Heizung an der holzvertäfelten Wand lehnte, und mehrere Bilder mit Landschaftsaufnahmen. In der Ecke stapelten sich vier weiße Plastikschubladen. Die Fensterscheibe war mit einer feinen Staubschicht überzogen, die Luft roch abgestanden.

»Hier ist schon länger keiner mehr gewesen«, stellte sie fest und konnte ihre Enttäuschung nicht leugnen.

»Im ganzen Haus ist niemand«, sagte Schäfer neben ihr. Seinen Helm hatte er abgenommen. »Dorns Handy ist ausgeschaltet, wir können es nicht orten.«

Verdammter Mist!, fluchte sie innerlich.

Wie es aussah, hatte der Puppenmörder mit ihnen gespielt – und sie waren darauf hereingefallen. Er hatte die Botschaft im Rachen von Tanja Gerritzens Leiche versteckt und lachte sich vermutlich tot, sobald er aus den Nachrichten von dem Einsatz erfuhr. Rafael Dorn war – wenn seine Nachbarn recht hatten – im Ausland unterwegs, weshalb der Puppenmörder wahrscheinlich genau ihn ausgewählt hatte. Er hatte dessen Abwesenheit ausgenutzt, um der Polizei seine Überlegenheit zu demonstrieren.

Nadine hatte gehofft, dass er Kara Bender tatsächlich nur entführt hatte und sie die Autorin noch rechtzeitig finden würden, doch ihre Hoffnung zerstreute sich wie Rauch aus einem Schornstein bei stürmischem Wetter. Es würde sie nicht wundern, wenn sie ihre Leiche in den nächsten Tagen fanden – wie Tanja Gerritzen zur Schau gestellt und von einer Puppe mit kalten, toten Augen beobachtet.

»Du solltest dir noch die Küche ansehen«, meinte Schäfer. »Da ist eine Sache, die uns stutzig gemacht hat.«

Nadine folgte ihm ins Erdgeschoss. Ein unangenehmes Aroma stieg ihr in die Nase, als sie den Raum betrat, der aufgeräumt und sauber wirkte. Nirgendwo stand gebrauchtes Geschirr herum.

Schäfer deutete auf den Mülleimer in der hinteren Ecke. Nadine trat auf das Fußpedal, und der Deckel öffnete sich. Angewidert verzog sie das Gesicht. Pelziger gelbweißer Schimmel quoll aus dem randvollen Eimer, und ein Schwarm Fruchtfliegen stob auf.

Rasch schloss Nadine den Deckel und wedelte mit der Hand, um die Fliegen zu vertreiben. Ihr Blick fiel auf die Obstschale neben der Kaffeemaschine. Der Größe nach zu urteilen, waren es Orangen, die darin lagen. Sie waren voller Schimmel.

Würde Dorn vereisen, ohne vorher den Mülleimer auszuleeren und die Früchte zu entsorgen?

Nadine bekam ein ungutes Gefühl. Irgendetwas stimmte hier nicht.

Sie zog einen Einweghandschuh aus der Innentasche ihrer Lederjacke und streifte ihn über. Dann öffnete sie den Kühlschrank, der gut gefüllt war und einen modrigen Geruch verströmte. Das Gemüse im untersten Fach war vergammelt, ebenso der Salat. In der Ablage darüber lagerte eine geöffnete Dose Tomaten neben einer halb transparenten Tupperdose mit Fleisch. Nadine ahnte, wie der Inhalt aussah. Bei der bloßen Vorstellung, wie die geöffnete Milchpackung im Seitenfach roch, wurde ihr übel. Es war nicht der Kühlschrank von jemandem, der für längere Zeit abwesend war.

»Und Dorn ist sicher nicht im Haus?«, hakte sie nach.

Schäfer schüttelte den Kopf. »Wir haben alles abgesucht und in den Schränken und unterm Bett nachgesehen. Er ist nicht da.«

»War irgendwo eine Puppe?«

»Nein.«

Nachdenklich kaute sie auf der Unterlippe. Ihr ungutes Gefühl verstärkte sich. Etwas passte nicht ins Bild, aber sie konnte es nicht greifen.

Sie wollte sich gerade umdrehen und die Küche verlassen, als ihr erneut der Keller in den Sinn kam. Und auf einmal wusste sie, was sie störte.

In der Ecke hatten sich vier Plastikschubladen gestapelt. Schubladen, wie sie in einem Gefrierschrank verwendet wurden.

Nadine ging zum Tiefkühler. Ihre Nackenhaare stellten sich auf. Sie öffnete die Tür und sog im nächsten Moment scharf die Luft ein.

Der Mann, der mit gebeugtem Oberkörper darin kauerte, hatte die Augen geschlossen. Das Gesicht war blauviolett verfärbt und mit Eiskristallen übersät. An seinem Hals zeichnete sich ein Strangulationsmal ab, Pulli und Jeans waren steif gefroren.

Nadine brauchte keinen Rechtsmediziner, um zu erkennen, dass der Mann seit geraumer Zeit tot war. Und sie ging jede Wette ein, dass es sich bei dem Toten um Rafael Dorn handelte.

Kapitel 41

Kara stieg aus der Dusche, trocknete sich ab und putzte sich die Zähne. Es war der erste Abend im Keller gewesen, der schnell verstrichen war.

Sie betrachtete die Platzwunde im Spiegel, die allmählich verheilte, und hoffte, dass sie keine Narbe davontrug.

Kara öffnete die Badtür – und blickte in den Lauf einer Pistole.

Abrupt hielt sie in ihrer Bewegung inne und stieß einen keuchenden Laut aus.

»Wie haben Sie das geschafft?«, wollte Dorn wissen, und sein Tonfall ließ keinen Zweifel, dass er wütend war.

»Was …?«

»Ich will wissen, wie Sie das geschafft haben!« Seine Stimme wurde lauter.

»Ich … ich verstehe nicht«, stammelte sie.

»Es kam gerade im Fernsehen. Ein Polizeieinsatz im Haus von Rafael Dorn.«

Kara zuckte zusammen. Sie waren hier?

Dorn trat so dicht an sie heran, bis die Waffe sie fast berührte. Seine Augen funkelten zornig. »Wie konnten sie Dorn so schnell finden?«

Irritiert sah Kara ihn an. Wie sie Dorn so schnell finden konnten? Ihre Verwirrung wuchs. Dorn war hier. Wenn sie ihn gefunden hätten, wäre er längst verhaftet worden.

»Wovon reden Sie?«

»Die Polizei ist mit einem Großaufgebot vor Ort, inklusive SEK. Das kann nur bedeuten, dass sie seine Leiche entdeckt haben.«

Sie runzelte die Stirn. Seine Leiche? »Aber ... Sie sind Rafael Dorn.«

»Nein. Ich habe mir den Namen aus Sicherheitsgründen zugelegt. Als Tarnung, falls irgendetwas schiefgehen sollte. Der richtige Rafael Dorn liegt seit drei Wochen tot in seinem Gefrierschrank.«

Es war, als hätte er Kara einen Schlag in die Magengrube verpasst, ihr wurde gleichzeitig heiß und kalt.

»Haben Sie eine Nachricht rausgeschmuggelt?«, fragte er.

»Eine Nachricht? Wie, um alles in der Welt, sollte ich das getan haben?«

Er überlegte.

»Tanja Gerritzen«, murmelte er und drückte ihr die Waffe gegen die Schläfe.

Sie spürte das Metall und zitterte am ganzen Körper. Er hatte sie durchschaut. Er hatte eins und eins zusammengezählt und es herausgefunden.

Kara hätte ahnen müssen, dass er einen falschen Namen verwendete. Nun war es zu spät.

»Sie haben eine Nachricht bei der Leiche Ihrer Agentin versteckt. Eine andere Möglichkeit gibt es nicht.«

»Ich habe nichts dergleichen getan«, presste sie mühsam hervor.

»Lügen Sie mich nicht an!« Er brüllte so laut, dass Speichelfäden flogen, und drückte die Pistole noch fester gegen ihren Kopf.

Kara stöhnte auf. Ihr Leben lag auf Messers Schneide. Dorn musste nur abdrücken, und alles wäre vorbei.

»Ich lüge Sie nicht an.« Ihre Stimme klang heiser. »Sie haben die Leiche sicher gründlich durchsucht, bevor Sie

sie weggebracht haben.« Sie bemerkte sein Zögern. »Sie haben sie durchsucht, oder?«

»Ja, das habe ich.«

»Haben Sie etwas gefunden?«

»Nein.«

Mach weiter, sagte ihre innere Stimme. Er wird unsicher.

»Ich war vollkommen geschockt, als ich neben Tanja aufgewacht bin. Glauben Sie ernsthaft, ich wäre in diesem Zustand in der Lage gewesen, klar zu denken? Geschweige denn, eine Nachricht zu verfassen und sie bei der Leiche zu verstecken? Ich hätte ihren toten Körper nie im Leben angefasst.«

Kara konnte deutlich erkennen, wie es in seinem Kopf ratterte. Wie er abwog, ob sie die Wahrheit sagte oder nicht.

Er musste ihr einfach glauben.

Sein Arm senkte sich. Doch im nächsten Moment presste er die Waffe gegen ihre Stirn. Karas Augen weiteten sich vor Angst. Ihr Herz pochte, als wären es Salven aus einem Maschinengewehr.

»Ich glaube Ihnen kein Wort.«

Der Druck verstärkte sich, und das Metall bohrte sich in ihre Haut. Ihre Platzwunde begann zu schmerzen.

»Ich sage die Wahrheit«, krächzte sie. Ihre Kehle fühlte sich rau an wie Schmirgelpapier.

Eine gefühlte Ewigkeit standen sie sich schweigend gegenüber. Das Blut rauschte in ihren Ohren.

Dorn, oder wie immer er in Wirklichkeit hieß, musterte sie kritisch.

Er glaubt mir nicht, dachte sie. Schweiß trat ihr aus allen Poren, ihr Atem ging nur noch stoßweise.

»Sie sagten, Dorn liegt seit drei Wochen in seinem Gefrierschrank.« Es kostete sie Kraft, überhaupt zu sprechen. »Vermutlich hat ihn jemand vermisst und die Polizei gerufen.«

»Unwahrscheinlich. Dorn ist regelmäßig mehrere Wochen im Ausland unterwegs.«

Schlagartig erstickte Karas aufkeimende Hoffnung.

Dorns Blick verfinsterte sich noch mehr.

»Dann … dann hat ihn jemand früher zurückerwartet.« Es war pure Verzweiflung, die sie weiterreden ließ.

Er schwieg.

»Es ist möglich, oder?«

»Es ist zumindest nicht auszuschließen«, meinte er nach einer Weile und hielt die Waffe gegen ihre Stirn gedrückt.

Fieberhaft überlegte Kara, wie sie ihn von ihrer Unschuld überzeugen könnte, doch die Angst lähmte ihr Denken. Dorn ließ nicht von ihr ab.

Plötzlich ließ er die Waffe sinken, fixierte sie für zwei weitere Atemzüge und ging. Die schwere Stahltür fiel hinter ihm ins Schloss.

Kara sank kraftlos zu Boden. Sie kauerte auf dem Teppich und konnte nicht fassen, was gerade geschehen war.

Der Schock saß tief. Noch immer spürte sie die Mündung der Pistole an Stirn und Schläfe.

Woher hatte er eine Schusswaffe?

Wesentlich schlimmer war allerdings, dass Dorn gar nicht Dorn war.

Ich habe mir den Namen aus Sicherheitsgründen zugelegt. Als Tarnung, falls irgendetwas schiefgehen sollte. Der richtige Rafael Dorn liegt seit drei Wochen tot in seinem Gefrierschrank.

Er hatte noch jemanden getötet. Nur um sich abzusichern.

Es war ein kluger Schachzug von ihm gewesen, denn

offenbar hatte die Polizei Tanjas Leiche gefunden und die Nachricht entdeckt.

Plötzlich schoss ihr ein beängstigender Gedanke durch den Kopf. Was, wenn diese Information an die Öffentlichkeit geriet? Wenn Dorn erfuhr, wo sie die Botschaft versteckt hatte, war sie geliefert. Er mochte die Kleidung der Toten abgetastet haben, bevor er sie weggebracht hatte, aber sicher nicht den Mundraum. Dann wüsste er, dass sie ihn belogen hatte, und würde sie und Jessie töten.

Sie betete, dass die Kripo es unter Verschluss hielt.

Die Polizei ist mit einem Großaufgebot vor Ort, inklusive SEK.

Ihr Plan war aufgegangen. Sie hatten Dorns Haus gestürmt. Doch es war der falsche Dorn und das falsche Haus gewesen.

Geschockt wurden ihr die Konsequenzen klar.

Die Polizei würde ihr nicht zu Hilfe kommen. Kara war auf sich allein gestellt. Sie musste selbst einen Weg hier raus finden.

Woche 3

Kapitel 42

Dorn drehte die Stehlampe im Wohnzimmer heller, um die lange brünette Strähne in seinen Händen besser sehen zu können. Draußen war es dunkel, die Sonne würde erst in einer halben Stunde aufgehen.

Tief sog er den Geruch der Haare ein und schwelgte in Gedanken an den Moment, als er Tanja Gerritzen stranguliert hatte. Er hatte ihren Todeskampf genossen. Ihre verzweifelten, aber vergeblichen Versuche, das Seil um ihren Hals zu lösen. Noch immer hörte er ihr Röcheln, spürte das Zucken ihres Körpers und roch ihren Angstschweiß. Kurz vor ihrem Tod veränderten Menschen ihren Geruch – ein Phänomen, das ihm bei seinem dritten Opfer zum ersten Mal aufgefallen war.

Er löste sich von der Strähne und wandte seine Aufmerksamkeit der Puppe zu, die vor ihm auf dem Tisch saß und ein knallrotes Kleid und schwarze Schuhe trug. Zärtlich strich er ihr über den Kopf, den verschiedenfarbige Haare zierten. Einige waren kaum länger als ein Fingernagel, andere reichten der Puppe bis zu den Füßen oder darüber hinaus.

Nach dem ersten Mord hatte er den Tötungsakt in Gedanken immer wieder durchgespielt und dadurch am Leben erhalten, doch bei seinem nächsten Opfer, einem Studenten, wollte er mehr. Er machte ein Foto von der Leiche und schnitt zusätzlich eine Strähne seiner schulterlangen blonden Mähne ab. Zwei Andenken, die er sehen, fühlen und riechen konnte, um seine Erinnerungen zu intensivieren.

Es erschien ihm unwürdig, die Strähne lieblos in einer Plastiktüte aufzubewahren, daher hatte er sie auf den kahl rasierten Kopf einer Puppe geklebt. Mit jedem Opfer waren weitere Haare hinzugekommen, bis eine außergewöhnliche Komposition aus verschiedenen Farben und Längen das mädchenhafte Gesicht der Puppe umspielte. Seiner Mutter zu Ehren taufte er sie Angela.

Dorn griff nach dem Kleber und befestigte sorgfältig Tanja Gerritzens Strähne an einer freien Stelle am Hinterkopf.

»Wunderschön«, sagte er, als er fertig war. Er lächelte und zupfte das Kleid der Puppe zurecht.

Sie würde Mama gefallen.

Kapitel 43

»Hilf mir, Kara«, sagte die junge Frau mit dem blutverschmierten Gesicht und der zerrissenen Kleidung. Die Worte klangen unendlich lang gezogen. Sie streckte die Arme nach ihr aus. »Hilf mir!«

»Yvonne!«, schrie Kara und fuhr senkrecht in die Höhe.

Schweißgebadet saß sie in der Dunkelheit und realisierte, dass sie den Albtraum von ihrer Stiefschwester gehabt hatte. Wie so oft in den letzten Nächten.

Es geht wieder los, dachte sie verzweifelt. Es geht alles wieder los.

Erschöpft ließ sie sich aufs Kopfkissen zurückfallen und schloss die Augen.

Der Vorfall war über achtzehn Jahre her, und noch immer hatte sie das Gefühl, als wäre es erst gestern passiert.

»Ach, komm schon, Yvonne. Bitte!«

»Kara, ich kann nicht. Am Montag ist Deadline für meine Semesterarbeit, und ich muss noch einiges dafür tun. Eine schlechte Note kann ich mir nicht leisten.«

»Marc ist auch da. Stell dir nur vor, er lernt an dem Abend eine andere kennen.«

»Du siehst ihn jeden Tag in der Schule. Sprich ihn einfach an.«

»Das ist uncool. Da bin ich doch nur eine aus der zwölften Klasse. Aber in einem Klub, das ist eine andere Nummer. Und ich kann ja wohl kaum in einem schwarzen Minikleid in der Schule auftauchen, oder?«

»Nein, natürlich nicht.«

»Also, bist du dabei?«

»Ich habe nach der Trennung von Nico momentan echt keine Lust auf Party.«

»Ach was«, sagte Kara. »Was du brauchst, ist Ablenkung. Nico war ein Idiot, deshalb hast du ihn in den Wind geschossen. Und wer weiß, vielleicht triffst du im Crush *deinen Traummann. Lass es heute Abend mal richtig krachen, dann hast du morgen einen freien Kopf, um deine Arbeit fertigzuschreiben. Ich lese auch Korrektur.«*

Yvonne seufzte. »Wie willst du überhaupt in den Klub kommen? Die lassen nur Volljährige rein, und du bist erst siebzehn.«

»Offiziell. Inoffiziell bin ich Studentin im ersten Semester BWL.«

»Du hast 'nen Ausweis gefälscht?«

Natürlich nicht. Das hatte jemand aus der Parallelklasse getan, der damit sein Taschengeld aufbesserte. Kara hatte fünfundzwanzig Euro dafür bezahlt.

»Jetzt tu nicht so, als hättest du das in meinem Alter nicht auch getan.«

Am anderen Ende der Leitung herrschte Stille.

Yvonne war ihre Stiefschwester väterlicherseits und vier Jahre älter. Sie war ein lebensfroher Mensch, liebte Partys und Flirten und hatte bereits mehrere Beziehungen sowie One-Night-Stands gehabt. Kara war erst mit einem Jungen zusammen gewesen. Nachdem sie miteinander geschlafen hatten, hatte er mit ihr Schluss gemacht. Im Nachhinein erfuhr sie, dass sie lediglich eine Trophäe bei seiner Jagd nach Jungfrauen war.

Dann war Marc in ihr Leben getreten. Er war vor ein paar Wochen nach München gezogen und ging in die Klasse über ihr. Mit seinen schulterlangen braunen Haaren im Surferstil sah er einfach umwerfend aus, und sie konnte an nichts ande-

res mehr denken als an ihn. Als sie erfahren hatte, dass er heute Abend im Crush *sein würde, hatte sie beschlossen, ebenfalls hinzugehen. Ihre Eltern waren übers Wochenende zu einem Wellnesskurzurlaub verreist, sie würden nichts davon mitkriegen. Kara wollte Marc endlich näher kennenlernen, doch allein traute sie sich nicht in den Klub. Jessie konnte sie nicht fragen, denn die war nicht bereit, sich einen gefälschten Ausweis zu beschaffen.*

»Bitte, Yvonne. Tu mir den Gefallen. Wir bleiben auch nicht bis spät in die Nacht.«

»Na schön«, sagte Yvonne. »Aber nur bis eins. Dann ist Schluss. Ich will die S-Bahn um zwanzig nach erwischen.«

»Du bist die Beste!«, jubelte Kara. »Meine absolute Lieblingsschwester.«

»Du hast ja auch nur eine. Wann und wo sollen wir uns treffen?«

»Um halb zehn vorm Crush*?«*

»Okay. Bis dann.«

»Du siehst Hammer aus«, meinte Yvonne, als sie sich zur Begrüßung umarmten.

»Und du erst«, sagte Kara ein wenig neidisch.

Sie hatte Stunden damit verbracht, ihr Outfit auszuwählen und sich zu schminken. Dennoch hatte sie das Gefühl, neben ihrer Stiefschwester das hässliche Entlein zu sein. Yvonne hatte eine natürliche Schönheit und sah in dem schwarzen Minikleid und der nietenbesetzten Lederjacke fantastisch aus.

Sie kamen problemlos am Türsteher vorbei. Zwar nahm er Karas Studentenausweis genauer in Augenschein, doch Yvonne flirtete mit ihm und lenkte ihn von der Fälschung ab.

Trotz der für die Klubszene frühen Stunde herrschte drinnen ausgelassene Stimmung. Ein gut aussehender DJ mit hochgestylten Haaren und engem T-Shirt, das seinen Bizeps und die Brustmuskulatur betonte, legte auf. Vor seinem Pult hatten sich ein paar Frauen versammelt und lachten mit ihm.

Kara stellte enttäuscht fest, dass Marc noch nicht da war.

»Ich hol schon mal die Getränke«, sagte sie. »Für dich das Übliche?«

Yvonne nickte und steuerte auf einen freien Stehtisch zu.

Kurz darauf war Kara mit einem Mojito für ihre Schwester und einem Cosmopolitan für sich selbst zurück. Yvonne war nicht allein. Ein junger Mann in zerrissener Jeans und schwarzem Hemd war bei ihr.

»Hey«, sagte sie und stellte die Getränke ab.

»Hi«, erwiderte er. »Ich bin Leon.«

»Kara.«

Leon beachtete sie schon gar nicht mehr, sondern wandte sich Yvonne zu.

Kara nippte an ihrem Drink und wippte mit den Hüften zum Takt der Musik.

»Wir tanzen 'ne Runde. Kommst du mit?«, fragte Yvonne.

Kara schüttelte den Kopf.

»Ich pass auf die Getränke auf.« Auf keinen Fall wollte sie Marc verpassen.

Als Yvonne zurückkehrte, hatte Kara ihren Cosmopolitan ausgetrunken und holte sich an der Bar einen neuen.

Marc erschien um halb elf zusammen mit drei Freunden. Sie winkte ihm zu. Er erwiderte ihren Gruß, und seine Lippen formten das Wort hot.

Kara spürte, wie sie rot anlief. Er fand sie heiß.

Um halb zwölf hatte sie vier Cosmopolitan intus und zweimal mit Marc geflirtet. Immer wieder wurde er von seinen Freunden abgelenkt, und Kara wäre ihnen am liebsten an die Gurgel gesprungen.

Mitternacht. Der Raum pulsierte. Die Luft war erfüllt von Schweiß und einer knisternden Energie. Rhythmisch bewegte sich die Menge zu den Klängen von In the Shadows, *wäh-*

rend das Stroboskop bunte Lichtblitze über ihre Köpfe schickte. Der Boden vibrierte.

Kara warf ihre langen braunen Haare in den Nacken und tanzte ausgelassen inmitten des Pulks. Marc war nicht weit von ihr entfernt und lächelte ihr zu. Ein Mix aus Alkohol und Glückshormonen berauschte ihren Verstand, sie fühlte sich grenzenlos frei.

Die Nebelmaschine wurde angeworfen und tauchte die Tanzfläche in ein gespenstisches Licht. Kara lachte und streckte die Arme in die Luft, ihre Bewegungen waren in völligem Einklang mit der Musik. Sie schloss die Augen und gab sich ganz ihren Gefühlen hin.

Marc kam zu ihr. Er legte die Hände auf ihre Hüften, und sie glaubte, unter seiner Berührung zu verbrennen. Zusammen tanzten, lachten und flirteten sie. Er spendierte ihr einen Drink. Kara war glücklich.

»Es ist ein Uhr«, sagte Yvonne. »Wir müssen los.«

»Was? Wir können jetzt nicht gehen. Marc holt gerade was zu trinken.«

»Hast du meine Semesterarbeit schon vergessen?«

»Nimm die nächste S-Bahn. Oder hast du keinen Spaß mit Leon?«

Yvonne verkniff sich ein Grinsen. »Okay. Danach ist wirklich Schluss.«

Kurz vor zwei schleppte Yvonne Kara aus dem Klub. Sie torkelte.

»Ich will noch nicht heim«, lallte sie.

»Mensch, Kara, du bist total betrunken.«

»Na und?«

»Nichts na und. Ich muss morgen früh aufstehen.«

»Bist mit der S-Bahn doch gleich daheim.«

»Als ob ich dich allein nach Hause fahren lasse.«

»Ich kann auf mich selber aufpassen«, protestierte Kara, stolperte und prallte fast gegen einen Laternenmast.

»Ja genau.«

Yvonne bugsierte sie zur U-Bahn. Am Sendlinger Tor stiegen sie in die U2 um, und Kara nickte während der kurzen Fahrt mehrmals ein. Zu Hause fischte sie den Schlüssel aus der Tasche, bekam ihn jedoch nicht ins Schloss. Yvonne nahm ihn ihr ab und sperrte auf.

»Kommst du allein klar?«, wollte sie wissen, als Kara sich auszog und ins Bett legte.

»Ich will nur schlafen.«

»Gut. Dann fahr ich jetzt. Die S-Bahn kann ich vergessen, aber wenn ich Glück habe, erwische ich den Nachtbus. Auf ein Taxi würde ich gerne verzichten, ich bin den Monat eh schon knapp bei Kasse.«

»Bleib hier. Schlaf auf der Gästecouch.«

»Und meine Semesterarbeit?«

»Läuft nicht davon.«

Yvonne verdrehte die Augen. »Gute Nacht, Kara. Ich ruf dich morgen an, okay?«

Kara nahm ihre Worte nur noch am Rand wahr. Sie schloss die Lider und driftete in einen tiefen Schlaf ab.

Die Schuldgefühle übermannten Kara mit voller Wucht, als sie an jenen Tag zurückdachte. Sie hatte bis zum frühen Nachmittag geschlafen und war aufgewacht, weil es an der Tür klingelte. Verkatert öffnete sie und erschrak, als sie die beiden Polizisten erblickte.

Yvonne hatte den Nachtbus erwischt und eine Abkürzung nach Hause genommen. Abseits der Hauptstraße war sie quer durch ein Industriegebiet gelaufen, das um diese Uhrzeit verlassen war.

Am Morgen entdeckte ein Spaziergänger ihre Leiche hinter einem Müllcontainer. Bei der Obduktion wurden siebenundsechzig Messerstiche gezählt – ein sogenanntes Übertöten, das auf eine emotionale Beziehungstat hindeutete. Nico rückte sofort in den Fokus der Ermittler, doch sie konnten ihm nichts nachweisen. Genauso wenig wie Leon. Alternativ stand eine versuchte Vergewaltigung im Raum, weil Yvonnes Leiche Abwehrspuren aufwies und ihr Rock zerrissen war. Erschwerend für die Ermittlungen war, dass in der Nacht ein Gewitter über den Landkreis gezogen war und die meisten Spuren zerstört hatte.

Der Täter wurde nie gefasst, und Kara machte sich bis heute Vorwürfe, weil sie Yvonne zu dem Klubbesuch überredet hatte. Sie hatte ihre Stiefschwester auf dem Gewissen. Wenn sie nicht so viel getrunken hätte, hätte Yvonne sie nicht heimbringen müssen und stattdessen die S-Bahn genommen.

Niemand gab ihr die Schuld, weder die Polizei noch ihre Eltern. Trotzdem kam Kara nie darüber hinweg. Alkohol hatte sie seitdem nicht mehr angerührt.

Was ihr am meisten zu schaffen machte, war das Warum. Warum hatte der Täter Yvonne getötet? War es gekränkte Eifersucht – seitens Nico? – gewesen oder die Tat eines Unbekannten? Diese Fragen waren der Grund, weshalb Kara mit dem Schreiben angefangen hatte. In ihren Romanen konnte sie dem Täter ein Motiv geben. Es befreite sie zwar nicht von ihrer Schuld, doch zumindest unterdrückte es ihre inneren Dämonen.

Die nun wieder an die Oberfläche drängten.

Kapitel 44

Der Puppenmörder – Kapitel 10

Rafael hievte die Kiste auf den Beifahrersitz und grinste. »Das war die Letzte aus dem Erdgeschoss.«

Seine Mutter warf ihm ein Lächeln zu. »Was meinst du, schaffen wir den Keller heute noch?«

»Auf alle Fälle!«

Seine Mama nahm ihn in die Arme. Sie musste nichts sagen, Rafael verstand sie auch so. Jeder Blick von ihr, jede Geste und jede Umarmung waren ein Dankeschön. Die Liebe, die sie ihm schenkte, war stärker als jemals zuvor.

Seit Jens' Tod war sie wie ausgewechselt. Das Leuchten in ihren Augen war zurück, sie lachte viel und traute sich wieder aus dem Haus. Wenn Jens sie geschlagen hatte, war sie tagelang nicht rausgegangen, aus Angst, jemand könnte ihre blauen Flecke bemerken. Den Kontakt zu den Nachbarn hatte sie auf ein Minimum beschränkt, weil Jens es so wollte. Mehr als ein »Hallo« oder ein flüchtiges »Gut« auf die Frage »Wie geht es Ihnen?« hatte sie nie mit ihnen gewechselt.

Vor ein paar Tagen hatte Rafael vom Fenster aus beobachtet, wie sie im Garten über den Zaun hinweg ein lebhaftes Gespräch mit der älteren Frau von nebenan geführt hatte. Sie wirkte fröhlich, was wiederum Rafael glücklich machte. Gleichzeitig plagte ihn ein schlechtes Gewissen, weil sie nun wieder allein war.

Er erinnerte sich an ihr Gespräch beim Abendessen.

Du weißt, wie schwierig für mich die Zeit nach Papas Tod war. Wie einsam und verlassen ich mich gefühlt habe. Jens war für mich da. Er hat sich um mich gekümmert und für mich gesorgt.

Ich werde Papa immer lieben. Aber er ist nicht mehr da. Im Gegensatz zu Jens. Verstehst du?

Ja, jetzt verstand er. Ab sofort würde er sich um sie kümmern. Er würde Jens' Platz einnehmen und für sie da sein. Genau wie sie es für ihn immer war.

Er lächelte.

Wenn sich Mama nicht einsam fühlte, tat er es auch nicht. Er brauchte ohnehin niemand anders als sie.

Seine Mutter löste die Umarmung und schloss die Beifahrertür. Das Auto war bis zum Dach vollgepackt.

Die letzten Tage in den Sommerferien hatten sie damit verbracht, alles, was Jens gehörte, wegzuwerfen. Kistenweise hatten sie den Schrott, wie sie es nannten, zum Sperrmüll geschafft und seine Kleidung in die Altkleidersammlung gegeben. Selbst die Möbel tauschten sie aus. Gestern hatten sie zwei Regale abgebaut und neue bei IKEA gekauft. Das Inventar für das Wohnzimmer und das Schlafzimmer seiner Mama würde in ein paar Wochen geliefert werden, und morgen wollte sich Rafael bei Segmüller neue Möbel aussuchen. Lediglich die Küche behielten sie vorerst. Jens' Erspartes und die Auszahlung aus seiner Lebensversicherung verschafften ihnen einen finanziellen Puffer, bis seine Mutter einen neuen Job gefunden hatte. Vor Rafaels Geburt hatte sie als Bürokauffrau gearbeitet, und sie wollte jetzt in den Beruf zurück.

»Ich fahre zum Wertstoffhof, du kannst ja schon mal mit dem Keller anfangen«, sagte sie.

Rafael salutierte. »Mit dem allergrößten Vergnügen.«

Sie strich ihm zärtlich über die Haare und startete den Motor. Rafael ging ins Haus und warf einen Blick in das entrümpelte Wohnzimmer.

Viel besser, dachte er.

Der braune Teppich lag bereits auf dem Sperrmüll, sie hat-

ten ihn heute früh kaum ins Auto bekommen. Der dunkle Parkettboden war abgenutzt und zerkratzt. Morgen im Möbelhaus würden sie nach einem neuen Teppich Ausschau halten. Nach einem beigefarbenen, um das Haus insgesamt freundlicher zu gestalten. Vielleicht fanden sie auch gleich Gardinen, denn sie hatten sämtliche Vorhänge entfernt. Helle Flecke an der Wand zeigten, wo die beiden Hirschgeweihe und die Fotos gehangen hatten, auf denen Jens als Fremdenlegionär und als Jäger abgebildet war. Rafael hatte aufgeatmet, als er die Bilder und die präparierten Tierköpfe in die Kisten geworfen hatte. Bei ihrem Anblick hatte er jedes Mal an den Jagdausflug mit seinem Stiefvater denken müssen.

Bald würde sie nichts mehr im Haus an Jens erinnern, und nach vier Jahren des Schreckens konnten sie endlich nach vorne schauen. Sie hatten wieder eine Zukunft.

Rafael schnappte sich im Flur zwei leere Umzugskartons und ging in den Keller. Er beschloss, mit dem Raum anzufangen, der Jens' Heiligtum gewesen war. Weder er noch seine Mutter hatten das Kellerabteil je betreten dürfen. Sie hatten eine Weile gebraucht, um den Schlüssel für die Tür zu finden.

Der Raum war etwa so groß wie sein Zimmer. Ein Regal nahm eine komplette Wandseite ein und war mit diversem Kleinkram und Zeitschriften vollgestopft. Pornos, wie Rafael beim ersten Betreten festgestellt hatte. Davor stand ein abgewetzter brauner Ledersessel. Sie würden ihn den Spediteuren mitgeben, wenn sie die neue Wohnzimmercouch lieferten und die alte mitnahmen. Gegenüber dem Eingang befand sich ein Schrank, an der Wand daneben hingen ausgestopfte Tiere. Ein Eichhörnchen, ein Fuchs, ein Bussard mit ausgebreiteten Flügeln und zwei weitere Hirschköpfe.

Rafael stellte den offenen Karton vors Regal und schob mit dem Arm alles aus dem obersten Fach hinein.

Weg mit dem Dreck!, dachte er, als er die teils zerfledderten Pornohefte und weiteren Kleinkram in die zweite Kiste räumte und ins Erdgeschoss schleppte. Anschließend kehrte er mit neuen leeren Kisten in den Keller zurück.

Das Regal war schnell ausgeräumt, und er öffnete den Schrank, dessen Tür leicht klemmte. Auch hier lagerte viel Schrott, den er achtlos in den Karton verfrachtete. Bei einer Metallbox in der Größe eines Schuhkartons hielt er inne. Sie war mit einem Vorhängeschloss gesichert.

Rafael schüttelte die Box. Irgendetwas Schweres war darin.

Kurz überlegte er, sie einfach zu den anderen Sachen in den Umzugskarton zu legen, doch etwas hielt ihn davon ab.

Er rüttelte an dem Schloss und suchte vergeblich nach einem Schlüssel. Schließlich holte er aus dem Nebenraum, in dem Jens sein Werkzeug aufbewahrt hatte, zwei Schraubenschlüssel. Er setzte sie jeweils nebeneinander so an den Riegeln an, dass sich die Kanten in der Mitte berührten. Ein leichtes Zusammendrücken reichte, und das Schloss sprang auf.

Rafael öffnete die Box, und seine Augen weiteten sich. Im Inneren lag eine schwarze Neunmillimeter.

Vorsichtig nahm er die Pistole heraus und betrachtete sie ehrfürchtig. Sie lag schwer in seiner Hand, das Metall fühlte sich kalt an. Die Seriennummer am Lauf war weggefeilt. Rafael prüfte das Magazin – es war voll.

Es überraschte ihn nicht, dass Jens neben seinen beiden Jagdgewehren noch eine offensichtlich illegale Waffe besessen hatte. Die Gewehre hatte seine Mutter Anfang der Woche zur Polizei gebracht, zusammen mit zwanzig Schuss Munition. Sie hatten in der Ecke an der Wand gelehnt. Ungesichert und nicht wie vorgeschrieben in einem Waffenschrank weggesperrt. Einen solchen hatten sie im ganzen Haus nicht gefunden. Der Pappkarton mit der Munition lag daneben auf dem Boden.

Rafael zielte mit der Pistole auf das leere Regal.

»Peng!«, sagte er, ohne den Abzug zu drücken, und grinste.

Die Waffe fühlte sich gut an. Je länger er sie in der Hand hielt, desto mehr gefiel es ihm. Sie verlieh ihm ein völlig neues Gefühl, etwas Machtvolles und Überlegenes.

Er überlegte, was er tun sollte. Seine Mutter würde bald heimkommen. Wenn sie die Pistole sah, würde sie sie sofort an sich nehmen und bei der Polizei abliefern.

Rafael traf eine Entscheidung. Er legte die Waffe zurück in die Box, schloss den Deckel und brachte sie in sein Zimmer. Dort versteckte er sie im hintersten Winkel seines Kleiderschranks und legte eine Wolldecke darüber. In den nächsten Tagen musste er unbedingt ein neues Vorhängeschloss kaufen.

Wieder unten im Keller hatte er das Gefühl, die Pistole noch in der Hand zu haben. Seine Finger rochen nach Metall und Öl, und er sog den Geruch ein.

Er fühlte sich großartig.

Unbesiegbar.

Kapitel 45

Die Stimmung war gedrückt, als Nadine am Samstagvormittag den Besprechungsraum betrat. Sie hatten gehofft, dem Puppenmörder endlich das Handwerk zu legen, nur um festzustellen, dass es einen weiteren Toten gab. Und noch immer keine Spur von Kara Bender.

»Morgen zusammen«, sagte Nadine. Sie war müde und erschöpft, hatte in der Nacht kaum ein Auge zugetan.

Die Gespräche verstummten, die Aufmerksamkeit richtete sich auf sie als Leiterin der Soko. Sie fasste den Ermittlungsstand zusammen.

»Die Leiche von Rafael Dorn ist mittlerweile identifiziert, die Obduktion für mittags angesetzt«, endete sie ihren Bericht und wandte sich an Georg Zettler. »Georg, wie weit seid ihr mit Dorns Personenanalyse?«

»Noch am Anfang, aber ich kann bereits Folgendes berichten. Rafael Dorn war fünfundvierzig Jahre alt, ledig und hatte seinen Hauptwohnsitz in München. Jedoch war er oft im Ausland unterwegs, laut den Nachbarn vorwiegend in Thailand, Spanien und Südafrika.«

»Beruflich?«, wollte Nadine wissen.

»Die Nachbarn meinten, er habe dort Urlaub gemacht. Wir müssen das noch verifizieren.«

»Und wovon hat er gelebt?«

»Angeblich hat er an der Börse viel Geld gemacht. Zuletzt war er bei der Deutschen Bank angestellt, das ist allerdings schon zehn Jahre her. Beide Eltern sind früh gestorben. Er hatte noch einen älteren Bruder, der vor einem Jahr bei einem Autounfall ums Leben gekommen ist. Der Bruder betrieb einen erfolgreichen Onlineshop, den Dorn zunächst übernommen, nach einigen Wochen jedoch verkauft hat. Geldprobleme hat er wahrscheinlich keine gehabt, wir gehen dem noch genauer nach.«

»Gut, danke«, sagte Nadine. »Die direkten Nachbarn haben Dorn zuletzt vor dreieinhalb Wochen gesehen. Das deckt sich mit der Post, die wir in seinem Briefkasten gefunden haben. Das älteste Schreiben ist auf Anfang Januar datiert.«

»Wurde in seinem Haus eine Puppe gefunden?«, fragte eine ältere Polizistin.

»Nein. Daher können wir nicht mit Sicherheit sagen, dass Dorn ein weiteres Opfer des Puppenmörders ist. Die einzige Verbindung zu ihm ist die Nachricht, die wir im Rachen von Tanja Gerritzen sichergestellt haben.«

»Ist sie von Kara Bender?«, erkundigte sich Pascal Heckmann.

»Der DNA-Abgleich steht noch aus, aber wir haben das Ergebnis der Fingerabdrücke. Es sind ihre.«

»Also ist sie noch am Leben?«

»Davon können wir wohl ausgehen, ja.«

»Warum ändert er auf einmal seine Vorgehensweise?«, fragte Diesel. »Weshalb hat er sie nicht wie die anderen getötet, sondern entführt und trotzdem die Puppe in ihrer Wohnung hinterlassen?«

»Das ist die entscheidende Frage«, meinte Nadine. Und sie wusste keine vernünftige Antwort darauf.

»Vielleicht hat er sie entführt, um sich an ihr zu vergehen«, sagte ein glatzköpfiger Mann Ende fünfzig.

»Das glaube ich nicht«, erwiderte Kolb, der Leiter der operativen Fallanalyse. »Der Puppenmörder hat kein sexuelles Motiv. Ihn treibt etwas anderes an.«

»Können die beiden gemeinsame Sache machen?«, fragte Nadine.

»Theoretisch möglich, aber sehr unwahrscheinlich. Nach dem psychologischen Profil, das wir von ihm erstellt haben, ist er ein Einzeltäter. Er arbeitet mit niemandem zusammen. Und das, was wir bisher über Kara Bender wissen, spricht ebenfalls dagegen.«

»Die Frau ist Autorin. Kann die Entführung etwas mit ihrem Beruf zu tun haben?«, fragte jemand aus der hinteren Reihe.

»Und was?«, warf der Polizist neben ihm ein. »Er wird ja wohl kaum seine Lebensgeschichte vor ihr ausbreiten, damit sie seine Biografie schreibt.«

»Warum nicht?«

»Weil wir dann wüssten, wer er ist, und ihn nur noch verhaften müssten«, wandte Nadine ein.

»Was soll sie dann für ihn schreiben?«

Sie richtete sich an Kolb. »Jochen?«

Der zuckte mit den Schultern. »Frag mich was Leichteres. Wir diskutieren es, die Zeit war allerdings zu kurz, um eine plausible Hypothese aufzustellen.«

Für einen Moment machte sich Ratlosigkeit im Raum breit.

»Okay, halten wir fest«, sagte Nadine, »der Puppenmörder hat Kara Bender vor zwei Wochen in ihrer Wohnung aufgelauert, sie vermutlich betäubt und entführt. Wenn ihre Nachricht stimmt, hält er sie seitdem in einem Keller gefangen. Elf Tage später überwältigt er Tanja Gerritzen, Benders Agentin, in deren Wohnung. Entweder hat er sie sofort getötet, was wahrscheinlich ist, oder sie betäubt, weggeschafft und an einem unbekannten Ort ermordet. Zwischen ihrem Tod und dem Auffinden der Leiche liegen etwa vierzig Stunden. Kara Bender …«

Das Klingeln ihres Handys unterbrach sie. Sie warf einen Blick aufs Display, sah, dass es Kriminaloberrat Dirk Walter war, und drückte ihn weg.

»Kara Bender ist es irgendwie gelungen, eine Nachricht zu schreiben und den Zettel in Gerritzens Rachen zu verstecken«, fuhr sie fort. »Das hat uns auf die Spur von Rafael Dorn gebracht, der seit geraumer Zeit, vermutlich um die drei Wochen, tot im Gefrierschrank steckte. Der Puppenmörder hat sowohl in Benders Wohnung als auch bei Gerritzens Leiche eine Puppe sowie den Schriftzug *Bald* hinterlassen, jedoch nicht in Dorns Haus. Was mich zu der Vermutung veranlasst, dass er eine Verbindung zu Dorn verheimlichen möchte. Es sieht für mich vielmehr danach aus, dass er sich dessen Identität angeeignet und den Namen gegenüber der Autorin verwendet hat. Quasi als Absicherung, falls etwas nicht nach Plan laufen sollte.«

»Klingt schlüssig«, meinte Kolb und kratzte sich am Kinn. »Und wirft weitere Fragen auf. Erstens, wie ist Bender mit Gerritzens Leiche in Kontakt gekommen? Hat der Puppenmörder den Leichnam zu ihr in den Keller gebracht oder Gerritzen erst dort getötet? Falls ja, stellt sich die Folgefrage nach dem Warum. Und zweitens, wie ist der Puppenmörder auf Rafael Dorn aufmerksam geworden? Weshalb er ihn ausgewählt hat, liegt auf der Hand. Dorns Verschwinden wäre aufgrund seiner häufigen Auslandsreisen lange unbemerkt geblieben. Hätte Kara Bender uns nicht seinen Namen mitgeteilt, er säße noch immer im Gefrierschrank.«

»Verdammt viele Fragen«, meinte Diesel trocken.

»Aber auch neue Ermittlungsansätze.« Nadine überlegte. »Oberste Priorität hat Kara Bender. Wir müssen alles tun, um sie lebend zu finden. Der Puppenmörder darf auf keinen Fall erfahren, dass sie in Gerritzens Leiche einen Hilferuf mit seinem vermeintlichen Namen herausgeschmuggelt hat. Wenn er davon Wind kriegt, könnte es für sie gefährlich werden. Daher absolutes

Stillschweigen nach außen. Für die Pressekonferenz brauchen wir eine glaubhafte Geschichte, warum wir Dorns Haus durchsucht haben.«

»Ich lass mir etwas einfallen«, bot sich Heckmann an.

»Danke.« Nadine dachte mit Schaudern an die mögliche undichte Stelle bei der Kripo und an Kehl. Der Reporter würde die Meldung ohne Rücksicht auf Benders Leben ausschlachten, Hauptsache die Einschaltquote stimmte.

»Wir konzentrieren uns ab sofort auf Kara Bender, Tanja Gerritzen und Rafael Dorn. Die momentan wichtigste Frage ist, wie der Puppenmörder auf Dorn aufmerksam geworden ist. Er wusste von seinen Auslandsaufenthalten, daher muss er ihn gekannt haben. Georg, dein Team soll sich darum kümmern. Findet heraus, seit wann er so häufig unterwegs ist. Wir brauchen jeden einzelnen Namen derjenigen, mit denen Dorn seitdem Kontakt hatte.«

»Schon erledigt.«

»Zusätzlich sollten wir die Öffentlichkeit bei der Suche nach Kara Bender stärker um Mithilfe bitten. Wir müssen uns eine gute Begründung einfallen lassen, um den Puppenmörder nicht misstrauisch zu machen.«

»Wir könnten einen Aufruf starten, dass wir ihre Leiche noch immer nicht gefunden haben und damit die, wenngleich geringe, Wahrscheinlichkeit besteht, dass sie noch am Leben ist«, schlug Diesel vor.

»Klingt gut. Formulier bitte etwas für die Pressekonferenz.«

»Geht klar.«

Nadine verteilte die restlichen Aufgaben und beendete die Besprechung. Beim Rausgehen fiel ihr Blick auf das Whiteboard, an dem Kara Benders Foto hing.

Stumm flehte sie, dass Kehl nicht von ihrem Hilferuf erfuhr.

Kapitel 46

So wenig wie in den letzten zwei Wochen hatte sich Kara seit Jahren nicht mehr bewegt. Auch wenn sie jobbedingt stundenlang am Schreibtisch saß und schrieb, joggte sie regelmäßig oder zog im Schwimmbad ein paar Bahnen. Sie brauchte den Ausgleich, und es half Kara, ihre Gedanken zu ordnen. Selbst in ihrem früheren Beruf als Betriebswirtin in einer Bank hatte sie die Mittagspause oftmals zu einem Spaziergang im nahe gelegenen Park genutzt.

Sie erhob sich von dem unbequemen Holzstuhl, ging zum Fenster und sah zu dem grauen Himmel hoch, den sie durch die Ritze erkennen konnte. Das Wetter schien ein Abbild ihres inneren Gefühlszustands zu sein.

Heute war der fünfundsechzigste Geburtstag ihrer Mutter, und Kara hatte weder ein Geschenk für sie, noch konnte sie ihr persönlich gratulieren. Als sie in der Früh aufgewacht war, hatte sie gar nicht daran gedacht, sie wusste aufgrund des fehlenden Zeitgefühls im Keller kaum mehr, welcher Tag war. Erst als sie den Laptop aufgeklappt hatte und ihr Blick auf das Datum gefallen war, hatte sie sich erinnert.

Ihre Augen füllten sich mit Tränen. Was würde sie nicht dafür geben, ihre Mutter in den Arm zu nehmen und sie zu beglückwünschen? Ihr dabei helfen, alles für die Geburtstagsfeier am Abend vorzubereiten. Auf der Party Spaß haben und mit den Gästen plaudern.

Wahrscheinlich hatte sie die Feier nach Karas Verschwinden ohnehin abgesagt.

Schuldgefühle überkamen sie. Mama hatte sich so darauf gefreut.

Kara wischte mit dem Ärmel die Tränen weg. Sie musste sich zusammenreißen. Keinesfalls durfte sie in Trübsal versinken, oder Dorn würde seine Drohung wahr machen und Jessie töten.

Kara setzte sich an den Tisch. Sie kam heute nur schlecht voran. Immer wieder löschte sie ganze Absätze, feilte an einer Formulierung, nur um sie dann doch nicht zu verwenden.

Wenn Kara schrieb, klangen Sätze für sie wie Musik. Sie wusste genau, was sie tun musste, um das Tempo zu erhöhen oder zu verlangsamen, und hörte sofort, wenn sich ein Misston einschlich. Die eine Seite, die sie bis jetzt zustande gebracht hatte, klang einfach nur schief.

Das wird heute nichts, dachte sie. Der Gedanke an ihre Mutter raubte ihr die Konzentration.

Sie lief zum Bett und ließ sich rücklings auf die Matratze fallen. Nach zwei Wochen ununterbrochenen Schreibens unter extremem Druck wäre es das Beste, einen Tag Pause einzulegen, um wieder einen freien Kopf zu kriegen. Dorn hätte dafür sicher kein Verständnis, außerdem wusste sie nicht, wie sie sich sonst die Zeit vertreiben sollte.

Als sich wenig später die Tür öffnete, fuhr sie senkrecht in die Höhe.

»Zeit fürs Mittagessen«, sagte Dorn und stellte das Tablett auf den Tisch.

Sein kritischer Blick entging ihr nicht. Wahrscheinlich fragte er sich immer noch, wie die Polizei den richtigen Rafael Dorn so schnell hatte finden können und ob sie nicht doch etwas damit zu tun hatte. Er misstraute ihr, dessen war sie sich sicher.

Dorn wandte sich zu ihr um und hielt eine Zeitschrift in der Hand.

»Ach übrigens, Sie stehen auf Platz eins der *Spiegel*-Bestsellerliste«, sagte er und legte ihr das Heft aufs Bett. »Herzlichen Glückwunsch.«

Er warf ihr ein Lächeln zu und verließ sie.

Seine Worte hallten in ihrem Kopf wider, und sie hatte Mühe, sie zu begreifen. Wie in Trance griff sie nach dem *Spiegel* und schlug ihn auf. Suchte im Inhaltsverzeichnis nach der Kulturseite und blätterte bis dahin.

Da stand es, schwarz auf weiß. *Dunkle Rache* von Kara Bender. Platz eins bei den Taschenbüchern.

Seit der Veröffentlichung ihres ersten Romans hatte sie davon geträumt, eines Tages ganz oben zu sein.

Nun war es so weit, und sie fühlte – nichts.

Ihr jahrelanger Traum war wahr geworden, und Kara hätte am liebsten geheult. Weil es keine Rolle spielte, dass ihr Krimi die Bestsellerliste anführte, wenn sie in einem Keller eingesperrt war und nicht wusste, ob sie ihn jemals wieder lebend verlassen würde. Weil es niemanden gab, mit dem sie diesen besonderen Moment teilen konnte. Und weil Tanja ihr nicht bestätigen konnte, dass sie es tatsächlich geschafft hatte.

Ihre Finger krallten sich ins Bettlaken. Sie war kurz davor, die Seite herauszureißen, zu zerknüllen und in die Ecke zu pfeffern. Wütend schlug sie das Heft zu.

Für ein paar Minuten lauschte sie dem Lüfter, der oben an der Wand leise surrte. Als sie sich beruhigt hatte, fiel ihr Blick erneut auf den *Spiegel*.

Klima außer Kontrolle?, lautete die Schlagzeile. Darunter: *Feuer, Dürre, Flut – Wetter der Extreme*. Das Titelbild zeigte mehrere Feuerwehrmänner vor einer lichterloh brennenden Landschaft. Die drei weiteren Topthemen, die oben aufgelistet waren, drehten sich um einen drohenden Börsencrash, das Flüchtlingsdrama auf dem Mittelmeer und ein Gespräch mit dem ehemaligen US-Präsidenten Barack Obama.

Kara spürte, wie sich Aufregung in ihr breitmachte. Der *Spiegel* war ihr Kontakt zur Außenwelt! Sie konnte erfahren, was draußen vor sich ging, während sie in diesem Loch eingesperrt war.

Sie schlug die erste Seite auf und begann zu lesen.

Kapitel 47

Der Puppenmörder – Kapitel 11

Das neue Schuljahr war zwei Wochen alt, und Rafael fragte sich bereits jetzt, wie er die achte Klasse überstehen sollte. Er saß in der dritten Reihe und hatte Mühe, den langweiligen Ausführungen des Erdkundelehrers zu folgen. Was interessierten ihn die Namen von japanischen Städten und Gebirgen?

Sehnsüchtig warf er einen Blick auf die Uhr. Noch eine halbe Stunde.

Er wollte so schnell wie möglich nach Hause.

Gestern waren die Möbel für sein Zimmer geliefert worden. Als er von der Schule heimgekommen war, hatten die Spediteure schon alles aufgebaut. Doch die eigentliche Überraschung stand auf seinem Schreibtisch. Ein neuer Computer. Ein Geschenk seiner Mutter. Sie musste nicht sagen, wofür.

Davor hatte er einen uralten Rechner gehabt, der so langsam hochfuhr, dass Rafael in der Zwischenzeit eine Runde Fußball hätte spielen können. Er war in regelmäßigen Abständen abgestürzt, der Speicherplatz längst voll. Sein Stiefvater hatte sich geweigert, ihm einen neuen zu kaufen.

Den ganzen Nachmittag war Rafael beschäftigt gewesen, ihn einzurichten. Er wollte schon immer eine Programmiersprache lernen, ein Unding mit seinem alten Teil. Jetzt konnte er sich endlich ernsthaft damit beschäftigen.

Gefühlte Stunden später ertönte der Schulgong. Rafael packte seinen Rucksack zusammen und lief ins Freie zu den Fahrradständern. Er schloss sein Rad auf und wollte sich auf den Sattel schwingen, als er Stimmen hinter sich vernahm.

»Hey, Schwuchtelwurm. Lange nicht mehr gesehen.«

Rafael drehte sich um. Vier Jungs aus der neunten Klasse standen vor ihm. Daniel, der ihn seit zwei Jahren drangsalierte, machte einen Schritt auf ihn zu.

»Was willst du?«, fragte Rafael und war über sich selbst erstaunt. Noch nie hatte er es gewagt, etwas zu erwidern.

»Oho«, spottete Daniel. »Unser Würmchen kann sprechen.«

Seine Freunde lachten.

»Lass mich gefälligst in Ruhe!« Die Worte platzten einfach aus Rafael heraus.

»Habt ihr das gehört?« Daniel wandte sich zu seinen Kumpels um. »Ich soll ihn in Ruhe lassen.«

Ihr Gelächter wurde lauter.

Rafael stieg aufs Rad und wollte losfahren. Daniel packte den Lenker und zog ruckartig daran. Das Fahrrad kippte zur Seite, und Rafael fiel zu Boden. Hilfe suchend blickte er sich um, die anderen Mitschüler beachteten ihn jedoch nicht. Sie unterhielten sich in kleinen Gruppen oder schnappten sich ihre Räder, um nach Hause zu fahren.

Rafael rappelte sich auf. Sein linkes Knie schmerzte. Er ballte die Hände zu Fäusten. Am liebsten wäre er auf seine Peiniger losgegangen. Doch sie waren zu viert, er hätte keine Chance gegen sie gehabt. Außerdem konnte Daniel Karate.

»So, genug gequatscht«, sagte Daniel. »Ich hab Wichtigeres zu tun, als mich mit einem Versager wie dir zu unterhalten.«

Er wirbelte einmal um die eigene Achse, streckte das Bein aus und kickte Rafael in den Bauch. Rafael sackte stöhnend zu Boden und blieb zusammengekrümmt liegen.

Die vier Jungs lachten und gingen davon. Kein Mitschüler nahm Notiz von ihm oder kümmerte sich um ihn. Zwei Mädchen sahen nur kurz zu ihm herüber.

Tränen der Wut stiegen in ihm hoch. Die Hilflosigkeit tat mehr weh als sein Bauch.

Mühsam setzte er sich aufrecht hin und wartete, bis der Schmerz nachließ. Dann richtete er sich auf, hob sein Fahrrad hoch und fuhr heim.

Seine Mutter war nicht zu Hause. Sie hatte ein Vorstellungsgespräch und ihm das Mittagessen in den Kühlschrank gestellt. Er musste es nur in der Mikrowelle aufwärmen. Rafael war der Hunger vergangen. Achtlos ließ er seine Jacke im Flur fallen und stürmte in sein Zimmer. Dort holte er den Metallkasten aus dem Kleiderschrank und sperrte das Vorhängeschloss auf, das er letzte Woche gekauft hatte.

Er nahm die Pistole heraus und umklammerte mit beiden Händen den Griff. Das Gefühl der Hilflosigkeit ließ augenblicklich nach.

»Du verdammter Wichser!«, schrie er und zielte mit der Waffe auf den imaginären Daniel vor ihm. »Ich knall dich ab!«

Nichts würde er lieber machen, als diesem Scheißkerl den verdammten Schädel wegzupusten.

Er konnte seine Fantasie in die Tat umsetzen. Er konnte die Waffe in seinem Rucksack mitnehmen und Daniel, wenn er wieder auf ihn losging, ein für alle Mal erledigen.

Rafael zögerte.

Er war bereits einmal damit durchgekommen, aber würde er es auch ein zweites Mal schaffen?

Wenn er ins Gefängnis käme, wäre seine Mutter allein. Dann hätte sie nicht nur ihren ersten Mann, Rafaels leiblichen Vater, verloren, sondern auch ihren Sohn. Das wollte er ihr nicht zumuten.

Rafael verstaute die Pistole in der Box und versteckte sie im Schrank.

Sein Magen knurrte. Seufzend lief er in den Flur hinaus. An der Treppe blieb er stehen.

Sein Stiefvater torkelte die Stufen hoch.

»Was machst du hier?«, lallte er. »Versager sollten um die Uhrzeit schlafen.«

Rafael kniff die Augen zusammen.

Jens reckte die Faust in seine Richtung. »Willst wohl Ärger?«

»Nein«, sagte Rafael. »Ich wollte nie Ärger. Aber du.«

Nun mach schon. Töte ihn, und werde endlich zum Mann.

Das … das kann ich nicht.

Natürlich kannst du das. Jeder kann töten.

Rafael wartete, bis Jens die letzte Stufe erreichte. Bevor er den Fuß aufsetzte, ging Rafael blitzschnell in die Knie, packte sein Bein und riss es mit aller Kraft hoch.

Rafael betrachtete seine Hände.

Jeder kann töten.

Ja, er konnte töten. Hatte getötet.

»Was bist du nur für ein Versager?«

Daniel stieg die Treppe hoch.

So, genug gequatscht. Ich hab Wichtigeres zu tun, als mich mit einem Versager wie dir zu unterhalten.

»Ich bin kein Versager!«, schrie Rafael und stieß mit beiden Händen zu.

Daniel taumelte und ruderte wild mit den Armen, um das Gleichgewicht nicht zu verlieren. In seinem Gesicht stand eine Mischung aus Erstaunen und Entsetzen geschrieben. Er streckte die Arme aus, um irgendwo Halt zu finden, und griff ins Leere. Sein Körper neigte sich nach hinten. Und er fiel. Er polterte die Treppe hinunter und blieb mit verrenkten Gliedmaßen liegen. Auf dem Boden breitete sich eine Blutlache aus.

Das Gefühl, das Rafael bei seinem Anblick durchströmte, war dasselbe, als er seinen Stiefvater getötet hatte oder wenn er dessen Pistole in der Hand hielt.

Rafael lächelte. Er wusste jetzt, was er zu tun hatte.

Die Sonne war längst untergegangen, als Daniel erschien. Rafael kauerte seit einer halben Stunde hinter dem Busch und wartete auf ihn.

Drei Wochen lang hatte er ihn ausspioniert. War ihm heimlich von der Schule nach Hause gefolgt, hatte, hinter der Gartenhecke versteckt, das Fenster zu seinem Zimmer beobachtet, und war ihm hinterhergeschlichen, sobald er das Haus verließ. Jeden Dienstag war Daniel abends im Karatetraining und ging zu Fuß von der S-Bahn heim. Wie heute.

Daniel schlug den schmalen, spärlich beleuchteten Weg in seine Siedlung ein, der von Büschen und Bäumen gesäumt war.

Rafael umklammerte den faustgroßen Stein in seiner Hand noch fester. Er war hoch konzentriert, seine Muskeln angespannt.

Daniel bemerkte ihn nicht. Er marschierte an ihm vorbei und richtete den Riemen seiner Sporttasche, die er über der Schulter trug.

Rafael spürte, wie sich das Dunkle, das sein Stiefvater mit dem Zerreißen des Fotos heraufbeschworen hatte, in ihm regte und von ihm Besitz ergriff.

Er wartete auf den richtigen Moment. Wie ein Tiger, der seiner Beute auflauerte. Dann sprang er auf und war mit drei Schritten bei Daniel. Er holte aus und schlug ihm mit voller Wucht den Stein gegen den Hinterkopf.

Daniel fiel vornüber hin. Er griff sich an den Schädel. Zwischen seinen kurz geschorenen Haaren quoll Blut hervor. Rafael ließ den Stein los, warf sich auf seinen Peiniger und prügelte wie von Sinnen auf ihn ein. Irgendwie schaffte Daniel es, sich auf den Rücken zu wälzen, und hielt schützend die Arme vor den Kopf. Rafael stieß sie beiseite. Seine Faust krachte auf die Nase, es gab ein Knacken, Blut floss. Daniel sackte in sich zusammen.

Keuchend hielt Rafael inne. Er brauchte ihn bei Bewusstsein.

Mit beiden Händen rüttelte er ihn an den Schultern, bis Daniel benommen die Augen aufschlug. Er erkannte Rafael und sah ihn irritiert und zugleich ängstlich an.

»Jetzt hör mir gut zu, du Arschloch.« Rafael beugte sich zu ihm hinunter. »Solltest du mich noch einmal schlagen, mach ich dich fertig. Ich werde dir auflauern, wenn du es am wenigsten erwartest, und dich töten. Hast du mich verstanden?«

Daniel sah aus, als würde er gleich ohnmächtig werden.

Rafael schüttelte ihn. »Hast du mich verstanden?«

»Ja«, murmelte er.

»Und wage es ja nicht, mich zu verpetzen, oder ich erzähl der ganzen Schule, dass ich dich verprügelt habe. Der Schwuchtelwurm hat dem Karatehelden die Nase gebrochen. Ich bin mir sicher, dass du das nicht willst.«

Daniels entsetzter Blick erfüllte Rafael mit Genugtuung. Er war nicht länger wehrlos diesem Schläger ausgesetzt, sondern er hatte die Kontrolle zurückerlangt. Das Dunkle in ihm verwandelte sich in wohlige Wärme – genau wie vor ein paar Wochen, nachdem er Jens die Treppe hinuntergestoßen hatte.

Er ließ Daniel los und stand auf.

»Scheißkerl«, sagte er und sah verächtlich auf ihn herab. Dann ging er, ohne sich noch einmal umzudrehen.

Daniel ließ ihn fortan in Ruhe.

Kapitel 48

Mittlerweile hätte Kara das Frühstück am liebsten unangetastet in den Mülleimer geworfen. Sie musste sich zwingen, alles aufzuessen.

Der *Spiegel* lag neben ihr auf dem Tisch, und während sie Kaffee trank, las sie. Sie hatte befürchtet, dass Dorn ihr die Zeitschrift wegnehmen würde, er hatte es jedoch nicht getan. Kara war heilfroh darüber. Endlich musste sie sich nicht mehr durch langweilige Abende kämpfen, sondern hatte eine Beschäftigung. Ihr Verlangen nach Neuigkeiten aus der Welt jenseits des Kellers, von der sie seit mittlerweile drei Wochen abgeschnitten war, war so groß, dass sie sich zwingen musste, die Artikel langsam zu lesen. Ansonsten wäre sie in ein paar Tagen durch und stünde vor demselben Problem wie zuvor. Sie las sogar die Werbeanzeigen, ließ kein einziges Wort aus.

Kara beendete den Bericht über eine geplante Rentenerhöhung und sah auf den Wecker. Es war kurz vor neun. Dorn würde gleich erscheinen.

Sie warf den Pappteller in den Mülleimer und stellte das Tablett auf den Boden. Den *Spiegel* legte sie auf den Hocker neben dem Bett. Sie klappte den Laptop auf und richtete Block und Stift her.

In den letzten Tagen hatte Dorn ihr von seiner Schulzeit bis zum Abitur berichtet, das er mit einem Notendurchschnitt von 1,6 bestanden hatte. Wenngleich er sich seit dem Tod seines Stiefvaters verändert hatte und selbstbewusster geworden war, blieb er bis zum Ende ein Außenseiter.

Nach dem Abi absolvierte er seinen Grundwehrdienst. Er war ein guter Schütze, und kurzzeitig überlegte er, eine Militärlaufbahn einzuschlagen. Die Gefahr, dass er zu einem längeren Auslandseinsatz abkommandiert würde und deshalb seine Mutter allein lassen müsste, war ihm allerdings zu groß. Also schrieb er sich für ein Informatikstudium an der LMU München ein und konnte weiterhin für sie da sein.

Obwohl sich Kara vorgenommen hatte, sich emotional nicht auf seine Geschichte einzulassen und Distanz zu wahren, interessierte sie sich immer mehr für sein Leben. Sie konnte nichts dagegen tun, es lag an ihrer berufsbedingten Neugierde. Dorns Leben war ein Paradebeispiel für einen spannenden, mehrdimensionalen Charakter – nur dass sie sich das nicht ausgedacht hatte, sondern dass es Realität war. Seine Wandlung vom verängstigten Jungen, der unter dem Tod seines leiblichen Vaters und den Gewaltausbrüchen seines Stiefvaters litt, bis hin zum Täter, als er Daniel brutal zusammenschlug, war für sie interessant. Zumindest in ihrer Rolle als Krimiautorin. Die private Kara hasste ihn nach wie vor.

Wenig später betrat Dorn mit einem Pappbecher den Keller und nahm gegenüber Kara Platz. »Sind Sie bereit?«

»Ja«, antwortete sie und griff als Bestätigung nach dem Stift.

»Prima.« Er lächelte und lehnte sich zurück.

Kara wartete. Offenbar musste er sich sammeln.

»Das Studium war im Prinzip ein Abbild der Schule. Ich schrieb gute Noten und hatte keine Freunde. Trotzdem fühlte ich mich nicht einsam, denn ich hatte Mama, und solange sie glücklich war, war ich es ebenfalls.«

Für einen Moment schwieg er, als würde er im Geiste die Zeit noch einmal durchleben.

»Bei der Bundeswehr habe ich mit Sport angefangen. Die Trainingseinheiten und Märsche waren anfangs die Hölle, gleichzeitig taten sie mir gut. Ich wurde fitter, meine Ausdauer verbesserte sich, und ich legte an Muskeln zu. Während des Studiums ging ich ins Fitnessstudio und begann mit gezieltem Krafttraining. Aus dem schmächtigen Jungen Rafael wurde allmählich ein athletischer Mann.« Dorn sah an sich hinunter. Sein Hemd spannte sich über seinem definierten Oberkörper. »Ich wohnte nach wie vor zu Hause. Was anderes kam auch gar nicht infrage, sonst hätte ich mein Versprechen gebrochen.«

»Hat Ihre Mutter die Stelle damals eigentlich erhalten?«, wollte Kara wissen.

Dorn sah sie fragend an.

»Als Sie mir von Daniel erzählt haben, meinten Sie, dass Ihre Mutter ein Vorstellungsgespräch hatte.«

»Ach so, ja. Sie hat die Stelle bekommen. Ein kleines mittelständisches Unternehmen, bei dem sie Teilzeit arbeiten konnte und das gut bezahlte. Die Arbeit machte ihr Spaß. Nach der schrecklichen Zeit war es schön, sie wieder so fröhlich und unbeschwert zu sehen.« Er trank einen Schluck.

»Wie sah es mit Männern aus?«, fragte Kara.

»Nach Jens hatte sie keine mehr. Aber die brauchte sie nicht. Sie hatte mich und musste keine Angst vor dem Alleinsein haben.«

Was für eine krude Auffassung, dachte Kara.

»Mama hat sogar wieder mit dem Stricken angefangen«, fuhr Dorn fort. »Es war ihr leidenschaftliches Hobby, Jens hatte es ihr verboten.« Er deutete zur Decke und lächelte. »Genau über uns, im Wohnzimmer, saß sie in ihrem Lieblingssessel, hörte Schlager und strickte. Sie konnte das stundenlang machen, es hatte etwas Meditatives für sie.«

Kara sah erstaunt auf. Sie war im Keller des Hauses gefangen, in dem sich das ganze Drama um Dorns Stiefvater abgespielt hatte?

»Ja«, beantwortete er ihre unausgesprochene Frage. »Es ist das Haus von Jens und gleichzeitig nicht. Wir haben damals renoviert, sogar das Bad, weil wir die altmodischen grünen Fliesen nicht mehr sehen konnten. Früher war das Haus dunkel und kalt, doch schon kurz nach Jens' Tod erinnerte nichts, wirklich gar nichts mehr an ihn. Es war jetzt Mamas und mein Zuhause.«

Kara schüttelte ihre Hand aus und schenkte sich Wasser ein. Sie trank, dann griff sie wieder nach dem Stift.

»Es war die schönste Zeit in meinem Leben.« Dorns Blick verlor sich. »Leider habe ich die Zeichen viel zu spät bemerkt.«

Kara horchte auf.

»Welche Zeichen?«, hakte sie nach, als Dorn nicht weitersprach.

»Dass Mama immer öfter einen Mittagsschlaf hielt. Dass sie weniger strickte. Erschöpft wirkte und blasser wurde. Wenn ich sie auf die Termine ansprach, zu denen sie nachmittags häufig verschwand, wich sie mir aus. ›Nichts Wichtiges‹, sagte sie jedes Mal. ›Ich muss nur ein paar Besorgungen erledigen.‹«

Sein Gesichtsausdruck veränderte sich. In seinem Blick lag etwas, das sie noch nie zuvor bei ihm wahrgenommen hatte. Waren es Selbstvorwürfe?

»Mama verlor an Gewicht, und irgendwann war es nicht mehr zu übersehen. Sie war krank.«

Seine Augen schimmerten feucht, und Kara musste zweimal hinschauen, um es zu glauben.

»Es war zu Beginn des dritten Semesters. Ich hatte …«

… einen anstrengenden Tag hinter mir. Eine Vorlesung hatte die nächste gejagt, ich hatte nicht einmal Zeit gehabt, in die Mensa zu gehen, um etwas zu essen. Als ich am Abend völlig erschöpft heimkam, saß Mama im Wohnzimmer. Ich erschrak bei ihrem Anblick. Ihre Augen waren gerötet, und sie hielt ein zerknülltes Taschentuch in den Händen.

»Wir müssen reden, Rafael«, sagte sie.

»Was ist los?« Ich spürte, wie mir das Herz in die Hose rutschte. Irgendetwas stimmte nicht.

Sie deutete mit der Hand auf den Platz neben sich auf der Couch. »Setz dich zu mir.«

Ich ließ mich neben ihr nieder.

»Ich muss dir etwas sagen.« Das Beben in ihrer Stimme war nicht zu überhören. »Ich war heute beim Arzt. Wie sooft in den letzten Monaten.«

»Beim Arzt?« Mein Magen zog sich zusammen.

»Ich bin krank. Sehr krank.«

»Was fehlt dir?«, fragte ich kaum hörbar.

Sie zögerte, ehe sie antwortete. »Ich habe Krebs.«

Es war, als hätte mir jemand einen Faustschlag ins Gesicht verpasst.

»Krebs?«, krächzte ich und schüttelte den Kopf. Das war unmöglich. Mama durfte nicht krank sein.

Sie ergriff meine Hände. Ihre Finger waren kalt und zitterten.

»Wie … wie schlimm ist es?«

Tränen rannen ihr über die Wange, und ich wollte die Antwort gar nicht hören. Als sie sprach, riss es mir endgültig den Boden unter den Füßen weg.

»Er ist unheilbar.«

»N-nein«, stammelte ich und schüttelte den Kopf. »Du musst dich irren. Das … Nein!«

»Ich habe mehrere Spezialisten aufgesucht und zahlreiche Tests gemacht. Ein Irrtum ist ausgeschlossen.«

»Was … was ist mit einer Chemotherapie? Die kann den Krebs vernichten.«

»Es ist eine sehr seltene Form. Eine Chemo ist leider nicht möglich.«

Nun liefen auch mir die Tränen übers Gesicht. Ich wagte kaum, die nächste Frage zu stellen. »Wie lange bleibt dir noch?«

»Ein paar Monate. Höchstens ein halbes Jahr.«

Kapitel 49

Kara starrte gedankenverloren zum Kellerschacht. Sie fragte sich, wie es ihr ergehen würde, wenn ihre Mutter ihr mitteilte, dass sie nur noch ein paar Monate zu leben hätte. Eine Horrorvorstellung.

Als er ihr davon erzählt hatte, hatte sie das Gefühl gehabt, den kleinen, schmächtigen Rafael vor sich zu haben. Den Jungen, der sich für einen Versager hielt und nicht den Mut hatte, sich gegen seinen Stiefvater oder Daniel zu wehren.

Genau hier über uns, im Wohnzimmer, saß sie in ihrem Lieblingssessel, hörte Schlager und strickte.

Kara versuchte, sich Angela vorzustellen. Dorn hatte sie beschrieben, und sie hatte ein ungefähres Bild vor Augen, aber entsprach ihre Vorstellung der Realität? Ebenso das Wohnzimmer. Er hatte ihr von den neuen Möbeln berichtet, doch es fiel ihr schwer, sie in ihrem Kopf Wirklichkeit werden zu lassen. Ihr fehlten die Details, mit denen sie sonst arbeitete. Es ging nicht nur darum, wie jemand oder etwas aussah. Wenn Kara schrieb, setzte sie alle fünf Sinne ein. Sie wurde zu einem Teil der Szene. Schaute sich um, lauschte den Geräuschen, strich in Gedanken über Gegenstände und achtete auf den Geruch, der in der Luft lag. Anschließend brachte sie genau das zu Papier. Bei diesem Buch hing die Geschichte nicht von ihrer Vorstellung ab, sondern von Dorns Beschreibung. Er führte alles genau aus, sie fühlte es allerdings nicht. Sie wusste nicht, wie rau der Stoffbezug des Sessels war, wie es im Wohnzimmer roch oder ob Angela ein bestimmtes Parfüm trug. Sie konnte Dorns Schilderung nur so gut wie möglich wiedergeben, sie wusste jedoch nicht, ob sie damit die Realität traf. Eine fremde Ausführung umzusetzen, war wesentlich schwieriger als die eigene Vorstellung, und das machte sich auch in der Qualität des Textes bemerkbar.

Das Wohnzimmer befand sich über ihr. Wenn sie es nur einmal mit ihren fünf Sinnen wahrnehmen könnte.

Kara hob ruckartig den Kopf.

Das war es!

Ihr Puls beschleunigte sich.

Sie hatte eine Idee, wie sie aus dem Keller entkommen konnte.

Kapitel 50

Jessica Fuchs zog ihren Firmenausweis über das Zeiterfassungsgerät und verließ das Büro. Es war früher Nachmittag. Kühle Luft schlug ihr entgegen, und sie schloss für einen Moment die Lider.

Genau heute vor drei Wochen hatte sie sich mit Kara zum Abendessen getroffen.

Noch verdrängte sie, dass ihre Freundin wahrscheinlich längst tot war, doch die Hoffnung, sie lebend wiederzusehen, schwand mit jedem Tag. Der Puppenmörder verschonte seine Opfer nicht.

Ihr war zum Heulen zumute.

Sie vermisste Kara so sehr. Der Gedanke, dass sie ihre Freundin nie wiedersehen könnte, war schrecklich.

Die ersten Tage nach ihrem Verschwinden waren die schlimmsten gewesen. Jessie hatte alles um sich herum nur noch durch einen Nebelschleier wahrgenommen. Auf der Arbeit machte sie so viele Fehler, dass ihr Chef sie zu sich zitierte. Zum Glück zeigte er Verständnis, als sie ihm die Hintergründe schilderte, und bot ihr an, Urlaub zu nehmen. Sie hatte abgelehnt, denn ohne Beschäftigung würde sie vermutlich noch tiefer in Sorge versinken.

Mehrmals die Woche telefonierte sie mit Karas Eltern. Sie weinten viel.

»Frau Fuchs!«, rief jemand.

Jessie öffnete die Augen.

Ein Mann kam auf sie zu, gefolgt von einem zweiten, der eine Kamera auf der Schulter trug.

»Christian Kehl von *Tele1*«, stellte er sich vor.

Jessie drehte sich wortlos um und ging. Es war nicht das erste Mal, dass jemand von der Presse sie aufsuchte, aber sie wollte keine Interviews geben.

»Warten Sie.« Kehl stellte sich ihr in den Weg.

»Lassen Sie mich in Ruhe.«

Er streckte ihr ein Mikrofon entgegen. »Wie fühlen Sie sich?«

»Was glauben Sie denn?«, blaffte sie und wollte sich an ihm vorbeidrängen.

Er hielt sie auf. »Nur ein paar Fragen. Sie sind Kara Benders beste Freundin. Wann haben Sie sie zuletzt gesehen?«

»Ich wüsste nicht, was Sie das angeht.«

»Laut unseren Recherchen haben Sie ihr Verschwinden bemerkt. Was ist Ihnen durch den Kopf geschossen, als Sie die Puppe in ihrer Wohnung entdeckt haben?«

Jessies Magen verkrampfte sich bei der Erinnerung daran. Abermals versuchte sie vergeblich, an ihm vorbeizukommen.

»Was hat der Schriftzug *Bald* an der Wand zu bedeuten?«, hakte Kehl weiter nach.

»Woher soll ich das wissen?« Sie blickte zu dem zweiten Mann, der stoisch die Kamera auf sie gerichtet hielt. »Hören Sie auf, mich zu filmen.«

»Warum glauben Sie, hat der Puppenmörder Kara als Opfer ausgewählt? Hat sie ein dunkles Geheimnis?«

Jessie starrte ihn entgeistert an. »Wagen Sie es ja nicht, irgendwelche erfundenen Geschichten über sie zu bringen!«

»Dann erzählen Sie mir, wie sie wirklich ist.«

»Nein. Ich …« Sie stutzte. »Moment mal, jetzt erkenne ich Sie. Ich habe Ihre Sendung gesehen. Sie haben behauptet, Kara sei längst tot.«

»Ist sie das nicht?«

»Nein!«, schrie Jessie. »Und jetzt machen Sie mir Platz!«

Sie stieß ihn zur Seite und lief an ihm vorbei.

»Warum richten Sie nicht ein paar Worte an den Puppenmörder?«, rief Kehl ihr hinterher. »Wenn Kara noch lebt, lässt er sie vielleicht frei.«

Jessie ignorierte ihn und bog in die nächste Seitenstraße ab.

Sie war aufgebracht. So aufdringlich wie Kehl war bisher niemand gewesen. Sie ging schneller, bis ihre Wut auf den Journalisten verraucht war.

Wenig später blieb sie vor einem Buchladen stehen. *Dunkle Rache* stand gut sichtbar im Schaufenster, an der Scheibe hing ein Plakat mit Karas Konterfei.

Ein Stich durchfuhr Jessie.

Der Presserummel um Kara als vermeintlich elftes Opfer des Puppenmörders war ungebrochen. Dank der Publicity war ihr Roman an die Spitze der Verkaufscharts geschossen und hatte ihr endlich zu ihrem großen Durchbruch verholfen.

Eine Träne lief Jessie über die Wange.

Es war nicht richtig, dachte sie. Kara hätte es nicht auf diese Weise gewollt.

Kapitel 51

Kara stand vor der Stahltür. Ein letztes Mal ging sie ihren Plan im Kopf durch.

Ihre Hand schwebte über dem Codepanel. Sie zögerte.

Was, wenn es schiefging? Dorn würde sie töten. Andererseits war sie ohnehin tot, sobald sie das Buch beendet hatte. Sie hatte nichts zu verlieren.

Doch was war mit Jessie? Immerhin setzte sie auch das Leben ihrer Freundin aufs Spiel.

Sie geriet ins Grübeln.

Und traf eine Entscheidung.

Ihr Herz pochte wie wild, als sie die Gegensprechanlage betätigte.

Es dauerte eine Weile, bis Dorns Stimme erklang. »Ja?«

»Ich muss mit Ihnen reden«, sagte Kara.

»Worum geht es?«

»Um Ihr Buch.«

»Okay, kleinen Moment.«

Eine Minute später öffnete sich die Tür. Kara hatte sich ein paar Schritte entfernt, um nicht sein Misstrauen zu wecken. Keinesfalls sollte er glauben, dass sie ihn attackieren wollte.

Er trat ein und musterte sie. »Gibt es ein Problem?«

»Nein. Ja. Also, ich meine …«

Er runzelte die Stirn. »Können Sie sich bitte klar ausdrücken?«

Kara holte tief Luft. »Ich habe Schwierigkeiten, in das

aktuelle Kapitel reinzukommen, weil ich das Gefühl habe, dass mir Details fehlen.«

»Wie darf ich das verstehen?«

»Ich soll Ihre Mutter beschreiben, und weiß nicht, wie sie aussieht.«

»Ich bringe Ihnen ein Foto von ihr.«

»Danke. Aber das ist nicht das Einzige. Ich versuche mir vorzustellen, wie sie in ihrem Lieblingssessel sitzt, doch ich tue mich schwer damit. Wie fühlt sich der Polsterbezug an? Wie riecht das Wohnzimmer? Jedes Zimmer hat seinen eigenen Geruch. Wie soll ich etwas beschreiben, von dem ich keine Ahnung habe?«

»Worauf wollen Sie hinaus?«

»Zeigen Sie mir das Haus.«

Dorn lachte auf. »Vergessen Sie's!«

Kara war auf diese Antwort vorbereitet. »Wenn ich reale Örtlichkeiten in meine Krimis einbaue, schaue ich mir die vorher an. Weil ich sie so wirklichkeitsgetreu wie möglich schildern will.«

Er verschränkte die Arme vor der Brust. »Sie schreiben gut bisher, wo ist Ihr Problem?«

»Wollen Sie ein gutes Buch, oder wollen Sie das beste?«

Sie ließ die Worte im Raum stehen und sah ihm fest in die Augen. Dorn schwieg und hielt den Blickkontakt.

Kara spürte, wie ihre Augen zu brennen begannen. Der Drang zu blinzeln war groß, sie würde ihre Chance auf Freiheit jedoch nicht vergeben. Also zwang sie sich, weiter in seine blaugrauen Iriden zu sehen, hinter denen sich ein psychopathischer dreizehnfacher Serienkiller verbarg – der Mord an seinem Stiefvater mitgezählt.

Schließlich ließ er die Arme sinken. »Na schön.«

Innerlich triumphierte Kara, äußerlich zeigte sie keine Regung.

Dorn trat ganz nah an sie heran. »Ich warne Sie. Eine falsche Bewegung, und Sie sind tot!«

Sie bemühte sich um Gelassenheit. »Ich will nur das Haus sehen.«

Er fixierte sie mit seinem Blick, als wollte er durch sie hindurchschauen und ihr den wahren Grund für ihre Bitte entlocken. Sie blieb ruhig.

Dann endlich drehte er sich um, gab den Zahlencode ein und öffnete die Tür.

Kapitel 52

Kara zitterte, als sie auf die offene Tür zusteuerte. Sie konnte es kaum glauben. Nach drei Wochen im Keller verließ sie ihr Gefängnis. Das Gefühl war unbeschreiblich. Als wäre sie minutenlang unter Wasser gewesen, durchbräche kurz vor dem Ertrinken die Oberfläche und japste gierig nach Luft.

Sie trat über die Schwelle und fand sich in einem Vorraum wieder, von dem eine Treppe sowie drei Türen wegführten, eine davon war die Stahltür. Dem Schnitt des Kellers nach zu urteilen, mussten es sogar vier gewesen sein. Sie vermutete, dass Dorn eine zugemauert und den Raum dahinter zum Bad umgebaut hatte.

Er öffnete die Tür auf der linken Seite. »Das war Jens' Heiligtum. Dort habe ich die Pistole gefunden.«

Der Raum, wie Dorn ihn ihr beschrieben hatte, existierte nicht mehr. Große IKEA-Regale mit schwarzen quadratischen Stoffboxen nahmen zwei Wandseiten ein. Der Schrank und der abgewetzte Ledersessel waren vor Jahrzehnten entsorgt worden. Statt der ausgestopften Tiere hing eine große Weltkarte an der Wand, auf dem Garderobenständer reihten sich mehrere Jacken auf Kleiderbügeln aneinander. Durch das winzige vergitterte Fenster drang kaum Tageslicht. Es war frisch, und Kara schlang die Arme um den Oberkörper.

»Der dritte Raum ist uninteressant für Sie«, sagte Dorn, als sie die Abstellkammer verließen und auf die Treppe zugingen. Die Holzstufen waren alt und knarzten unter ihren Schritten.

Dorn lief voraus, und am liebsten hätte sie ihn beiseitegeschubst und wäre die Stufen hinaufgestürmt.

Kara mahnte sich zu Geduld.

Sie erreichten das Erdgeschoss. Der Flur war mit einem dunklen Läufer ausgelegt. Ein Schuhschrank mit einem Spiegel darüber stand neben einem Garderobenschrank an der Wand.

Kara sah nach links, und ihr Herz schlug schneller. Da war sie: die Haustür! Keine zwei Meter entfernt und trotzdem unerreichbar, denn Dorn war direkt neben ihr. Sie würde es niemals schaffen, sie aufzureißen und ins Freie zu stürzen. Abgesehen davon wusste sie nicht, ob sie zugesperrt war.

Die Haustür war in einem modernen Weiß und passte nicht zu dem alten Gebäude. Dorn musste sie im Laufe der Jahre neu eingebaut haben.

Kara saugte das Tageslicht ein, das durch die in die Tür eingelassenen Milchglasornamente fiel. Nach der Zeit im Keller kam es ihr vor, als würde sie aus einer endlos langen Nacht aufwachen.

Dorn ergriff ihren Oberarm und führte sie zur Küche, die sich neben dem Eingang befand. Es war dort noch heller als im Flur. Durch das mit einem Vorhang verhängte Fenster sah Kara einen Baum und die Straße. Ein Auto fuhr vorbei. Es trieb sie schier in den Wahnsinn, so nah an der Freiheit zu sein.

Ein Zaun trennte den Vorgarten von der Straße. Wie sie Dorn einschätzte, hatte er das Eingangstor abgeschlossen, aber es war nicht besonders hoch. Kara könnte problemlos darüberklettern.

Die Einbauküche war in heller Holzoptik gehalten. Auf der schwarzen Arbeitsplatte entdeckte Kara neben einer Kaffeemaschine und einem dreiteiligen Kräutertopf einen Messerblock. Sie versuchte abzuschätzen, ob sie ihn erreichen könnte. Dorn war so dicht bei ihr, dass er ihren Arm gepackt hätte, bevor sie sich auch nur einen halben Meter von ihm entfernt hätte.

Er musste vor Kurzem gelüftet haben, doch ein leichter Geruch nach Curry, das er mittags für sie gekocht hatte, hing noch in der Luft.

»Als Ihr Stiefvater das Foto zerrissen und Ihre Mutter geschlagen hat, wo kauerten Sie beide auf dem Boden?«

Er deutete zu dem Esstisch mit den vier Stühlen. Die Tischdecke war blütenweiß und faltenfrei.

Kara konnte Rafael und Angela eng umschlungen auf den mattweißen Fliesen sitzen sehen. Spürte die Kälte, die vom Boden ausging, und fühlte ihre Angst. Sie sah, wie Jens die Haustür aufriss und ins Freie rannte, und schauderte.

»Okay, danke«, sagte sie.

Auf dem Weg ins Wohnzimmer kamen sie – dem Türschloss nach zu urteilen – an einem Bad oder WC vorbei und an einem Raum, dessen Tür geschlossen war. Dorn machte keinerlei Anstalten, ihn ihr zu zeigen. Kara fragte sich, was sich dahinter verbarg. Ein Arbeitszimmer? Eine Vorratskammer?

Das Wohnzimmer war etwas größer als das Kellerabteil, in dem sie eingesperrt war. Durch die Terrassentür und das Fenster daneben fiel helles Tageslicht. Der Garten war von einer hohen Hecke umgeben. Es schien ein frei stehendes Einfamilienhaus zu sein. Eine feine Schneeschicht lag auf dem Rasen, und Kara lächelte bei dem Anblick. Zwei knorrige Bäume ragten in der Mitte des Gartens in die Höhe, die Äste waren kahl. Ein Rabe saß oben im Wipfel. Majestätisch erhob er sich in die Luft und flog in den bewölkten Himmel davon.

Die Terrassentür ist meine Chance, dachte sie und spürte Aufregung. Ein normaler Griff, nicht abschließbar. Sie musste nur die Tür öffnen und hinausrennen. Ein Gartentor konnte sie nicht entdecken. Sie vermutete, dass ein Weg seitlich am Haus vorbei zur Vorderseite führte. Sobald sie über das Eingangstor geklettert wäre, stünde sie auf der Straße und würde um Hilfe rufen.

Nein, besser sie schrie bereits, wenn sie auf das Tor zulief.

Sie wandte den Blick von der Terrassentür ab, um Dorn nicht misstrauisch zu machen.

Ein in die Jahre gekommener beigefarbener Teppich bedeckte den abgenutzten Parkettboden. Die kaffeebraune Couch auf der linken Seite wirkte einladend. An der gegenüberliegenden Wand hingen ein Flatscreen und Lautsprecherboxen über einem Regal mit zwei Rekordern und zahlreichen DVDs. Neben der Tür stand ein großer Wohnzimmerschrank. Eine alte Pendeluhr tickte gleichmäßig.

Kara deutete auf den Sessel vor dem Fenster. »Ist er das?«

Dorn nickte.

Sie ging darauf zu. »Darf ich mich setzen?«

»Bitte.«

Kaum hatte Kara auf dem weichen Polster Platz genommen, tauchte sie ab. Sie wurde zu Angela, die in ihrem Lieblingssessel strickte. Die Nadeln klapperten im Takt der Schlagermusik, die im Hintergrund lief. Kara tippte auf Andrea Berg oder Helene Fischer. Sie war ganz in ihre Handarbeit versunken, fühlte sich glücklich und zufrieden.

Was mochte sie wohl gestrickt haben? Pullover für ihren Sohn? Mützen? Schals?

Langsam kehrte Kara in die Realität zurück. Sie sah aus dem Fenster. Noch nie war ihr ein kahler Baum prachtvoller erschienen, der Himmel grenzenloser und ein schneebedeckter Rasen faszinierender. Aber ihre Verzweiflung trübte die Schönheit der Natur.

Sie erhob sich vom Sessel und folgte Dorn in den Flur. An der Türschwelle warf sie einen letzten Blick zurück zur Terrassentür.

Vor der Treppe in den ersten Stock blieb Kara stehen.

»Hier lag er, oder?«, fragte sie.

»Ja.«

Sie konnte Jens förmlich vor sich sehen. Die Gliedmaßen verrenkt, das Genick gebrochen. Unter ihm breitete sich eine Blutlache aus.

Kara ging in die Hocke und betrachtete den Boden zwischen dem Läufer und der Treppe.

»Wir haben ihn damals abgeschliffen«, sagte Dorn, der ihre Gedanken erraten hatte. »Das Blut war ins Holz eingedrungen, anders waren die Flecke nicht rauszubekommen.«

Kara erhob sich und stieg, dicht gefolgt von Dorn, die Stufen hinauf. Die Treppe war steil, die Stufen und das Geländer aus massivem Holz.

Schubs ihn runter!, rief ihre innere Stimme, doch Kara zögerte. Er hielt sich an der Brüstung fest. Wahrscheinlich, weil er damit rechnete, dass sie das versuchen würde.

Oben wandte sie sich um. An dieser Stelle hatte Rafael vor sechsundzwanzig Jahren seinen Stiefvater getötet. Es war ein seltsames Gefühl, dort zu stehen, wo eine grausame Mordserie ihren Anfang genommen hatte.

»Sollen wir mit meinem Schlafzimmer weitermachen?«, fragte Dorn, und sie bejahte.

Helles Holz dominierte den Raum, der aus einem Bett, einem bis zur Decke reichenden Regal und einem großen Kleiderschrank bestand. Ein Kaktus auf dem Fensterbrett war die erste Pflanze, die Kara bis jetzt im

Haus bemerkt hatte. Vorhänge schirmten den Blick von außen ab.

»Es sind die Möbel, die ich mir damals ausgesucht habe«, sagte er. »Den Schreibtisch habe ich auch noch, er steht im Zimmer nebenan. Früher war es das Bügelzimmer meiner Mutter. Ich hasse Bügeln, daher habe ich es zu einem Büro umfunktioniert. Meine Hemden gebe ich lieber in die Reinigung.«

Da hatten sie etwas gemeinsam. Bügeln zählte ebenfalls nicht zu Karas Lieblingsbeschäftigungen.

»Den Teppich haben wir im ganzen ersten Stock rausgerissen und einen neuen verlegt.«

»Wie sah er vorher aus?«

»Braun. Allerdings dunkler.«

Sie ging in die Mitte des Raums und schloss die Augen. Dorn war direkt neben ihr, sie konnte seine Wärme spüren. An Flucht war nicht zu denken.

In ihrem Kopf drehte sich die Zeit zurück. Rafael saß auf seinem alten Bett. Er war völlig in das Foto seiner leiblichen Eltern versunken, als die Tür aufging und sein Stiefvater ins Zimmer kam. Jens entdeckte das Foto, zerriss es und verprügelte Rafael, der sich vergeblich zu schützen versuchte. Sie hörte Jens' Keuchen, das Klatschen der Schläge und Rafael, der zusammengekrümmt auf dem Boden lag und wimmerte. Es roch nach Schweiß und Angst.

Kara öffnete die Augen und verbannte die schrecklichen Bilder.

Im Flur schielte sie zur Treppe, doch Dorn stand unüberwindbar zwischen ihr und dem Weg in die Freiheit.

Sie passierten das Bad. Die Tür war angelehnt, Kara warf im Vorbeigehen einen Blick hinein. Helle Fliesen mit einer blauen Borte unterhalb der Decke und braune Rattanschränke verliehen dem Raum eine gemütliche

Atmosphäre. Das Waschbecken war sauber, darüber hing ein Spiegelschrank. Nichts lag offen herum.

Dorn führte sie zum letzten Raum gegenüber der Treppe. Kara wurde allmählich nervös. Sie hatte ihn dazu gebracht, sie aus dem Keller zu lassen. Wenn ihr nicht bald etwas einfiel, würde er sie wieder in ihrem Gefängnis einsperren. Dass er sie ein zweites Mal hinausließ, war unwahrscheinlich.

Dorn blieb in ihrer unmittelbaren Nähe.

Vor der Tür verlor sein Körper an Spannung, sein Gesicht nahm einen traurigen Ausdruck an.

»Das war Mamas Zimmer«, sagte er mit belegter Stimme und drückte die Klinke.

Kara trat ein und hatte das Gefühl, in einem anderen Haus in einer anderen Zeit gelandet zu sein.

»Es sieht alles noch genauso aus wie damals«, sagte er. »Ich habe es seit ihrem Tod nicht angerührt. Nur sauber mache ich jede Woche.«

Auf der rechten Seite stand ein Einzelbett, die Bettdecke ordentlich zusammengelegt, gegenüber ein weißer Kleiderschrank. Ein Regal nahm die komplette Wand neben der Tür ein. Dutzende Puppen in unterschiedlichen Größen reihten sich darauf. Auf dem Nachtkästchen und auf der Kommode zwischen den beiden Fenstern saßen weitere. Die Puppe in dem alten Schaukelstuhl in der Ecke hatte die Größe eines Kleinkinds.

Die leblosen Augen stierten Kara von allen Seiten an und beobachteten jede ihrer Bewegungen. Kara schüttelte sich innerlich. Am liebsten wäre sie aus dem Zimmer gerannt.

Sie starrte auf das Regal.

Die Puppen.

Sie trugen Röcke, Kleider, Hosen, Pullis – in unterschiedlichen Farben und alles gestrickt. Einige von ihnen hatten Mützen auf, andere einen Schal um den Hals gebunden.

»Mama hat sie gesammelt«, sagte Dorn neben ihr. »Sie konnte zu jeder eine Geschichte erzählen.«

O mein Gott, dachte Kara.

»Die Kleidung hat sie selbst gestrickt, die Blusen genäht. In der Kommode sind noch mehr Anziehsachen.«

Kara atmete flach.

Die Puppen, die Dorn an den Tatorten hinterließ. Wollte er damit seine Mutter ehren?

»Sind sie nicht wunderschön?«

Der Drang, fluchtartig das Zimmer zu verlassen, wurde übermächtig. Kara hatte das Gefühl, in einem Gruselkabinett zu sein. Die kalten Augen bohrten sich von überall in sie.

Wie konnte man nur in diesem Raum schlafen, ohne Albträume zu bekommen?

Widerwillig ging sie näher an das Regal heran.

»Mama hat jeder einen Namen gegeben, aber ich kann mich nur noch an wenige erinnern.« Dorn deutete auf diejenige direkt vor ihm. Sie hatte blonde Haare und trug ein blaues Strickkleid über einer weißen Bluse. »Die zum Beispiel heißt Marie. Mama und Papa hätten gerne ein zweites Kind gehabt. Wenn es ein Mädchen geworden wäre, hätte sie so geheißen.«

Kara befeuchtete ihre Lippen.

»Das ist Klarabelle«, fuhr er fort.

Die Porzellanpuppe sah aus, als wäre sie einem Horrorfilm entsprungen. Rostbraune, zu Zöpfen gebundene Haare, knallrote Lippen, weit aufgerissene blaue Augen und die Brauen nur dünne, aufgemalte Striche. Risse zogen sich über den Hals, am Kinn fehlte ein Stück.

»Sie ist Mama mal runtergefallen, zum Glück ist nicht mehr passiert.«

Kara drehte sich um, sie konnte den Anblick nicht länger ertragen.

»Die letzten Wochen hat sie ausschließlich in diesem Zimmer verbracht, weil sie es nicht mehr die Treppe hinuntergeschafft hat.« Seine Stimme zitterte. »Ihren Lieblingssessel habe ich ihr hochgebracht, irgendwann konnte sie auch das Bett nicht mehr verlassen. Der Krebs hat sie vollkommen ausgemergelt. Ich habe sie bis zu ihrem Tod gepflegt.«

»Und Ihr Studium?«

»Nachdem ich von ihrer Krankheit erfahren hatte, habe ich es unterbrochen, um für sie da zu sein.«

Nach allem, was er Kara bisher über sein Leben erzählt hatte, war das nicht überraschend, und doch hatte sie Mühe, es zu begreifen. Auf der einen Seite war er ein brutaler Serienmörder, auf der anderen hatte er sich rührend um seine todkranke Mutter gekümmert.

In ihren Krimis beschrieb sie genau solch widersprüchliche Figuren.

Sie trat zu der Kommode zwischen den Fenstern, auf der weitere Puppen saßen. Eine davon zog augenblicklich Karas Aufmerksamkeit auf sich. Sie trug ein knallrotes Kleid und schwarze Schuhe. Was sie von den anderen Puppen unterschied, waren ihre Haare. Sie waren unterschiedlich lang und verschiedenfarbig. Brünett, blond, braun, schwarz und sogar grau.

»Die Puppe habe ich selbst gebastelt«, sagte Dorn sichtlich stolz. »Die Haare sind echt.«

Kara sog scharf die Luft ein. Ein ungeheurer Verdacht beschlich sie. Waren das Haare seiner Opfer?

Sie bemerkte die lange brünette Strähne am Hinterkopf. Sie passte zu Tanjas Frisur.

Entsetzt wandte sie sich ab.

An der Wand über der Kommode hingen zahlreiche

Fotos. Sie zeigen ausschließlich Rafael – entweder allein oder zusammen mit einer Frau mit langen braunen Haaren. Sie war hübsch, aber in ihren Augen lag Traurigkeit.

»Ist das Ihre Mutter?«, fragte sie.

Dorn nickte.

In Karas Vorstellung hatte sie etwas kürzere und dunklere Haaren gehabt, das Gesicht war oval gewesen und nicht rund und die Augen von einem tieferen Blau. Rafael hingegen war genau der schlaksige Junge, den sie im Kopf gehabt hatte.

Aufmerksam betrachtete sie die Bilder und blieb bei einem hängen. Es war mit Tesafilm geklebt worden und zeigte Rafael zusammen mit seinen leiblichen Eltern.

»Das ist das Foto«, sagte Dorn, der ihrem Blick gefolgt war. Seine Stimme klang belegt.

Kara bekam eine Gänsehaut. Rafaels größter Schatz, den er jahrelang in einem Buch versteckt und unter Einsatz seines Lebens aus dem Mülleimer geholt hatte. Wahrscheinlich war es auch heute noch sein wertvollster Besitz.

Dorn beugte sich zu dem gerahmten Foto vor. Ein Seufzer entfuhr ihm.

Jetzt oder nie!, schoss es Kara durch den Kopf.

Ohne nachzudenken, warf sie sich mit ihrem ganzen Gewicht gegen ihn, sodass er vornüber auf die Kommode fiel. Die Puppen kippten um, eine rollte über den Teppich.

Kara zögerte keine Sekunde. Sie wirbelte herum und lief aus dem Zimmer. Immer mehrere Stufen auf einmal nehmend, rannte sie die Treppe hinunter. Auf halber Höhe strauchelte sie und wäre beinahe gestürzt. Sie griff nach dem Geländer und konnte sich gerade noch abfangen.

Über die letzten drei Stufen sprang sie und landete

unsanft auf dem Boden. Sie ignorierte den Schmerz und stürzte ins Wohnzimmer und auf die Terrassentür zu. Außer Atem riss sie die Tür auf. Kalte Luft schlug ihr entgegen. Ihr Fuß setzte auf der Terrasse auf.

Ich schaffe es, dachte sie.

Im nächsten Moment packte sie jemand von hinten am Arm und zog sie ins Wohnzimmer zurück. Vergeblich versuchte sie, sich am Türrahmen festzuhalten. Sie stolperte und fiel rückwärts hin.

Ein Schatten tauchte über ihr auf.

Mit vor Angst weit aufgerissenen Augen blickte sie in das wutverzerrte Gesicht von Dorn. Er hob die Faust. Kara spürte einen Schlag gegen ihre linke Schläfe und verlor das Bewusstsein.

Kapitel 53

»Ich bin daha.«

Nadine liebte es, die Tür zum Haus ihrer Mutter aufzusperren und sich anzukündigen. Weil sie wusste, dass sie eine Antwort erhielt. Wenn sie ihre eigene Wohnung betrat, war niemand da, der sie begrüßte.

Ihre Mutter, eine Thailänderin Mitte sechzig, trat aus der Küche, wischte sich die Hände an der Schürze ab und lief ihr strahlend entgegen.

»Nadine.« Sie nahm sie in die Arme.

Es war einer der wenigen Momente, in denen sich Nadine fallen lassen konnte.

»Schön, dass du es geschafft hast«, sagte ihre Mutter, die Narisara hieß. Sie löste sich aus der Umarmung, und Nadine stellte einmal mehr fest, wie sehr sie sich ähnelten. Die mandelförmigen braunen Augen, das ovale Gesicht und die geschwungenen Brauen.

Sie blickte über die Schulter ihrer Mutter. An der Schwelle zur Küche standen ihre vier Brüder.

»Um nichts in der Welt hätte ich mir das heute entgehen lassen.« Sie war froh, dass der Job ihr keinen Strich durch die Rechnung gemacht hatte. Ihre Gedanken kreisten momentan ständig um den Fall, sie brauchte dringend Abstand. Sie winkte ihren Brüdern zu. »Hey, Jungs.«

Der jüngste war drei, der älteste neun Jahre älter als sie. Wer sie zusammen sah, hätte nie darauf getippt, dass sie Geschwister waren. Während Nadine nach ihrer Mutter kam, hatten sie das Aussehen ihres Vaters geerbt.

Seit seinem Tod vor zwanzig Jahren – Nadine war damals sechzehn gewesen und zwei ihrer Brüder bereits ausgezogen – trafen sie sich in regelmäßigen Abständen. Weihnachten war eine dieser Gelegenheiten, doch beim letzten Mal hatte Tom während der Feiertage Dienst im Krankenhaus gehabt und Leo war wenige Tage zuvor zum zweiten Mal Vater geworden. Umso schöner war es, dass heute alle Zeit hatten.

Leo trat vor und nahm Haltung an. »Frau Columbo, ich melde mich zum Dienst.«

»Spinner!« Sie zwickte ihn in die Seite und konnte sich ein Grinsen nicht verkneifen.

»Hey, Zwerg«, begrüßte Tom sie. Er war der Größte und überragte sie um mehr als einen Kopf.

»Ich geb dir gleich einen Zwerg«, sagte sie lachend.

»Du wirkst gestresst.« Jan streckte ihr die Faust entgegen.

Nadine boxte dagegen. »Der Puppenmörder hält mich momentan ziemlich auf Trab. Bei dir alles klar?«

»Kennst mich ja.«

Jan war Fluglotse am Münchner Flughafen, und obwohl sein Beruf fordernd war, ließ er sich durch nichts aus der Ruhe bringen.

Ben, der Jüngste, sprang vor und positionierte sich in Kampfstellung vor ihr, wobei er einen Bruce-Lee-typischen Laut von sich gab.

Nadine zog die Brauen hoch.

Ben forderte sie mit einer Handbewegung auf. »Traust dich wohl nicht.«

»Du gibst nicht auf, oder?«

»Niemals!« Er grinste.

Als Kinder hatten sie ihre Mutter zur Verzweiflung gebracht, weil sie ständig miteinander rauften, wobei Ben immer den Kürzeren gezogen hatte.

»Kinder!«, rief sie, doch Nadine war mit einem Schritt

bei Ben, packte seinen Arm und drehte ihn auf den Rücken.

Ben verzog das Gesicht. »Das nächste Mal greife ich dich aus dem Hinterhalt an.«

»Dann verhafte ich dich.«

»Das würdest du tun?«

»Soll ich dich lieber erschießen?«

Alle lachten. Ihre Mutter schüttelte den Kopf, konnte sich ein Schmunzeln jedoch nicht verkneifen.

»Mama hat gebacken«, sagte Jan.

»Apfelkuchen?«, fragte Nadine und ließ Ben los. Es gab kaum etwas Leckereres. Höchstens noch die Rouladen mit selbst gemachten Spätzle ihrer Mutter.

»Deckt schon mal auf.« Ihre Mutter zwinkerte ihr zu.

Tom, Leo und Nadine gingen ins Wohnzimmer. Ein großer Tisch für zehn Personen nahm fast die Hälfte des Raums ein, der gemütlich eingerichtet war. An den Wänden hingen Fotos von der Familie Herfurth, den thailändischen Großeltern und den beiden Tanten.

Beim Anblick ihres Vaters wurde Nadine schwer ums Herz. Sie vermisste ihn immer noch. Was würde sie nicht dafür geben, noch einmal mit ihm übers Wochenende zum Zelten zu fahren, so wie sie es als Kind getan hatte? Ein reiner Vater-Tocher-Ausflug, bei dem sie drei Tage lang einfach Papas Mädchen sein konnte und sich nicht gegenüber ihren Geschwistern behaupten musste. Aus dem kleinen Mädchen war mittlerweile eine toughe Frau geworden. Nadine hatte in Karate den zweiten Schwarzgurt und leitete bei einem der spektakulärsten Kriminalfälle die Ermittlungen. Ihr Vater wäre bestimmt stolz auf sie.

Während Leo den Fernseher einschaltete, öffnete sie den Wohnzimmerschrank, holte Teller und Kaffeetassen heraus und verteilte sie auf dem Tisch. Ben und Jan waren in der Küche verschwunden. Nadine wusste, dass sie sich dort um die Schlagsahne rissen.

Genau wie früher, dachte sie und lächelte.

»Ich hab dich neulich im Fernsehen auf der Pressekonferenz gesehen«, sagte Tom, der sich um das Besteck kümmerte. »Zum Puppenmörder und der verschwundenen Krimiautorin.«

»Ja, wir suchen immer noch nach ihr.«

Sie hatten die Bevölkerung um Mithilfe gebeten und eine Hotline eingerichtet. Daraufhin waren Hunderte Anrufe eingegangen. Zwar hatten sie noch nicht alle Hinweise abgearbeitet, aber bis jetzt war keiner dabei gewesen, der sie bei ihren Ermittlungen vorangebracht hätte. Die kriminaltechnische Untersuchung hatte mittlerweile bestätigt, dass die DNA, die auf der Nachricht in Tanja Gerritzens Rachen gefunden worden war, mit der Probe von Kara Benders Haarbürste übereinstimmte. Der Hilferuf war von ihr.

»Der Typ hinterlässt wirklich an jedem Tatort eine Puppe?«

Nadine nickte.

»Das ist echt gruselig.«

»Frag mich mal.«

»Hoffentlich schnappt ihr ihn bald.«

Das hoffte sie auch. Genau wie Kara Bender lebend zu finden. Doch ihre Hoffnung schwand mit jedem Tag.

»Wenn man vom Teufel spricht.« Leo deutete auf den Fernseher, der ohne Ton lief.

Beim Anblick von Christian Kehl verdrehte Nadine die Augen.

»Nicht der schon wieder.« Sie stöhnte und stellte den letzten Teller auf den Tisch.

Auf dem Banner unten am Bildschirm wurde *Brea-*

king News – Der Puppenmörder eingeblendet. Leo schaltete den Ton an.

»… zeigt erneut das Versagen der Polizei«, sagte Kehl und blickte übertrieben ernst in die Kamera. »Kara Bender ist seit drei Wochen spurlos verschwunden. Natürlich fragen wir uns alle, ob sie noch lebt oder ob der Puppenmörder sie mittlerweile getötet hat. Sie wäre sein zwölftes Todesopfer, nachdem er zuvor ihre Agentin Tanja Gerritzen umgebracht hat.«

Dreizehn, korrigierte Nadine ihn in Gedanken und verteilte die Kaffeetassen. Er hat mit ziemlicher Sicherheit auch Rafael Dorn auf dem Gewissen.

Die Kamera zoomte heraus. Kehl stand vor dem mehrstöckigen Gebäude, in dem Kara Bender wohnte.

»Wir hatten berichtet, dass der Puppenmörder bei seinen Opfern neben einer Puppe auch den Schriftzug *Bald* an der Wand hinterlassen hat. Die Polizei hat das bis heute nicht bestätigt, nun haben wir den Beweis dafür.«

Ein Foto wurde eingeblendet, und Nadine ließ beinahe die Tasse fallen.

Die Wand in Kara Benders Wohnzimmer war darauf zu sehen, auf der mit roter Farbe *Bald* gesprüht war.

Woher, zum Teufel, hatte er das?

»Das Foto wurde uns heute Morgen zugespielt. Es zeigt das Wohnzimmer der Autorin, die mit ihrem Krimi gegenwärtig die *Spiegel*-Bestsellerliste anführt. Sie …«

Nadine hörte nicht mehr zu. Sie stürmte ins Nebenzimmer und rief Diesel an.

»Kehl hat ein Foto von einem der Tatorte.« Sie berichtete ihm von der Fernsehsendung. »Ich brauche eine Liste von allen, die Zugriff darauf hatten. Irgendjemand muss es ihm gegeben haben.«

»Ich kümmere mich darum«, sagte Diesel und legte auf.

Nadine steckte das Handy weg und kehrte zurück ins Wohnzimmer.

»Alles in Ordnung?«, erkundigte Tom sich.

»Ja, alles okay.« Sie zwang sich zu einem Lächeln. Der heutige Nachmittag und Abend gehörte ihrer Familie. Kehl erschwerte bereits ihre Ermittlungen, sie durfte nicht zulassen, dass er auch noch ihr Familienleben sabotierte.

»Kannst du bitte ausschalten?«, bat sie Leo.

»Natürlich.«

»Zeit für Kuchen!«, rief Ben und stellte einen herrlich duftenden Apfelkuchen auf den Tisch.

Nadine nahm Platz. Der Fernsehbericht ging ihr nicht aus dem Sinn.

Sie würde die undichte Stelle bei der Kripo finden und dafür sorgen, dass derjenige hochkant rausflog.

Kapitel 54

Kara kam nur langsam zu sich. In ihrem Kopf dröhnte es wie in einem Wespennest, ihre Schläfe pochte. Sie öffnete die Lider, und das Licht bohrte sich wie glühende Nadeln in ihr Hirn. Rasch schloss sie sie wieder.

Was war passiert?

Die hämmernden Kopfschmerzen wurden unerträglich. Kara stöhnte und drückte gegen ihre Schläfe. Sie wagte erst gar nicht, sich aufzurichten, denn allein die Armbewegung tat weh.

Plötzlich fiel ihr alles wieder ein. Dass sie Dorn dazu gebracht hatte, sie aus dem Keller zu lassen und ihr das Haus zu zeigen. Ihr Fluchtversuch, der an der Terrassentür abrupt geendet hatte. Dorn, der sie bewusstlos geschlagen hatte.

Kara riss die Augen auf und ignorierte den Schmerz, den das Licht verursachte.

Sie befand sich im Keller und lag im Bett. Panisch drehte sie den Kopf zur Seite, doch Dorn war nicht da.

Ihr Blick fiel auf die geschlossene Stahltür, und sie spürte, wie sich alles in ihr zusammenzog.

Sie hatte hoch gepokert – und verloren. Dorn würde sie nie mehr aus diesem Loch hinauslassen.

Warum war sie überhaupt noch am Leben? Seine Drohung nach ihrem ersten Fluchtversuch war unmissverständlich gewesen.

Sie können von Glück reden, dass mir die ersten Kapitel so gut gefallen haben. Aber wenn Sie das noch mal versuchen sollten, werde ich Ihnen jeden Knochen einzeln brechen, verstanden?

Sie müsste tot sein. Weshalb war sie es nicht?

Ihre Bewusstlosigkeit. Dorn würde sie nicht töten, während sie ohnmächtig war. Wahrscheinlich wartete er, bis sie wieder zu sich gekommen war, und bestrafte sie dann. Verprügelte sie mit einer Eisenstange und setzte zum finalen Schlag gegen ihren Kopf an, wenn sie nur noch eine Masse aus gebrochenen Knochen, aufgeplatzter Haut und Blut war.

Der Gedanke ließ sie in Schweiß ausbrechen.

Warum hatte sie geglaubt, fliehen zu können? Die Terrassentür zu öffnen, hatte viel zu lange gedauert. In der Zeit hatte er sie eingeholt.

Es war vorbei. Alles war vorbei. Sie hoffte, dass es wenigstens schnell gehen würde, aber den Gefallen würde er ihr mit Sicherheit nicht tun.

Noch schlimmer war für sie, dass sie auch Jessies Todesurteil gefällt hatte. Zuerst ihre Agentin und nun ihre beste Freundin. War er womöglich schon auf dem Weg zu ihr?

Die bloße Vorstellung trieb sie an den Rand des Wahnsinns.

Am liebsten hätte sie geschrien, doch sie fürchtete, er könnte es hören. Dann wüsste er, dass sie wieder bei Bewusstsein war, und würde kommen, um seine Drohung in die Tat umzusetzen.

Starr vor Angst lag sie da und machte sich bittere Selbstvorwürfe.

Das Dröhnen in ihrem Schädel ließ allmählich nach. Der Schmerz dominierte nicht mehr, und sie nahm einen unangenehmen Druck an ihrem rechten Fuß wahr.

Was war das?

Kara hob den Kopf und sah zu ihrem Bein hinunter. Sie benötigte einen Moment, bis sie begriff.

Nein. Das konnte nicht sein. Unmöglich. Nein!

Ruckartig richtete sie sich auf.

»Nein«, flüsterte sie und schüttelte den Kopf.

Ungläubig starrte sie auf die metallene Fußfessel um ihren rechten Knöchel, die mit einer Kette verbunden war. Sie führte über die Bettkante. Kara lehnte sich zur Seite, und ihr Entsetzen wuchs. Die Kette war lang, ein Knäuel aus Metall, das auf dem Teppich lag. Das andere Ende war mit einer weiteren Fußschelle am Metallrahmen des Betts befestigt.

Panik erfasste sie. Sie griff nach der Fußfessel und rüttelte daran, woraufhin der Verschluss in die nächste Kerbe einrastete und sich wie eine eiserne Manschette noch enger um ihren Knöchel legte.

O Gott, nein!

Kara sprang aus dem Bett und versuchte vergeblich, die andere Schelle zu öffnen. Auch sie zog sich nur weiter zu. Verzweifelt setzte sie sich auf den Boden, stemmte sich mit den Füßen gegen das Bett und zerrte wie ein Berserker an der Kette. Das Metallgestell war stabil, Kette und Schelle hielten.

Kara keuchte vor Anstrengung. Der Schweiß lief ihr in Strömen übers Gesicht, ihr Herz raste.

Ihr einziger Gedanke war, die Fußfessel aufzubekommen.

Alles Rütteln und Zerren half nichts. Die Glieder waren zu massiv.

Kara hatte das Gefühl, durchzudrehen. Mit einem Schlag wurde ihr klar, dass Dorn sie weder verprügeln noch töten würde. Er wollte sein Buch haben, und sie sollte es fertigschreiben. Doch er hatte dafür gesorgt, dass sie keine Chance mehr auf Flucht hatte.

Kara legte den Kopf in den Nacken und schrie.

Ihr Albtraum hatte gerade erst begonnen.

Woche 4

Kapitel 55

Kara lag wie gerädert im Bett. Die Nacht war grauenvoll gewesen. Sie hatte kaum geschlafen, und wenn sie eingenickt war, war sie kurz darauf wieder hochgeschreckt. In ihren Träumen rannte sie, verfolgt von Dorn, einen langen Korridor entlang auf den Ausgang zu. Die Wände zogen sich wie Kaugummi auseinander, sie kam keinen Schritt voran. Je schneller sie lief, desto weiter entfernte sich die Tür von ihr.

Dorn hatte sich gestern nicht mehr blicken lassen, und Kara war froh darüber. Abendessen hatte sie zwar keines gekriegt, der Appetit war ihr ohnehin vergangen. Die Fußfessel drückte, doch die psychische Belastung, mit der sie zu kämpfen hatte, war schlimmer.

Hatte sie davor noch die vage Hoffnung gehabt, aus dem Keller fliehen zu können, war diese nun endgültig gestorben. Angekettet war an Flucht nicht zu denken.

Die Kette war gerade so lang, dass sie auf die Toilette gehen konnte. Allerdings ließ sich die Tür nicht mehr schließen. Noch nie in ihrem Leben war sie sich so hilflos und verletzlich vorgekommen. Sie hatte den Toilettengang hinausgezögert, bis sie es nicht mehr ausgehalten hatte. Sie weinte, während sie sich erleichterte.

Kara stand noch immer unter Schock, als sie sich abends voll bekleidet ins Bett legte. Jeans und Unterhose konnte sie aufgrund der Fessel sowieso nicht ausziehen. Stundenlang starrte sie in die Dunkelheit, Tränen liefen ihr übers Gesicht. Irgendwann war sie so erschöpft, dass sie nicht einmal mehr weinen konnte.

Die Kette war das reine Grauen. Jedes Mal, wenn sie sich umdrehte, rasselte sie und rief Kara ihre ausweglose Situation in Erinnerung.

Zumindest war sie heute Morgen nicht neben Jessies Leiche im Bett aufgewacht. Sie hoffte, dass die Kette aus Dorns Sicht Bestrafung genug war und er ihre Freundin verschonte.

Kara schaltete das Licht an, blieb jedoch liegen. Es war halb acht. Gleich würde Dorn das Frühstück bringen – sofern er sie nicht wieder mit Essensentzug bestrafte.

Eine Viertelstunde später begab sie sich schließlich ins Bad. Es kostete sie Überwindung, doch ihre Angst vor Dorn war größer. Wenn er bemerkte, dass sie nicht aufgestanden war und sich fertig gemacht hatte, würde er mit Sicherheit ausrasten.

Kara putzte sich die Zähne und wusch sich notdürftig über dem Waschbecken. Sie zog ein frisches T-Shirt und einen Pulli an und hätte viel dafür gegeben, auch die Unterhose wechseln zu können. Obwohl ihre Blase drückte, wagte sie nicht, auf die Toilette zu gehen. Sie fürchtete sich davor, dass Dorn früher auftauchte.

Als er kurz vor acht den Keller betrat, kauerte sie auf dem Bett, die Beine angezogen und mit dem Rücken gegen das Metallgestell gelehnt.

Er warf ihr einen Blick zu, der Tote hätte aufwecken können. Kara schauderte. Er stellte das Tablett mit dem Frühstück auf den Tisch.

Kara nahm all ihren Mut zusammen. »Es … es tut mir leid.«

Dorn verschränkte die Arme vor der Brust.

»Ich weiß nicht, was über mich gekommen ist.«

»Das war eine äußerst dumme Aktion von Ihnen«, sagte er mit emotionsloser Stimme. »Sie können von Glück reden, dass ich Sie nicht an Ort und Stelle umgebracht habe.«

»Ich werde es nie wieder tun, das verspreche ich Ihnen. Bitte … nehmen Sie die Kette ab.«

»Das können Sie vergessen.«

Obwohl sie keine Hoffnung gehabt hatte, dass er darauf einging, spürte sie, wie sich ihre Kehle zuschnürte.

»Ich werde Ihnen das beste Buch schreiben, aber bitte befreien Sie mich von der Fessel.«

Er trat einen Schritt auf sie zu, und sie drückte sich noch enger gegen das Kopfteil.

»Ich traue Ihnen nicht«, sagte er. »Die Kette bleibt dran.«

»Und wie soll ich mich umziehen oder duschen?« Es war pure Verzweiflung, dass sie die Frage stellte.

»Wenn ich morgens das Frühstück bringe, werde ich Ihnen die Kette für eine halbe Stunde abnehmen. In der Zeit können Sie sich duschen. Dasselbe abends.«

Er zog einen Schlüssel aus der Hosentasche und sperrte die Fußfessel auf.

Kara atmete auf, als sich der Druck um ihren Knöchel löste.

»Machen Sie keinen Fehler«, sagte er, bevor er sich umdrehte und ging.

Kara rieb sich das Gelenk. Auf der Haut war ein deutlicher Abdruck des Metalls zu sehen. Sie sprang aus dem Bett und lief auf die Toilette, froh darüber, die Tür ganz schließen zu können. Nachdem sie sich erleichtert hatte, stützte sie sich am Waschbecken ab. Sie sah in den Spiegel und erschrak. Ihr Gesicht war bleich und eingefallen, die Augen verquollen und mit tiefen Ringen.

Kara duschte, setzte sich an den Tisch und schenkte sich mechanisch Kaffee ein. Die Toastbrote ignorierte sie.

Dorn kam wenig später und legte ihr die Kette wieder an.

»Sie schreiben heute besser ein verdammt gutes Kapitel!«

Verzweifelt klammerte sie sich an den Pappbecher, weil ihr der Geruch nach gerösteten Bohnen ein vertrautes Gefühl gab. Sie trank einige Schlucke, und das Koffein zeigte Wirkung. Allmählich wurde sie wacher, die Gedanken klarer, und der Schock ließ nach.

Ihre Situation war verheerend. An einen neuen Fluchtplan brauchte sie erst gar nicht zu denken, die Kette würde jeden Versuch im Keim ersticken.

Kara erinnerte sich an den zweiten Band ihrer Krimireihe um Kommissar Lars Beck. Im Showdown war er von dem Killer überwältigt und mit Handschellen gefesselt worden. Er hatte sich mithilfe einer Büroklammer befreit. Doch wie, um alles in der Welt, sollte sie hier unten an eine Büroklammer kommen?

Es gab nur eine einzige Möglichkeit, die Fußfessel loszuwerden: Dorn befreite sie davon.

Ich traue Ihnen nicht. Die Kette bleibt dran.

Kara wusste, was das bedeutete. Sie musste sein Vertrauen zurückgewinnen.

Kapitel 56

Der Puppenmörder – Kapitel 15

»Ruh dich ein bisschen aus, Mama.« Rafael deckte sie zu. »Soll ich die Rollläden runterlassen?«

Seine Mutter schüttelte kaum wahrnehmbar den Kopf. Selbst diese kleine Bewegung fiel ihr schwer.

»Nein«, sagte sie mit leiser Stimme. »Die Sonne ist so schön.«

Rafael sah aus dem Fenster. Es war Mitte Februar und der Himmel strahlend blau. Draußen herrschte klirrende Kälte. Der Nachbar gegenüber schippte den in der Nacht gefallenen Neuschnee vom Gehweg. Auch in ihrer Einfahrt türmte sich der Schnee, doch Rafael kümmerte sich nicht darum. In den letzten zwei Wochen war es mit Mama rapide abwärts gegangen. Sie konnte keinen Löffel mehr halten, sodass Rafael sie füttern musste. Ein Arzt war da gewesen und wollte sie ins Krankenhaus einweisen. Seine Mutter weigerte sich. Sie wollte die letzten Tage nicht in einer sterilen Klinik oder in einem Hospiz verbringen, sondern daheim. In ihrem und Rafaels Zuhause. Der Arzt hatte ihr Opioide zur Linderung der Schmerzen verschrieben, die von Tag zu Tag schlimmer wurden. Sie beklagte sich jedoch nie.

»Mir geht es gut«, sagte sie immer und krümmte sich, wenn sie glaubte, Rafael sähe es nicht.

Obwohl er ihren körperlichen Verfall hautnah miterlebte, wollte er es nicht wahrhaben. Höchstens ein halbes Jahr hatten ihr die Ärzte damals gegeben. Seitdem waren vier Monate vergangen.

Es war nicht fair.

Er wandte sich seiner Mutter zu. Sie lag mit geschlossenen Augen da. Im ersten Moment erschrak er, dann bemerkte er die sanften Bewegungen ihres Brustkorbes. Sie schlief.

Rafael beobachtete sie eine Weile. Sie war nur noch ein Schatten ihrer selbst und hatte so viel Gewicht verloren, dass sich ihre Haut über die Knochen spannte. Das Gesicht war eingefallen und aschfahl, die Ringe unter den Augen dunkler als jemals zuvor.

Resigniert presste er die Lippen zusammen. Wenn er doch nur etwas für sie tun könnte.

Er schlich aus dem Zimmer und ließ die Tür offen. Eine Angewohnheit, denn zu Beginn ihrer Krankheit hatte sie ihn gerufen, wenn sie etwas brauchte. Heute fehlte ihr auch dazu die Kraft. Rafael hatte deshalb einen Notrufschalter neben ihrem Bett installiert.

Er ging ins Wohnzimmer hinunter. Am liebsten hätte er seinen ganzen Frust hinausgeschrien, aber er wollte Mama nicht wecken. Stattdessen sank er auf die Couch und schlug mit der Faust auf das Kissen ein.

Warum hatte er die Anzeichen nicht früher bemerkt? Vielleicht hätte er ihr helfen können. Er wäre mit ihr zu Spezialisten gefahren, nach Norddeutschland oder ins Ausland. Egal wohin. Er hätte alles für sie getan.

Und was macht dieser Versager? Er kann nichts und wird nie etwas können.

Die Stimme seines Stiefvaters war plötzlich in seinem Kopf.

Ja, er hatte versagt. Er hatte seiner Mutter nicht helfen können, sondern musste ohnmächtig mit ansehen, wie sie vor seinen Augen dahinvegetierte.

Rafael ließ den Kopf in den Nacken fallen. Er war müde und erschöpft. Nachts schlief er kaum noch, aus Angst, dass seine Mutter nach ihm rief und er es nicht hörte. Tagsüber kümmerte er sich um sie. Kochte, putzte, las ihr vor oder sah mit ihr gemeinsam Fernsehen. Er hatte extra einen neuen gekauft und ihn ins Schlafzimmer gestellt. Sie liebte die Wiederholungen von Eine schrecklich nette Familie, *verlor sich in den romantischen Träumen von Vivian Ward aus* Pretty Woman *und weinte bei dem Ende von* Stadt der Engel.

Rafael döste ein.

In seinem Traum war er mit Mama auf einem Volksfest. Es war ein Jahr nach Jens' Tod. Sie schlenderten über die Verkaufsstände und aßen gebrannte Mandeln. Am Schießstand schoss er eine weiße Plastikrose für sie.

Ein Geräusch riss ihn aus dem Schlaf, und er fuhr erschrocken hoch. Er benötigte eine Sekunde, bis er realisierte, dass es aus dem Kasten vor ihm auf dem Tisch drang. Seine Mutter hatte den Notrufschalter gedrückt.

Er eilte die Treppe in den ersten Stock hinauf.

Sie lächelte, als er ins Zimmer kam. Rafael spürte sofort, dass etwas nicht stimmte. Als ob ein dunkler Schatten über dem Raum hing.

Angela streckte die Hand nach ihm aus. Er ergriff sie, sie fühlte sich kalt und schlaff an.

»Mein Junge«, sagte sie. »Setz dich zu mir.«

Er nahm neben ihr auf der Matratze Platz. »Fehlt dir etwas, Mama? Soll ich dir was zu trinken bringen?«

»Nein. Du bist da, mehr brauche ich nicht.« Für einen Moment schwieg sie. »Du bist das Beste, das mir je passiert ist«, fuhr sie mit leiser Stimme fort. Sie sprach langsam, jedes Wort kostete sie Kraft. »Es tut mir so leid, was Jens dir angetan hat. Bitte verzeih mir.«

Rafaels ungutes Gefühl verstärkte sich. »Du musst dich nicht entschuldigen. Ich mache dir keine Vorwürfe.«

»Aber ich mir. Ich hätte dich beschützen müssen.«

»Das hast du. Immer. Und dafür bin ich dir sehr dankbar.«

Erneut lächelte sie. »Du bist ein guter Junge. Ich bin mir sicher, die Welt wird noch von dir hören.«

Sie wandte den Blick von ihm ab und verzog schmerzverzerrt das Gesicht. Dann schaute sie ihn wieder an, und die Liebe in ihren Augen erfüllte ihn gleichermaßen mit Freude und Trauer.

»Ich hab dich so lieb«, sagte sie, wobei ihre Stimme kaum mehr als ein Flüstern war.

»Ich dich auch, Mama.«

Sie dankte ihm stumm, dann schloss sie die Augen, und ihre Gesichtszüge erschlafften.

»Mama?« Sanft drückte er ihre kraftlose Hand. Tränen liefen ihm über die Wangen. »Mama? Du darfst nicht sterben.« Er beugte sich zu ihr hinunter, vergrub das Gesicht in ihrem Hals und weinte bitterlich. »Lass mich nicht allein. Ich brauche dich doch.«

Kapitel 57

Karas Blick fiel auf die Kette, und augenblicklich bildete sich Schweiß auf ihrer Stirn. Es war wie in einem Horrorfilm, nur dass er real und sie die Hauptperson war. Gestern Abend hatte sie die Kette Glied für Glied abgetastet, in der Hoffnung, eine Schwachstelle zu finden. Sie überlegte, wie sie einen der Ringe aufhebeln könnte, nur womit? Ihr fehlte das passende Werkzeug, und selbst wenn sie die Kette loswürde, saß sie noch immer im Keller fest.

Es war hoffnungslos.

Nur mit Mühe konnte sie ein Schluchzen unterdrücken. Schließlich stand sie auf und lief im Raum auf und ab. Die Kette behinderte ihre Schritte. Sie schleifte über den Teppich, die Glieder rasselten. Kara nahm sie in die Hand und ging weiter. Es war nicht viel besser, und das Gewicht, das sie trug, zu schwer.

Wütend ließ sie die Kette fallen.

Sie hätte nicht gedacht, dass ihr Bewegungsradius in diesem Loch noch weiter eingeschränkt werden könnte.

Kara setzte sich aufs Bett und blätterte lustlos im *Spiegel*. Mittlerweile hatte sie das halbe Magazin gelesen, und ihr graute vor dem Tag, an dem sie alle Artikel durch hatte.

Im Moment war ihr allerdings nicht nach Lesen, ihr Körper schrie nach Bewegung. Seit über drei Wochen saß sie jeden Tag stundenlang auf dem unbequemen Holzstuhl. Ihre Muskeln waren derart verspannt, dass sie leichte Kopfschmerzen hatte. Außerdem hing ihr das gestrige Gespräch über den Tod von Dorns Mutter nach.

Kara massierte ihre Schultern und erinnerte sich, dass sie sich mit Mitte zwanzig in einem Fitnessstudio angemeldet hatte. Es war nicht ihr Ding gewesen, aber ihr fielen die Übungen wieder ein.

Sie begann, Kniebeugen, Sit-ups und Liegestütze zu machen, wobei sie von Letzteren gerade einmal drei auf den Knien schaffte.

Erschöpft blieb sie liegen. Sie fühlte sich besser und konnte wieder klarer denken.

Wenig später kam Dorn und befreite sie von der Kette. Trotz ihrer brennenden Muskeln lief Kara im Raum auf und ab, um zumindest kurzzeitig das Gefühl zu haben, frei zu sein. Anschließend verschwand sie im Bad unter der Dusche.

Die Anspannung ließ nach. Mit geschlossenen Augen und den Händen gegen die Fliesen gestützt, ließ sie das warme Wasser auf ihren Rücken prasseln. Nach einer Weile griff sie nach dem Shampoo und wusch sich ausgiebig die Haare. Dann stellte sie die Dusche ab, drehte sich um – und erstarrte.

Dorn stand an der offenen Badtür und sah sie an.

Ihr Puls schoss in die Höhe. Vor Schreck war sie unfähig, sich zu rühren.

Dorn musterte sie von oben bis unten.

Kara löste sich aus ihrer Schockstarre und bedeckte hektisch ihre Blöße und die Brüste mit den Händen. Es gelang ihr nicht vollständig.

Er regte sich nicht, und Kara lief es kalt über den Rücken. Nackt fühlte sie sich ihm noch schutzloser ausgeliefert, als sie es ohnehin war. Schreckliche Bilder tauchten vor ihrem geistigen Auge auf. Wie er sie packte, aus der Dusche zerrte und auf dem Badteppich über sie herfiel.

Kara geriet in Panik. Sie riss die Duschtür auf, tastete

nach dem Handtuch, das sie auf der Toilette abgelegt hatte, und wickelte es sich um.

Dorn machte einen Schritt auf sie zu.

»Bleiben Sie, wo Sie sind!«, schrie sie. Ihre Stimme überschlug sich und hallte laut im Bad wider. »Kommen Sie ja nicht näher!«

Voller Angst presste sie das Handtuch an sich. Sie stolperte rückwärts und wäre beinahe auf dem nassen Untergrund ausgerutscht. Ihr war klar, dass er sie umbringen würde, sobald sie sein Buch fertiggeschrieben hatte. Doch die Vorstellung, er könnte sie vergewaltigen, versetzte sie in blankes Entsetzen.

»Wenn Sie mich anrühren, können Sie mich gleich töten. Dann werde ich keinen einzigen Satz mehr schreiben.« Sie zitterte so stark, dass sie Angst hatte, das Handtuch könnte ihr entgleiten.

»Die halbe Stunde ist vorbei«, meinte Dorn.

»Was?«

»Ich sagte, ich nehme Ihnen morgens und abends die Kette für eine halbe Stunde ab. Die Zeit ist um.«

Kara stutzte. Hatte sie so lange geduscht?

»Ihr Abendessen steht draußen auf dem Tisch. Außerdem wollte ich Ihnen sagen, dass mir das letzte Kapitel sehr gut gefallen hat. Ich habe es vorhin gelesen. Es ist aufwühlend. Ich hatte Tränen in den Augen, weil es genau wie damals war. Auf dem Bett liegt ein Dankeschön für Sie.«

Sie zeigte keine Reaktion, und er wandte sich um.

»Ich bin in zehn Minuten zurück. Ziehen Sie sich bis dahin an.« Er schloss die Tür hinter sich.

Kara stieß die Luft aus. Ihr Herz hämmerte wie verrückt.

Rasch zog sie ihren Schlafanzug an und ging in den

Kellerraum. Ein Blick auf den Wecker verriet ihr, dass sie tatsächlich eine halbe Stunde lang geduscht hatte.

Sie musste in Zukunft vorsichtiger sein!

Auf dem Bett liegt ein Dankeschön für Sie.

Erst jetzt fiel ihr der Stoffsack mit ihrer frisch gewaschenen Wäsche und den neuen Handtüchern auf. Und das Buch daneben.

Kara griff danach. Es war ein Thriller von einem ihrer Lieblingsautoren, auf den sie sich bereits gefreut hatte. Er sollte zwei Wochen nach ihrem Buch erscheinen.

Sie spürte, wie die Anspannung von ihr abfiel. Das Buch hatte fast fünfhundert Seiten. Die nächsten Abende waren gerettet.

Kapitel 58

Dorn hatte Glück. Er musste nur eine halbe Stunde warten, bis Jessica Fuchs das Haus verließ. Es dämmerte bereits, vereinzelt fielen Schneeflocken vom bewölkten Himmel. Jessica hatte ihren Mantel bis oben zugeknöpft und trug einen Schal um den Hals. Sie überquerte die Straße und lief an seinem Auto vorbei. Er duckte sich, damit sie ihn nicht bemerkte.

Als sie in die nächste Seitenstraße abbog, stieg er aus und eilte ihr nach. Er hielt ausreichend Abstand und passte seine Schritte an ihre an. Ihr Gang hatte etwas Schleichendes. Fast schien es, als trüge sie in ihrem Rucksack kiloweise Steine.

An einer größeren Straßenkreuzung warteten mehrere Menschen vor der roten Ampel. Jessica stellte sich zu ihnen.

Dorn wahrte Distanz, auch wenn es ihm schwerfiel.

Plötzlich ertönte ein Martinshorn, und ein Streifenwagen raste über die Kreuzung. Jessica zuckte zusammen.

Dorn grinste. Vermutlich spielte sich in ihrem Kopf gerade das Szenario ab, dass Karas Leiche gefunden worden und die Polizei zum Tatort unterwegs war.

Ob sie bei jeder Streife so reagierte?

Dorn war die Polizei egal. Er war viel zu gerissen und routiniert, als dass sie ihn jemals fassen würden.

Die Ampel schaltete auf Grün, und Jessica ging weiter. Ein paar Minuten später betrat sie einen Supermarkt. Dorn schnappte sich einen der roten Plastikkörbe, die sich am Eingang stapelten, und folgte ihr. Sie schob den

Einkaufswagen durch die Gänge und kaufte reichlich Obst und Gemüse und Biofleisch von der Frischetheke.

Vor dem Kaffee- und Teeregal blieb sie stehen.

Er stellte fest, dass sie blass aussah, ganz anders als damals im *Golden Phoenix*, wo sie zusammen mit Kara zu Abend gegessen hatte. Er hatte an der Bar gestanden und die beiden Freundinnen bei der Vorspeise beobachtet, bevor er zu Karas Wohnung gefahren war, um dort auf sie zu warten.

Wahrscheinlich ist Jessica ganz krank vor Sorge um Kara, dachte er. Dabei wäre es andersrum angebrachter.

Dorn trat an sie heran, bis er nur noch den Arm ausstrecken müsste, um sie zu berühren.

Er malte sich aus, wie es wäre, ihr von hinten ein Seil um den Hals zu legen und zuzuziehen, genau wie er es bei Tanja Gerritzen getan hatte. Er würde es genießen.

Ihre langen schwarzen Haare glänzten seidig. Dorn beugte sich vor und sog den blumigen Geruch ihres Shampoos ein. Seine Fingerspitzen streiften eine Strähne. Sie würde gut zu den anderen Haaren seiner Puppe passen.

Er lächelte.

In dem Moment drehte sich Jessica um und stieß gegen ihn.

»E-entschuldigung«, stammelte sie.

»Nichts passiert«, entgegnete er, griff an ihr vorbei nach einer Packung Früchtetee und lief weiter zur Kasse.

Dort ließ er den Einkaufskorb samt Tee stehen und wartete draußen auf sie.

In sicherem Abstand begleitete er sie nach Hause und sah ihr nach, bis sie in ihrer Wohnung verschwunden war.

Kapitel 59

Kara konnte es kaum glauben. Dorn hatte ihr zum Frühstück ein Müsli gebracht. Haferflocken, Milch, eine geschnittene Banane und getrocknete Cranberrys.

Die letzten Tage hatte sie ihn um eine Pause in Bezug auf ihre Gespräche gebeten, um die bisherigen Kapitel zu überarbeiten. Sie wollte ihm zeigen, wie sehr sie sich für sein Buch anstrengte, um damit sein Vertrauen zu gewinnen. Er war mit dem Ergebnis so zufrieden gewesen, dass sie seine gute Laune ausgenutzt und ihn gestern einfach gefragt hatte, ob sie etwas anderes als Honigtoasts haben könnte.

»Natürlich«, hatte er geantwortet. »Was möchten Sie denn?«

Nun saß sie frisch geduscht am Tisch und genoss zum ersten Mal seit über drei Wochen ihr Frühstück. Zuvor hatte sie ein Krafttraining absolviert, genau wie die letzten Tage. Es half ihr, die düsteren Gedanken zu vertreiben – zumindest für eine gewisse Zeit.

Für neun Uhr hatte Dorn ihr nächstes Gespräch angesetzt. Erst dann würde er sie wieder anketten, sie war also eine halbe Stunde länger von ihrer Fessel befreit.

Kara las kauend ein Kapitel des Thrillers, den er ihr gebracht hatte.

Dorn erschien pünktlich und legte ihr die Fußfessel an. Zwar hatte sie sich mittlerweile notgedrungen mit der Situation abgefunden – etwas anderes blieb ihr gar nicht übrig –, trotzdem erfasste sie jedes Mal Beklemmung, wenn der Verschluss einrastete.

Dorn nahm ihr gegenüber Platz und schenkte ihnen

Kaffee ein. Sie griff nach Block und Stift und signalisierte ihm, dass sie bereit war.

Für einen Moment schloss er die Augen. Als er sie wieder öffnete, wirkte er traurig.

»Ich weiß nicht mehr, wie lange ich bei Mama gesessen und ihre Hand gehalten habe, nachdem sie gestorben war. Es müssen einige Stunden gewesen sein, die Sonne war mittlerweile untergegangen. Aber ich war noch nicht so weit, sie los- und gehen zu lassen. Ich weinte und konnte nicht begreifen, dass sie nicht mehr da war.« Er atmete tief durch. »Irgendwann habe ich den Arzt gerufen und danach den Bestatter.« Er stockte.

Kara wartete, dass er weitersprach.

»An die Tage nach ihrem Tod kann ich mich kaum erinnern. Ich war wie benommen. Eine Nachbarin, mit der Mama befreundet war, erledigte die Formalitäten. Ich wäre dazu nicht in der Lage gewesen.« Dorns Hände zitterten leicht. »Die Beerdigung war schrecklich. Als der Sarg hinabgelassen wurde, kam es mir so vor, als würde ich mit begraben werden. Mama war immer für mich da gewesen. Sie hatte zu mir gehalten, als niemand anders es getan hat. Sie war mein Fels in der Brandung, meine Stütze. Nur dank ihrer unerschütterlichen Liebe bin ich nicht an meinem Stiefvater zerbrochen.« Seine Augen schimmerten feucht. »Ich verdanke ihr so viel, und dennoch konnte ich ihr nicht helfen. Ohnmächtig zusehen zu müssen, wie der Krebs sie von innen heraus zerfraß, war das Schlimmste. Diese Scheißkrankheit!«

Er schlug mit der Faust auf den Tisch, sodass die Pappbecher wackelten. Kara griff nach ihrem und hielt ihn fest.

»Ich hätte alles für sie gegeben, damit sie wieder gesund würde. Wirklich alles. Können Sie sich vorstellen, wie sich das anfühlt?«

Kara schüttelte kaum merklich den Kopf. Zum Glück hatte sie noch nicht miterlebt, wie ein Verwandter an einer heimtückischen Krankheit gestorben war. Doch das Gefühl, dass jemand plötzlich nicht mehr da war, kannte sie nur zu gut. Sie vermisste Yvonne nach wie vor.

»In meinem ganzen Leben habe ich mich noch nie so allein gefühlt. Das Haus, unser Haus, war mit einem Mal einsam und verlassen. Und kalt. Als wäre mit Mamas Tod jegliche Wärme verloren gegangen. Nichts war mehr wichtig. Ich war traurig, wütend und frustriert. Lebte nicht mehr, sondern versuchte nur noch, irgendwie den Tag zu überstehen. Und den nächsten und den übernächsten. So ging es drei Monate lang.«

Er umklammerte seinen Becher, trank jedoch nicht. Kara hatte das Gefühl, dass er sich an etwas festhalten musste.

»Irgendwann regte sich etwas Dunkles, Bedrohliches in mir«, fuhr Dorn fort. »Und mir wurde bewusst, dass ich das schon mal erlebt hatte. Mit Jens und Daniel. Auch damals war ich hilflos, bis ich mich dazu entschied, die Kontrolle zu übernehmen. Ich erinnere mich genau daran, wie ich mich fühlte, nachdem ich meinen Stiefvater die Treppe hinuntergestoßen und Daniel verprügelt hatte. Die Dunkelheit in mir war verschwunden, und ich war nicht länger untätig der Situation ausgesetzt, sondern hatte die Macht. Nach Mamas Tod befand ich mich erneut in solch einer Situation. Mir wurde klar, dass ich wieder die Kontrolle übernehmen musste, um mich nicht länger ohnmächtig zu fühlen. Die Kontrolle über Leben und Tod.«

Kara bemerkte das Aufblitzen in seinen Augen.

»Ich zog nachts mit einem Messer los. Es war mir egal, wen ich tötete, Hauptsache, ich fühlte mich endlich wieder besser.«

Obwohl Kara wusste, wie viele Menschen er später noch ermorden würde, schockte seine Empathielosigkeit sie. Mit dem Tod seiner Mutter waren sämtliche Dämme in ihm gebrochen, und er reagierte genau so, wie er es von seinem Stiefvater gelernt hatte: mit Gewalt. Dass die sich fortan gegen Unschuldige richtete, spielte für ihn keine Rolle mehr.

»Ich suchte mir ein verlassenes Industriegelände aus, damit es keine Zeugen gab. Es war eine beliebte Abkürzung für Spätheimkehrer. Ich hatte mir eine Sturmhaube und Latexhandschuhe besorgt. Mit dem Messer in der Hand lauerte ich, hinter einem Müllcontainer versteckt, auf eine günstige Gelegenheit. Drei Pärchen und eine Gruppe betrunkener Jugendlicher kamen vorbei, aber niemand allein. Mittlerweile war es weit nach Mitternacht, und ich hatte die Hoffnung schon aufgegeben. Enttäuscht wollte ich den Heimweg antreten, als endlich jemand ohne Begleitung auftauchte.« Er trank seinen Pappbecher leer und schenkte sich nach.

Kara nutzte die Pause, um ihre Notizen zu vervollständigen.

»Es war eine junge Frau um die zwanzig, sehr hübsch. Sie hatte schulterlange blonde Haare, trug einen schwarzen Minirock und eine nietenbesetzte Lederjacke.«

Kara hob ruckartig den Kopf. Was hatte er gerade gesagt?

Sie spürte, wie sich ihr Herzschlag beschleunigte.

Das konnte unmöglich sein. Oder doch?

»Wissen Sie das Datum noch?«, fragte sie, bemüht, das Beben in ihrer Stimme zu unterdrücken.

»Keine Ahnung. Irgendein Freitag Mitte Mai«, antwortete er. »An das genaue Datum kann ich mich nicht mehr erinnern.«

Mitte Mai. Freitag. Weit nach Mitternacht.

Yvonne hatte den Nachtbus erwischt und eine Abkürzung nach Hause genommen. Abseits der Hauptstraße war sie quer durch ein Industriegebiet gegangen, das um diese Uhrzeit verlassen war.

In Karas Kopf begann sich alles zu drehen.

»Ich war so aufgeregt«, sprach Dorn weiter. »Endlich würde ich mein Leben zurückbekommen. Die Frau lief an mir vorbei. Ich packte sie und zog sie hinter den Container. Schleuderte sie zu Boden und rammte ihr das Messer in den Bauch.«

Kara hatte das Gefühl, keine Luft mehr zu bekommen.

»Mit Gegenwehr hatte ich nicht gerechnet. Sie schlug um sich und trat nach mir. Ich hielt sie fest, drückte ein Knie auf ihre Beine. Ihr Rock riss, und sie schaffte es irgendwie aufzustehen. Sie wollte wegrennen, und ich erwischte gerade noch ihre Jacke. Ich rang sie nieder und stach auf sie ein. Vergeblich versuchte sie, mit den Armen die Stiche abzuwehren. Irgendwann erschlaffte sie, doch ich hörte nicht auf. Es war wie eine Befreiung. Mit jedem Stich ließ meine Hilflosigkeit mehr nach, und ich spürte die Macht, die mich durchströmte. Ich war nicht länger ein Opfer, sondern …« Er hielt inne und sah sie an. »Sie schreiben ja gar nicht mit.«

Kara starrte ihn mit offenem Mund an. Sie musste nicht mitschreiben, sie wusste genau, was passiert war. Er hatte sie mit siebenundsechzig Messerstichen getötet.

»Kara?«

Sie reagierte nicht.

Bis heute gab sie sich die Schuld an Yvonnes Tod, weil sie sich betrunken hatte. Und nun saß sie dem Mörder ihrer Stiefschwester gegenüber. Eingesperrt in einem Keller und schrieb sein Buch.

»Kara!«

Dorns Stimme riss sie aus ihrer Schockstarre. Sie presste die Lippen zusammen, damit er das Zittern nicht bemerkte.

»Sind Sie eingeschlafen?« Er klang verärgert.

»Nein«, brachte sie mühsam hervor. »Ich höre Ihnen zu. Sie waren nicht länger ein Opfer.«

Seine Gesichtszüge entspannten sich.

»Ich war nicht länger ein Opfer, sondern fühlte mich befreit. Nein, das beschreibt es nicht richtig. Ich … ich kann nicht in Worte fassen, wie ich mich fühlte.« Er warf ihr ein Lächeln zu. »Ihnen fällt bestimmt etwas ein.«

Kara wurde schlecht. Mechanisch nickte sie.

»Es war, als würde nach einer endlos langen Zeit der Dunkelheit endlich wieder die Sonne aufgehen. Am ganzen Körper mit Blut besudelt, sog ich die frische Nachtluft ein. Spürte das machtvolle Gefühl, das mich ins Leben zurückholte.«

Kara war fassungslos. Er hatte Yvonnes Leben ausgelöscht, um sich wieder lebendig zu fühlen?

»Mein Auto hatte ich in der Nähe abgestellt. Ich zog die Jacke aus und warf eine Decke über den Sitz, um keine Blutspuren im Polster zu hinterlassen. Zu Hause packte ich Decke und Kleidung in einen Müllsack und entsorgte ihn am nächsten Tag in einem Müllcontainer, der abholbereit am Straßenrand stand. Ich muss gestehen, ich war ein wenig nervös, ob sie mich erwischten. Die Glücksgefühle überwogen und verdrängten die Nervosität.« Er lächelte. »Jene Nacht änderte alles. Zwar war ich immer noch traurig über Mamas Tod, doch ich fühlte mich nicht länger hilflos, und die Dunkelheit in mir war verschwunden. Ich kümmerte mich um ihren Nachlass und räumte ihre Sachen aus. Nur ihr Zimmer rührte ich nicht an.«

Kara notierte pro forma ein paar Stichworte. Sie agierte wie ferngesteuert.

»Die Zeitungen berichteten ausführlich über die junge Frau, die sie Yvonne V. nannten. Sie war einundzwanzig Jahre alt und hatte den Abend in einem Klub verbracht.«

Yvonne Vogler, vervollständigte Kara in Gedanken. Zwei Jahre nach Yvonnes Geburt ließen sich ihre Eltern scheiden. Ihre Mutter heiratete wieder und nahm den Namen ihres Ehemanns an, der Yvonne adoptierte.

»Das Interesse der Medien verflog schnell. Ein paar Tage später krähte kein Hahn mehr nach ihr.«

Kara japste nach Luft. *Sie* hatte Yvonne nicht vergessen.

»Die Ermittlungen verliefen im Sande. Zwei junge Männer wurden verdächtigt, die Polizei konnte ihnen jedoch nichts nachweisen.« Dorn schwenkte den letzten Rest in seinem Pappbecher und trank ihn aus. »Das Gefühl, das ich hatte, als ich meinen Stiefvater die Treppe runterstieß, war großartig. Nun war ich ein zweites Mal mit einem Mord durchgekommen und fühlte mich unbesiegbar. Ich hatte mein Leben wieder im Griff und setzte im Oktober mein Studium fort.« Er streckte sich und sah Kara gut gelaunt an. »Hätten Sie mittags Lust auf Gulasch?«

Kapitel 60

Dorn war längst gegangen und Kara vollkommen paralysiert.

Rafael Dorn war der Mörder ihrer Stiefschwester.

Der Schock saß tief.

Jahrelang hatte sie sich gefragt, warum Yvonne sterben musste. Aus gekränkter Eifersucht seitens Nico oder Leon oder als Folge einer versuchten Vergewaltigung durch einen Unbekannten. Jetzt erfuhr sie, dass nichts davon zutraf. Yvonne war ein reines Zufallsopfer gewesen, an dem Dorn seinen Frust über den Tod seiner Mutter ausgelassen hatte.

Es war mir egal, wen ich tötete, Hauptsache, ich fühlte mich endlich wieder besser.

Ihre Finger krallten sich in die Tischkante. Der Schmerz über Yvonnes Verlust traf sie mit voller Härte. Genau wie damals, als die beiden Polizisten vor ihrer Haustür gestanden hatten. Sie hatte das Gefühl, jemand würde ihr das Herz herausreißen.

Der Mord an Yvonne war der Grund gewesen, warum Kara mit dem Schreiben begonnen hatte.

Nur langsam wurde ihr die volle Tragweite bewusst.

Dorn hatte sie zu der Autorin gemacht, die sie heute war. Und wegen ihres Schreibstils hatte er sie ausgewählt, sein Buch zu schreiben.

Der Kreis schloss sich.

Fassungslos schüttelte sie den Kopf. Dorn war nicht erst mit ihrer Entführung vor knapp vier Wochen in ihr Leben getreten, er bestimmte es bereits seit über achtzehn Jahren.

Kara konnte nur mit Mühe den aufkommenden Brechreiz unterdrücken.

Ich packte sie und zog sie hinter den Container. Schleuderte sie zu Boden und rammte ihr das Messer in den Bauch.

Sie konnte Yvonne bildlich vor sich sehen. Wie sich ihre Augen vor Schreck weiteten, als sie den maskierten Angreifer bemerkte. Sie hatte sich nach Leibeskräften gewehrt und dennoch keine Chance gegen ihn gehabt.

Tränen rannen Kara über die Wangen. Ihre Stiefschwester lag blutüberströmt am Boden. Der Körper und die Kleidung von siebenundsechzig Stichen zerfetzt, ihr toter Blick ins Leere gerichtet.

Adrenalin und Glückshormone fluteten Dorns Körper. Kara sah sein Lächeln und dass er sich beherrschen musste, seine Erleichterung nicht in die Nacht hinauszuschreien.

Du verdammtes Schwein!

Am liebsten wäre Kara aufgesprungen und hätte den Tisch umgeworfen.

Yvonnes Tod war ihr von Anfang an sinnlos erschienen, jetzt wusste sie, dass ihre Stiefschwester einfach zur falschen Zeit am falschen Ort gewesen war.

Ich war nicht länger ein Opfer, sondern fühlte mich befreit. Nein, das beschreibt es nicht richtig. Ich … ich kann nicht in Worte fassen, wie ich mich fühlte. Ihnen fällt bestimmt etwas ein.

Der Gedanke, dass sie darüber schreiben musste, wie glücklich er danach war, verstärkte ihre Übelkeit. Ihr Atem ging schnell. Sie war derart aufgewühlt, dass sie nicht länger sitzen konnte. Ruckartig sprang sie auf und warf dabei den Stuhl um. Die Kette rasselte.

Der Drang zu schreien, wurde übermächtig.

Ihr Blick fiel zur Tür. Der glatte Stahl wirkte bedrohlicher denn je. Kara hyperventilierte und bekam keine

Luft mehr. Schweiß lief ihr über die Stirn, und Schwindel erfasste sie. Die Konturen des Kellers verschwammen vor ihren Augen. Das Licht flackerte. Nebelschwaden stiegen auf, und von irgendwoher erklang Yvonnes Stimme, die um Hilfe schrie.

Kara wirbelte herum.

Sie spürte einen unangenehmen Druck um ihr Fußgelenk und sah nach unten. Der alte Teppich war verschwunden, stattdessen tauchte ein schwarzer Wirbel auf, gleich einem Strudel aus dunklem Wasser. Die Kette verschwand in der Schwärze und zog Kara mit sich. Sie fiel, während sich alles um sie herum immer schneller drehte. Tiefer und tiefer stürzte sie in das bodenlose Loch.

Tanjas lebloser Körper flog an ihr vorbei. Kara streckte den Arm nach ihrer Agentin aus, kriegte sie jedoch nicht zu fassen. Ihre Lider flackerten.

Dorns grinsende Fratze erschien aus dem Nichts.

Es war mir egal, wen ich tötete.

Kara stieß einen schrillen Schrei aus, der sie in die Realität zurückkatapultierte. Der Raum hörte auf, sich zu drehen, der Bodenwirbel verschwand so rasch, wie er aufgetaucht war.

Schweißgebadet stützte sie sich am Tisch ab.

Ihnen fällt bestimmt etwas ein.

Unbändiger Zorn machte sich in Kara breit.

Dafür wirst du büßen, du verdammtes Arschloch!, schoss es ihr durch den Kopf.

Kapitel 61

Das Läuten der Kirchenglocken durchbrach die drückende Stille des Friedhofs. Es war ein kalter Mittwochnachmittag, dicke Schneeflocken fielen vom wolkenverhangenen Himmel. Der Kies knirschte, als die Trauergemeinde die Kirche verließ und hinter dem Pfarrer auf das offene Grab zulief. Vereinzelt waren Schluchzen und das Rascheln von Taschentüchern zu hören.

Jessie stellte den Kragen ihres Mantels auf und folgte der Menge mit gesenktem Kopf.

Sie hatte Tanja Gerritzen auf einer Lesung von Kara kennengelernt. Eine lebenslustige und liebenswerte Frau, die Jessie sofort sympathisch gewesen war. Obwohl sie sich nur dieses eine Mal persönlich getroffen hatten, fühlte sie sich verpflichtet, zu ihrer Beerdigung zu kommen. Weil Kara es nicht konnte und weil sie wusste, wie nahe sich Kara und ihre Agentin gestanden hatten.

Der Pfarrer sprach, Jessie nahm seine Worte kaum wahr. In Gedanken war sie bei Kara.

Die Polizei suchte weiterhin fieberhaft nach ihr, doch Jessies Hoffnung, ihre Freundin lebend wiederzusehen, schwand mit jedem Tag. Als sie aus der Zeitung erfahren hatte, dass der Puppenmörder Tanja Gerritzen getötet hatte, war ihr fast das Herz stehen geblieben. Warum sollte er Tanja töten, Kara hingegen verschonen?

Lediglich die fehlende Leiche hielt Jessie davon ab, vollends zu verzweifeln.

Trauermusik wurde gespielt und die Urne in das Grab hinabgesenkt. Das Schluchzen schwoll an.

Jessie überkam tiefes Mitgefühl für Tanja. Stumm betete sie, dass sie nicht auch noch Karas Beerdigung beiwohnen musste.

Kapitel 62

Kara absolvierte ihr tägliches Krafttraining. Liegestütze schaffte sie mittlerweile fünfzehn auf den Knien und drei normale. Die Übungen fielen ihr heute schwerer als sonst, trotzdem half die körperliche Anstrengung, besser mit der Situation und ihren Gefühlen fertig zu werden. Zu Angst und Wut waren Fassungslosigkeit und ein tiefer Schmerz hinzugekommen und stürzten sie in ein emotionales Chaos. Mit der Wahrheit über den Mord an Yvonne hatte Dorn die Wunde in ihr aufgerissen, die nie richtig verheilt war.

Als sie ihr Sportprogramm beendet hatte, blieb sie mit geschlossenen Augen auf dem Rücken liegen. Sie hatte ein Handtuch untergelegt, weil der stinkende Teppich sie von Tag zu Tag mehr anwiderte.

Nachdem sie gestern den ersten Schock verdaut hatte, hatte Kara mit dem Schreiben des Kapitels begonnen. Immer wieder musste sie eine Pause einlegen, um sich zu beruhigen. Sie durchlebte alles erneut – sowohl aus ihrer Sicht als auch aus Dorns. Dieser Kontrast machte ihr zusätzlich zu schaffen. Als Dorn ihr das Mittagessen brachte – er hatte tatsächlich Gulasch gekocht –, kriegte sie kaum einen Bissen runter. Beim Abendessen war es nicht anders.

Yvonne, seufzte sie in Gedanken und dachte wehmütig an ihre gemeinsame Zeit zurück. Yvonnes leibliche Eltern hatten sich trotz der Scheidung gut verstanden, weshalb sich Kara und ihre Stiefschwester häufig sahen. Mehrmals waren sie zusammen mit ihren oder Yvonnes Eltern in den Urlaub gefahren, feierten gemeinsam ihre

Geburtstage und telefonierten regelmäßig. Was Partys, Klubs und Jungs betraf, profitierte Kara von ihrer vier Jahre älteren Schwester.

Bis Dorn sie gewaltsam aus ihrem Leben gerissen hatte.

Und dafür würde er bezahlen.

Karas Wut auf ihn war noch größer geworden. Er sollte nicht nur bis an sein Lebensende in einer winzigen Zelle verrotten, sie würde ebenfalls dafür sorgen, dass seine Mitgefangenen ihm die Hölle auf Erden bereiteten.

Aus dieser Vorstellung schöpfte sie neue Kraft.

Kara stand vom Boden auf, wischte sich mit dem Handtuch den Schweiß vom Gesicht und ging zum Fenster. Sie konnte einen Streifen des blauen Morgenhimmels erkennen. Er war ihr noch nie so schön erschienen.

Kara stieß einen tiefen Atemzug aus und sah zur Stahltür.

Sie schrieb besser als jemals zuvor, dennoch befreite Dorn sie nicht von ihrer Fessel.

Der Anblick der Kette war kaum auszuhalten. Bei jeder Bewegung klirrten die Glieder und erinnerten Kara an ihre prekäre Lage. Ein furchtbares Geräusch.

Kurze Zeit später brachte Dorn ihr das Frühstück. Es gab Müsli, diesmal mit einem klein geschnittenen Apfel.

Eine halbe Stunde später legte er ihr die Fußfessel wieder an, und sie begann mit der Arbeit. Ihr graute davor, doch sie wollte es so schnell wie möglich hinter sich bringen.

Wenn sie sich heute nur nicht so schlapp fühlen würde.

Nach dem Mittagessen verspürte sie leichte Bauchschmerzen, und sie fragte sich, ob sie den Rosenkohl nicht vertragen hatte. Am späten Nachmittag wurden die Krämpfe stärker, und als sie auf die Toilette ging, wusste sie, warum.

Kara rief Dorn über die Gegensprechanlage. Kurz darauf betrat er den Keller.

»Brauchen Sie mehr Kaffee?«, fragte er und lächelte.

»Äh, nein. Ich … habe meine Tage bekommen.«

Mit fast einer Woche Verspätung, ergänzte sie gedanklich. Vermutlich aufgrund des Stresses.

Dorns Lächeln verschwand.

»Ich brauche Tampons oder Damenbinden«, erklärte Kara.

»Ach so. J-ja«, stammelte er. »Und was genau benötigen Sie da?«

»Tampons in Normalgröße. Damenbinden in Mittel.«

»Okay. Gut. Ich fahre gleich los.« Er fühlte sich sichtlich unwohl.

Dorn ging, und Kara legte sich ins Bett.

Ich sollte ihn nachher um eine Wärmflasche bitten, dachte sie. Sofern er eine hat.

Sie schaltete das Licht aus. Ein wenig Ruhe würde helfen.

In der nächsten Sekunde war sie eingeschlafen.

Das Licht weckte sie auf. Kara schreckte hoch, weil sie glaubte, Dorn wäre zurück. Doch die Tür war geschlossen, der Keller dunkel.

Irritiert runzelte sie die Stirn. Hatte sie das nur geträumt?

Sie benötigte einen Moment, bis sie erkannte, dass das Licht vom Fenster kam. Ein heller Strahl, der unruhig hin und her schwenkte. Wie von einer Taschenlampe.

Mit einem Satz war Kara aus dem Bett.

Der Schacht war abgedeckt. Wenn das Licht im Keller

zu sehen war, musste der Teppich weggenommen worden sein.

Die Polizei! Sie hatten sie gefunden, denn Dorn würde wohl kaum mit einer Taschenlampe in seinem Garten herumhantieren.

Kara stürmte zum Fenster und stolperte dabei über die Kette. Sie strauchelte, prallte gegen den Stuhl und fand ihr Gleichgewicht wieder.

Mit klopfendem Herzen drückte sie sich an die Scheibe und schaute nach oben. Der Teppich war weggeklappt worden, sie konnte jedoch nichts erkennen, weil das Licht sie blendete. Wer immer dort stand, hielt die Taschenlampe genau auf sie gerichtet.

»Hier unten!« Sie hämmerte mit den Fäusten gegen das Fenster. »Hilfe! Ich bin hier! Helfen Sie mir! Hilfeeeee!«

Sie schrie so laut, dass ihre Ohren wehtaten, und schlug gegen das Panzerglas, bis ihre Hände schmerzten.

Es musste die Polizei sein. Der Garten war von einer hohen Hecke umgeben, dahinter befand sich mit Sicherheit ein Zaun. So leicht gelangte niemand auf das Grundstück.

Der Leuchtkegel schwenkte zur Seite, und Kara beobachtete entsetzt, wie er schließlich erlosch.

»Nein!«, brüllte sie. »Ich bin hier!«

Warum entfernte sich derjenige? Hatte er sie nicht gesehen?

Kara atmete schwer.

War es möglich, dass das SEK im Garten wartete und die Person mit der Taschenlampe das Zielobjekt ausgekundschaftet hatte?

Ja, das klang plausibel.

Vergeblich versuchte sie, in der Dunkelheit etwas zu erkennen.

Plötzlich ging das Licht wieder an. Der Strahl leuchtete in den Keller, und Kara blinzelte geblendet.

»Holt mich raus!«, schrie sie.

In der nächsten Sekunde erlosch das Licht. Kara wartete darauf, dass etwas passierte. Dass weitere Taschenlampen aufleuchteten, sie jemanden am Lichtschacht sah, irgendetwas.

Nichts geschah. Es blieb dunkel.

Reglos verharrte sie.

Sie sollte das Licht im Keller anschalten. Um ihnen zu zeigen, dass sie da war.

Sie haben dich doch gesehen, entgegnete ihre innere Stimme, aber Kara ignorierte sie. Aufgeregt lief sie zur Tür, stolperte im Dunkeln erneut über die Kette und betätigte den Schalter. Dann eilte sie zum Fenster zurück.

Ihre Bauchkrämpfe nahm sie kaum mehr wahr. Voller Hoffnung wartete sie auf ihre Befreiung.

Es musste jeden Augenblick so weit sein.

Kapitel 63

Nadine stellte ihre Sporttasche im Flur ab. Nach langer Zeit war sie endlich wieder beim Karatetraining gewesen und hatte sich ausgepowert. Mit dem Essen, das sie auf dem Rückweg vom Training bei einem Thailänder geholt hatte, begab sie sich ins Wohnzimmer. Wie jeden Tag warf sie einen Blick auf die Kühlbox in der Ecke, in der ihre Schildkröten namens Max und Moritz ihren Winterschlaf hielten. Sie hatte sich die beiden vor knapp zwei Jahren zugelegt, weil sie die Einsamkeit in ihrer Wohnung nach der Trennung von Mirco nicht mehr ausgehalten hatte. Nadine war über ihre Gesellschaft so glücklich gewesen, dass sie damals prompt vergessen hatte, sie rechtzeitig in den Winterschlaf zu schicken. Diesmal hatte sie es richtig gemacht.

Nachdem die Wohnung ohne Max und Moritz über den Winter leer gewesen war, hatte sie sich zusätzlich ein Aquarium ins Wohnzimmer gestellt, direkt neben die Couch. Ein Dutzend Fische in unterschiedlichen Farben und Größen schwamm darin herum, darunter zwei feuerrote Kampffische. Ihren anmutigen Schwimmbewegungen zuzuschauen, hatte für Nadine etwas Beruhigendes.

Sie griff nach der Dose mit Fischfutter und streute eine Portion ins Wasser. Die Fische stürzten sich darauf. Nadine lächelte.

Sie aß das in Austernsoße scharf gebratene Hühnchen mit Gemüse und Reis und beobachtete das Treiben im Aquarium. Ihre Gedanken schweiften zu ihrer Arbeit ab.

Die Ermittlungen im Fall des Puppenmörders stockten. Obwohl sich inzwischen mehrere Hundert Anrufer auf der Hotline gemeldet hatten, war keine brauchbare Spur dabei gewesen. Noch immer riefen täglich Dutzende Leute an, die glaubten, Kara Bender gesehen zu haben. Nadine hatte die Hoffnung mittlerweile aufgegeben.

Inzwischen war die Autorin seit fast vier Wochen spurlos verschwunden. Der einzige Lichtblick war, dass sie bisher keine Leiche gefunden hatten. Hätte der Puppenmörder sie getötet, hätte er sie wie seine anderen Opfer präsentiert, davon war Nadine überzeugt. Weshalb er sie entführt hatte, darüber konnten sie weiterhin nur spekulieren. Am wahrscheinlichsten erschien ihnen, dass es mit ihrem Beruf zu tun hatte, doch sie hatten keine Ahnung, was sie für ihren Entführer schreiben sollte. Eine Biografie lag nahe, aber dann wüssten sie alles über ihn und bräuchten ihn nur noch zu verhaften. Dieses Risiko würde er sicher nicht eingehen, es sei denn, er wollte das Buch nur für sich selbst. Andererseits gierte er nach medialer Aufmerksamkeit, weshalb sie von der Möglichkeit wieder abgerückt waren. Stattdessen gingen sie davon aus, dass er eine Idee für einen Krimi hatte, ihn selbst jedoch nicht schreiben konnte. Das *Bald*, das er bei seinen letzten Opfern hinterlassen hatte, deutete möglicherweise darauf hin, dass er demnächst etwas veröffentlichen würde, vermutlich unter einem Pseudonym. Sie behielten sicherheitshalber die Neuerscheinungen im Auge, vor allem von selbst verlegten Titeln, denn die Vorlaufzeit bei Verlagen betrug für eine Veröffentlichung mitunter bis zu zwei Jahre.

In Bezug auf Rafael Dorn, die Leiche im Gefrierschrank, waren sie ebenfalls nicht nennenswert vorangekommen. Georgs Team hatte eine ausführliche Personenanalyse und ein Bewegungsprofil des Opfers für die letzten fünf Jahre erstellt. Ein neuer Ermittlungsansatz hatte sich bis jetzt nicht daraus ergeben. Sie wollten noch weiter zurückgehen, benötigten hierfür mehr Zeit. Außerdem hatten sie zahlreiche Kontakte von Dorn überprüft, auch hier Fehlanzeige.

Das Wort aufgeben kannte Nadine nicht, deshalb tat sie alles, um Kara Bender lebend zu finden. Dennoch zerrten die Rückschläge allmählich an ihren Nerven. Sie wusste von zahlreichen Mordermittlungen, die sich über Jahre, teilweise sogar Jahrzehnte gezogen hatten, bis der Polizei endlich der entscheidende Durchbruch gelungen war. Sei es, weil die Technik vorangeschritten war und sich damit bessere oder neue Möglichkeiten der Spurenauswertung ergaben oder weil der Täter unvorsichtig geworden war und einen Fehler beging. Auf Letzteres hoffte Nadine.

Sie schluckte den letzten Bissen herunter und stellte den leeren Teller auf den Beistelltisch, auf dem die beiden Thriller lagen, die sie vor einigen Wochen im Buchladen gekauft hatte. Obenauf *Dunkle Rache* von Kara Bender.

Nadine griff danach und betrachtete das Cover, das in dunklen Tönen mit roten und weißen Akzenten gehalten war und etwas Bedrohliches, Düsteres vermittelte.

Sie schlug die erste Seite auf und begann zu lesen.

Kapitel 64

Allmählich wurde Kara nervös. Seit dem Aufleuchten der Taschenlampe war eine halbe Stunde vergangen. Die Polizei müsste längst hier sein.

Angespannt stand sie am Fenster und sah nach oben, doch nichts rührte sich. Sie nahm weder Licht noch eine Bewegung wahr.

Warum brauchten die so lange? Die Erstürmung eines Hauses war eine Sache von Minuten. Wenn sie nicht durch die Stahltür eindrangen, weshalb versuchten sie es dann nicht über den Kellerschacht?

In der nächsten Sekunde ging die Tür auf, und Kara wirbelte herum. Enttäuschung machte sich breit, als Dorn hereinkam.

»Ich habe Ihre Sachen besorgt«, sagte er und legte mehrere Schachteln aufs Bett. »Abendessen ist auch gleich fertig.«

Er verließ den Keller wieder.

Kara zog die Stirn kraus. Warum war Dorn noch nicht verhaftet?

Sie lief zum Bett. Er hatte jeweils zwei Packungen Tampons und Damenbinden von verschiedenen Herstellern besorgt. Kara verschwand damit im Bad.

Kurz darauf kehrte Dorn zurück. Er trug ein Tablett mit einem Teller, über den eine große Käseglocke aus Keramik gestülpt war.

»Können Sie bitte den Tisch frei machen?«, bat er.

Kara räumte hastig die Sachen weg. Er stellte das Tablett ab, und sie bemerkte, dass er schwarze Latexhandschuhe trug.

Ihr wurde mulmig zumute.

Dorn grinste. »Haben Sie Hunger?«

Nein, hatte sie nicht. Trotzdem nickte sie zögerlich.

Dorn griff nach der Käseglocke. Er hob sie an – und Kara schrie.

Auf dem Teller lag der abgetrennte Kopf eines etwa dreißigjährigen Mannes. Seine Haare waren hell, fast weiß. Der Kopf war in der Mitte des Halses abgetrennt worden, die Wirbelsäule ragte unter blutigen Fleischfetzen hervor. Kara würgte und presste die Hände auf den Mund.

Dorn lächelte. »Darf ich vorstellen, der Mann, der vorhin versucht hat, in mein Haus einzubrechen.«

Es war, als würde er ihr einen K.-o.-Schlag verpassen. Wie damals im Wohnzimmer bei ihrem zweiten Fluchtversuch. Sie starrte auf den abgetrennten Kopf. Die Erkenntnis traf sie wie ein Schock.

Es war kein Polizist gewesen, der in den Kellerschacht geleuchtet hatte, sondern ein Einbrecher. Dorn musste ihn überrascht haben, als er vom Einkaufen nach Hause gekommen war. Wahrscheinlich hatte er ihn niedergeschlagen, seine Taschenlampe genommen und den Strahl auf das Fenster gerichtet. Sie erinnerte sich an das zweite kurze Aufleuchten. Er hatte Kara gesehen und wusste, dass auch der Einbrecher sie bemerkt haben musste. Deshalb musste er sterben.

Kara würgte. Sie war unfähig, den Blick von dem »Essen« abzuwenden, das Dorn ihr serviert hatte. Das Ausmaß an Brutalität war nicht in Worte zu fassen.

»Er hätte nicht sterben müssen.« Seine Stimme klang ruhig und besonnen, beinahe fröhlich. »Aber Sie mussten sich ja am Fenster zeigen. Sie haben ihn getötet.«

Wie bitte?

»Sie sind schuld an seinem Tod«, wiederholte er. »Na

los, sehen Sie ihn sich an. Immerhin hat er Ihretwegen sein Leben verloren.«

Kara war wie erstarrt.

»Sehen Sie ihn sich an.«

Sie rührte sich nicht.

»Sie sollen ihn sich ansehen!«, schrie er und packte sie an den Haaren.

Kara stieß einen erstickten Laut aus.

Er riss sie in Richtung des abgetrennten Kopfes. Ein Ruck ging durch sie, und sie stemmte sich dagegen. Der Griff in ihren Haaren verstärkte sich. Verzweifelt stützte sie sich mit den Händen am Tisch ab, doch Dorn drückte ihren Kopf weiter nach unten, bis er nur noch wenige Zentimeter von dem Gesicht des Mannes entfernt war. Der Geruch nach Blut stieg Kara in die Nase.

»Schauen Sie sich an, was Sie getan haben!«

Kara versuchte, den Kopf zu drehen, weg von dem schrecklich entstellten Schädel, aber Dorn hielt sie mit eisernem Griff fest.

»Bitte«, wimmerte sie. Sie konnte den Anblick nicht länger ertragen. »Ich kann nichts dafür.«

»Sie haben gegen die Scheibe geschlagen«, keuchte Dorn, »und um Hilfe gerufen, auch wenn draußen nichts zu hören gewesen ist. Das Fenster ist schalldicht. Allerdings hat er Sie gesehen. Er. Hat. Sie. Gesehen.« Seine Stimme wurde immer lauter.

Kara zitterte. Die durchgetrennte Wirbelsäule mit den blutigen Fleischfetzen – sie hatte noch nie etwas Grausigeres erlebt.

»Was hätte ich denn tun sollen?«, kreischte sie.

»Vom Fenster wegbleiben.« Er versetzte ihr einen Stoß, sodass ihr Gesicht das des Toten berührte.

Sie schrie auf, schlug um sich und stolperte rückwärts, bis sie gegen die Wand prallte. Sie spürte Blut auf ihrer Wange. Hektisch wischte sie sich mit dem Ärmel übers Gesicht und hätte sich am liebsten die Haut weggekratzt, nur um das widerliche Gefühl loszuwerden, das sie bei der Berührung mit der Leiche empfunden hatte.

Kara konnte den Brechreiz nicht länger unterdrücken. Sie stürmte an Dorn vorbei ins Bad, wobei sie fast über die Kette stolperte, riss den Klodeckel auf und erbrach sich.

Als nur noch Galle hochkam, beruhigte sich ihr Magen. Keuchend ließ sie sich neben der Toilette auf dem Boden nieder. Durch die offene Tür sah sie, dass Dorn den Kopf in einen blauen Müllsack packte und verschwand. Die Stahltür krachte ins Schloss.

Ihr Schädel dröhnte. Sie konnte keinen klaren Gedanken mehr fassen. Schwer atmend und mit geschlossenen Augen blieb sie auf den kalten Fliesen sitzen.

Irgendwann rappelte sie sich auf, schleppte sich zum Waschbecken. Entsetzt bemerkte sie im Spiegel den verschmierten Blutfleck auf ihrer Wange und schrubbte ihn mit viel Wasser und noch mehr Seife weg. Der Ekel blieb.

Auf ihrem Ärmel war ebenfalls ein roter Fleck. Kara riss sich den Pulli vom Leib und warf ihn in den Wäschesack. Sie torkelte in den Kellerraum und zog sich einen frischen Pullover an. Kraftlos sank sie aufs Bett und zog die Decke über sich. Sie fror erbärmlich.

Einige Zeit später kam Dorn herein. Wortlos marschierte er an ihr vorbei, schnappte sich den Laptop und ging zur Tür zurück.

Kara richtete sich ruckartig auf. Warum nahm er den Laptop mit?

Ihr wurde noch kälter.

»Was machen Sie da?« In ihrer Stimme schwang Panik mit.

Dorn antwortete nicht und tippte den Code ein.

Ohne zu überlegen, sprang sie aus dem Bett und rannte zur Tür, die er ihr vor der Nase zuschlug.

Nein, dachte sie und hämmerte mit den Fäusten gegen den Stahl. Doch nichts tat sich.

Kara lief zum Fenster und sah gerade noch, wie der Teppich wieder über den Lichtschacht gelegt wurde. Nur auf der linken Seite blieb ein schmaler Spalt frei, durch den schwaches Mondlicht fiel. Schließlich wurde auch er zugedeckt.

Karas Augen weiteten sich vor Schreck.

O Gott, nein!

Er durfte nicht ihre letzte verbliebene Verbindung zur Außenwelt kappen. Ihre einzige Möglichkeit, zumindest ein Stück Himmel und damit Freiheit zu sehen.

Kara wandte sich um und rutschte mit dem Rücken an der Wand entlang zu Boden.

Dann ging das Licht im Keller aus.

Kapitel 65

Kara zuckte zusammen, als das Licht erlosch.

Was hatte er vor? Wollte er sie jetzt umbringen?

Sie lauschte, ob die Tür geöffnet wurde.

Als sie sich sicher war, dass sie zu blieb, erhob sie sich. Sie musste zum Lichtschalter.

Es war so dunkel, dass sie nicht einmal die Hand vor Augen sehen konnte. Vorsichtig tastete sie sich an der Wand entlang, kam an der offenen Badtür vorbei und erreichte die Stahltür. Kara befühlte die Wand rechts von der Tür. Sie berührte das Codepanel, der Lichtschalter befand sich darunter.

Sie fand ihn und drückte darauf. Nichts passierte.

Das konnte nicht wahr sein!

Kara torkelte zum Bad und probierte das Licht dort. Auch hier blieb es dunkel.

Dorn musste die Sicherung herausgeschraubt haben.

Er konnte sie doch nicht im Dunkeln lassen!

Sie hyperventilierte, verlor die Orientierung und glaubte zu fallen.

Hör auf!, schrie sie sich in Gedanken selbst an und hielt abrupt inne. Sie bekam wieder Luft, ihr Puls normalisierte sich.

Denk nach!

Dorn würde sie nicht töten. Nicht bevor sie das Buch fertiggeschrieben hatte. Er war von den bisherigen Kapiteln mehr als begeistert, er würde sie nicht durch eine andere Autorin ersetzen. Ansonsten hätte er sie spätestens nach ihrem zweiten Fluchtversuch umgebracht. Er wollte sie vielmehr dafür bestrafen, dass der Einbrecher sie gesehen hatte. Deshalb hat er auch den Laptop mitgenommen, weil das Display Licht gespendet hätte.

Der Keller war klaustrophobisch genug. Die Vorstellung, womöglich stundenlang im Dunkeln zu sitzen, ließ Kara in Angstschweiß ausbrechen. Für einen Moment hatte sie das Gefühl, wieder vier Jahre alt zu sein und im Fahrstuhl festzustecken.

Sie musste mit Dorn reden.

Kara tastete sich zur Stahltür und betätigte die Gegensprechanlage. Drückte sie verzweifelt ein zweites und drittes Mal.

Dorn meldete sich nicht.

Was konnte sie denn dafür, dass jemand versucht hatte, in sein Haus einzubrechen?

Bei der Erinnerung an den abgetrennten Kopf wurde ihr speiübel. Obwohl sie wusste, dass Dorn ein gefährlicher Serienkiller war, der seine Opfer grausam tötete, hatte sie seine Brutalität geschockt. Ihr den Kopf unter einer Käseglocke als »Essen« zu servieren, war mehr als pervers und zeigte seinen Wahnsinn.

Kara verdiente ihr Geld damit, sich Morde auszudenken. Der Mörder in *Dunkle Rache* enthauptete seine Opfer mit einem Samuraischwert. Doch in der Realität damit konfrontiert zu werden, war unbeschreiblich schlimmer.

Ich will hier raus!

Kara hämmerte mit den Fäusten gegen die Tür.

Sie drehte sich um, die Kette rasselte. Wütend griff sie danach und zog wie ein Berserker daran, bevor sie sie resigniert fallen ließ.

Sie hielt das nicht länger aus. Seit fast vier Wochen steckte sie in diesem Loch fest, mit einer Kette am Fuß und nun auch noch in absoluter Dunkelheit.

Der Drang zu schreien wurde groß, und Kara biss sich in die Hand, um ihn zu unterdrücken.

Ich muss nur die Nacht überstehen, beruhigte sie sich selbst. Morgen würde er bestimmt wieder das Licht anschalten, damit sie weiterschrieb.

Sie legte sich ins Bett und zog die Decke bis zum Kinn hoch. Als könnte die sie beschützen.

Ihre Bauchkrämpfe machten sich bemerkbar, und Kara rollte sich zusammen. Sie war müde und erschöpft, brauchte dringend eine Pause. Und dennoch war an Schlaf nicht zu denken.

Kara schreckte aus einem wirren Traum hoch, in dem abgetrennte Köpfe durch den Raum schwebten, mit einem breiten Grinsen und klappernden Zähnen.

Sie benötigte einen Moment zu realisieren, dass sie geträumt hatte. Dann kehrte schlagartig die Erinnerung an den gestrigen Tag zurück. Oder war es immer noch derselbe?

Kara griff nach dem Wecker. Er hatte keine Leuchtfunktion, daher stellte sie ihn zurück. Sie drückte den Lichtschalter. Immer noch nichts.

Bitte, bitte lass es schon morgens sein, flehte sie.

Sie lauschte in die beängstigende Stille.

Ihre Blase drückte, und Kara überlegte, ob sie auf die Toilette gehen sollte, doch sie wollte die vermeintliche Sicherheit des Bettes nicht verlassen. Irgendwann hielt sie es nicht mehr aus und tapste zum Bad. Schloss die Tür hinter sich, so weit es mit der Kette möglich war, und erleichterte sich. Wusch sich im Dunkeln die Hände, trank ein paar Schlucke aus dem Wasserhahn, um ihre trockene Kehle zu befeuchten, und suchte das Handtuch.

Sie war froh, als sie wieder im Bett lag. Es dauerte lange, bis sie einschlief.

Als Kara das nächste Mal aufwachte, knurrte ihr Magen. War die Nacht vorbei? Sie hätte viel dafür gegeben zu erfahren, wie spät es war, auch wenn es nichts an ihrer Situation änderte.

Kara quälte sich aus dem Bett und schlich zum Fenster. Sie prallte gegen den Tisch, fluchte leise und tastete sich weiter vor. Ihre Hände berührten die kalte Scheibe. Sie presste das Gesicht dagegen und versuchte vergeblich zu erkennen, ob die Sonne bereits aufgegangen war. Die beiden Teppiche ließen kein Licht durch.

Kara zog sich einen Stuhl heran und setzte sich. Wartete darauf, dass sich die Tür öffnete und Dorn hereinkam. Nichts passierte. Es war noch schlimmer als die quälende Monotonie der Abende, bevor Dorn ihr den *Spiegel* und das Buch gebracht hatte. Damals hatte sie wenigstens Schritte oder Fliesen zählen können, nun blieb ihr nur, in die Dunkelheit zu starren.

Sie legte die Ellenbogen auf den Tisch.

Genau hier hatte Dorn das Tablett mit dem Kopf abgestellt.

Augenblicklich zog sie ihre Arme zurück.

Nach einer Weile stand sie auf, ging in die Ecke, wo sich der Drucker befand, und griff blind nach den Schreibsachen, die sie gestern daneben auf den Boden gelegt hatte. Sie fand einen der Stifte und nahm wieder auf dem Stuhl Platz. Der Stift in der Hand gab ihr etwas Vertrautes, und sie klammerte sich daran wie ein Ertrinkender an das sinkende Schlauchboot.

Die Zeit verstrich unendlich langsam. Sofern sie überhaupt verging.

Kara hatte vorher schon Schwierigkeiten gehabt, ein

Zeitgefühl aufrechtzuerhalten, doch immerhin konnte sie sich an der Uhrzeit orientieren und durch den Spalt oben am Lichtschacht erkennen, ob es Tag oder Nacht war. Jetzt hatte sie nichts mehr. Abgesehen von dem Gefühl, den Verstand zu verlieren.

Die Stille war kaum auszuhalten, sodass sie zwischenzeitlich mit der Kette rasselte, nur um irgendein Geräusch zu hören. Schließlich zählte sie laut bis hundert.

Dorn ließ sich nicht blicken.

Ihr Magen knurrte, und Kara verzweifelte, weil sie nicht wusste, ob es nur am fehlenden Abendessen lag oder auch am ausgelassenen Frühstück. Inbrünstig hoffte sie, dass Letzteres der Fall war, denn dann hätte sie zumindest schon die Nacht hinter sich gebracht.

Sie ging ins Bett zurück. Zum Weinen fehlte ihr die Kraft. In Gedanken reiste sie mit Jessie in die Südsee, schlürfte mit ihr am Strand einen Cocktail und sah in die untergehende Sonne. Spürte den warmen Sand unter ihren Füßen und die sanfte Brise, die über ihre Haut strich.

Plötzlich flammte das Licht auf.

Ein Blick auf den Wecker verriet ihr, dass ein ganzer Tag vergangen war.

Woche 5

Kapitel 66

Kara war gerade mit ihrem abendlichen Sportprogramm fertig, als Dorn eintrat und sie von der Kette befreite. Sie duschte, anschließend brachte er ihr zwei belegte Brote und legte ihr die Fußfessel wieder an.

»Ich muss für ein paar Tage weg«, sagte er.

»Was?«

»Nur für zwei oder drei Tage.«

»Und was wird aus mir?«

»Keine Sorge, ich bringe Ihnen genug zu essen und zu trinken.«

Kara wusste nicht, was sie davon halten sollte. Einerseits war sie froh, wenn sie Dorn nicht sehen musste, andererseits war sie dann völlig auf sich allein gestellt. Nicht auszudenken, falls ihr etwas passierte.

»Nehmen Sie mir wenigstens die Kette ab.«

Er schüttelte den Kopf. »Vergessen Sie das.«

»Und wie soll ich mich duschen? Ich kann mich ja nicht einmal umziehen.«

»Ein paar Tage werden Sie es schon aushalten.«

Kara zögerte. Überlegte, ob sie weiter mit ihm diskutieren sollte. Doch sein Nein war klar gewesen.

»Dann lassen Sie mich eine Jeans anziehen. Ich will nicht die ganze Zeit eine Schlafanzughose anhaben.«

»Okay.« Er schloss die Fußfessel auf.

Kara griff nach Jeans und Unterhose und verschwand im Bad.

Als sie zurückkam, trug Dorn mehrere Wasserflaschen sowie einen Karton, eine Tasche und – zu Karas Erleichterung – eine Kaffeemaschine in den Keller. Er stellte alles auf die obere Ablage des Regals.

»In der Kühltasche sind abgepackte Sandwiches«, sagte er.

Er verschwand ein weiteres Mal und brachte ihr den Wäschesack mit ihrer frisch gewaschenen Kleidung und neuen Handtüchern.

»Wohin fahren Sie?« Kara wunderte sich, dass er sie allein lassen wollte. Der Vorfall mit dem Einbrecher war drei Tage her. Hatte er keine Angst, dass jemand es noch einmal versuchen könnte? Andererseits, wie wahrscheinlich war das?

»Muss was erledigen«, antwortete er ausweichend. Er schloss die Fußfessel um ihren Knöchel. »Ich rate Ihnen, sich ruhig zu verhalten. Tun Sie nichts, was Sie später bereuen. Und nur damit das klar ist: Wenn Sie einen Code eingeben, wird mir das auf dem Handy angezeigt. Dann bin ich schneller zurück, als Ihnen lieb ist, und Sie können den Rest der Woche im Dunkeln verbringen.«

Vierundzwanzig Stunden waren bereits unerträglich gewesen. Kara wollte sich lieber nicht vorstellen, welche Auswirkungen mehrere Tage hätten. Vermutlich würde sie wahnsinnig werden.

»Arbeit haben Sie ja genug«, meinte er.

Das hatte sie. Jetzt verstand sie, weshalb die letzten Gespräche so lang gewesen waren. Normalerweise berichtete er ihr immer abschnittsweise von seinem Leben. Am Wochenende hatte er ihr nicht nur von seinem Studium erzählt, sondern auch von seinen Affären – eine Beziehung wollte er nie eingehen – und dass er nach dem Uniabschluss eine Stelle in einem IT-Unternehmen angenommen hatte. Es war genug Stoff für drei Kapitel.

»Benötigen Sie sonst noch etwas?«

»Kann ich vielleicht etwas Neues zu lesen haben?« Ihren Thriller hatte sie spätestens morgen Abend durch.

»Klar.«

Kurz darauf kehrte er mit einem Buch zurück. Er legte es zu dem anderen auf den Hocker und verabschiedete sich.

Als die Tür hinter ihm ins Schloss fiel, blieb Kara unschlüssig stehen. Sie war erleichtert und fühlte sich gleichzeitig unwohl. In einem Keller eingesperrt zu sein, war schlimm genug, aber zu wissen, dass niemand sonst im Haus war, verschärfte die Situation. Dass ihr etwas passieren könnte, war nicht ihre einzige Sorge. Sie wusste nicht, wohin Dorn unterwegs war, doch was, wenn ihm etwas zustieß? Er könnte einen Autounfall haben, auf einer Eisplatte ausrutschen oder einen Herzinfarkt erleiden. Er käme ins Krankenhaus, fiele womöglich sogar ins Koma. Niemand würde wissen, dass sie hier unten eingesperrt war. Sie würde verhungern.

Und wenn es nur ein Test war? Wenn er gar nicht wegfuhr, sondern wissen wollte, wie sie sich verhielt?

Kara grübelte. Egal, was seine Absicht war, sie saß fest.

Sie warf einen Blick in den Karton. Darin waren je eine Packung Haferflocken und getrocknete Cranberrys, Kaffeepulver, Filtertüten, drei Bananen und ebenso viele Viertelliter-Milchpackungen. Außerdem eine Plastikschale, zwei Plastiklöffel, ein Geschirrtuch und mehrere Pappbecher. Sie öffnete die Kühltasche, in der zwischen Kühlpads abgepackte Sandwiches lagen. Kara zählte zwölf Stück. Sie nahm die Tasche und stellte sie unter das Fenster, weil sich rechts vom Regal die Heizung befand und die Kühlpads ansonsten zu schnell auftauten.

Das Buch, das er ihr gebracht hatte, war ein Krimi.

Eine Neuerscheinung und, was noch viel wichtiger war, sehr dick. Über fünfhundert Seiten.

Sie legte ihre Wäsche zusammen und verstaute sie im Regal. Anschließend machte sie es sich im Bett bequem und las ihren Thriller weiter.

Der Wecker klingelte, und Kara schlug auf den Ausknopf.

Warum sollte sie aufstehen, wenn Dorn nicht da war? Sie könnte ein paar Stunden weiterschlafen.

Dann erinnerte sie sich daran, dass er sie möglicherweise nur testete, und rappelte sich hoch. Sie absolvierte ihr Krafttraining, reduzierte jedoch die Intensität, damit sie nicht zu sehr schwitzte. Zwar konnte sie sich über dem Waschbecken waschen und ein frisches T-Shirt anziehen, allerdings nicht die Hose wechseln.

Kara schaltete die Kaffeemaschine an und machte sich einen extra starken Kaffee. Sie genoss es, ihn selbst zuzubereiten. Es gab ihr ein Gefühl von Kontrolle. Während das Wasser durch die Maschine lief und den Raum mit einem angenehmen Geruch erfüllte, stellte sie ihr Müsli zusammen.

Als sie mit einem dampfenden Becher Kaffee und dem *Spiegel* am Tisch saß und frühstückte, fühlte sie ein Stück Freiheit. Weil niemand da war, der sie kontrollierte oder mit dem Tod bedrohte.

Sie ließ sich mehr Zeit als sonst und schlenderte anschließend, mit einem zweiten Becher Kaffee in der Hand, durch den Raum. Die Kette rasselte, doch Kara versuchte, das Geräusch auszublenden.

Tagsüber schrieb sie das nächste Kapitel, verschlang mittags zwei Thunfischsandwiches und erledigte am Abend ihr Sportprogramm, ehe sie sich frisch machte und sich für ein Käse- und ein Putensandwich entschied.

Nachdem sie den letzten Bissen heruntergeschluckt hatte, lehnte sie sich in ihrem Stuhl zurück. Es war so still, dass es unheimlich war. Den ganzen Tag über hatte sie nicht gesprochen. Beim Schreiben war sie zwar sonst auch allein, aber zumindest konnte sie mit Dorn ein paar Worte wechseln, wenn er ihr das Essen brachte. Es ging ihr ab, und Kara erschrak darüber.

In Freiheit telefonierte sie mindestens einmal die Woche mit ihren Eltern und Jessie und tauschte sich regelmäßig mit ihrer Agentin aus. Bei der Erinnerung an Tanja wurde Kara traurig. Wenn sie auf Lesereise war, unterhielt sie sich mit ihren Lesern, ansonsten chattete sie gerne mit ihnen in den sozialen Netzwerken. Kara hatte Menschen um sich. Im Keller war Dorn ihr einziger Kontakt.

»Es ist alles in Ordnung«, sagte sie laut zu sich selbst, nur um ihre Stimme zu hören. »Ich werde mir jetzt einen schönen Abend machen.«

Um sich von ihrer eigenen Lüge abzulenken, legte sie sich ins Bett und las die letzten sechzig Seiten ihres Thrillers.

Der Wecker klingelte, und Kara war kurz davor, ihn vom Hocker zu fegen. Jetzt, wo Dorn nicht da war, fiel es ihr schwer, wach zu werden. Seine Drohung, sie zu töten, falls sie noch einmal verschlafen sollte, sorgte normalerweise dafür, dass sie sofort aufstand. Auch wenn sie sich mittlerweile sicher war, dass er sie nicht umbringen würde. Ebenso wenig glaubte sie noch an einen Test. Dorn war tatsächlich für ein paar Tage weggefahren. Sie fragte sich, was er so Wichtiges zu erledigen hatte, dass er es riskierte, sie allein zu lassen.

Kara quälte sich aus dem Bett, setzte den Kaffee auf, machte Sport und wusch sich. Zum Lesen hatte sie heute

Morgen keine Lust, und so ließ sie ihre Gedanken schweifen, während sie ihr Müsli aß. Sehnsüchtig dachte sie an die Welt außerhalb des Kellers. Sie träumte davon, den richtigen Code einzugeben, die Stahltür zu öffnen und hinauszugehen. Bis Dorn von wo auch immer zurück war, wäre sie längst in Sicherheit.

Du musst dir endlich etwas einfallen lassen, meldete sich ihre innere Stimme.

Und was?, blaffte Kara in Gedanken zurück. Ich kenne den Code nicht, und mit der Scheißkette komme ich keine zehn Meter weit.

Lass dir was einfallen!

Kara rollte mit den Augen. Doch ihre innere Stimme hatte recht. Sie brauchte einen Plan.

Frustriert verzog sie die Mundwinkel. Sie hatte versucht, Dorn beim Reinkommen niederzuschlagen, und war gescheitert. Sie hatte ihn dazu gebracht, sie aus dem Keller zu lassen, aber ihre Flucht hatte an der Terrassentür ein jähes Ende gefunden. Was, zum Teufel, konnte sie denn noch tun? Außerdem fürchtete sie Dorns Strafe, falls sie wieder versagte.

Ich sollte den Keller genauer durchsuchen, dachte sie und fragte sich, warum sie das nicht längst getan hatte.

Weil es nichts zu finden gibt, entgegnete eine zweite Stimme, eine depressive.

Andererseits war Dorn nicht hier, sie konnte den Raum in Ruhe absuchen, ohne Angst zu haben.

Kara gab sich einen Ruck und stand auf. Sie fing mit der Tür an. Fuhr mit den Händen darüber und untersuchte die Kanten und Angeln nach einer Lücke, in der sie einen Hebel ansetzen könnte. Die Tür war jedoch aus massivem Stahl und sauber verarbeitet.

Sie betrachtete das Codepanel. Es war irrsinnig, dass nur wenige Zahlen sie von der Freiheit trennten.

Nach wie vor schirmte Dorn das Tastenfeld ab, wenn er den Code eintippte. Der Zeit nach zu urteilen, die er für die Eingabe benötigte, glaubte sie, dass es sechs Ziffern waren. Was bedeutete, dass es eine Million Möglichkeiten gab. Selbst wenn sie eine Kombination in zwei Sekunden schaffte, bräuchte sie, um alle durchzuprobieren, über fünfhundert Stunden. Es war unmöglich, zumal das Panel nach drei fehlgeschlagenen Versuchen für zehn Minuten gesperrt war. Dorn könnte sogar ins Ausland gefahren sein, er wäre zurück, bevor sie einen Bruchteil aller Alternativen probiert hätte.

Sie prüfte das Fenster, auch hier keine Schwachstelle.

Betrübt wandte sie sich ab und klopfte systematisch die Wände ab. Sie schob sogar Bett und Regal zur Seite, das Mauerwerk war allerdings aus festem Stein. Anschließend hob sie die Matratze hoch und suchte den Teppich und die Holzleisten ab, wenngleich sie keine Ahnung hatte, was sie hier zu finden hoffte. Die beiden Deckenlampen brachten sie ebenfalls nicht weiter.

Als Letztes nahm sie sich den Lüfter vor. Kara holte einen der Stühle und stieg darauf. Der Lüfter befand sich knapp über ihrem Kopf.

Wenn sie erwartet hatte, dass er durch die Wand ging, wurde sie enttäuscht.

Sie bemerkte einen schwarzen Fleck zwischen den obersten Lamellen und streckte sich, um besser sehen zu können.

Was war das?

Sie konnte es bei dem schlechten Kellerlicht nicht erkennen.

Bestimmt nur ein Staubknäuel, dachte sie, doch ihr ungutes Gefühl ließ ihr keine Ruhe. Sie brauchte mehr Licht.

Kara stieg vom Stuhl und holte den Laptop. Sie drehte die Displaybeleuchtung auf die hellste Stufe und hielt den Bildschirm vor den Lüfter.

Als sie erkannte, was dort im weißen Gehäuse versteckt war, ließ sie das MacBook vor Schreck beinahe fallen.

Kapitel 67

Kara starrte auf die Kameralinse, die einige Millimeter über die Lamellen ragte. Wahrscheinlich hatte sie einen Weitwinkel und konnte den ganzen Raum überwachen.

O mein Gott, dachte sie und geriet vor Schreck ins Wanken. Rasch stieg sie vom Stuhl.

Dorn hatte sie die ganze Zeit über beobachtet. Er konnte jederzeit nachvollziehen, was sie tat oder wo sie sich aufhielt. Selbst beim Schlafen war sie nicht vor ihm sicher.

Ihr fiel ihr erster Fluchtversuch ein, und schlagartig wurde ihr klar, warum er gescheitert war. Dorn hatte sie über die Kamera gesehen und wusste, dass sie hinter der Tür auf ihn lauerte. Deshalb konnte er ihrem Schlag ausweichen. Das Tablett mit ihrem Frühstück hatte er nur deswegen dabei gehabt, damit sie keinen Verdacht schöpfte. Wäre er mit leeren Händen in den Keller gekommen und ihr ausgewichen, hätte sie geahnt, dass irgendwo eine Kamera versteckt war.

Kara spürte, wie ihr jegliche Farbe aus dem Gesicht wich.

Die Kamera war auch der Grund, warum er sie allein lassen konnte. Weil das Bild wahrscheinlich auf sein Handy gestreamt wurde und er sie damit jederzeit im Blick hatte und vermutlich auch hörte. Denn Kara ging jede Wette ein, dass hinter den Lamellen ein Mikrofon versteckt war.

Ein schrecklicher Gedanke beschlich sie. Was, wenn es weitere Kameras gab?

Sie wirbelte herum und suchte mit den Augen den

Raum nach Verstecken dafür ab. Sie stellte den Laptop auf den Tisch zurück und überprüfte noch einmal das Regal und die Heizung. Fehlanzeige. Ihr Blick wanderte über die Deckenkante. Auch hier war keine getarnte Kamera.

Was war mit dem Laptop? Doch sie verwarf die Möglichkeit sofort wieder. Ohne WLAN konnte Dorn nicht auf die interne Kamera und das Mikrofon zugreifen.

Das Bad!

Kara stürmte in den Raum und wusste sofort, wo er die Kamera versteckt hatte. Hinter dem Spiegel, der mit mehreren Klammern an der Wand montiert war. Kara konnte ihn nicht anheben und nachschauen, ob sie recht hatte, trotzdem war sie sich sicher. Dorn hatte von dort aus den kompletten Raum im Blick. Inklusive Dusche und Toilette.

Ihr wurde schlecht.

Sie hatte sich erschrocken, als er vor einer Woche ins Bad gekommen war und sie ihm nackt gegenübergestanden hatte. Dabei hatte er sie von Anfang an unbekleidet gesehen. Er hatte sie bei allem beobachtet – beim Zähneputzen, Duschen und Pinkeln.

Sie fühlte sich, als wäre sie virtuell vergewaltigt worden. Selbst wenn er nicht persönlich im Keller gewesen war, hatte er trotzdem jede Sekunde die Kontrolle über sie gehabt.

Schwindel erfasste sie, und sie setzte sich auf den Toilettendeckel.

Die Erkenntnis, dass er sie jeglicher Privatsphäre beraubt hatte, schockierte sie über alle Maße. Es war der K.-o.-Schlag, der sie auf die Bretter schickte und benommen liegen bleiben ließ, während der Ringrichter sie auszählte.

Kara stützte die Ellenbogen auf die Knie und vergrub das Gesicht in den Händen.

Sie hätte es wissen müssen. Nach allem, was Dorn ihr über sich erzählt hatte, hätte sie damit rechnen müssen. Er behielt immer die Kontrolle und überließ nichts dem Zufall. Natürlich hatte er Kameras in ihrem Gefängnis installiert. Aber dass er so weit ging, sie sogar beim Duschen und auf der Toilette zu beobachten … Kara fand keine Worte dafür.

Dem Schock wich langsam Wut.

Kara überlegte, was sie tun sollte. Sie konnte die Kameras entfernen, doch was wäre die Folge? Dorn würde sie bestrafen und neue anbringen. Außer Angst und Schmerz hätte sie nichts gewonnen.

Sie könnte so tun, als wüsste sie nichts davon. Vorausgesetzt, Dorn hatte sie eben nicht beobachtet. Vielleicht konnte sie die Entdeckung sogar gegen ihn einsetzen.

Kara traf eine Entscheidung. Sie erhob sich und lief in den Kellerraum. Nahm den Stuhl von der Wand und stellte ihn an den Tisch zurück, damit Dorn keinen Verdacht schöpfte, falls er sich in dem Moment zuschaltete.

Dann trat sie vor den Eingang.

Der einzige Weg nach draußen führte durch diese Tür. Es gab keine andere Möglichkeit. Sie konnte Dorn nicht beim Eintreten niederschlagen, weil er sie über die Kamera sehen würde. Daher blieb nur eine Alternative. Sie musste ihn überwältigen, wenn er den Keller verließ.

Nachdenklich kaute sie auf der Unterlippe.

Es könnte funktionieren. Wenn sie ihm den Stuhl oder besser noch den Laptop über den Schädel schlug, sobald er die Tür geöffnet hatte, hatte sie eine reelle Chance.

Bei ihrem zweiten Fluchtversuch hatte sie ihn nur geschubst. Er war zu schnell wieder auf den Beinen gewesen und hatte sie deshalb eingeholt. Wenn sie ihn am Hinterkopf traf und damit ausknockte, würde sie mehr Zeit gewinnen. Dann könnte sie über die Terrasse fliehen und auf der Straße um Hilfe rufen.

Der Plan war riskant. Alles hing von einem perfekten Timing ab. Wenn sie Dorn zu früh niederschlug, blieb die Tür zu. Bekam sie die Tür nicht rechtzeitig zu fassen, würde der automatische Mechanismus sie schließen, bevor Kara aus dem Keller war. Erwischte sie Dorn nicht richtig, war es sowieso vorbei. In allen drei Fällen würde sie seinen ganzen Zorn zu spüren kriegen. Vielleicht überlebte sie eine weitere Strafe, nur zu welchem Preis? Es würde sie psychisch brechen. Dann wäre sie zwar am Leben, aber seelisch und geistig tot.

Je länger sie darüber nachdachte, desto klarer wurde ihr, dass sie es versuchen musste. Sterben würde sie ohnehin, sobald sie das Buch fertiggeschrieben hatte.

Allerdings stand ihr nach wie vor ein Hindernis im Weg. Und solange sie das nicht aus dem Weg geräumt hatte, lag ihre Chance auf Flucht bei null.

Kara sah an sich hinunter.

Sie musste endlich die verdammte Kette loswerden.

Kapitel 68

Kara sah zum wiederholten Mal auf die Uhr. Es war halb vier nachmittags. Allmählich wurde sie nervös.

Was, wenn Dorn etwas zugestoßen war?

Ich muss für ein paar Tage weg.

Nur für zwei oder drei Tage.

Mittlerweile waren drei vergangen.

In der Kühltasche – die Kühlpads waren längst aufgetaut – lagen noch zwei Sandwiches.

Vielleicht sollte sie das Essen rationieren. Nur für den Fall, dass es länger dauerte.

Wenn er überhaupt zurückkehrte.

Kara verdrängte den Gedanken.

Sie hätte die Sandwiches von Anfang an besser einteilen sollen. Eines statt zwei pro Mahlzeit. Sie beschloss, heute auf das Abendessen zu verzichten. Die Haferflocken zum Frühstück würde sie ebenfalls reduzieren. Milch hatte sie keine mehr, stattdessen konnte sie Wasser verwenden.

Sie wandte sich dem Bildschirm zu. Drei Kapitel hatte sie geschrieben und war dabei, sie zu überarbeiten. Doch ihre Gedanken schweiften ständig ab.

Sie sah Dorns Auto – sie stellte sich vor, dass er einen Mercedes fuhr, schwarzmetallic, C-Klasse. Der Wagen stand quer auf der Autobahn, Fahrerseite und Motorhaube waren eingedrückt, die Windschutzscheibe gesprungen. Dorn hing blutend hinter dem Steuer, das Genick unnatürlich verdreht.

Hör auf!, mahnte sie sich selbst. Er wird zurückkommen.

Sie konzentrierte sich auf den Text. Eine Seite später lag Dorn in ihren Gedanken im Krankenhaus. In seinem Körper steckten zahlreiche Schläuche, eine Beatmungsmaschine versorgte ihn mit Sauerstoff, und auf dem EKG war die gleichmäßige Kurve seines Herzschlags zu sehen.

Kara fuhr sich durch die Haare.

So wird das nichts, dachte sie.

Sie stand auf und ging ein paar Schritte auf und ab. Die Kette rasselte.

Wenn Dorn etwas zugestoßen war, war ihre einzige Chance das Codepanel. Dann musste sie die Zahlenkombinationen durchprobieren. Entweder hatte sie Glück und erwischte die richtige, bevor sie verhungert war, oder der Keller würde ihr Grab werden.

Sie setzte sich und trank ein Glas Wasser.

Fünf Uhr.

Sie versuchte, sich mit dem Krimi abzulenken, und gab nach ein paar Zeilen auf. Sport ließ sie bleiben, es würde nur ihren Kalorienverbrauch und damit ihren Hunger erhöhen.

Um halb sechs war Kara so weit, dass sie sich ernsthaft überlegte, ob Dorn einen Code im niedrigen oder hohen Zahlenbereich gewählt hatte. Sollte sie von unten nach oben gehen oder andersherum? Falls er morgen Abend noch immer nicht zurück war, würde sie mit der Eingabe beginnen.

Eine halbe Stunde später ging plötzlich die Tür auf, und Dorn trat ein.

O mein Gott, er ist zurück, dachte sie und wäre ihm vor Erleichterung am liebsten um den Hals gefallen. Ihm war nichts zugestoßen, sie würde nicht elendig verhungern.

»Ich hoffe, es war alles in Ordnung, während ich weg war«, sagte er.

Sie nickte. Zumindest jetzt war alles okay.

»Prima.«

Sie musterte ihn. Er wirkte erschöpft.

»Konnten Sie alles erledigen?« Sie wunderte sich, dass sie ihn danach fragte, doch ihr Bedürfnis nach drei Tagen endlich wieder mit jemandem zu sprechen, war zu groß.

»Ja. Wie war es bei Ihnen? Wie viele Kapitel haben Sie geschrieben?«

»Drei«, antwortete sie und erzählte ihm davon.

»Ich bin gespannt darauf«, sagte er, nachdem sie geendet hatte. »Ich bin gerade erst zur Tür rein und möchte schnell unter die Dusche. Dann würde ich kochen. Wollen Sie Spaghetti mit Tomatensoße?«

»Klingt gut.« Sie hätte alles gegessen.

Sie fragte sich, ob er mitbekommen hatte, dass sie die Kameras entdeckt hatte. Sein Verhalten ließ keine Rückschlüsse zu.

»Sie wollen sich bestimmt auch frisch machen«, meinte er.

Nichts lieber als das.

Er schloss ihre Fußfessel auf.

»Die Sachen hole ich nachher ab«, sagte er und deutete auf die Kaffeemaschine und die Essens- und Trinkvorräte.

Kara war enttäuscht, dass sie ab sofort wieder mit einer Thermoskanne vorliebnehmen musste.

Er ging zur Tür und gab den Code ein. Obwohl er müde war, stand er so da, dass er sie aus den Augenwinkeln sehen konnte.

Es würde verdammt schwer werden, ihm unbemerkt den Laptop über den Schädel zu ziehen.

Kapitel 69

Der Puppenmörder – Kapitel 20

»Das Gaspedal ist rechts unten, du Penner!« Rafael schlug auf die Hupe.

Kaum fielen ein paar Schneeflocken, krochen einige Autofahrer mit dreißig Sachen über den Mittleren Ring und hielten den ganzen Verkehr auf. Warum ließen sie den Wagen nicht in der Garage, wenn sie Angst hatten, und nahmen stattdessen die öffentlichen Verkehrsmittel?

Rafael war spät dran. Seit ein paar Wochen kam er morgens kaum mehr aus dem Bett.

Nächsten Mittwoch jährte sich der Todestag seiner Mutter zum siebten Mal, und Rafael hatte das Gefühl, die Tage würden seitdem dunkler werden. Jedes Jahr war seine Traurigkeit ein wenig mehr geworden, die Verzweiflung größer. Er vermisste sie so sehr.

Er scherte nach links aus, ignorierte das Hupkonzert hinter ihm und zog an dem Schneckenfahrer vorbei. Während er Gas gab, kehrten seine Gedanken zu seiner Mutter zurück.

Die Abende waren besonders schlimm. Er saß allein zu Hause und versuchte, sich mit Fernsehen abzulenken. Doch gegen die aufkommende Dunkelheit in ihm halfen weder Filme noch Serien. Wie damals empfand er Hilflosigkeit und Wut. Hatte er gehofft, nach dem Mord an der Studentin endgültig über Mamas Tod hinweggekommen zu sein, wurde er nun eines Besseren belehrt. Es hatte seine Gefühle lediglich betäubt.

Immer öfter dachte er daran zurück, als er die junge Frau nachts abgefangen und seinen Frust an ihr ausgelassen hatte. Er hatte sich so gut dabei gefühlt. Machtvoll. Endlich hatte er wieder die Kontrolle gehabt, und das Dunkle in ihm war verschwunden.

Anfangs reichte die bloße Erinnerung an jene Nacht, um diesen Rausch zu erleben. Mit der Zeit war die Dosis an Glückshormonen immer geringer geworden und schließlich ganz ausgeblieben.

Wie gerne würde er dieses Machtgefühl noch einmal spüren.

Der Wunsch, wieder zu töten, wurde jeden Tag größer. Er wurde so drängend, dass er sich beherrschen musste, nicht einfach das Messer zu nehmen und loszuziehen.

Rafael bog auf das Firmengelände ein und stellte den Wagen auf den letzten freien Parkplatz. Er lief zum Eingang, zog seinen Ausweis über den Scanner neben der Tür und trat ein.

In dem Großraumbüro herrschte emsiges Arbeiten. Niemand sah auf, als Rafael zu seinem Platz schlich. Wahrscheinlich hofften alle darauf, dass er erneut einen Anschiss beim Chef bekam. Dann würden sie besser dastehen und damit ihre Chancen auf eine Gehaltserhöhung steigen.

Rafael verachtete sie. Eine Ansammlung von Wichtigtuern und geldgeilen Idioten, die ihm schon nach kurzer Zeit auf die Nerven gegangen waren. Nie hatte er mehr Inkompetenz an einem Ort angetroffen als hier.

Er hängte seine Jacke über den Stuhl und wollte sich einen Kaffee holen, als die Tür auf der anderen Seite des Großraumbüros aufgerissen wurde und die Stimme seines Chefs quer durch den Raum hallte.

»Dorn. In mein Büro. Jetzt!«

Rafael verdrehte die Augen.

Der ältere Kollege neben ihm konnte sich ein Grinsen nicht verkneifen, und Rafael stieß beim Vorbeigehen seine Tasse um. Der Kaffee ergoss sich über die Tastatur.

»Scheiße, Mann. Was soll das?«

»Sorry, war ein Versehen«, sagte Rafael mit Unschulds-

miene und hob abwehrend die Hände. Er hatte den Kollegen noch nie ausstehen können.

Im Büro seines Chefs schloss er die Tür hinter sich.

Dr. Ingo Meyer – er legte sehr viel Wert darauf, dass die Mitarbeiter ihn siezten und ihn mit seinem Doktortitel ansprachen – thronte wie ein selbstgefälliger König hinter seinem Schreibtisch. Wie immer trug er Anzug und Krawatte, und wie immer hätte Dorn ihn am liebsten mit Letzterer erwürgt. Meyer war Anfang vierzig, kam von einer Unternehmensberatung und hatte trotz seines Wirtschaftsinformatikstudiums nicht sonderlich viel Ahnung. Warum die Geschäftsleitung ausgerechnet ihn eingestellt hatte, war Rafael ein Rätsel.

»Sie sind wieder zu spät dran«, sagte Meyer, ohne von seinem Bildschirm aufzuschauen. »Das dritte Mal in diesem Monat.«

»Tut mir leid. Der Verkehr. Sie wissen ja, wie das ist, sobald ein bisschen Schnee auf der Straße liegt.«

»Nein, weiß ich nicht«, entgegnete er kühl und hob den Kopf.

»Warum wollen Sie mich sprechen?«, wechselte Rafael das Thema.

»Das Omegon-Projekt.« Meyer legte die Arme auf den Schreibtisch und beugte sich vor. »Sie liegen weit hinter dem Zeitplan zurück.«

»Ich habe Ihnen von Anfang an gesagt, dass ein Projekt dieser Größenordnung nicht in einem Jahr zu schaffen ist. Dafür bräuchte ich acht bis zehn externe Mitarbeiter und nicht nur vier.«

»Haben Sie ein Problem damit?« Meyer musterte Rafael abschätzend.

Er zählte innerlich bis drei. In den letzten Monaten hatten sie diese Gespräche regelmäßig geführt, und Rafael hatte es satt, sich vor dem inkompetenten Schnösel zu rechtfertigen.

»Ja, habe ich«, meinte er bemüht ruhig. »Ich benötige zusätzliche Mitarbeiter und mindestens sechs weitere Monate.«

»Wollen Sie mir sagen, dass Sie nicht in der Lage sind, das Projekt zu leiten?«

Was bist du nur für ein Versager.

Die Stimme seines Stiefvaters war plötzlich in seinem Kopf.

»Ich will damit sagen, dass die Planung von Anfang an unrealistisch gewesen ist.«

Meyer zog die Brauen hoch.

»Verstehe ich das richtig«, meinte er mit einer derart eisigen Stimme, dass die Temperatur im Büro schlagartig um mehrere Grad zu fallen schien. »Sie kriegen das Projekt nicht auf die Reihe und geben mir die Schuld dafür?«

Und was macht dieser Versager? Er kann nichts und wird nie etwas können.

Rafaels Puls beschleunigte sich. Unbändige Wut stieg in ihm hoch.

Meyer erhob sich und schlenderte um den Schreibtisch herum, wo er vor Rafael stehen blieb.

»Herr Dorn, ich gebe Ihnen jetzt einen gut gemeinten Rat«, sagte er kalt lächelnd. »Schwingen Sie Ihren Hintern auf Ihren Platz zurück, und sehen Sie zu, dass Sie mit dem Projekt endlich fertig werden. Und wenn Sie dafür täglich Überstunden bis Mitternacht schieben müssen. Eine weitere Verzögerung werde ich nicht dulden.«

Versager sollten um die Uhrzeit schlafen.

Es war, als würde in Rafael ein Schalter umgelegt.

»Wissen Sie was? Sie können sich das Projekt sonst wo hinschieben!«, schrie er. »Ich kündige!«

Schon seit Monaten spielte er mit dem Gedanken, sich selbstständig zu machen und ein eigenes Unternehmen zu gründen. In den letzten anderthalb Jahren hatte er abends und an den Wochenenden eine Software zur Erstellung eines Onli-

neshops entwickelt. Eine Art Baukastensystem, das in jede Website integriert werden konnte. Zwei Bekannte hatten Interesse bekundet und testeten gegenwärtig die Betaversion. Ihr Feedback war bis jetzt überragend. Rafael konnte damit Geld verdienen.

Für einen Moment war Meyer aus dem Konzept gebracht. Sein rechtes Lid zuckte. »Wie bitte?«

»Ich sagte, ich kündige.«

Für ein paar Atemzüge standen sie sich wortlos gegenüber. Dann richtete Meyer seine Krawatte. »Die Kündigungsfrist beträgt drei Monate. Bis dahin arbeiten Sie gefälligst weiter.«

»Einen Scheiß werde ich tun. Ich habe genug Urlaub und Überstunden für sechs Wochen. Die restliche Zeit lass ich mich krankschreiben.« Rafael drehte sich um und griff nach der Türklinke.

»Sie sind ein Niemand, Dorn!«, rief Meyer ihm hinterher. »Ein Niemand, der nichts auf die Reihe bekommt.«

Rafael wirbelte herum und versetzte seinem Chef einen Faustschlag, sodass Meyer stolperte und rückwärts gegen den Schreibtisch stieß. Meyer griff sich an seine Nase und betrachtete ungläubig das Blut auf seiner Hand.

»Dafür zeig ich Sie an«, sagte er keuchend.

Rafael machte drohend einen Schritt auf ihn zu. »Ich weiß von Ihren falschen Spesenabrechnungen und habe Beweise dafür. Wenn Sie mich anzeigen, informiere ich die Geschäftsleitung.«

Rafael hatte es per Zufall entdeckt, als sein Chef Abrechnungen im Kopierer liegen gelassen hatte. Er hatte die Zettel an sich genommen.

Meyer wurde blass.

»Auf Wiedersehen, Herr Doktor Meyer«, sagte Rafael und marschierte aus dem Büro.

Er nahm seine Jacke, warf den Firmenausweis in den Mülleimer und verließ das Gebäude. Im Auto schlug er die

Tür so fest hinter sich zu, dass der Mann zusammenzuckte, der gerade an seinem Wagen vorbeilief. Der Druck in ihm nahm zu. Er hatte das Gefühl, gleich zu explodieren.

Sie sind ein Niemand, Dorn. Ein Niemand, der nichts auf die Reihe bekommt.

Wütend schlug er mit der Faust aufs Lenkrad.

Dir werd ich's zeigen, dachte er und mahlte mit den Kiefern. Wir werden sehen, wer hier ein Niemand ist!

Sein Atem ging schnell. Er war kurz davor, zurückzukehren und Meyer eigenhändig zu erwürgen.

Rafael startete den Motor und fuhr los. Als er zu Hause die Tür aufschloss, war der Wunsch zu töten nicht länger ein Wunsch. Er wusste, dass er es erneut tun musste.

Kapitel 70

Nadine verließ ihr Büro und stieß im Flur fast mit Diesel zusammen.

»Zu dir wollte ich gerade«, sagte er und grinste schelmisch. »Rate, wer eine Ankündigung machen will.«

Nadine schnitt eine Grimasse. »O nein. Nicht Kehl.«

»Bingo.«

»Wann?«

Diesel sah auf die Uhr. »In drei Minuten.«

Sie gingen in den Besprechungsraum, und Nadine schaltete den Fernseher an. Ein Kollege hatte zwischenzeitlich den Sender *Tele1* einprogrammiert.

Christian Kehl erschien bildschirmfüllend, und es kostete Nadine Überwindung, nicht sofort die Austaste zu drücken.

»Fast fünf Wochen ist es her, dass die berühmte Autorin Kara Bender spurlos verschwunden ist«, sagte er mit dramatischer Stimme. »Alles, was an sie erinnert, ist eine Puppe, die der Puppenmörder in ihrer Wohnung zurückgelassen hat. Zusammen mit dem Wort *Bald* an ihrer Wohnzimmerwand. Wir haben kürzlich ausführlich darüber berichtet.«

Und unsere Ermittlungen gefährdet, dachte Nadine und ärgerte sich, die undichte Stelle bei der Kripo noch immer nicht ausfindig gemacht zu haben.

»Zwölf Opfer gehen auf das Konto des brutalen Serienkillers, der ungestört weitermorden kann, weil die Polizei nach wie vor im Dunkeln tappt.«

Er legte eine Pause ein, um seine Worte wirken zu lassen, und sah direkt in die Kamera. Nadine wusste, dass er sie meinte.

»Wer ist der Puppenmörder?«, fuhr er fort. »Was treibt ihn an? Wie sucht er seine Opfer aus? Und die wichtigste Frage für Sie, meine verehrten Zuschauerinnen und Zuschauer, wie können Sie sich vor ihm schützen?«

Nadine hob gelangweilt eine Braue.

»Das Team von *Tele1* hat die letzten Wochen intensiv in diesem Fall recherchiert. Ich freue mich sehr, Ihnen ankündigen zu können, dass ab Dienstag nächster Woche exklusiv auf unserem Kanal eine mehrteilige Sondersendung zum Puppenmörder startet. Wir haben nicht nur alles über die bisherigen Opfer zusammengetragen, sondern auch mit Angehörigen und Freunden gesprochen. Zusätzlich werden wir uns live im Studio mit anerkannten Experten unterhalten, die die psychologischen Hintergründe des Puppenmörders beleuchten und Ihnen Tipps geben, wie Sie sich vor dem gefährlichen Killer schützen können.«

Mehrere Fotos wurden eingeblendet. Von Kara, dem Schriftzug *Bald* und einigen Männern und Frauen, von denen Nadine glaubte, sie schon einmal in einer Talkshow gesehen zu haben.

»Wir haben brandheiße Informationen, die möglicherweise helfen werden, den Puppenmörder endlich zur Strecke zu bringen. Außerdem erwartet Sie eine ausführliche Hintergrundreportage zu Kara Benders Leben und Schaffen. Und natürlich werden wir einen kritischen Blick auf die Arbeit der Polizei werfen. Hierbei steht uns ein ehemaliger Kripobeamter beratend zur Seite, der uns eine detaillierte Einschätzung zu dem Fall geben wird.«

Nadine langte sich an den Kopf.

»Will ich wissen, wen er dafür ausgegraben hat?«, fragte sie.

»Ich glaube nicht«, antwortete Diesel.

Die Kamera zoomte an Kehl heran. »Freuen Sie sich auf exklusive Enthüllungen, und seien Sie live dabei, wenn es ab nächsten Dienstag um zwanzig Uhr fünfzehn heißt: *Kehl deckt auf!*«

Werbung folgte, und Nadine schaltete den Fernseher aus.

»Jemand soll sich die«, sie verdrehte die Augen, »bahnbrechende Reportage sicherheitshalber anschauen. Nicht dass er wieder Interna bringt.«

»Ich werde Bennett darum bitten. Er hat letztens Mist gebaut, das sollte für ihn dann Strafe genug sein.«

»So viel kann er gar nicht verbrochen habe, um *das* zu verdienen«, erwiderte Nadine.

Kapitel 71

Der Puppenmörder – Kapitel 21

Er begegnete seinem Opfer im Supermarkt. Ein etwa vierzigjähriger Mann, der an einem Stock ging. Sein steifes Bein zog er hinter sich her.

Rafael hatte lange überlegt, ob er Meyer töten sollte, doch das Risiko erschien ihm zu groß. Eine Kündigung nach einem Streit wäre für die Polizei ein ausreichendes Motiv. So gerne Rafael ihn umgebracht hätte, er war das falsche Opfer. Er brauchte jemanden, zu dem er keine Verbindung hatte. Ein Zufallsopfer wie die Studentin damals.

Die gefälschten Spesenabrechnungen würde er trotzdem der Geschäftsleitung schicken. Meyer sollte nicht ungeschoren davonkommen.

Rafael folgte dem hinkenden Mann nach Hause. Er wohnte im ersten Stock eines Mehrfamilienhauses und sperrte die Wohnungstür nie ab.

Zwanzig Tage lang beobachtete Rafael ihn, bis er genug über ihn herausgefunden hatte. In einer Woche wollte er seinen Plan in die Tat umsetzen, in der Nacht von Mittwoch auf Donnerstag. Worüber er sich noch nicht im Klaren war, war, wie er ihn töten sollte. Mit einem Messer? Irgendetwas in Rafael sträubte sich dagegen, wenngleich er nicht sagen konnte, was es war.

Fünf Tage vor dem geplanten Ereignis, wie er es nannte, saß er abends vor dem Fernseher und schaute Nachrichten. Auf dem Bildschirm war eine Bahnstrecke mit einem Großaufgebot der Polizei zu sehen.

»Bei der gestern gefundenen männlichen Leiche handelt es

sich nach Bestätigung der Polizei um das vierte Opfer des sogenannten Lippenstiftkillers. Der Mann wurde wie die anderen drei Opfer stranguliert und sein Mund mit einem roten Lippenstift bemalt. Auf seiner Wange fand sich ein roter Kussabdruck.«

Eine Pressekonferenz der Polizei wurde eingeblendet.

»Wir gehen gegenwärtig davon aus, dass der Kussmund vom Täter selbst stammt«, sagte ein Mann, der laut Bildunterschrift der Leiter der Soko »Lippenstift« war. »Der Abdruck ist identisch mit denen, die wir bei den anderen Opfern gefunden haben. Laut Obduktion wurde der Mann nicht sexuell missbraucht.«

»Der Lippenstiftmörder treibt seit zwei Jahren sein Unwesen«, fuhr der Nachrichtensprecher fort. »Die Polizei bittet um sachdienliche Hinweise zu diesem Fall und hat eigens eine Hotline dafür eingerichtet. Auf der Website des Landeskriminalamts Berlin finden Sie alle weiteren Informationen.«

Es folgte ein Bericht über einen schweren Verkehrsunfall auf der A 8, und Rafael schaltete den Ton ab.

Der Lippenstiftkiller, dachte er. Der Mörder hatte einen eigenen Namen erhalten und wurde in der Tagesschau *erwähnt.*

Rafael war beeindruckt.

Sie sind ein Niemand, Dorn. Ein Niemand, der nichts auf die Reihe bekommt.

Vor seinem geistigen Auge tauchte Meyer auf. Dann sah er sich selbst, wie er bei seiner Mutter auf dem Bett saß und ihre Hand hielt. Erinnerte sich an ihre Worte, kurz bevor sie starb.

Du bist ein guter Junge. Ich bin mir sicher, die Welt wird noch von dir hören.

Ich sollte nicht einfach nur töten, schoss es ihm durch den Kopf. Ich sollte ihrer Aufforderung nachkommen und allen zeigen, dass ich kein Versager bin. Mama würde es so wollen.

Je länger er darüber nachdachte, desto besser gefiel ihm die Idee.

Er stand auf und ging in das Zimmer seiner Mutter. In der Mitte des Raums blieb er stehen und schwelgte in Erinnerungen. Er sah Mamas Lächeln, hörte ihre Stimme und roch ihr dezentes Parfüm. Jens hatte es gehasst, wenn sie sich parfümierte, und es ihr verboten. Nach seinem Tod hatte Rafael ihr zum Geburtstag einen teuren Flakon von Chanel geschenkt. Es war ihr Lieblingsduft.

Er würde sie ehren, beschloss er. Er wollte wieder das unbeschreibliche Gefühl der Macht genießen, wenn er über Leben und Tod entschied, und allen zeigen, wozu er fähig war.

Sein Blick fiel auf das Regal mit den Puppen.

Die Puppen, schoss es ihm durch den Kopf. Mamas Puppen. Ich könnte eine davon neben der Leiche hinterlassen. Als mein persönliches Zeichen und Andenken an Mama.

Er lächelte.

Es würde ihr gefallen.

Mithilfe einer Plastikkarte öffnete Rafael die Wohnungstür innerhalb weniger Sekunden. Die Haustür hatte er am Tag zuvor mit einem Kaugummi präpariert, sodass sie nicht vollständig zufiel und er problemlos ins Haus gelangen konnte. Es war zwei Uhr nachts, als er die Wohnung von André Kunze, dem hinkenden Mann, betrat und leise die Tür hinter sich schloss. Er lauschte in die Stille, ob Kunze ihn gehört hatte, doch es blieb ruhig.

Rafael hatte sich eine Sturmhaube und Latexhandschuhe übergezogen. Wenn er fertig war, würde er die komplette Kleidung entsorgen.

Er schlich zum Schlafzimmer und stellte seinen schweren Rucksack auf dem Boden ab. Hinter der Tür war ein gleichmäßiges Schnarchen zu hören.

Rafael tastete nach dem Messer in seiner Hosentasche.

Zwar würde er nicht damit töten – er hatte sich etwas Spektakuläreres für die Presse einfallen lassen –, dennoch gab es ihm Sicherheit. Er holte eine Flasche mit Chloroform aus dem Rucksack und tränkte einen Lappen damit.

Vorsichtig öffnete er die Tür. Schwaches Licht von der Straßenlaterne schien durch die Ritzen der Jalousie. Rafael verharrte einige Sekunden, bis er sich in der Dunkelheit orientiert hatte, und ging langsam auf den schlafenden Mann zu.

Er spürte das Kribbeln und die Aufregung. Es war fast wie damals bei der Studentin, nur dass er nicht stundenlang auf ein zufälliges Opfer warten musste. Diesmal hatte er von Anfang an die Kontrolle.

Rafael trat neben den friedlich schlafenden Mann und beobachtete ihn eine Weile. Eine unbändige Vorfreude überkam ihn.

Kunze grunzte im Schlaf und bewegte sich. Rafael zögerte keine Sekunde länger und presste ihm den chloroformgetränkten Lappen aufs Gesicht. Der Mann riss die Augen auf, war zunächst irritiert und geriet dann in Panik. Wild schlug er mit den Armen um sich und erschlaffte schließlich.

Rafael wartete einen Moment, ehe er den Stofffetzen wegnahm und die Nachttischlampe anschaltete.

Kunze war bewusstlos. Rafael zerrte ihn aus dem Bett, fesselte Hände und Füße mit Kabelbinder, strich ihm ein Panzertape über den Mund und schleifte ihn in die Küche. Dort schob er den Tisch und die beiden Stühle an die Wand, sodass er genug Platz hatte.

Ungeduldig wartete er darauf, dass Kunze das Bewusstsein wiedererlangte. Sein Herzschlag beschleunigte sich, als der Mann endlich die Augen öffnete und ihn ängstlich ansah.

Er sog den Anblick förmlich ein.

Die Flasche mit Brennspiritus hatte Rafael auf der Küchenablage bereitgestellt. Kaltblütig schaute er auf den am Boden liegenden Mann hinab. Er öffnete den Verschluss und goss die scharf riechende Flüssigkeit über Kunzes Körper. Der riss entsetzt die Augen auf, wand sich auf den Fliesen und wimmerte.

Rafael zog eine Streichholzschachtel hervor und entzündete ein Stäbchen. Lächelnd betrachtete er die Flamme, ehe er das Streichholz wegschnippte.

Der Spiritus brannte sofort. Im Bruchteil einer Sekunde stand der Mann lichterloh in Flammen. Kunze schrie wie am Spieß, doch nur ein leiser Laut drang über seine Lippen. Das Feuer fraß sich durch den Stoff des Schlafanzugs und griff auf die Haut über. Überall bildeten sich Blasen, platzten auf und verkohlten. Die braunen Haare verschmorten. Ein letztes Mal zuckte die menschliche Fackel, dann blieb sie reglos liegen.

Rafael beobachtete das Schauspiel fasziniert.

Der Geruch nach verbranntem Fleisch erfüllte die Küche, und Rafael inhalierte ihn genussvoll. Der Druck und die Dunkelheit in seinem Inneren waren verschwunden, er fühlte sich frei.

Er kostete das unbeschreibliche Gefühl aus. Irgendwann griff er nach dem Feuerlöscher, den er mitgebracht hatte, und sprühte den Boden rund um Kunze ein. Er löschte die Flammen, die auf den Spiritusspritzern züngelten und auf den Schrank neben dem Herd übergesprungen waren.

Anschließend holte er eine Puppe aus der Tasche. Er hatte sie aus der Sammlung seiner Mutter ausgewählt.

Mit seiner behandschuhten Hand streichelte er über das Plastikmädchen mit den langen blonden Haaren und dem blauen Kleid und lächelte verträumt. Er setzte die Puppe neben das verkohlte Opfer in das weiße Schaummeer.

Die Szene hatte etwas Ästhetisches. Es würde Mama gefallen. Sie wäre so stolz auf ihn.

Kapitel 72

Kara stand unter der Dusche. Sie hatte das Handtuch über die Kabine gehängt, sodass Dorn sie nicht über die Kamera sehen konnte. Ihr war klar, dass sie damit sein Misstrauen weckte, doch sie konnte nicht anders. Es war für sie schon schlimm genug, auf die Toilette zu gehen. Sie zögerte es hinaus, bis sie es nicht mehr aushielt, zog die Hose nur bis zu den Oberschenkeln hinunter und bedeckte mit den Händen oder dem Pulli ihre Blöße. Trotzdem war es jedes Mal entwürdigend.

Kara ließ sich Zeit. Hin und wieder warf sie einen Blick auf den Wecker, den sie auf die Toilette gestellt hatte. Nicht dass sie zu lange duschte und Dorn nach einer halben Stunde ins Bad kam.

Der Tag war furchtbar gewesen. Dorn hatte ihr von seinem nächsten Mord erzählt. Zwei Jahre, nachdem er Kunze bei lebendigem Leib verbrannt hatte, ermordete er einen zweiundzwanzigjährigen Studenten mit einem Hammer. Erneut bekämpfte er damit die Dunkelheit in ihm, weil sich der Todestag seiner Mutter jährte. Kara stellte fest, dass der Abstand zwischen den Morden diesmal bedeutend kürzer war als damals nach Yvonne. Aber wie hatte Dorn es ausgedrückt?

Anfangs reichte die bloße Erinnerung an jene Nacht, um diesen Rausch zu erleben. Mit der Zeit war die Dosis an Glückshormonen immer geringer geworden und schließlich ganz ausgeblieben.

Er war wie ein Drogensüchtiger, der in immer kürzeren Abständen einen neuen Schuss brauchte. Kara wusste aus der Zeitung, dass bis zum dritten Mord wieder zwei Jahre verstreichen würden, bevor er im jährlichen Rhythmus tötete. Jeweils in den Monaten Februar und März – je nachdem, wann das Verlangen übermächtig wurde und wie lange er seine Opfer vorher ausspionierte.

Bei Kunze hatte er sich geärgert, keine Kamera mitgenommen zu haben, um die Szenerie einzufangen. Den getöteten Studenten hatte er fotografiert und Kara das Bild gezeigt, damit sie es besser beschreiben konnte. Der Anblick war für sie kaum zu ertragen gewesen. Der zerschmetterte Schädel ging ihr nicht mehr aus dem Kopf.

Seit dem ersten Tag im Keller hatte sie sich vor diesem Abschnitt seines Lebens gefürchtet. Zwar dachte sie sich für ihre Krimis brutale Morde aus, doch das war Fiktion. Dorns Taten waren real, und seit die Presse ihn den Puppenmörder genannt und er es ins Fernsehen geschafft hatte, fühlte er sich noch mehr angestachelt. Er war kein Versager und konnte es nun endlich der ganzen Welt beweisen.

Kara wagte nicht, an die kommenden Morde zu denken. Sie wusste, wie er seine Opfer getötet hatte, allerdings wurde es in den Zeitungen nicht so detailliert geschildert, wie Dorn es tat.

Um den Schrecken zu verarbeiten, hatte sie vorhin exzessiv Krafttraining gemacht. Mittlerweile schaffte sie dreißig Liegestütze auf den Knien und fünfzehn normale. Ihre Bauchmuskeln brannten nach sechzig Sit-ups.

Kara drehte das Wasser ab, wickelte das Handtuch um und verließ die Duschkabine. Sie setzte sich auf den Badteppich, wobei sie nah an das Waschbecken rutschte, damit sie vor der Kamera weitestgehend verdeckt war. Rasch trocknete sie sich ab, zog ihren Pyjama und einen Pullover über. Beim Blick in den Spiegel stellte sie fest, dass sie dringend einen Friseur brauchte.

Wenig später betrat Dorn mit einem Tablett den Keller, und Kara bemerkte, dass zwei Teller darauf standen.

»Haben Sie was dagegen, wenn ich Ihnen beim Essen Gesellschaft leiste?«, fragte er.

Er klang deprimiert. Es war ihr bereits während ihres Gesprächs aufgefallen. Er wirkte traurig, wenngleich er bei der Schilderung des Mordes ein wenig aufgetaut war. Wahrscheinlich weil ihm allein das Erzählen einen gewissen Kick gab.

»Nein, gerne.« Sie erinnerte sich an das letzte Mal, als sie gemeinsam zu Abend gegessen hatten, und wie gut es ihr getan hatte, nach der langen Zeit eine normale Unterhaltung zu führen.

Sie räumte den Tisch frei. Dorn hatte Chili con Carne gekocht, es gab Gläser statt Pappbecher und richtiges Besteck.

Bevor sie Platz nahmen, legte er ihr die Fußfessel an.

»Wasser oder Apfelsaftschorle?«, fragte er, und Kara entschied sich für Letzteres.

Für eine Minute saßen sie sich wortlos gegenüber und aßen.

»Sind Sie mit dem Schreiben gut vorangekommen?«, brach er das Schweigen.

O Gott, er hatte hoffentlich nicht vor, sich über den Mord zu unterhalten.

»Vier Seiten habe ich geschafft, morgen schreibe ich den Rest.« Sie deutete auf den USB-Stick. »Die Sicherheitskopie ist drauf.«

Er nickte stumm.

»Ist alles in Ordnung mit Ihnen?«, fragte sie.

»Ja. Es ist nur …« Er stockte und legte den Löffel beiseite. »Heute ist Mamas Todestag.«

Natürlich. Wie hatte sie das übersehen können?

Andererseits dachte sie nicht mehr in Datumsangaben. Es war völlig egal, ob es der erste, fünfzehnte oder achtundzwanzigste Februar war, wenn man in einem Keller ohne natürliches Licht eingesperrt war. Jeder Tag war gleich, sie unterschied nur noch nach Vormittag, Nachmittag und Abend und machte die Zeiten davon abhängig, wann Dorn ihr das Essen brachte.

»Das tut mir leid«, sagte sie und rechnete nach. Angelas Tod war neunzehn Jahre her, und Dorn war nie darüber hinweggekommen. Deshalb war er seit dem Morgen deprimiert.

»Normalerweise sitze ich an diesem Abend im Wohnzimmer und versuche, mich mit Fernsehen und ein paar Bier abzulenken«, sagte er. »Heute wollte ich nicht allein sein. Danke, dass Sie mir Gesellschaft leisten.«

Kara blickte ihn irritiert an. Hatte sie eine Wahl? Allerdings war es eine gute Gelegenheit, sein Vertrauen zu gewinnen, damit er sie endlich von der Kette befreite.

»Worüber möchten Sie sich unterhalten?«, fragte sie.

»Erzählen Sie mir etwas über sich.«

Augenblicklich bereute Kara ihre Frage. Sie wollte Dorn nicht mehr von sich preisgeben, als er ohnehin von ihr wusste.

»Was wollen Sie wissen?«

»Wie verbringen Sie Ihre Abende, wenn Sie nicht gerade schreiben?«

Sie zuckte mit den Schultern. »Lesen, Fernsehen schauen, Freunde treffen. Hin und wieder auch Kino.«

»Welche Filme bevorzugen Sie?«, wollte Dorn wissen.

»Krimis und Thriller, zwischendurch auch mal eine Komödie oder was fürs Herz. Wenn es um Serien geht, bin ich ein großer Fan von *The Walking Dead*.«

»Das ist die mit den Zombies, oder?«

Ja, und wenn Daryl hier wäre, würde er dir mit seiner Armbrust einen Pfeil in den Kopf jagen.

»Genau«, antwortete sie.

Sie unterhielten sich eine Weile über Filme, und Dorns Niedergeschlagenheit besserte sich allmählich.

Kara hatte ihr Chili aufgegessen und legte den Löffel auf den leeren Teller.

»Gestern lief im Fernsehen ein Bericht über Sie.« Dorn schenkte sich ein Glas Apfelsaftschorle ein. »Es hieß, dass Sie den fünften Band Ihrer Krimireihe bei einem neuen Verlag veröffentlicht haben, nachdem Sie vier Jahre lang erfolgreich mit Ihrem alten zusammengearbeitet haben. Warum haben Sie gewechselt?«

Die Frage traf Kara vollkommen unvorbereitet.

»Ich hatte meine Gründe«, antwortete sie ausweichend.

»Und die wären?«

»Bessere Konditionen«, log sie.

»Werden die Konditionen nicht automatisch besser, sobald sich ein Buch gut verkauft?«

»Schon, aber der neue Verlag hat einfach mehr geboten.«

»Ich dachte immer, Autoren würden einem Verlag treu bleiben, wenn die Zusammenarbeit und die Verkaufszahlen stimmen.«

So ist es normalerweise auch, dachte sie.

Sie griff nach dem Glas und trank übertrieben langsam. Verzweifelt überlegte sie, wie sie das Thema wechseln könnte.

»Kara?«

Sie stellte das Glas beiseite. Ihre Hand zitterte leicht. »Das hängt ganz davon ab.«

»Wovon?«

»Ob …« Ihr fiel keine plausible Antwort ein.

Dorn lehnte sich zurück und verschränkte die Arme.

»Warum habe ich das Gefühl, dass mehr dahintersteckt als bessere Konditionen?«

Kara schluckte. Sie hatte weder Jessie noch Tanja die Wahrheit erzählt, und mit Dorn wollte sie erst recht nicht darüber reden.

»Was war der wahre Grund?«

Sie senkte den Kopf und knetete ihre Hände unter dem Tisch.

»Wenn es nicht am Geld lag, müssen es persönliche Gründe gewesen sein«, fuhr er fort.

Kara erschrak, wie gut er kombinierte.

»Können wir über etwas anderes reden?«, bat sie.

»Also waren es persönliche Gründe.«

Sie spürte, wie er sie musterte.

»War es der Verlagsleiter?«

Kara zuckte zusammen. Woher wusste er …?

»Was hat er getan?«, wollte Dorn wissen. Und als sie schwieg, fuhr er fort: »Sie sind jung, hübsch und standen kurz vor dem Durchbruch. Was hat er gefordert?«

Ich kann dir helfen, dass es schneller geht, Kara. Dass du deinen großen Durchbruch hast. Du musst mir nur ein wenig entgegenkommen.

»Ich möchte nicht darüber reden.«

»Wollte er Sex? Sollten Sie ihm einen blasen?«

Es wird dir auch gefallen.

»Hören Sie auf!«

Sie krallte sich am Tisch fest. Der Raum drehte sich, die Konturen verschwammen vor ihren Augen. Als sie wieder klar sehen konnte, befand sie sich im Büro des Verlagsleiters. Sie saßen auf zwei Sesseln, die im rechten Winkel zueinander in der Ecke standen. Ihr viertes Buch war kurz vor der Veröffentlichung, und sie hatten gerade über ihre anstehende Lesereise gesprochen.

»Was meinen Sie, Frau Bender. Schaffen wir es diesmal in die Top Ten der Spiegel-Bestsellerliste?«

Thorben Berwald, Mitte fünfzig, leichter Bauchansatz und die wenigen schwarzen Haare zum Seitenscheitel frisiert, lächelte.

»Ich hoffe es.« Mittlerweile konnte sie vom Schreiben leben, ihre Stelle bei der Bank hatte sie längst gekündigt. Doch der große Durchbruch war ihr noch nicht geglückt.

»Ich könnte dafür sorgen, dass Ihr Buch auf Platz eins kommt.«

Sie sah ihn fragend an.

Berwald lehnte sich in seinem Sessel zurück. »Es ist alles eine Frage des Budgets. Je mehr Geld wir in einen Titel stecken, desto größer wird die Sichtbarkeit und damit der Erfolg. Ihr Buch ist als Spitzentitel gelistet, aber wir könnten einen Kampagnentitel daraus machen. Das bedeutet Werbung im großen Stil. Plakate auf Litfaßsäulen, Anzeigen in Zeitschriften und«, er grinste vielsagend, »Werbung im Fernsehen.«

Kara zog die Brauen hoch. Das wäre das Nonplusultra. Seit ihrer ersten Veröffentlichung träumte sie davon, an der Spitze der Spiegel-Bestsellerliste zu stehen.

»Wow«, sagte sie nur.

Er beugte sich zu ihr. »Ich kann dir helfen, dass es schneller geht, Kara. Dass du deinen großen Durchbruch hast. Du musst mir nur ein wenig entgegenkommen.«

»Wie meinen Sie das?«

Warum duzte er sie plötzlich?

»Ich kann das für dich tun. Allerdings muss da für mich schon was dabei rausspringen.«

Auf einmal wurde Kara unwohl. Das war kein normales Gespräch. Sie hatte sich gewundert, warum er sie so dringend sprechen wollte, und hatte ihr dumpfes Bauchgefühl ignoriert. Normalerweise führte ihre Agentin die Verhandlungen, und die Kommunikation fand mit der Lektorin statt, nicht mit dem

Verlagsleiter. Tanja war für zwei Wochen im Urlaub, und so hatte Kara zugesagt. Sie war ins Auto gestiegen und nach Regensburg gefahren, wo der Verlag seinen Sitz hatte.

Berwald legte eine Hand auf ihr Knie, und Kara versteifte sich augenblicklich.

»Was meinst du, Kara?«

Sie rutschte in ihrem Sessel zurück, in der Hoffnung, dass er die Hand wegnahm, doch er strich an ihrem Oberschenkel hoch.

»Was tun Sie da?« Sie war vollkommen überfordert und wusste nicht, wie sie reagieren sollte. Wenn sie seine Hand wegschlug, würde er wütend werden. Er könnte die Veröffentlichung stoppen.

»Es wird dir auch gefallen.«

»Ich … ich will das nicht.«

Er lächelte. »Platz eins der Spiegel-*Bestsellerliste. Kara Bender, unsere neue Topautorin.«*

Stocksteif saß sie da, während seine Hand unter ihrem Rock verschwand.

»Wir sollten das gemeinsam mit meiner Agentin besprechen«, sagte sie und zuckte zusammen, als er ihre Unterhose zur Seite schob und ihr in den Schoss griff.

Kara erwachte aus ihrer Schockstarre.

»Hören Sie auf!«, schrie sie und stieß ihn von sich.

»Was wollte er von Ihnen?« Dorns Stimme holte sie in die Realität zurück.

Kara schlug das Herz bis zum Hals. Vermutlich konnte er sehen, wie ihre Schlagader pulsierte. Sie hatte den Vorfall damals in die hinterste Ecke ihrer Erinnerung verbannt und vermied es, daran zu denken. Einen Rock hatte sie seitdem nie wieder getragen.

»Er hat mich sexuell belästigt«, sagte sie mit leiser Stimme und hielt den Blick gesenkt.

»Nur belästigt oder …?«

Sie zögerte. »Er hat mir zwischen die Beine gefasst.«

»Und Ihnen die große Karriere versprochen, wenn Sie es zulassen.«

Kara nickte.

»Was ist dann passiert?«

»Ich habe ihn weggestoßen. Stand zitternd und vollkommen geschockt in seinem Büro. Er hat mir gedroht. Wenn ich irgendjemandem davon erzählen sollte, würde er meine Karriere zerstören. Er würde dafür sorgen, dass mein Roman ein Flop wird und mich nie wieder ein Verlag unter Vertrag nimmt. Außerdem würde er das Gerücht verbreiten, dass ich versucht hätte, mich an ihn heranzumachen, um mein Buch zu pushen.«

»Verstehe. Es hätte Aussage gegen Aussage gestanden.«

Kara sah auf und war überrascht, als sie in Dorns Blick Mitgefühl erkannte. »Ich war dumm und naiv.«

»Sie waren voller Hoffnung, er hat Ihre Situation ausgenutzt.«

»Ja. Und ich hatte Angst. Also habe ich geschwiegen.«

Außerdem hatte sie sich fürchterlich geschämt.

»Sie hätten ihn anzeigen sollen«, meinte Dorn. »Vermutlich waren Sie nicht die Einzige, die er belästigt hat.«

»Im Nachhinein ist man immer schlauer. Ich hätte sofort zur Polizei gehen sollen. Jetzt ist es zu spät.«

»Wie heißt der Verlagsleiter?«

»Thorben Berwald.«

»Hat er seine Drohung wahr gemacht?«

»Nein. Das Buch war ein Erfolg und hat die Top Ten der *Spiegel*-Bestsellerliste nur knapp verpasst. Für *Dunkle Rache* habe ich mir einen anderen Verlag gesucht.«

Dorn sah sie eine Weile schweigend an, und Kara

spürte, wie sie innerlich leichter wurde. Als hätte ihr jemand eine tonnenschwere Last von den Schultern genommen. Sie hatte sich immer gefragt, ob man ihr glauben würde, wenn sie jemandem davon erzählte. Dorn tat es. Und das war für sie unglaublich erleichternd.

Kapitel 73

Dorn saß im Wohnzimmer auf der Couch, neben sich auf dem Tisch eine Flasche Bier. Zum ersten Mal seit neunzehn Jahren war er am Todestag seiner Mutter nicht allein gewesen, und zum ersten Mal hatte er sich am Abend nicht so deprimiert gefühlt wie sonst.

Es war eine völlig neue Erfahrung für ihn.

Natürlich konnte es daran liegen, dass er in den letzten Wochen vier Menschen getötet hatte, aber er glaubte, dass der wahre Grund hierfür im Keller saß.

Kara.

Das Gespräch mit ihr hatte ihn abgelenkt, und ihre Offenheit ihm gegenüber hatte ihm imponiert.

Er griff nach seinem Handy und öffnete die App der Überwachungskameras.

Kara lag im Bett und las.

Für eine Weile sah er ihr zu. Es war eine Liveübertragung, aus Speicherkapazitätsgründen zeichnete er nichts auf.

Als er sich für Kara entschieden hatte, hätte er nie gedacht, zu welcher Höchstform sie auflaufen würde. Das Buch wurde besser, als er es je zu erträumen gewagt hatte. Es zu lesen, kam einer Wiederholung seines Lebens gleich, und stellenweise wühlte es ihn emotional derart auf, dass er Mühe hatte, es zu verarbeiten. Die Stimmung, seine Gefühle, Mama – sie beschrieb alles perfekt.

Er trank einen Schluck.

Es war schön, jemandem alles erzählen zu können. Kara hörte zu und verstand ihn, sonst könnte sie ihn nicht so authentisch beschreiben.

Sie war eine großartige Autorin.

Ein wohliges Gefühl machte sich in ihm breit.

Und eine tolle Frau.

Mama hätte Kara ins Herz geschlossen. Und sie hätte das Buch geliebt.

Er seufzte tief.

Was würde er nicht alles dafür geben, wenn sie noch am Leben wäre und es lesen könnte?

Er wandte sich wieder seinem Handy zu.

Ich sollte Kara eine Freude machen, dachte er. Als Dankeschön für ihre gute Arbeit. Sie hatte es sich verdient, und Mama hätte bestimmt darauf bestanden.

Er hielt sich die kühle Flasche an die Schläfe und überlegte.

Was würde ihr gefallen? Ein leckeres Essen? Ein guter Wein?

Die Möglichkeiten waren begrenzt.

Er leerte die Flasche und stellte sie auf den Tisch zurück.

Im nächsten Moment kam ihm eine Idee, und er lächelte. Es wäre die perfekte Überraschung für sie.

Woche 6

Kapitel 74

»Achtundneunzig … neunundneunzig … hundert.«

Kara ließ sich auf das Handtuch fallen und blieb erschöpft liegen. Ihre Oberschenkel brannten.

Sie hätte nie gedacht, dass sie einmal hundert Kniebeugen schaffen würde, ganz zu schweigen von siebzig Sit-ups und achtzehn Liegestützen.

Heute war Montag. Dass sie an diesem Tag um halb acht morgens, noch vor der ersten Tasse Kaffee, ein straffes Krafttraining absolvierte und es sogar genoss, wäre ihr früher nicht im Traum eingefallen.

Dorn erschien wenig später und befreite sie von der Kette. Kara schnappte sich frische Kleidung und verschwand im Bad. Als sie zurückkehrte, blieb sie abrupt im Türrahmen stehen.

Der Tisch war für zwei Personen gedeckt. Kaffeetassen und Teller waren aus weißem Porzellan, aus der Kaffeekanne stieg Dampf auf. Neben der schmalen Glasvase mit einer gelben Rose darin stand ein Kuchen, auf dem eine Kerze brannte. Außerdem gab es Orangensaft in Gläsern.

Dorn lächelte. »Happy Birthday, Kara.«

Sie runzelte die Stirn. Happy Birthday?

Sie überlegte, welches Datum heute war, und erschrak.

Mein Gott, sie hatte tatsächlich ihren eigenen Geburtstag vergessen!

»Oh, d-danke«, stammelte sie.

Sie trat näher an den Tisch heran, unsicher, was sie von seiner Geste halten sollte.

»Bitte nehmen Sie Platz«, sagte er.

Sie setzte sich und beugte sich zu dem Kuchen vor, der herrlich duftete und mit einer Zuckerglasur überzogen war.

»Haben Sie den selbst gebacken?«, wollte sie wissen.

Er nickte. »Ein Zitronenkuchen. Ich hoffe, Sie mögen ihn.«

Und ob!

Dorn legte ihr die Fußfessel an, ehe er den Kuchen anschnitt. Die Kerze ließ er brennen. Kara hielt ihm den Teller hin.

Dorn schenkte Kaffee ein. »Der Orangensaft ist frisch gepresst.«

Er hatte sich wirklich Mühe gegeben. Dennoch wünschte sie sich nichts sehnlicher, als diesen Tag mit ihren Eltern und Freunden in Freiheit zu verbringen. Sie wollte keine Geschenke und würde sogar auf den Kuchen ihrer Mutter verzichten. Dass sie stattdessen mit ihrem Entführer im Keller zusammensaß, versetzte ihr einen Stich ins Herz.

Kara griff nach der Gabel und probierte ein Stück, das unglaublich saftig war.

»Er schmeckt fantastisch«, sagte sie und musste zugeben, dass sie noch nie einen solch leckeren Zitronenkuchen gegessen hatte.

Dorn strahlte und erhob das Glas. »Auf Sie, Kara.«

Sie stießen an.

»Ich habe eine Überraschung für Sie«, meinte er. »Aber dafür müssen Sie sich bis heute Abend gedulden.«

»Okay.« Sie war sich nicht sicher, ob sie es wissen wollte.

»Außerdem würde ich gerne etwas Besonderes für Sie kochen. Haben Sie einen Wunsch?«

»Nehmen Sie mir die Fußfessel ab«, antwortete sie, ohne nachzudenken.

»Ich sprach vom Essen. Die Kette bleibt dran.«

So schnell wollte sie nicht aufgeben. »Bitte. Ich verspreche Ihnen, dass ich keinen weiteren Fluchtversuch unternehmen werde.«

»Können Sie vergessen.«

Aus ihrer Enttäuschung wurde Verzweiflung. Es musste doch eine Möglichkeit geben, ihn dazu zu bringen, sie von der Fußfessel zu befreien.

»Also, was möchten Sie heute Abend essen?«

Sie zuckte mit den Schultern, bemüht, sich ihren Frust nicht anmerken zu lassen. »Vielleicht eine Lasagne?«

Er grinste. »Lasagne à la Dorn. Sie werden sie lieben!«

Sie frühstückten in Ruhe. Dorn war gut gelaunt und hielt das Gespräch mühelos in Gang.

Als sie fertig waren, räumte er das Geschirr auf das Tablett. Die Kerze war mittlerweile abgebrannt. Er ließ ihr ein Stück Kuchen da, ebenso eine Tasse Kaffee.

Dorn verließ den Keller, und Kara sah ihm nach, bis die Tür ins Schloss gefallen war. In ihrem Inneren tobte ein Kampf.

Die Kette bleibt dran.

Sein Tonfall hatte keinen Zweifel daran gelassen. Aber es war ihre einzige Chance. Wenn sie ihn nicht dazu brachte, ihr die Fußfessel abzunehmen, würde sie in diesem Loch sterben.

Kapitel 75

Kara arbeitete tagsüber.

Was gibt es Schöneres, als an seinem Geburtstag über einen realen Mord zu schreiben?, dachte sie.

Bei dem Gedanken an das Foto der Leiche, das Dorn ihr gestern Nachmittag gezeigt hatte, wurde ihr ganz anders. Er hatte die Frau mit einer Axt getötet. Sie musste all ihre Willenskraft aufbringen, um nicht schreiend vom Stuhl aufzuspringen. Die Tote hatte noch schlimmer ausgesehen als der Student, den er mit einem Hammer erschlagen hatte. Die Ermordung der älteren Frau, die er stranguliert hatte, mutete dagegen fast harmlos an.

Der Axtmord war Dorns vierter Mord, und es lag nur ein Jahr zwischen seinen Taten. Die Wirkung der Droge ließ deutlich schneller nach, auch wenn ihm die Fotos, die er von seinen Opfern machte, dabei halfen, den Rausch immer wieder zu spüren. Länger als zwölf Monate hielt es jedoch nicht an.

Die Polizei ging von einem Serientäter aus, und er freute sich jedes Mal, wenn sein Name – der Puppenmörder – in den Medien genannt wurde. Er galt als der gefährlichste Mörder Deutschlands, sogar *Aktenzeichen XY … ungelöst* berichtete über ihn. Sie hatten seine DNA, doch solange sie zu keinem Treffer in der Datenbank führte, blieb er ein Phantom.

Kara hatte Probleme, das Kapitel zu schreiben. Immer wieder brauchte sie eine Pause von den schrecklichen Bildern in ihrem Kopf. Außerdem fragte sie sich, womit er sie heute Abend überraschen wollte. Die Kette würde er ihr nicht abnehmen und aus dem Keller lassen erst recht nicht.

Was für ein beschissener Geburtstag, dachte sie.

Dorn kam um halb sieben in den Keller und tischte echtes Geschirr und Besteck auf, dazu zwei Weingläser. Er öffnete eine Flasche Rotwein. Seit dem Mord an Yvonne hatte sie keinen Tropfen Alkohol mehr getrunken. Doch sie traute sich nicht, es ihm zu sagen – aus Angst, er könnte ungehalten reagieren.

Ein Glas wirst du schon vertragen, dachte sie. Trink einfach langsam.

Er schenkte ihnen ein. Kara hatte Mühe, das Glas ruhig zu halten, damit die Flüssigkeit nicht überschwappte.

Dorn prostete ihr zu.

Vorsichtig nippte sie an dem Wein und wagte nicht, mehr als einen winzigen Schluck zu trinken.

»Die Lasagne ist fertig, ich halte sie im Ofen warm. Sie möchten bestimmt zuerst Ihr Geburtstagsgeschenk, nicht wahr?«

Er warf ihr einen geheimnisvollen Blick zu, und alles in ihr schrie auf. Was immer er für sie vorbereitet hatte, sie wollte es nicht.

Er stellte das Glas ab und griff in die Hosentasche. Kara hielt vor Schreck den Atem an. Er zog einen kleinen, in lilafarbenem Papier eingepackten Gegenstand hervor und reichte ihn Kara.

»Na los, packen Sie es aus.«

Zaghaft griff sie danach und zerriss das Papier. Es war ein USB-Stick. Einer, wie sie zuhauf in der Schachtel lagen und auf die sie jeden Abend die Sicherheitskopie speicherte. Ihre Verwirrung wuchs.

Dorn stellte den Laptop auf den Tisch und seinen

Stuhl neben ihren. Er öffnete ein Videoprogramm, nahm den Stick und steckte ihn ein.

Wollte er etwa einen Film mit ihr anschauen?

»Sind Sie bereit?« Seine Augen leuchteten.

»Ja«, antwortete sie unsicher. Es machte sie nervös, dass er direkt neben ihr saß. Sie spürte die Wärme, die von ihm ausging.

Er drückte auf Start, ein schwarzer Bildschirm erschien. In der nächsten Sekunde ging im Film das Licht an.

Ein Mann in einem Schlafanzug saß auf einem Stuhl. Seine Füße waren mit Kabelbinder an die Stuhlbeine gefesselt, die Hände hinter dem Rücken. Über seinem Mund klebte Gaffatape. Er blickte panisch in die Kamera, sein Brustkorb hob und senkte sich im raschen Wechsel.

Karas Atem beschleunigte sich. Sie sah in die Augen eines Mannes, den sie nur allzu gut kannte.

Es war Thorben Berwald, der Leiter ihres früheren Verlags.

Eine zweite Person in dunkler Kleidung und mit schwarzen Latexhandschuhen trat hinter der Kamera hervor und neben den Gefangenen. Obwohl sein Gesicht von einer Sturmhaube verdeckt wurde, wusste sie sofort, dass es Dorn war.

»Hallo, Kara«, sagte der Film-Dorn und legte seine Hand auf Berwalds Schulter. »Ich bin bei einem alten Bekannten von Ihnen zu Besuch. Wir hatten ein längeres Gespräch, und Berwald hat Ihnen etwas Wichtiges mitzuteilen.« Er wandte sich an den gefesselten und geknebelten Mann. »Nicht wahr, Thorben?«

Der versuchte zu sprechen, doch nur unverständliches Gemurmel drang über seine verschlossenen Lippen.

Dorn ging hinter Berwald, zog ein Messer aus der Tasche und hielt es ihm an den Hals. »Ich werde Ihnen jetzt das Klebeband abnehmen, und Sie können Kara alles sagen. Sollten Sie schreien, sind Sie tot, verstanden?«

Berwald nickte. Kara bemerkte die Schweißperlen auf seiner Stirn und spürte, wie sie selbst zu schwitzen begann.

Dorn zog ihm das Klebeband vom Mund und ließ das äußere Ende an der linken Wange kleben.

»Es tut mir leid, Frau Bender«, sprudelte Berwald hervor, kaum dass er ungehindert sprechen konnte. »Es tut mir so leid, was ich Ihnen damals angetan habe. Ich habe einen großen Fehler begangen und bitte Sie aufrichtig um Entschuldigung.«

»War das schon alles?«, fragte der Film-Dorn und boxte Berwald gegen die Schulter.

»Nein, nein«, sagte der Verlagsleiter hastig. Sein Gesicht glänzte vor Schweiß. »Ich war ein Schwein. Frau Bender, Sie sind eine großartige Autorin, und ich hätte Sie niemals sexuell belästigen sollen. Bitte entschuldigen Sie mein Fehlverhalten.«

»Sie waren ein Schwein?«, wiederholte der Film-Dorn.

»Ja. Ja, das war ich.« Berwalds Stimme überschlug sich. »Ich war ein Schwein, ein ganz mieses Schwein. Ich werde so etwas nie wieder tun. Bitte, Frau Bender, bitte verzeihen Sie mir.«

Er sah direkt in die Kamera, und in seinen Augen spiegelte sich Todesangst wider. Für einige Sekunden lang trafen sich ihre Blicke, wenngleich es nur über den Bildschirm war. Kara atmete nur noch stoßweise.

Dann brach Berwald den Augenkontakt ab und wandte den Kopf in Dorns Richtung.

»Habe ich alles richtig gemacht?«, fragte er mit vor Angst bebender Stimme.

»Haben Sie.« Dorn strich ihm mit einer schnellen Bewegung das Klebeband über den Mund.

Berwald protestierte, doch seine Worte wurden erstickt. Hektisch versuchte er, das Panzertape an der Schulter abzustreifen, bis Dorn seinen Kopf festhielt.

Er schaute in die Kamera. »Ich wünsche Ihnen alles Gute zum Geburtstag, Kara. Das hier ist mein Geschenk an Sie.«

Ehe sich Kara versah, setzte er das Messer an Berwalds linker Halsseite an und zog die Klinge quer über seine Kehle. Blut spritzte. Der Verlagsleiter bäumte sich auf und gab einen röchelnden Laut von sich. Dann sackte er in sich zusammen. Dorn ließ ihn los, und Berwalds Kinn fiel nach vorne auf die Brust. Leblos hing er im Stuhl.

Kara schlug die Hände vor dem Mund zusammen.

Der Film-Dorn wartete einen Moment, ging zur Kamera, und das Bild wurde schwarz.

Kara konnte den Blick nicht vom Laptop abwenden.

Er hat Berwald getötet, hallte es in ihrem Schädel wider. Er hat ihn kaltblütig umgebracht. Meinetwegen.

Ihre Schläfen begannen schmerzhaft zu pochen. Als bohrte jemand weiß glühende Nadeln hinein.

Thorben Berwald war ein Schwein gewesen und was er getan hatte, nicht zu entschuldigen. Doch *das* hatte er nicht verdient.

»Was sagen Sie?« Dorns Stimme riss sie aus ihren Gedanken.

Vollkommen geschockt drehte sie sich zu ihm. Er strahlte sie erwartungsvoll an. Und Kara begriff.

Er hatte Tanja getötet, um Kara für ihre Lethargie zu bestrafen. Der Einbrecher musste sterben, weil er Kara am Kellerfenster gesehen hatte. Berwald hatte er dagegen umgebracht, um ihr eine Freude zu bereiten. Er hatte ihn gezwungen, sich für sein unangemessenes Verhalten bei ihr zu entschuldigen, und glaubte, ihr einen Gefallen zu tun, wenn er ihn tötete.

Er erwartete ein Dankeschön von ihr.

Sie nahm die Hände vom Mund. »Ich … ich weiß nicht, was ich sagen soll. Ich bin … sprachlos.«

Sie brachte es nicht fertig, das Wort danke auszusprechen.

Dorn strahlte noch mehr. »Also ist mir die Überraschung geglückt?«

»Ja. Ich …«

Ich wünsche Ihnen alles Gute zum Geburtstag, Kara. Das hier ist mein Geschenk an Sie.

Was für ein abartiges Geschenk, schoss es ihr durch den Kopf.

Und trotzdem war es eines.

Denk an die Kette, sagte ihre innere Stimme. Es könnte die Gelegenheit sein, auf die du gewartet hast, um sein Vertrauen zu gewinnen.

Kara gab sich einen Ruck.

»So etwas hat noch niemand für mich getan«, sagte sie, bemüht, das Zittern in ihrer Stimme zu verbergen. Sie sah ihm fest in die Augen und sprach aus, wogegen sich alles in ihr sträubte. »Danke.«

Eine Anspannung schien von ihm abzufallen. Seine Gesichtszüge wurden weicher, in seinen Blick trat Euphorie. Er hatte sie überraschen wollen, und Kara gab ihm das Gefühl, dass es ihm geglückt war.

»Ich wusste, dass es Ihnen gefällt«, sagte er voller Stolz und grinste breit, sodass seine weißen Zähne hervorblitzten. »Lassen Sie uns darauf anstoßen.«

Nein, bitte das nicht auch noch, flehte Kara in Gedanken. Widerwillig griff sie nach ihrem Glas.

Dorn stand auf. »Wollen wir jetzt die Lasagne essen?«

Kara rang sich ein Lächeln ab und nickte. Sie konnte sich nicht vorstellen, auch nur einen Bissen zu sich zu nehmen.

Dorn räumte den Laptop weg und verließ den Keller.

Kara rührte sich nicht vom Fleck.

Es würde ein verdammt langer Abend werden, und sie hatte keine Ahnung, wie sie nach dem Schock eine fröhliche Stimmung aufrechterhalten sollte.

Ihr Blick fiel auf das Weinglas.

Plötzlich war es ihr egal, dass sie seit fast zwei Jahrzehnten keinen Alkohol mehr angerührt hatte. Sie brauchte ihn jetzt dringender denn je.

Sie trank das Glas in einem Zug leer.

Kapitel 76

Trotz eingeschalteten Blaulichts benötigten Nadine und Diesel fast achtzig Minuten für die Strecke nach Regensburg. Stellenweise herrschte dichter Feierabendverkehr, und auf Höhe von Pfaffenhofen an der Ilm waren zwei Autos ineinandergekracht. Als sie endlich die angegebene Adresse im Südosten der Stadt erreichten, war es früher Abend. Nadine passierte die Polizeiabsperrung und stellte den BMW hinter einem Streifenwagen ab.

Sie stiegen aus. Aus dem Haus kamen gerade zwei Beamte der Kriminaltechnik. Es nieselte, und ein frischer Wind blies ihnen entgegen. Für morgen hatte der Wetterdienst starke Böen mit Schneefall vorhergesagt.

Sie überquerten die Straße, als Nadine aus den Augenwinkeln einen Schatten zwischen zwei geparkten Autos wahrnahm.

Warum wundert mich das jetzt nicht?, dachte sie und stieß ihren Kollegen an. Ein Fingerzeig in die Richtung und ein Augenrollen reichten, damit er verstand.

Sie näherten sich den Wagen, und der Schatten verschmolz vollständig mit der Dunkelheit.

»Sie brauchen sich nicht zu verstecken, Herr Kehl!«, rief Nadine. »Wir haben Sie gesehen.«

Es dauerte ein paar Sekunden, dann tauchten zwei Personen zwischen den Autos auf. Kehl und sein Kameramann.

»Frau Kriminalhauptkommissarin Herfurth«, sagte er mit der üblichen süßholzraspelnden Stimme, wenn er von ihr erwischt worden war. »Wie schön, Sie hier in Regensburg zu sehen.«

»Was ich nicht behaupten kann.« Sie warf dem Kameramann einen scharfen Blick zu. »Schalten Sie die Kamera aus. Sofort!«

Er reagierte nicht. Erst als Diesel einen Schritt auf ihn zu trat, nahm er sie von der Schulter.

»Haben Sie nicht schon genug Unheil angerichtet?«, wandte sie sich an Kehl.

»Ich mache nur meinen Job.«

»Indem Sie unsere Ermittlungen gefährden?«

»Die Bevölkerung hat ein Recht auf die Wahrheit.«

»Die Wahrheit?« Nadine schnaufte belustigt. »Ausgerechnet von Ihnen?«

»Selbstverständlich. Und wo wir schon bei der Wahrheit sind: Was bedeutet die Botschaft, die der Puppenmörder bei seinen Opfern hinterlässt? Worauf bezieht sich das *Bald?*«

»Warum fragen Sie nicht Ihren Informanten?« Sie sah ihn herausfordernd an. »Die Bestechung von Beamten ist eine Straftat, und ich werde dafür sorgen, dass Sie dafür zur Rechenschaft gezogen werden.«

»Was wollen Sie mir unterstellen, Frau Herfurth?«

»Wir wissen beide, wie Sie arbeiten.«

»Nun, im Gegensatz zu Ihnen erledige ich wenigstens meine Arbeit.« Er deutete zum Haus. »Der Puppenmörder hat wieder zugeschlagen.«

Nadine überging seine spitze Bemerkung.

»Hat er neben seinem Markenzeichen auch wieder das Wort *Bald* hinterlassen?«

Nadine verschränkte die Arme vor der Brust. »Jetzt enttäuschen Sie mich aber, Herr Kehl. Darüber sind Sie noch nicht informiert?«

»Wer weiß?« Er grinste und gab seinem Kameramann das Zeichen zu gehen. »Schauen Sie doch einfach meine Sendung. Morgen geht es los.«

Garantiert nicht freiwillig, dachte sie und hatte Mitleid mit Bennett, den Diesel dazu verdonnert hatte.

Kehl und sein Begleiter entfernten sich, und Nadine sah ihnen mit gemischten Gefühlen nach, bis sie hinter dem Absperrband verschwunden waren. Hoffentlich sendete er nicht wieder irgendwelche Informationen, die sie aus ermittlungstaktischen Gründen zurückhielten. Kriminaloberrat Walter würde ihr die Hölle heißmachen.

Sie gingen zum Haus, wo sie sich auswiesen, zogen sich Ganzkörperschutzanzüge an und betraten den großzügigen Eingangsbereich. Ein Schrank im Bauernhausstil stand neben einem Sekretär und einem Garderobenständer, der Spiegel an der Wand hatte einen kunstvoll verzierten Holzrahmen.

»Kann ich Ihnen helfen?«, fragte jemand hinter ihnen.

Obwohl sie genau wie die Kriminaltechniker in einem weißen Overall steckten, wunderte es Nadine nicht, dass sie angesprochen wurden. Diesel stach mit seiner Körpergröße überall hervor.

Sie drehte sich um. »Herfurth, Kripo München. Ich leite die Soko ›Puppe‹. Das ist mein Kollege Henning.«

»Ah ja, ihr wurdet angekündigt. Miha Schroeder«, stellte sich der Mann vor. In der Hand trug er einen Spurensicherungskoffer.

»Wo ist Berwald?«, wollte Nadine wissen. Über Funk hatten sie erfahren, dass der Tote Thorben Berwald war. Der Leiter des Verlags, bei dem Kara Bender ihre ersten vier Romane veröffentlicht hatte.

Schroeder führte sie ins rustikal eingerichtete Wohnzimmer, wo mehrere Mitarbeiter der Kriminaltechnik zugange waren. Auf der linken Seite des Raums saß ein gefesselter und geknebelter Mann Mitte fünfzig auf einem Stuhl. Er trug einen Schlafanzug. Die wenigen schwarzen Haare standen ihm wirr vom Kopf ab, der nach vorne gesunken war. Seine Kehle war aufgeschlitzt, die Kleidung und der Boden um ihn herum mit Blut besudelt. Auf seinem Schoss hockte eine Puppe mit braunen Haaren. Sie trug ein grünes Kleid.

Ein Schauer lief Nadine über den Rücken. An diesen Anblick würde sie sich nie gewöhnen.

Sie sah zur Wand hinter dem Toten, auf der mit Blut *Bald* geschrieben stand.

»Eindeutig seine Handschrift«, meinte Diesel mit belegter Stimme. »Nur dass er diesmal außerhalb von München getötet hat.«

Sie nickte. Nach Tanja Gerritzen, der Agentin von Kara Bender, hatte nun ihr ehemaliger Verleger dran glauben müssen. Die Autorin war der Schlüssel, wenngleich Nadine immer noch nicht wusste, warum.

»Wie ist der Täter ins Haus gelangt?«, fragte sie Schroeder.

»Er hat die Terrassentür aufgehebelt.«

Seine übliche Vorgehensweise, dachte sie. »Und wer hat die Leiche gefunden?«

»Sein Sohn. Berwald ist heute nicht zur Arbeit erschienen und war telefonisch nicht zu erreichen, weshalb die Kollegen vom Verlag ihn kontaktiert haben.«

Nadine betrachtete das Opfer eingehender. Den genauen Todeszeitpunkt musste der Rechtsmediziner bestimmen, aber dem Zustand der Leiche nach zu urteilen, schätzte sie, dass der Mann heute Nacht umgebracht worden war. Wahrscheinlich hatte der Puppenmörder ihn im Schlaf überrascht.

»Irgendwelche Zeugen?«

»Wir sichern nur die Spuren«, antwortete Schroeder.

»Natürlich.« Nadine würde sich nachher sofort mit den zuständigen Kollegen in Verbindung setzen. Sie wandte sich an Diesel. »Lass uns gehen. Ich glaube, das reicht für den ersten Eindruck.«

»Wollen Sie die zweite Leiche gar nicht sehen?«, fragte der Kriminaltechniker.

Nadine wirbelte zu ihm herum. »Die zweite Leiche?«

»Berwalds Frau. Sie ist oben im Schlafzimmer. Wir haben sie vorhin erst gefunden. Der Täter hatte ihr die Bettdecke über den Kopf gezogen, daher haben wir sie zuerst nicht entdeckt.«

Nadine und Diesel wechselten einen alarmierten Blick und folgten Schroeder in den ersten Stock hinauf.

Das Schlafzimmer war geräumig und moderner eingerichtet als das Wohnzimmer. Ein großer weißer Schrank erstreckte sich über eine komplette Wandseite, gegenüber stand ein Doppelbett. Eine Frau lag auf der rechten Seite, die Augen weit aufgerissen. Ihre Füße waren mit Kabelbinder gefesselt, die Hände hinter dem Rücken zusammengebunden.

Die zwei Kriminaltechniker vor dem Bett unterbrachen ihre Arbeit. Nadine trat näher an die Leiche heran. Sie konnte weder offensichtliche Verletzungen noch Blutspuren erkennen.

»Ein Kissen war noch auf ihrem Gesicht«, sagte einer der beiden. »Vermutlich hat der Täter sie damit erstickt.«

Sie nahm es kommentarlos zur Kenntnis. Die Obduktion würde Klarheit schaffen. »Habt ihr eine Puppe gefunden?«

Der Beamte verneinte.

Keine Puppe, kein Schriftzug.

»Sie war nicht das Ziel des Puppenmörders, sondern Berwald«, stellte Nadine fest. »Wenn er das Ehepaar im Schlaf überrascht hat, war sie eine Zeugin, die er zum Schweigen bringen musste.«

Ein vollkommen neuer Aspekt, denn bisher hatte er

stets alleinstehende Opfer ausgewählt, um kein unnötiges Risiko einzugehen. Dass er nun davon abgewichen war, musste einen triftigen Grund haben. Möglicherweise war er unter Zeitdruck gewesen und hatte es nicht abwarten können, Berwald allein zu erwischen.

Nadine dachte an *Dunkle Rache,* Kara Benders neuesten Krimi. Sie hatte kürzlich angefangen, ihn zu lesen, und fand ihn bis jetzt richtig gut. Es war bei einem anderen Verlag erschienen als bei demjenigen, den Berwald geleitet hatte.

»Wir sollten herausfinden, warum Kara Bender damals den Verlag gewechselt hat«, meinte sie. »Vielleicht bringt uns das auf die richtige Spur.«

Kapitel 77

Das Licht blendete Kara. Sie blinzelte, und ein stechender Schmerz fuhr durch ihre Augäpfel. Ihr Kopf dröhnte.

Kara murmelte etwas Unverständliches und schloss die Lider wieder. Sie wollte schlafen.

»Guten Morgen«, sagte eine männliche Stimme.

Kara ignorierte den Schmerz, den das Licht verursachte, und sah Dorn im Eingang stehen. In der Hand hielt er ein Tablett.

Guten Morgen?

Sie wandte den Kopf, und allein die Bewegung reichte, dass ihr schwindelig wurde. Ein Blick auf den Wecker verriet ihr, dass es acht Uhr war.

Sofort war Kara hellwach. Sie hatte vergessen, den Alarm zu stellen!

Ruckartig richtete sie sich auf und bereute sofort die schnelle Bewegung. Der Raum drehte sich, das Hämmern in ihrem Kopf wurde unerträglich.

»Ich …«, setzte sie zu einer Entschuldigung an.

Dorn lachte und stellte das Tablett auf dem Tisch ab.

Er lachte? Kara war irritiert. Seine Drohung war unmissverständlich gewesen.

Wenn Sie noch einmal verschlafen, töte ich Sie.

Mittlerweile wusste sie, dass er sie nicht umbringen würde, aber sie hatte Angst vor einer Bestrafung.

Dorn trat ans Bett und sah sie mitfühlend an. »Wie schlimm ist Ihr Kater?«

Kater?, wiederholte sie in Gedanken und kramte in ihrer Erinnerung. Bruchstückhaft fiel ihr der gestrige

Abend wieder ein. Ihr Geburtstag, Dorns Geschenk, die Lasagne, der Wein.

Wie viel hatte sie getrunken?

»Ich fühle mich furchtbar«, brachte sie mühsam hervor.

»Hier, nehmen Sie die.« Er streckte ihr die Hand entgegen.

»Was ist das?«

»Eine Schmerztablette.«

Sie zögerte, doch das Pochen in ihren Schläfen war zu schlimm. Er reichte ihr ein Glas Wasser, und sie spülte die Tablette mit einigen Schlucken herunter.

»Sie haben gestern ganz schön viel getrunken«, meinte er.

Offensichtlich. Sie konnte sich vage daran erinnern, dass er eine zweite Weinflasche geöffnet hatte. Kara war keinen Alkohol gewöhnt. Kein Wunder, dass sie betrunken war.

Sie bemerkte, dass sie noch immer ihre Kleidung von gestern trug.

»Sie sind am Tisch eingeschlafen«, sagte Dorn, der ihren Blick richtig deutete. »Ich habe Sie kaum wachbekommen. Auf dem Weg zum Bett haben Sie sich zu Boden fallen lassen und darauf bestanden, auf dem Teppich zu schlafen.«

Kara bedeckte das Gesicht mit den Händen. Es war ihr peinlich. Andererseits hätte sie den Abend ohne Alkohol vermutlich nicht überlebt.

Dorn schloss die Fußfessel auf.

»Sie sollten erst einmal eine Dusche nehmen und wach werden.« Er deutete zum Tisch. »Ich hab Ihnen ein Katerfrühstück gemacht. Rührei, Gemüsesuppe, Brot und Kaffee.«

Kara wurde bei dem bloßen Gedanken an Essen flau im Magen.

»Ruhen Sie sich heute aus. Wenn es Ihnen nachmittags besser geht, können wir das nächste Gespräch führen, ansonsten fahren wir morgen früh fort.«

Ein weiterer Mord. Kara dachte mit Schrecken an das Foto, das er ihr vermutlich zeigen würde.

Sie verschwand im Bad. Als sie zurückkam, bemerkte sie den Wäschesack auf dem Bett.

Was, zum Teufel …?

Sie nahm das oberste T-Shirt heraus, das ordentlich zusammengelegt war. Genau wie die übrigen Kleidungsstücke und die Handtücher. Selbst ihre Unterhosen waren in der Mitte gefaltet.

Kara geriet in rasende Wut. Es reichte schon, dass er ihre Wäsche überhaupt anfasste, aber dass er sie nun auch noch zusammenlegte, ging zu weit.

Sie drehte den Wäschesack um, sodass die Kleidung aufs Bett fiel. Ungeachtet der Kamera zerwühlte sie die Klamotten, bevor sie sie wieder zusammenlegte und ins Regal räumte.

Kapitel 78

Kara druckte das Kapitel aus und legte die Blätter auf den Tisch. Bevor sie sich ans Korrekturlesen begab, brauchte sie eine Pause. Die Kopfschmerztablette und der anschließende Schlaf gestern Vormittag hatten Wunder gewirkt. Am Nachmittag war es ihr zumindest so gut gegangen, dass sie mit Dorn seinen nächsten Lebensabschnitt durchgehen konnte.

Sie streckte sich und ging zum Fenster. Sehnsüchtig schaute sie zum Lichtschacht hoch, doch kein Strahl drang durch die Teppiche. Zwei Wochen war es her, seit sie zuletzt den Himmel gesehen hatte.

Sie war bei Dorns fünftem Mord, und langsam lief ihr die Zeit davon. Sie bezweifelte, dass ihre Entführung ein Teil seiner Geschichte werden sollte, was bedeutete, dass sein Leben nach dem zehnten Mord fertig erzählt war. Kara schätzte, dass sie das Buch in etwa einer Woche beendet haben würde. Ihr blieben also noch sieben oder acht Tage, bis er sie tötete.

Bei dem Gedanken daran spürte sie kalten Schweiß auf ihrer Haut.

Dorn weigerte sich nach wie vor, sie von der Kette zu befreien, und Kara wurde bewusst, dass er es nie tun würde.

Verzweiflung breitete sich in ihr aus, denn es gab keine Alternative. Ihre einzige Chance, aus dem Keller zu fliehen, war, Dorn beim Rausgehen niederzuschlagen. Angekettet ein hoffnungsloses Unterfangen.

Sie spielte bereits mit dem Gedanken, ihren Plan umzusetzen, wenn er sie morgens oder abends losmachte.

Allerdings stand er sowohl bei der Eingabe des Codes als auch beim Verlassen des Kellers immer so da, dass er sie aus den Augenwinkeln sehen konnte. Sie könnte sich trotzdem den Laptop schnappen und ihn angreifen, jedoch würde er es bemerken, bevor sie ihn erreicht hatte. Ohne Kette wäre sie nicht auf diese beiden Zeiten angewiesen, sondern könnte den richtigen Moment abwarten.

Doch was, wenn der nie kam?

Ihre Situation war ausweglos.

Wenigstens war sein fünfter Mord relativ harmlos gewesen. Er hatte eine junge Frau in der Badewanne ertränkt. Zwar war Ertrinken ein grausamer Tod, aber Kara war zumindest ein blutiges Foto erspart geblieben. Die Bilder belasteten sie, und mit ihrem flauen Magen hätte sie sich gestern vermutlich nicht beherrschen können.

Es war ihr nicht entgangen, dass Angelas Tod zu einem Bruch in seinem Leben geführt hatte. In den ersten zwanzig Jahren war es hauptsächlich um ihn, seine Mutter und seinen Stiefvater gegangen. Jetzt drehte sich alles nur noch um die Morde. Fast kam es ihr so vor, als hätte er nichts anderes mehr. Er brauchte keinen speziellen Auslöser wie damals nach dem Streit mit seinem Chef, er tötete routinemäßig jedes Jahr um den Todestag seiner Mutter herum, wenn die Dunkelheit in ihm die Oberhand gewann. Es war endgültig zu einer Sucht geworden. Mechanisch, zwanghaft und emotionslos.

Außer den Morden gab es kaum etwas Spannendes über ihn zu erzählen, und die Passagen nahmen nicht mehr als eine halbe Seite ein. Sein Programm für Onlineshops etwa war so erfolgreich, dass ihm ein Großkonzern die Rechte abkaufte. Ansonsten handelte alles davon, wie er seine Opfer aussuchte, sie ausspionierte und tötete.

Wütend wischte Kara die Ausdrucke vom Tisch.

Wenn ihr nicht bald eine Fluchtmöglichkeit einfiel, würde sie sein nächstes Opfer sein.

Kapitel 79

Kara bemerkte sofort, dass etwas nicht stimmte. Dorns Körperhaltung wirkte kraftlos, sein Gesichtsausdruck war ungewöhnlich ernst, seine Augen stumpf und leer.

Sie klappte den Laptop zu und schob ihn zur Seite. Dorn stellte das Mittagessen auf den Tisch. Sie überlegte, ihn zu fragen, was los war, ließ es jedoch bleiben. Irgendwie hatte sie das Gefühl, er wollte jetzt nicht reden.

Wortlos ging er zur Tür zurück. Wandte ihr den Rücken zu und tippte den Code ein.

Ein Ruck durchfuhr Kara. Er wandte ihr den Rücken zu!

Sie sprang vom Stuhl auf. Ihr Puls beschleunigte sich.

Das Lämpchen am Eingabefeld leuchtete rot auf. Kara konnte es selbst aus der Ferne sehen.

Er hatte den falschen Code eingegeben?

Kara spürte, wie ihr Nacken zu kribbeln begann. Das war der Moment, auf den sie gewartet hatte! Sie griff nach dem Laptop.

Er musste nur noch die Tür öffnen. Sie wäre in einer Sekunde bei ihm, würde ihm das MacBook über den Schädel ziehen und rausrennen.

Dann fiel ihr Blick auf die Kette, und sie fluchte innerlich. Frustriert stellte sie den Laptop wieder ab.

Dorn gab den richtigen Code ein, die Tür öffnete sich, und er verließ den Keller, ohne sich noch einmal nach ihr umzudrehen.

Kaum war die Tür ins Schloss gefallen, stampfte sie mit dem Fuß auf.

Verdammte Scheiße!

Das wäre die Gelegenheit gewesen. Sie hätte entkommen können!

Kapitel 80

Kara breitete ein Handtuch auf dem Boden aus und begann mit ihrem Sportprogramm. Sie hatte erst zehn Liegestütze absolviert, als sie von Dorn unterbrochen wurde.

Irritiert prüfte sie den Wecker. Sie hatte sich nicht in der Zeit vertan, er war zu früh dran.

Verärgert stand sie auf.

»Darf ich Ihnen beim Essen Gesellschaft leisten?«, fragte er mit dem Tablett in der Hand. Er war noch genauso niedergeschlagen wie mittags.

Irgendetwas bedrückt ihn, dachte sie. Aber was? Der Todestag seiner Mutter konnte es nicht sein. Der war eine Woche her.

»Klar, gerne«, sagte sie, wenngleich sie keine Lust hatte, sich mit ihm zu unterhalten. Beim letzten Mal hatte sie ihm von Berwald erzählt, was dessen Tod zufolge gehabt hatte.

Dorn verteilte Pappteller und Plastikbesteck, und Kara wunderte sich darüber. Normalerweise benutzte er richtiges Geschirr und Besteck, wenn sie zusammen aßen.

Er hatte eine Brotzeit vorbereitet. Wurst, Käse, zwei pflanzliche Aufstriche und einen abgepackten Fleischsalat.

»Ist alles okay?«, fragte sie.

»Ja.« Er stocherte mit der Gabel im Fleischsalat herum. »Alles in Ordnung.«

Kara griff nach einem der Brotaufstriche – Tomate mit Basilikum – und riss den Deckel ab.

»Sind Sie mit dem Kapitel fertig geworden?«, wollte er wissen.

»Die Ausdrucke liegen im Drucker«, sagte sie und bestrich das Brot.

»Ich werde es mir nachher durchlesen.«

Kara rechnete damit, morgen nachbessern zu müssen. Nach der verpassten Fluchtgelegenheit heute Mittag hatte sie Mühe gehabt, sich zu konzentrieren, und seinen sechsten Mord lustlos runtergeschrieben. Im Vergleich zu den anderen Kapiteln war es kürzer geworden.

»Warum sind Sie auf der Welt?«, durchbrach er das Schweigen nach einer Weile.

»Warum ich auf der Welt bin?«, wiederholte sie.

»Ja.«

»Ich verstehe die Frage nicht.«

»Was wollen Sie in Ihrem Leben erreichen?«

Für einen Moment war sie aus dem Konzept gebracht. Er fragte sie allen Ernstes danach, obwohl er sie gefangen hielt und nach Beendigung des Buchs töten würde?

»Ich weiß nicht«, antwortete sie.

»Haben Sie keine Ziele oder Träume?«

Doch. Ihr größter Traum war, aus diesem verdammten Loch zu entkommen.

»Nun ja, ich wollte auf Platz eins der *Spiegel*-Bestsellerliste.«

Was ihr gelungen war, trotzdem konnte sie sich bis heute nicht richtig darüber freuen.

»Was noch?«

»Ich würde gerne in die Südsee fliegen.«

Er forderte sie mit einer Handbewegung auf, fortzufahren. Sie dachte nach, aber ihr fiel nichts mehr ein.

Er musterte sie eingehend. »Sie sind sechsunddreißig Jahre alt und haben keine weiteren Ziele außer Platz eins der *Spiegel*-Bestsellerliste und in die Südsee zu fliegen? Nichts, wovon Sie schon immer geträumt haben?«

Kara geriet ins Grübeln.

»Wenigstens haben Sie zwei Ziele«, meinte Dorn. »Die meisten Menschen haben gar keine. Sie vergeuden jeden Tag, weil sie irrtümlich glauben, ewig zu leben. Und kurz vor ihrem Tod bereuen sie, nicht mehr aus ihrem Leben gemacht zu haben.«

Kara musste zugeben, dass etwas Wahres darin lag.

»Wenn Sie morgen sterben würden, könnten Sie sagen, Sie hätten Ihr Leben voll gelebt?«

Die Situation war nicht abwegig. Dorn würde sie in einer Woche töten.

Sie wollte nicht sterben, und bei dem Gedanken daran breitete sich Panik in ihr aus.

Woran lag das? War es tatsächlich die Angst vor dem Tod an sich oder vielmehr das Gefühl, ihr Leben nicht voll gelebt zu haben?

Immer wieder las sie in der Zeitung von sterbenskranken Menschen, die gelassen auf ihr Ende warteten, weil sie mit sich im Reinen waren. Konnte sie das auch von sich selbst behaupten?

»Nein«, sagte sie schließlich. »Nein, das könnte ich nicht.«

Er nickte nachdenklich.

»Wie sieht es bei Ihnen aus?«, wollte sie wissen.

»Ich könnte es auch nicht.«

Seine Antwort überraschte sie. »Warum glauben Sie, haben die wenigsten Menschen Ziele beziehungsweise machen zu wenig aus ihrem Leben?«

»Weil sie sich nicht mit dem Tod beschäftigen wollen. Sie verdrängen die Tatsache, dass sie eines Tages sterben werden. Und wenn es so weit ist, bereuen sie, nicht richtig gelebt zu haben.«

Kara musste ihm recht geben. Auch sie vermied es, sich damit auseinanderzusetzen. Zwar schrieb sie in ihren Krimis darüber, doch es waren die Tode anderer und nicht ihr eigener. Erst seit sie im Keller gefangen war, konnte sie vor dem Thema nicht länger davonlaufen.

»Auf der Welt leben fast acht Milliarden Menschen«, fuhr Dorn fort. »Wenn wir sterben, werden sich ein paar wenige an uns erinnern. Die meisten werden uns nach kurzer Zeit vergessen haben.«

Sein Blick verlor sich.

»Ich habe Krebs«, sagte er. »Den gleichen wie meine Mutter. Ein seltener Gendefekt.«

Sein Eingeständnis traf sie vollkommen unvorbereitet.

»Wie schlimm ist es?«, fragte sie.

»Er ist unheilbar.«

»Das tut mir leid.« Sie sagte es nicht aus Mitgefühl. Von ihr aus konnte er in der Hölle verrecken. Vielmehr war es eine antrainierte Höflichkeit und weil sie es taktisch für klug hielt.

»Als ich letzte Woche für drei Tage weg war, war ich in einer Spezialklinik in Berlin. Es gibt eine neue Gentherapie, und sie haben einige Tests durchgeführt, ob ich dafür infrage komme. Heute Vormittag habe ich den Anruf erhalten, sie können nichts mehr für mich tun.«

»Wie lange haben Sie noch?«

»Maximal acht bis neun Monate, wahrscheinlich weniger.«

Kara benötigte einen Moment, um die Information zu verarbeiten.

»Es geht schon los«, sagte er. »Man sieht es mir nicht an, aber ich habe einiges an Gewicht verloren. Hin und wieder habe ich Sehprobleme, das Bild verschwimmt plötzlich vor meinen Augen. Und seit ein paar Wochen leide ich unter starken Kopfschmerzen. Ich habe bei Mama gesehen, wie schnell es geht. Die Ärzte hatten ihr ein halbes Jahr gegeben, doch der Krebs wuchs wesentlich schneller.«

Das also war der Grund, warum er seine Drohung nie wahrgemacht und sie umgebracht hatte. Weil ihm die Zeit davonrannte. Er konnte es sich nicht leisten, sie zu töten und eine neue Autorin zu suchen.

Hatte er deswegen entgegen seiner Androhung auch Jessie verschont, obwohl Kara einen zweiten Fluchtversuch unternommen hatte? Weil er befürchtete, dass sie psychisch daran zerbrechen und nicht weiterschreiben könnte?

Nun wurde ihr auch klar, warum er das Buch veröffentlichen konnte, obwohl er damit seine Identität preisgab. Wenn die Polizei seinen richtigen Namen herausgefunden hatte, war er vermutlich bereits tot.

»Ich hatte von Anfang an nicht viel Hoffnung. Trotzdem …« Er stockte. »Trotzdem hat mir die Nachricht heute Morgen den Boden unter den Füßen weggerissen.«

Obwohl Kara ihn hasste, konnte sie seine Situation nachvollziehen. Wäre bei ihr eine unheilbare Krankheit prognostiziert worden, sie würde sich verzweifelt an jeden noch so dünnen Strohhalm klammern.

»Ich weiß, dass ich bald sterben werde, aber ich möchte nicht einfach so verschwinden. Ich will kein Niemand sein, an den sich keiner erinnert, verstehen Sie?« Er warf ihr einen flehenden Blick zu.

Sie schwieg, weil sie nicht wusste, was sie darauf erwidern sollte.

»Alle kennen mich als den Puppenmörder, doch niemand weiß, wer ich wirklich bin oder warum ich töte.

Ich möchte, dass die Welt den wahren Rafael Dorn kennenlernt.«

Auf einmal begriff Kara. Zeit seines Lebens hatte er Angst gehabt, ein Versager zu sein, der untätig dabei zusehen musste, wie seine Mutter starb. Nun war er in derselben Situation wie sie und konnte erneut nichts dagegen tun. Aber er wollte, dass man ihn verstand. Nach all den Jahren der Einsamkeit wollte er endlich wahrgenommen werden und der Welt etwas hinterlassen.

Seine Geschichte.

Angela hatte ihm auf dem Sterbebett gesagt, dass die Welt noch von ihm hören würde. Deshalb war ihm das Buch so wichtig. Er musste ihre Prophezeiung erfüllen, bevor er starb.

»Ich verstehe Sie«, sagte sie und bemerkte, wie sich sein Blick veränderte.

Die Verzweiflung verschwand, stattdessen machten sich Erleichterung und Dankbarkeit breit.

Kapitel 81

Es war fast Mitternacht, und Kara konnte nicht einschlafen. Das Gespräch mit Dorn hatte sie aufgewühlt, noch immer dachte sie über seine Worte nach.

Es stimmte, dass die meisten Menschen lebten, als würden sie nie sterben. Dabei konnte es jederzeit vorbei sein – sei es durch eine unheilbare Krankheit, einen Unfall oder wie in Karas Fall ein Verbrechen.

Angenommen, ich schreibe das Buch. Was passiert dann mit mir?

Dann lasse ich Sie frei.

Und wenn ich mich weigere?

Werde ich Sie töten.

Es gab für ihn nichts Wichtigeres als das Buch. Erst wenn alle Welt den wahren Rafael Dorn, oder wie immer er hieß, kennengelernt hatte, würde er in Frieden sterben können. Weil er dann den Worten seiner Mutter Genüge getan hätte.

Gleichzeitig stand für Kara damit fest, dass er sein Versprechen nicht halten, sondern sie nach Fertigstellung des Buchs töten würde. Ließe er sie frei, würde sie alle Hebel in Bewegung setzen, um die Veröffentlichung zu verhindern. Das durfte er niemals zulassen.

Dorn hatte ihr gesagt, dass er nicht so enden wollte wie seine Mutter. Er würde nicht dahinsiechen, sondern den Zeitpunkt seines Todes selbst bestimmen. Kara wusste, was das bedeutete. Sobald er sich nicht mehr um sich selbst kümmern konnte, würde er sich umbringen. Vermutlich mit der Pistole. Es war der schnellste und einfachste Weg.

Ob er auch sie erschießen würde?

Den ganzen Abend hatte sie darüber nachgedacht, warum sie Angst davor hatte zu sterben. Es war nicht der Tod an sich, denn sie wäre einfach nicht mehr da. Vielmehr war es die Furcht, nicht richtig gelebt zu haben.

Sie sind sechsunddreißig Jahre alt und haben keine weiteren Ziele außer Platz eins der Spiegel-*Bestsellerliste und in die Südsee zu fliegen? Nichts, wovon Sie schon immer geträumt haben?*

In dem Moment, als Dorn es ausgesprochen hatte, war es ihr selbst unbegreiflich gewesen.

Warum bin ich auf der Welt?, wiederholte sie in Gedanken die Frage, die er ihr am Anfang ihres Gesprächs gestellt hatte. Was will ich in meinem Leben erreichen?

Es schockierte sie, dass sie keine Antwort darauf hatte.

Kara erinnerte sich an einen Film mit Jack Nicholson und Morgan Freeman: *Das Beste kommt zum Schluss.*

Es ging darin um zwei ältere, völlig gegensätzliche Männer, die sich zufällig im Krankenhaus kennenlernten. Beide waren sterbenskrank, und sie beschlossen, vor ihrem Tod noch einmal richtig zu leben. Sie erstellten eine sogenannte Bucket List, eine Liste, auf der sie alle ihre Ziele und Träume notierten. Alles, was sie schon immer mal machen wollten, aber bis jetzt aufgeschoben hatten.

Kara fragte sich, warum sie nie eine solche Liste erstellt hatte.

Sie sprang aus dem Bett, setzte sich an den Tisch und schlug den Block auf. Auf eine freie Seite schrieb sie mit großen Buchstaben *Bucket List.*

Was waren ihre Ziele? Was wollte sie, abgesehen von dem Südseeurlaub, schon immer mal erleben oder tun?

Sie wollte aus diesem verdammten Loch raus.

Also schrieb sie: *Aus dem Keller entkommen.*

Ihr kam ein verrückter Gedanke. Bei Schneefall lachend im Freien tanzen und die Flocken mit der Zunge auffangen.

Warum hatte sie das eigentlich nicht schon längst getan? Genau wie einen Hund aus dem Tierheim zu holen. Auch das notierte sie.

Schon als Kind wollte sie auf einem Pferd reiten, und zwar im vollen Galopp. Doch ihre Eltern hatten Angst gehabt, dass sie runterfallen und sich das Genick brechen könnte. Daher hatten sie es ihr verboten.

Kara setzte es auf die Liste.

Sie überlegte weiter, und plötzlich fiel ihr eine Menge ein.

Fallschirm springen. In der Achterbahn ganz vorne sitzen. Mit der Transsibirischen Eisenbahn fahren. Einen Marathon laufen. In einer Holzhütte mit Glasdach übernachten und das Polarlicht bestaunen. Patin für einen Eisbären werden. Romantisch heiraten. Im Zoo mit einem Pinguin spazieren gehen.

Als Kara den Stift weglegte, war fast die ganze Seite voll. Trotzdem hatte sie das Gefühl, dass noch etwas fehlte.

Ich weiß, dass ich bald sterben werde, aber ich möchte nicht einfach so verschwinden. Ich will kein Niemand sein, an den sich keiner erinnert, verstehen Sie?

Das war es! Was fehlte, war, welche Bedeutung sie ihrem Leben geben und was sie der Welt hinterlassen wollte.

Kara musste eine Weile nachdenken, dann wurde es ihr klar. Sie wollte mit ihren Büchern Menschen glücklich machen und sie unterhalten. Auch wenn sie ursprünglich wegen Yvonne mit dem Schreiben angefangen hatte, ihre Motivation hatte sich über die Jahre geändert. Sie hatte es nur nicht bewusst wahrgenommen.

Sie schrieb es auf, und eine tiefe Zufriedenheit erfüllte sie.

Ihr Leben hatte jetzt einen Sinn.

Woche 7

Kapitel 82

Kara aß ihr Mittagessen und las nebenbei im *Spiegel.* Seit Dorn sie mit Büchern versorgt hatte, hatte sie nur noch artikelweise weitergelesen.

Es war Montag, und Dorn hatte ihr vormittags von seinem neunten Mord berichtet. Das Foto, das er ihr von dem Opfer gezeigt hatte, blendete sie konsequent aus.

Die Zeit lief ihr gnadenlos davon. Obwohl sie ihr eigenes Ende befeuerte, schrieb sie im Rekordtempo. Nachdem sie ihren persönlichen Lebenssinn gefunden hatte, war sie innerlich völlig befreit. Die Sätze sprudelten nur so aus ihr heraus, und sie konnte nicht anders, als sie aufzuschreiben und damit aus ihrem Kopf zu bekommen. Gleichzeitig wuchs der Druck in ihr. Sie wollte nicht sterben.

Kara blätterte zur Kulturseite und sah sich die *Spiegel*-Bestsellerliste an.

Dunkle Rache von Kara Bender. Platz eins.

Noch immer konnte sie sich nicht richtig darüber freuen. Sie wünschte, sie hätte es auf normalem Weg geschafft, und nicht, weil sie für die Öffentlichkeit ein Opfer des Puppenmörders war.

Sie schlug die Zeitschrift zu.

Spätestens Ende der Woche würde sie Dorns Buch fertig haben und sterben. Doch je näher der Termin rückte, umso weniger konnte sie es akzeptieren.

Mit zusammengepressten Lippen betrachtete sie die metallene Schelle, die eng um ihr linkes Fußgelenk lag.

Wenn sie nur eine Büroklammer hätte!

Missmutig verzog sie das Gesicht und las ihre Ziele auf der Bucket List, um sich abzulenken.

Aus dem Keller entkommen.

In Gedanken öffnete sie die Stahltür, lief die Treppe hoch und stürmte ins Freie. Die Sonne, die von einem strahlend blauen Himmel schien, blendete sie. Es roch nach Frühling.

Sie sah zum Eingang, und unbändige Wut erfasste sie. In einem Anfall von Verzweiflung griff sie nach dem Block und wollte ihn gegen die Tür werfen.

Der Block!

Abrupt hielt sie in der Bewegung inne.

Mein Gott, wie hatte sie das nur übersehen können?

Unzählige Male hatte sie sich eine Büroklammer gewünscht, um ihre Fußfessel zu öffnen, dabei hatte der Schlüssel die ganze Zeit vor ihrer Nase gelegen.

Mit offenem Mund starrte sie auf die Spiralbindung.

Es war nicht die Büroklammer an sich, die sie benötigte, sondern der Draht. Einer wie derjenige, der die Blätter des Blocks zusammenhielt.

Sie spürte eine Gänsehaut.

Die Freiheit lag buchstäblich in ihren Händen.

Kara hätte sich am liebsten selbst geohrfeigt. Warum war sie nicht schon früher auf die Lösung gekommen? Sie hätte ihre Fußfessel aufschließen und fliehen können, als Dorn ihr kürzlich den Rücken zugedreht hatte.

Fassungslos schüttelte sie den Kopf. Sie war so blind gewesen und hatte den Wald vor lauter Bäumen nicht gesehen.

Sie schlug mit der Faust auf den Tisch, sodass der

Pappbecher gefährlich wackelte. Im nächsten Moment erschrak sie.

Die Kamera! Was, wenn Dorn sie genau jetzt beobachtete?

Kara ließ den Block los.

Okay, ganz ruhig, mahnte sie sich selbst. Er kann nicht Gedanken lesen.

Kara stand auf und wanderte im Raum umher. Sie musste die Sache mit Bedacht angehen, damit er keinen Verdacht schöpfte.

Fieberhaft überlegte sie und arbeitete in Gedanken einen Plan aus.

Eine Stunde lang schrieb sie an dem Kapitel über Dorns neunten Mord, dann setzte sie sich mit Laptop und Block aufs Bett. Während sie so tat, als würde sie Korrektur lesen, löste sie die Verknotung des oberen Drahtendes. Dabei hielt sie den Block nah am Bildschirm, damit er von der Kamera aus nicht zu sehen war. Zusätzlich hatte sie ihre Knie leicht angezogen, sodass der Laptop erhöht und gleichzeitig ein wenig schräg gestellt war.

Im nächsten Schritt verlängerte sie das lose Endstück, indem sie den Durchmesser der Spiralbindung von unten nach oben verringerte. Auf keinen Fall durfte Dorn merken, dass ein Stück fehlte. Zwischendurch tippte sie, als würde sie Verbesserungen vornehmen.

Karas Herz hämmerte so wild, dass sie glaubte, es wäre im ganzen Haus zu hören. Sie legte Laptop und Block zur Seite und holte sich etwas zu trinken. Wusch sich ihre verschwitzten Hände im Bad und trocknete sie ab. Danach lief sie im Raum auf und ab. Wenn Dorn sie beobachtete, musste er glauben, sie würde über das Kapitel nachdenken.

Schließlich hockte sie sich aufs Bett und tippte weiter,

bevor sie wieder Korrekturlesen vortäuschte, und begann, den freigelegten Draht umzuknicken. Von einer Richtung in die andere. Immer und immer wieder.

Komm schon, brich endlich ab!

Doch der Draht hielt.

Kara fluchte. Zwischenzeitlich schrieb sie für eine halbe Stunde, um keinen Verdacht zu erregen.

Es kam ihr wie eine Ewigkeit vor, bis die Bruchstelle endlich nachgab. Kara musste sich beherrschen, keinen Freudenschrei auszustoßen. Mit ausdrucksloser Miene umklammerte sie triumphierend das etwa fünf Zentimeter lange Drahtstück.

Jetzt nur keinen Fehler machen, dachte sie.

Sie ließ den Draht in der Jeanstasche verschwinden und musterte die Spiralbindung des Blocks. Hoffentlich bemerkte Dorn nicht, dass sie manipuliert worden war. Kara verhakte das obere Ende des Drahts. Nun war kein Unterschied zu vorher erkennbar.

Sie stand auf und schenkte sich aus der Thermoskanne Kaffee ein. Mit dem Pappbecher in der Hand schlenderte sie zum Fenster und betrachtete die Spinnweben und verwelkten Blätter im Lichtschacht.

Vor ihrem geistigen Auge brachte Dorn ihr das Essen und stellte das Tablett auf dem Tisch ab. Kara saß auf dem Bett, die Füße unter der Bettdecke, den Laptop auf ihrem Schoß. Die Fessel hatte sie bereits aufgeschlossen. Sie bedankte sich für das Essen, und während Dorn den Code eingab, klappte sie den Laptop zu. Die Tür öffnete sich, und Kara sprang auf. Auch wenn er sie aus den Augenwinkeln sehen konnte, die Entfernung zu ihm betrug nur drei Meter, und sie hatte das Überraschungsmoment auf ihrer Seite. Sie musste schnell sein, mehr als eine Sekunde hatte sie nicht. Kara holte aus und schlug ihm das MacBook über den Schädel, bevor er reagieren konnte. Sie traf ihn an der Schläfe, und er sackte benommen zu Boden. Kara stieg über ihn hinweg und hetzte die Treppe hoch. Im Wohnzimmer riss sie die Terrassentür auf und rannte schreiend ins Freie. Auf der Straße hielt sie das erste Auto an.

Sie hatte es geschafft.

Zumindest war das ihr Plan.

In der Theorie klang es so einfach. In der Praxis musste sie es zunächst schaffen, die Fußfessel zu öffnen.

Im zweiten Band ihrer Krimireihe um Kommissar Lars Beck hatte der sich im Showdown mit einem aus einer Büroklammer selbst gebastelten Schlüssel von seinen Handschellen befreit und den Mörder überwältigt. Kara hatte im Internet recherchiert, wie es funktionierte. Jetzt ärgerte sie sich, dass sie sich damals keine Handschellen gekauft und es selbst ausprobiert hatte. Sie hatte sich zu sehr geschämt, in einen Sexshop zu gehen oder sie übers Internet zu bestellen. Im Nachhinein ein Fehler, der ihr das Leben kosten könnte.

Sie hoffte inständig, dass die Praxis genauso leicht war wie die Theorie.

Kara trank in Ruhe den Kaffee aus, bevor sie weiterschrieb. Dorn würde misstrauisch werden, wenn sie nicht so schnell vorankam wie die letzten Tage.

Abends absolvierte sie ihr Sportprogramm, bevor Dorn sie von der Fessel befreite. Kara duschte. Sie trocknete sich ab und zog sich wie üblich am Boden sitzend um. Unauffällig holte sie den Draht aus ihrer Jeans und versteckte ihn im Schuh, weil ihre Schlafanzughose keine Tasche hatte.

Dorn brachte ihr das Abendessen und kettete sie wieder an. Kara war so aufgeregt, dass sie kaum die beiden belegten Brote schaffte. Im Anschluss schrieb sie zwei Seiten und machte es sich danach mit einem neuen Thriller, den Dorn ihr gestern gebracht hatte, im Bett bequem. Zumindest für die Kamera.

Sie hatte sich zugedeckt und die Beine angezogen. In eine Falte der Bettdecke stellte sie das Buch und tat so, als würde sie lesen. Den Schlüssel hatte sie vorhin aus dem Schuh geholt.

Ihre Hand zitterte, als sie ihren rechten Fuß heranzog, um den die Fessel lag. Sie hatte die entsprechende Passage ihres Krimis deutlich im Kopf und erinnerte sich an die zahlreichen YouTube-Videos, die sie sich während der Recherche angeschaut hatte.

Kara tastete nach dem Schlüsselloch der Fußfessel und führte den Draht ein. Vorsichtig bog sie ihn um, bis ungefähr ein rechter Winkel entstand. Anschließend tat sie das Gleiche mit dem anderen Ende, sodass sie nun ein gebogenes Drahtstück in Form eines eckigen S in den Händen hielt.

Ihr Schlüssel in die Freiheit.

Kara blätterte eine Seite um, wobei das Buch ihr vom Oberschenkel rutschte. Sie formte eine neue Falte in der Bettdecke und stellte den Thriller darauf.

Der Moment der Wahrheit war gekommen.

Kara schob den Schlüssel in das Loch. Theoretisch musste sie nur die Verriegelung finden, den Draht bewegen, und die Fußschelle würde aufspringen.

Sie stocherte in dem Loch herum, drehte den Schlüssel und hielt den Atem an.

Nichts.

Sie fluchte und drückte stärker, bis sie Angst hatte, dass der Draht brach. Nicht auszudenken, wenn ein Stück im Schloss stecken blieb und Dorn es am nächsten Morgen bemerkte.

Schweiß trat ihr auf die Stirn, als sie den Draht herauszog und neu platzierte. Vorsichtig drückte sie. Wieder tat sich nichts.

Für einen Moment schloss sie die Augen und rief sich eines der YouTube-Videos in Erinnerung. Sie hörte deutlich die Stimme des jungen Mannes, der das Öffnen der Handschellen demonstrierte.

Ihr müsst das gebogene Ende der Büroklammer so ins Schloss stecken, dass es in Richtung der Verriegelung zeigt. Die befindet sich in einem Neunzig-Grad-Winkel zum Schlüsselloch.

Okay, dachte Kara. Ich muss nur den richtigen Winkel erwischen.

Sie betrachtete das Schlüsselloch, das in dem schlechten Licht und aufgrund des Schattens, den die Bettdecke warf, nur schwer zu erkennen war. Behutsam führte sie den Draht im rechten Winkel ein, bis sie einen Widerstand spürte. Sie wagte kaum mehr zu atmen, als sie den Schlüssel drehte. Es gab ein Klicken, das in ihren Ohren wie eine Explosion klang, und die Fußschelle sprang auf.

Die Fessel war offen!

Sie lächelte und zog rasch die Mundwinkel wieder nach unten, als sie an die Kamera dachte. Mit zitternden Fingern löste sie die Fußfessel um ihren Knöchel und rieb sich das Gelenk.

Für eine Minute saß sie da und genoss ihre neu gewonnene Freiheit. Dann legte sie sich die Schelle an und ließ die Verriegelung einrasten. Diesmal schaffte sie es sofort, sie zu öffnen. Sie wiederholte es einige Male, bis sie den Dreh heraushatte. Anschließend legte sie eine Pause ein und tat so, als würde sie lesen, obwohl sie kein Wort wahrnahm. In Gedanken sah sie einzig und allein, wie sie aus dem Keller stürmte.

Um zweiundzwanzig Uhr löschte sie das Licht und wartete einige Minuten, bis sie sich daranmachte, das

Öffnen der Fußfessel blind zu üben. Immer und immer wieder, bis sie das Gefühl hatte, es im Schlaf zu beherrschen. Zufrieden versteckte sie den Schlüssel in ihrem Schuh neben dem Bett.

Die Freiheit war zum Greifen nah. Sie musste nur noch den richtigen Moment abwarten.

Kapitel 83

Es war Montag am frühen Abend, als Nadine den Burger auspackte, den sie vor zwanzig Minuten im *Carlos*, dem Imbiss in der Nähe des Polizeipräsidiums, geholt hatte. Während sie aß, las sie die letzten Protokolle der Zeugenbefragungen im Mordfall Berwald. Auch wenn sie nicht erwartet hatte, dass einer der Nachbarn etwas gesehen hatte, war sie dennoch enttäuscht. Die Kriminaltechnik hatte in Berwalds Haus zahlreiche Spuren sichergestellt, darunter DNA, die mit denen von anderen Tatorten des Puppenmörders übereinstimmte. Es bewies, dass er mit dem Mord zu tun hatte, abgesehen davon hatten sich bis jetzt keine neuen Ermittlungsansätze ergeben. Weder die Funkzellenauswertung noch die Befragung der Nachbarn brachten sie weiter. Der einzige gemeinsame Nenner der letzten drei Opfer war Kara Bender.

Der Puppenmörder war wie ein Phantom, das aus der Dunkelheit auftauchte, zuschlug und ebenso schnell wieder verschwand.

In der nächsten Sekunde ging die Tür auf, und Diesel trat ein.

»Ich werde für heute Feierabend machen«, sagte er. »Das solltest du auch tun. Du siehst müde aus.«

Müde war noch untertrieben. Sie hatte das ganze Wochenende durchgearbeitet, genau wie die Woche zuvor.

Sie warf einen Blick auf die Uhr. Wenn sie sich beeilte, könnte sie es zur letzten Karatetrainingsstunde schaffen.

»Auch wenn es momentan frustrierend ist«, sagte Diesel, »wir kriegen den Mistkerl.«

»Ich weiß. Aber was ist mit Kara Bender?«

Ihre Befreiung hatte für Nadine nach wie vor oberste Priorität. Die Autorin war seit sechseinhalb Wochen wie vom Erdboden verschluckt. Seit dem Fund ihrer Nachricht in Tanja Gerritzens Rachen war mehr als ein Monat vergangen, und Nadines Sorge, sie nicht rechtzeitig zu finden, wuchs mit jedem Tag.

Mittlerweile hatten sie in Erfahrung gebracht, dass Thorben Berwald mehrere Mitarbeiterinnen und junge aufstrebende Autorinnen sexuell belästigt und sich an einigen von ihnen vergangen hatte. Nadine vermutete, dass er auch Kara Bender gegenüber aufdringlich geworden war und sie deshalb den Verlag gewechselt hatte. Weshalb er sterben musste, blieb ein Rätsel. Jochen Kolb, der Leiter der operativen Fallanalyse, schloss nach wie vor aus, dass sie mit dem Puppenmörder gemeinsame Sache machte. Möglicherweise wollte der Täter ihr mit dem Mord einen Gefallen tun, aber sicher war er sich nicht.

»Wenn die Bender tot wäre, dann hätten wir ihre Leiche schon gefunden«, meinte Diesel. »So wie die ihrer Agentin oder ihres ehemaligen Verlegers.«

»Ja, du hast recht.« Seufzend lehnte sie sich zurück. »Morgen Vormittag darf ich bei Kriminaloberrat Walter antanzen.«

Als hätte sie nichts Besseres zu tun, als sich jede Woche aufs Neue zu rechtfertigen, warum sie den Fall noch nicht abgeschlossen hatte. Das gesamte Team der Soko »Puppe« arbeitete bereits am Limit. Fünf Morde innerhalb kürzester Zeit und die zahlreichen Spuren, denen sie nachgehen mussten, zerrten an ihren Nerven.

Diesel sah sie mitfühlend an. »Hoffentlich hat er sich wenigstens wegen Kehl wieder beruhigt.«

»O Gott, erinnere mich bloß nicht daran.«

Sie dachte an das Gespräch mit ihrem Vorgesetzten letzte Woche zurück. Er hatte sie in sein Büro zitiert, nachdem Kehl in seiner Sendung nicht nur ein Foto von der Wand in Berwalds Wohnzimmer, auf der mit Blut geschrieben *Bald* stand, gezeigt hatte, sondern gleich den gesamten Raum – inklusive Berwalds Leiche, die zumindest verpixelt worden war.

Nadine lud Kehl daraufhin ins Präsidium vor. Seine Anwälte sorgten dafür, dass er die ganze Zeit über schwieg. Fingerabdrücke und eine DNA-Probe musste er trotzdem abgeben, um sie mit den sichergestellten Spuren vom Tatort vergleichen zu können. Der Abgleich war negativ ausgefallen. Wer immer aus der Soko ihm das Foto zugespielt hatte, Nadine hätte ihn am liebsten eigenhändig erwürgt. Sie machte drei Kreuze, dass Kehl bis jetzt nicht von Kara Benders Botschaft im Rachen ihrer Agentin erfahren hatte.

Nadine schaltete den Computer aus und griff nach ihrer Jacke, als Kriminalhauptkommissar Gunnar Pollack, ein Mann Anfang fünfzig mit Vollbart, neben Diesel auftauchte.

»Gut, dass ich dich noch erwische.« Er legte eine Akte auf Nadines Schreibtisch.

»Was ist das?«

»Etwas, das euch interessieren wird.«

Sie sah ihn fragend an.

»Habt ihr von der unbekannten Isarleiche gehört?«

Nadine und Diesel nickten. Vor einer Woche war an einer schwer zugänglichen Stelle der Isar eine zerstückelte Leiche gefunden worden, aufgeteilt auf zwei Müllsäcke. Ein Hund hatte sich durch das Gestrüpp gezwängt, weil ihn der Leichengeruch angezogen hatte. Als er seinem Herrchen einen abgetrennten Unterarm vor die Füße gelegt hatte, hatte der sofort die Polizei gerufen.

»Ich leite die Ermittlungen in dem Fall«, fuhr Pollack fort. »Die KT hat fremde Haare auf dem Kopf des Opfers gefunden. Sie waren nicht zu übersehen, weil sie braun waren, die des toten Mannes jedoch fast weiß. Der DNA-Abgleich hat zu einem Treffer in der Datenbank geführt.«

»Und?«, fragte Nadine, als er nicht weitersprach, und schraubte den Verschluss der Wasserflasche ab. »Wem gehört die DNA?«

»Kara Bender«, antwortete Pollack.

Nadine, die zum Trinken angesetzt hatte, verschluckte sich beinahe. »Bitte was?«

Für einen Moment herrschte Schweigen.

»Ist das Opfer schon identifiziert?«, fragte Diesel.

»Leider nein. Der Mann ist erkennungsdienstlich noch nicht behandelt worden, seine Fingerabdrücke oder DNA nicht im System gespeichert. Wir haben sein Zahnschema an die Zahnarztpraxen verschickt, aber ihr wisst ja selbst, wie lange das dauern kann. Wenn es überhaupt eine Übereinstimmung gibt.«

»Lag eine Puppe am Tatort?«, erkundigte sich Nadine. »Oder stand irgendwo das Wort *Bald* geschrieben? Sei es auf der Leiche, an einem Baum oder auf einem Stein.«

Pollack schüttelte den Kopf.

»Außer den Müllsäcken mit den Leichenteilen haben wir nichts gefunden. Sie lagen dort mindestens eine Woche. Etwaige Fußspuren und dergleichen sind wetterbedingt längst vernichtet.« Er deutete auf die Akte. »Das ist die vollständige Ermittlungsakte«, sagte er und fasste die wichtigsten Punkte für sie zusammen.

Das Opfer war um die dreißig Jahre alt und hatte keinerlei Ausweispapiere oder einen Schlüssel bei sich gehabt. Kopf, Arme und Beine waren posthum abgetrennt geworden. Eine Verletzung an der linken Schläfe deutete darauf hin, dass er niedergeschlagen worden war, bevor der Täter ihn mit einem Messer erstochen hatte. Der Stich war zwischen die Rippen hindurch direkt ins Herz gegangen. Der Mann war sofort tot gewesen.

»Ihr könnt mich jederzeit kontaktieren«, schloss Pollack und verabschiedete sich von ihnen.

Nadine ließ sich auf ihren Stuhl fallen. »Kara Bender befindet sich in der Gewalt des Puppenmörders. Wenn ihre DNA auf dem Toten ist, kann das nur bedeuten, dass der Puppenmörder ihn getötet hat und sie irgendwie in Kontakt mit der Leiche gekommen ist. Genau wie bei Tanja Gerritzen.«

»Aber er hat das Opfer nicht wie sie zur Schau gestellt«, sagte Diesel.

»Richtig.« Nadine spürte, wie sich Aufregung in ihr breitmachte. »Er will mit der Leiche nicht in Verbindung gebracht werden.«

Es war dieselbe Situation wie vor vier Wochen, als sie Rafael Dorn im Gefrierschrank gefunden hatten. Hätte Kara Bender seinen Namen nicht in ihrem Hilferuf erwähnt, sie hätten niemals einen Zusammenhang mit dem Puppenmörder hergestellt. Die Spuren im Mordfall Dorn hatten bis jetzt zu keinem Ermittlungserfolg geführt, nun erhielten sie möglicherweise eine neue Chance.

»Wir sollten schleunigst herausfinden, wer der Tote ist«, sagte Diesel.

»Uns läuft die Zeit davon. Gunnar hat recht. Die Identifizierung über das Zahnschema kann Wochen oder gar Monate dauern.«

»Sollen wir mit einem computergenerierten Bild des Opfers an die Öffentlichkeit gehen?«

»Ja«, antwortete sie. »Aber lass uns zuerst die Akte genauer anschauen.«

Diesel zog sich einen Stuhl heran. »Schätze, das wird ein langer Abend werden.«

Kapitel 84

Kara schlug die Augen auf, bevor der Wecker klingelte.

Sie würde es heute wagen.

Die halbe Nacht hatte sie wach gelegen und über ihren Fluchtplan nachgedacht. Der beste Zeitpunkt erschien ihr mittags, wenn Dorn ihr das Essen brachte.

Bei dem Gedanken, dass sie den Angriff nicht richtig timte und Dorn es schaffte, ihn abzuwehren, schnürte sich ihr Brustkorb zu. Doch sie musste ihre Angst überwinden, wenn sie leben wollte.

Im Dunkeln griff sie nach ihrem Schuh und holte den selbst gebauten Fußschellenschlüssel heraus.

Kara schaltete das Licht ein und stand auf. Sie griff nach frischer Kleidung und ließ den Schlüssel unauffällig in der Hosentasche verschwinden. Dann absolvierte sie für die Kamera ihr morgendliches Sportprogramm.

Dorn kam um acht und befreite sie von der Kette. Kara verschwand im Bad, hängte das Handtuch über die Kabine und duschte. Sie stellte das Wasser kälter als sonst, um wach zu werden. Währenddessen ging sie im Geiste immer wieder den Ablauf ihres Plans durch.

Schließlich drehte sie das Wasser ab und wickelte sich das Handtuch um.

Was, wenn das Schloss klemmt oder der Draht abbricht?

Ihre Angst wuchs mit jeder Minute, und es kostete Kara viel Kraft, nicht verrückt zu werden.

Es wird schon alles gut gehen, redete sie sich selbst Mut zu und machte einen Schritt aus der Duschkabine. Plötzlich löste sich das Handtuch. Reflexartig griff sie danach und achtete nicht mehr darauf, wohin sie trat. Sie stolperte und knickte mit dem linken Fuß um. Ein stechender Schmerz schoss durch ihren Knöchel. Kara stöhnte auf und sackte zu Boden. Ihr Fuß pochte.

Nein!, schrie sie innerlich. Nein!

Panisch griff sie nach ihrem Fuß und zuckte bei der bloßen Berührung zusammen. Sie versuchte, ihn zu bewegen, und stieß einen erstickten Schmerzensschrei aus.

O Gott, bitte nicht! Bitte, bitte nicht!

Wenn sie nicht laufen konnte, war alles aus.

Verzweifelt zog sie sich am Waschbeckenrand hoch und belastete vorsichtig den verletzten Fuß. Der Schmerz war nicht auszuhalten, und sie sank zurück auf den Boden.

Der Fuß schwoll an und verfärbte sich blau.

Sie atmete schwer und redete sich ein, dass es nicht so schlimm war. Der Schmerz sprach eine andere Sprache.

Das durfte nicht wahr sein!

Sie wusste nicht, wie lange sie am Boden kauerte, bis ihr einfiel, dass Dorn jeden Augenblick erscheinen konnte. Er durfte sie nicht nackt sehen. Sie griff nach der Kleidung und zog sich mühsam an. Als sie die Jeans über den linken Fuß zog, pochte er wie wild. Auf Socken verzichtete sie.

Sie hievte sich am Waschbecken hoch und wollte aus dem Bad humpeln, doch ihr Fuß tat so weh, dass sie sich wieder hinsetzte.

Einige Zeit später hörte sie, wie die Stahltür geöffnet wurde.

»Ich bin im Bad!«, rief sie. »Ich brauche Hilfe!«

Dorn trat ein. »Was ist passiert?«

Als wüsste er das nicht. Er hatte sie mit Sicherheit über die Kamera gesehen.

»Ich bin umgeknickt«, antwortete sie mit tränenerstickter Stimme. »Ich kann nicht auftreten.«

Dorn ging in die Hocke und betrachtete ihren linken Fuß. Vorsichtig berührte er ihn, und Kara schrie auf.

»Können Sie ihn bewegen?«, fragte er.

Sie schüttelte den Kopf.

»Sieht nicht gut aus«, murmelte er und half ihr auf die Beine. »Stützen Sie sich auf mir ab.«

Er legte den Arm um ihre Hüfte, und mit seiner Hilfe machte sie einen Schritt. Doch kaum belastete sie den Fuß, knickte sie um. Dorn fing sie auf.

»Es geht nicht«, wimmerte sie.

Er hob Kara hoch und trug sie zum Bett. Die Decke schob er unter ihr Bein, sodass es erhöht lag.

»Ich hole Ihnen einen Eisbeutel.« Er schloss die Kette um ihren gesunden Fuß.

Kara starrte ihn ungläubig an. »Ist das Ihr Ernst?«

»Sicher ist sicher«, entgegnete er und verließ den Keller.

Es dauerte nicht lange, bis er mit einem Eisbeutel zurückkehrte. Die Kälte linderte den Schmerz ein wenig.

»Ich glaube nicht, dass der Fuß gebrochen ist«, sagte er. »Wahrscheinlich verstaucht oder gezerrt.«

Kara schloss die Augen. Auch beim Joggen war sie schon einmal umgeknickt. Tagelang hatte sie nicht auftreten können, und erst nach drei oder vier Wochen war der Fuß wieder voll belastbar gewesen. So viel Zeit hatte sie nicht.

Resigniert fiel sie aufs Kopfkissen zurück.

Es war vorbei.

Kapitel 85

Kara saß im Bett, das rechte Bein leicht erhöht, und aß den letzten Löffel Gemüsereis, den Dorn ihr zum Abendessen gebracht hatte. Als sie fertig war, stellte sie den Pappteller auf den Boden und betrachtete ihren Fuß, der noch immer geschwollen war.

Letzte Nacht war schlimm gewesen. Obwohl Dorn ihr Schmerztabletten und ein kühlendes Gel gebracht hatte, hatte der verletzte Knöchel stark gepocht. Mittlerweile war es erträglich, auftreten konnte sie weiterhin nicht.

Den Gang zur Toilette zögerte sie hinaus, bis sie es nicht mehr aushielt, und hüpfte auf einem Bein ins Bad. Die Kette hielt sie dabei in der Hand, damit sie nicht darüberstolperte. Die Bewegung trieb ihr die Tränen in die Augen, aber in eine Schüssel, wie Dorn es vorgeschlagen hatte, wollte sie nicht pinkeln.

Vorsichtig berührte Kara ihren Fuß. Das Schmerzgel, das sie vorhin dick aufgetragen hatte, war eingezogen. Sie griff nach dem frischen Verband auf dem Hocker und tapte das Gelenk.

Sie konnte es einfach nicht fassen. Ihre Flucht war zum Greifen nah gewesen.

Wütend schlug sie mit der Faust auf die Matratze.

Ihren Plan konnte sie vergessen. Mit dem verletzten Fuß würde sie es niemals die Treppe hinaufschaffen, geschweige denn schnell genug bei Dorn sein, um ihn niederzuschlagen.

Er hatte ihr gestern einen Tag Ruhe gegönnt, doch heute Vormittag hatte er ihr von seinem zehnten und letzten Mord erzählt. Es war der Rentner, den er einen Tag vor ihrer Entführung mit Glasscherben getötet hatte. Sie erinnerte sich an den Zeitungsartikel, den sie auf ihrem Handy gelesen hatte, während sie in dem Asiarestaurant auf Jessie gewartet hatte.

Nach diesem letzten Mord wollte er ein Abschlusskapitel haben, was bedeutete, dass sie spätestens am Freitag mit dem Buch fertig war.

Zwei Tage bis zu ihrem Tod.

Sie presste die Lippen zusammen.

Ihre Situation hatte sich mit dem Unfall dramatisch verschlechtert. Sie würde es nicht schaffen, aus dem Keller zu entkommen.

Kara hatte lange darüber nachgedacht. Es gab nur eine einzige Möglichkeit, am Leben zu bleiben.

Sie musste Dorn töten.

Kapitel 86

Nadine hatte kaum aufgelegt, als Diesel mit zwei Sandwiches ihr Büro betrat.

»Pute oder Käse?«, fragte er.

»Keines«, antwortete sie und griff nach ihrer Jacke. »Wir müssen sofort los. Der Isartote ist identifiziert.«

Diesel zog die Brauen hoch. »Wer ist er?«

»Fynn Lennert, einunddreißig Jahre alt, arbeitslos und wohnhaft im Hasenbergl«, sagte sie, während sie zur Treppe eilten. »Ein Nachbar hat ihn auf dem Foto in der Zeitung erkannt. Die Kollegen sind bereits vor Ort und durchsuchen die Wohnung.«

Eine halbe Stunde später parkte Nadine vor einem mehrstöckigen Haus im Münchner Norden. Die Fassade war schmutzig grau, stellenweise blätterte die Farbe ab. Graffiti zierten die Wand neben dem Eingang.

Sie nahmen den Aufzug in den fünften Stock und liefen zur Wohnung, die sich am Ende des schlecht beleuchteten Flurs befand.

Der Eingangsbereich war eng und dunkel, die angrenzende Küche kaum größer als das Bad. Nadine warf einen Blick ins Wohnzimmer. Ein riesiger Flatscreenfernseher hing an der Wand, daneben ein Poster der Musikband Rammstein. Auf dem Tisch lag eine geöffnete Chipstüte, die abgewetzte Couch war voller Brösel. Drei Beamte durchsuchten den Raum.

Im Schlafzimmer fand Nadine ein ungemachtes Bett vor, auf dem Boden eine Jeans und zwei Socken. Die Luft roch abgestanden.

»Nadine Herfurth?«, fragte jemand hinter ihr.

Sie drehte sich um. »Ja.«

»Daniela Duncan.« Die Beamtin reichte ihr einen Reisepass. »Den haben wir gerade im Wohnzimmerschrank entdeckt.«

Nadine, die Einweghandschuhe trug, betrachtete das Foto. Es war der Isartote.

»Die Wohnung war ziemlich sicher nicht der Tatort«, berichtete die Kollegin. »Keine Spuren eines Kampfes oder Blutspritzer. Das Opfer ist erstochen und anschließend zerstückelt worden. Wäre es hier passiert, hätten wir ein Schlachtfeld vorgefunden.«

»Danke.«

»Ich glaube, wir haben etwas entdeckt!«, rief einer der beiden Männer, die den Kleiderschrank im Schlafzimmer durchsuchten.

Nadine ging zu ihm.

Auf dem Boden stand ein Karton. Der Beamte räumte den Inhalt aufs Bett. Uhren, Schmuck, Münzen, darunter mehrere aus Gold, Handys, drei Tablets, eine Playstation, ein Bündel Geldscheine, verpackt in einer Plastiktüte, und ein kleiner Beutel mit Marihuana.

»Sieht nach Diebesgut aus«, meinte Diesel.

Nadine nickte nachdenklich, und auf einmal setzten sich die Puzzleteile in ihrem Kopf zusammen. »Er war ein Einbrecher. Was ist, wenn er beim Puppenmörder eingebrochen ist?«

Diesel legte den Kopf schief und überlegte kurz. »Das wäre durchaus möglich. Er könnte während des Einbruchs im Keller auf Kara Bender gestoßen sein, die dort gefangen gehalten wird, und …«

»… wurde vom Puppenmörder überrascht«, vervollständigte Nadine seinen Satz. »Deshalb musste er sterben.«

»Stellt sich nur die Frage, bei wem er eingebrochen ist.«

Nadine nahm das Diebesgut genauer in Augenschein. »Das sind keine Billigsachen. Sieh dir nur die Uhren an.«

»Du denkst an eine wohlhabende Gegend?«

»Zumindest nicht ans Hasenbergl oder Perlach. Wenn er Kara Bender in einem Keller gefangen hält, wie sie es in ihrer Botschaft geschrieben hat, muss er ein Haus haben. Sei es ein Reihenhaus, eine Doppelhaushälfte oder ein Freistehendes.«

»Davon gibt es München nicht gerade wenig.«

Da hatte er recht. Sie kaute auf der Unterlippe und grübelte. Wie war Lennert auf Beutezug gegangen? Sie konnte sich kaum vorstellen, dass er mit dem Fahrrad oder dem Bus losgezogen war. Eher war er mit dem Auto durch die Gegend gefahren und hatte nach einem geeigneten Objekt Ausschau gehalten. Dunkle Fenster, die darauf hindeuteten, dass niemand zu Hause war.

»Sein Auto«, murmelte sie. Sie griff zum Handy und führte ein kurzes Telefonat. Danach wusste sie, dass er einen alten Opel Astra fuhr, und kannte das Nummernschild.

Sie lief in den Flur.

»Bitte alle mal herhören!«, rief sie. »Auf Fynn Lennert ist ein Opel Astra zugelassen. Habt ihr einen Autoschlüssel, Führerschein oder Fahrzeugpapiere gefunden?«

»Den Fahrzeugbrief«, antwortete Daniela. »Er lag neben dem Reisepass und einem Ersatzschlüssel in einer kleinen Box im Wohnzimmerschrank. Abgesehen davon Fehlanzeige. Auch kein Geldbeutel.«

»Was ist mit seinem Auto? Gibt es hier einen festen Stellplatz?«

Ein anderer Beamter verneinte.

Nadine griff zum Telefon und forderte Verstärkung an.

»Wir müssen die Gegend um Lennerts Wohnung und den Leichenfundort absuchen«, sagte sie zu Diesel. »Wenn sein Auto weder hier im Hasenbergl noch an der Isar parkt, dann …«

»… steht es vielleicht noch in der Gegend, wo der Puppenmörder wohnt«, griff Diesel ihren Gedanken auf.

»Genau.« Sie spürte Erregung. »Stell dir die Situation vor. Der Puppenmörder hält Kara Bender in seinem Keller gefangen und erwischt einen Einbrecher, der sie entdeckt. Er tötet ihn. Doch er steht unter Stress, es ist eine extrem gefährliche Situation für ihn. Normalerweise spioniert er seine Opfer vorher länger aus, jetzt muss er ungeplant und spontan handeln. Es entspricht nicht seinem üblichen Vorgehen. Er zerstückelt die Leiche, verpackt sie in zwei Müllsäcke und entsorgt diese an der Isar. Lennerts Rucksack, Geldbeutel und Schlüssel wirft er unterwegs in eine Mülltonne. Die Leiche soll nicht so schnell identifiziert werden. Er ist froh, dass niemand den Einbrecher bemerkt hat, aber er denkt nicht daran, dass dessen Auto noch in der Nähe steht.« Sie lächelte. »Wenn wir Glück haben, führt uns Fynn Lennert zum Haus des Puppenmörders und damit zu Kara Bender.«

Kapitel 87

Kara saß am Tisch, den verletzten Fuß hatte sie auf dem anderen Stuhl hochgelegt. Seit ihrem Unfall waren zwei Tage vergangen. Die Schwellung war dank der Kühlpads und des Schmerzgels etwas zurückgegangen. Bandagiert konnte sie den Fuß zumindest vorsichtig wieder auf dem Boden aufsetzen, eine volle Belastung war nach wie vor unmöglich. Genau wie eine Flucht. Es ging jetzt nur noch darum, ob sie oder Dorn starb.

Ihre Chancen standen mehr als schlecht. Sie hatte keine Ahnung, wie sie ihn töten sollte. Erst recht nicht in ihrem Zustand.

Sie war Autorin, ihr Job war es, sich Morde auszudenken. Ausgerechnet jetzt wollte ihr nichts einfallen.

Körperlich war sie ihm unterlegen. Sie brauchte irgendeine Waffe, aber außer dem Laptop oder der Klobürste hatte der Keller nicht viel zu bieten. Dorn würde ihren Angriff mühelos abwehren.

Die Zeit rann ihr gnadenlos davon. Sie hatte Dorn das Kapitel über den letzten Mord am Vormittag gegeben, und er war von der detaillierten Schilderung begeistert gewesen. Nun fehlte nur noch das Abschlusskapitel. Er hatte ihr nicht wie üblich vorgegeben, was sie schreiben sollte, sondern gesagt: »Überraschen Sie mich.«

Kara nippte an ihrem Kaffee. Es war später Nachmittag, und sie war hin- und hergerissen, ob sie das Buch beenden oder die Fertigstellung hinauszögern sollte. Einerseits brauchte sie mehr Zeit, andererseits wollte die Autorin in ihr die Geschichte abschließen. Und vermutlich würde Dorn eine Verzögerung ohnehin nicht zulassen.

Kara seufzte tief und wandte sich dem letzten Kapitel zu. Es sollte ein würdiger Abschluss werden. Am besten etwas, das noch einmal den Bogen von seiner Kindheit bis zum jetzigen Zeitpunkt spann.

Sie überlegte. Und plötzlich wusste sie, wie das Buch enden sollte.

Kara begann zu schreiben.

Kapitel 88

Der Puppenmörder – Kapitel 31

Der Kies knirschte unter seinen Sohlen, als Rafael den Friedhofsweg entlanglief. Die Sonne stand tief und färbte den Himmel orangerot. Ein leichter Wind wehte zwischen den Bäumen hindurch.

Rafael erreichte die Kreuzung mit dem Steinbrunnen, an dem mehrere Gießkannen hingen. Er bog nach links ab und trat zwischen die Gräber. Die Ruhestätte seiner Mutter befand sich in der zweiten Reihe.

Andächtig blieb er davor stehen. In den Händen hielt er eine rote Rose.

Das Grab war frisch gemacht, die Kerze in der Grablampe flackerte.

Angela Dorn, geborene Griemer.

Rafael wurde schwer ums Herz.

»Hallo, Mama«, sagte er und räusperte sich.

Neunzehn Jahre war es her, seit sie den Kampf gegen den Krebs verloren hatte. Und seitdem war kein Tag vergangen, an dem er sie nicht vermisste.

Wehmütig betrachtete er den Grabstein. Unter ihrer Inschrift stand der Name seines Vaters geschrieben. Bernhard Koberstein.

Mit seinem Tod vor zweiunddreißig Jahren hatte für Rafael eine lange Reise begonnen, die ihn geradewegs in die Hölle geführt hatte. Er dachte an die Zeit zurück, in der sie unter seinem Stiefvater hatten leiden müssen, bevor Rafael ihn die Treppe hinuntergestoßen hatte. Nie würde er die Dankbarkeit in den Augen seiner Mutter vergessen, als sie oben am Treppenabsatz einen stummen Pakt besiegelt hatten.

Jeder kann töten.

Jens hatte recht gehabt, und das Gefühl von Macht und Stärke, das Rafael verspürte, als er seinen Stiefvater umbrachte, hatte alles geändert. Vor allem unterdrückte es die Dunkelheit in ihm. Er erinnerte sich daran, wie er Daniel, der ihn jahrelang in der Schule gemobbt hatte, auflauerte und verprügelte, sodass der ihn fortan in Ruhe ließ. Erneut fühlte er sich stark, doch er blieb ein Außenseiter. Seine Mutter war die Einzige, die immer zu ihm stand. Sie gaben sich gegenseitig Halt und waren glücklich.

Bis der Krebs alles zerstörte und Rafael in die Hölle zurückschickte. Es war der schlimmste Moment seines Lebens gewesen.

»Wir haben viel gemeinsam durchgemacht, Mama«, sagte er mit belegter Stimme. »Es war nicht fair, dass du so früh gehen musstest.«

Er vernahm Stimmen hinter sich und sah über seine Schulter. Zwei Frauen liefen den Weg entlang. Er wartete, bis sie um die Ecke gebogen waren, dann wandte er sich wieder seiner Mutter zu.

»Weißt du noch, was du zu mir gesagt hast? Du bist ein guter Junge. Ich bin mir sicher, die Welt wird noch von dir hören.«

Er lächelte, als er daran zurückdachte.

»Wenn wir sterben, werden sich nur wenige Menschen an uns erinnern. Die meisten werden uns bereits nach kurzer Zeit vergessen haben. Doch dich, Mama, wird niemand vergessen. Die Welt hat von mir gehört, genau wie du es prophezeit hast. Sie kennt mich als den Puppenmörder, und nun kennt sie auch meine, unsere Geschichte. Wir werden nicht in Vergessenheit geraten.« Seine Augen füllten sich mit Tränen. »Du wärst so stolz auf mich.«

Die Gefühle übermannten ihn, und eine Weile stand er da und wünschte sich nichts sehnlicher, als dass seine Mutter ihn in die Arme nahm. Er wischte sich mit dem Jackenärmel die Tränen aus dem Gesicht.

»Ich habe dich all die Jahre regelmäßig besucht, nun ist es für mich an der Zeit, weiterzuziehen.«

Seine Hand zitterte, als er die Rose auf ihren Grabstein legte.

»Ich hab dich lieb, Mama«, sagte er und warf einen letzten Blick auf ihren in Stein gemeißelten Namen, bevor er sich umdrehte und in die Abenddämmerung davonging.

Kapitel 89

Kara trommelte mit den Fingern auf die Tischplatte. Am liebsten wäre sie im Raum auf und ab gelaufen, um ihre Unruhe loszuwerden, ihr Fuß spielte jedoch nicht mit. Zwar war die Schwellung über Nacht weiter zurückgegangen, aber mehr als ein paar Schritte humpeln konnte sie nicht.

Sie griff nach der Gabel und stocherte in ihrem Mittagessen herum. Der Teller war halb voll, sie hatte keinen Hunger.

Kara hatte das letzte Kapitel so lange hinausgezögert, wie es möglich gewesen war. Bevor sie gestern Abend die Sicherheitskopie auf dem USB-Stick gemacht hatte, hatte sie den halben Text ausgeschnitten und erst nach dem Speichern eingefügt. Als Dorn am Vormittag vorbeigeschaut und sich erkundigt hatte, ob sie schon fertig war, hatte sie behauptet, noch ein paar Absätze umformulieren zu müssen. Mittags waren ihre Ausreden erschöpft gewesen, und sie hatte ihm das Abschlusskapitel zum Lesen gegeben.

Normalerweise fühlte sie nach der Fertigstellung ihrer Krimis immer eine Art Rausch. Ein unbeschreibliches Hochgefühl, als würde sie auf Wolken schweben. Erst ein paar Tage später fiel sie in ein Loch, wenn sie realisierte, dass es zu Ende war. Bei diesem Buch war alles anders. Als Kara den letzten Satz getippt hatte, fühlte sie nichts. Weder hatte sie Euphorie noch Traurigkeit verspürt. Sie war einfach nur erschöpft.

Das Schreiben war mit ein Grund gewesen, dass sie die Zeit im Keller überstanden hatte und nicht verrückt geworden war. Doch als sie das Kapitel ausdruckte und Dorn gab, kam es ihr so vor, als hätte sie ihm gerade ihr eigenhändig unterschriebenes Todesurteil überreicht. Jeden Moment rechnete sie damit, dass er hereinstürmte, die Pistole auf sie richtete und abdrückte. Und sie konnte nichts dagegen tun.

Sie berührte den Schlüssel in der Hosentasche und überlegte, ob sie ihre Fessel aufschließen sollte. Sie ließ es bleiben, weil sie das Überraschungsmoment nicht verspielen wollte. Zuerst brauchte sie eine Idee, wie sie Dorn töten konnte.

Kara schob den Teller von sich.

Am Nachmittag ging die Tür auf, und Kara sprang vom Stuhl auf. Ein Schmerz schoss durch ihren verletzten Fuß, und sie stützte sich am Tisch ab.

Es war so weit. Dorn kam, um sie zu töten.

Er betrat den Keller. In den Händen hielt er einen Pappteller mit einem Stück Käsekuchen und einen Becher, aus dem der Duft nach frisch gebrühtem Kaffee stieg.

Kara runzelte die Stirn. Brachte er ihr die Henkersmahlzeit?

Er stellte beides auf den Tisch.

»Das Kapitel ist toll«, sagte er und lächelte. »Ich liebe es. Es ist der perfekte Abschluss für das Buch.«

Kara schwieg.

»Ich würde heute Abend gerne mit Ihnen auf die Fertigstellung anstoßen und bei einem guten Essen feiern. Was meinen Sie?«

»Sie sagten, dass Sie mich gehen lassen, wenn ich Ihr Buch schreibe.« Es war ein verzweifelter Versuch, aber sie hatte nichts mehr zu verlieren.

Er nickte. »Lassen Sie uns vorher noch einmal zusammen essen.«

Kara sah überrascht auf. Irrte sie sich womöglich? Würde er sein Wort halten und sie freilassen?

»Okay«, meinte sie.

Dorn hatte Rinderfilet mit einer Schalotten-Rotwein-Soße gekocht, dazu gab es Rosmarinkartoffeln und Brechbohnen im Speckmantel. Er servierte das Essen auf Porzellantellern mit richtigem Besteck.

»Möchten Sie ein Glas Wein dazu?«, fragte er.

Kara erinnerte sich mit Schrecken an ihren Geburtstag.

»Gerne«, antwortete sie und nahm sich vor, diesmal nur ein paar Schlucke zu trinken. Sie musste nüchtern bleiben.

Dorn verließ den Keller, und Karas Blick fiel auf das Messer. Sie konnte es als Waffe gegen ihn benutzen, falls er sein Versprechen doch nicht hielt.

Wenig später kehrte er mit einer Rotweinflasche und zwei Gläsern zurück. Für einen Moment wandte er ihr halb den Rücken zu, und Kara bemerkte die Ausbeulung unter dem Pullover.

Sie spürte, wie ihr sämtliche Farbe aus dem Gesicht wich.

Er hatte seine Pistole dabei.

Wenn sie einen Beweis gebraucht hatte, dass er sie nicht laufen lassen würde, er steckte in seinem Hosenbund. Er wollte ein letztes Mal gemeinsam mit ihr essen, bevor er sie erschoss.

Kalter Schweiß trat ihr auf die Stirn. Lediglich ein Stück Fleisch und ein Glas Rotwein trennten sie von ihrem Tod.

Die Frage, ob sie aus dem Keller fliehen konnte, stellte sich längst nicht mehr. Es ging nur noch ums nackte Überleben. Er oder sie.

Sie schielte zu dem Messer. Es war ihre einzige Chance. Wenn sie schnell genug war und es ihm in den Hals rammte …

Dorn entkorkte die Weinflasche und schenkte ihnen ein.

»Sie haben sich wirklich selbst übertroffen«, sagte er und hielt ihr das Glas entgegen. »Auf die beste Autorin der Welt.«

Mit zitternder Hand griff Kara danach und stieß mit ihm an. Nippte an dem Wein und setzte das Glas ab, bevor sie ihn verschüttete.

Sie nahm das Besteck. Fühlte das Messer in der Hand und versuchte abzuschätzen, ob sie ihn erreichen könnte. Der Tisch zwischen ihnen erschien ihr wie ein unüberwindbares Hindernis. Sie würde ihn trotz ihrer Verletzung umrunden müssen. Doch wie sollte sie das schnell genug schaffen, bevor Dorn reagieren konnte?

»Ich hatte Tränen in den Augen, als ich das Kapitel gelesen habe«, sagte er. »Sie haben einen wunderbaren Bogen vom Anfang bis zum Ende gesponnen.«

»Das freut mich«, meinte sie und legte den rechten Fuß auf den Stuhl. Die Kette rasselte.

»Ich wusste, dass Ihnen etwas Tolles einfallen würde.«

Kara lächelte und schob sich ein Stück Fleisch in den Mund. Während sie kaute, legte sie das Messer beiseite und ließ die rechte Hand unter dem Tisch verschwinden. Sie griff in die Hosentasche und holte den gebogenen Draht hervor. Mit links spießte sie eine Kartoffel auf die Gabel.

»Ihre Mutter spielte die zentrale Rolle in Ihrem Leben«, sagte sie. »Es lag nahe, dass das letzte Kapitel noch einmal von Ihnen beiden handelt.«

Sie tastete nach dem Schloss der Fußfessel. Ihre Hand

zitterte so stark, dass sich der Draht in der Kante verhakte und abrutschte. Der Schlüssel entglitt ihren Fingern.

Karas Herz setzte einen Schlag aus.

Nein!

»Sie haben es so feinfühlig geschrieben.«

Sie zwang sich zu einem Lächeln, während sie panisch den Stuhl abtastete. Wenn der Schlüssel zu Boden gefallen war, war alles vorbei.

»Mama wäre von dem Buch begeistert gewesen.« Er seufzte. »Ich wünschte, sie könnte es lesen.«

Wo war der verdammte Schlüssel?

Kara schwitzte am ganzen Körper. Sie wagte nicht, den Fuß zu bewegen, aus Angst, sie könnte den Draht vom Stuhl schieben.

Plötzlich berührten ihre Finger dünnes Metall, und sie atmete auf. Sie ließ den Schlüssel, wo er war, und schnitt sich ein Stück Filet ab. Erst nachdem sie Wein getrunken und ein paar Bohnen gegessen hatte, senkte sie die Hand wieder unter den Tisch.

Ganz ruhig!, sagte sie zu sich selbst. Du hast es oft genug blind geübt. Du schaffst das.

Sie griff nach dem Draht und steckte ihn vorsichtig ins Schlüsselloch. Behutsam drehte sie ihn und hielt den Atem an. Es gab ein Klicken, so laut, dass es in ihren Ohren krachte, und der Verschluss sprang auf. Erschrocken sah sie zu Dorn.

Hat er das gehört?

Er begann von seiner Mutter zu erzählen, und Kara stieß die Luft aus. Ganz langsam zog sie die Fessel von ihrem Knöchel – die Kette durfte keinesfalls rasseln – und schob sie unter den Oberschenkel. Ihr Fuß war frei.

Sie aß weiter, und während Dorn redete, überlegte sie, wann sie zuschlagen sollte.

Du wirst das nicht schaffen, meldete sich ihre innere

Stimme. Bis du aufgesprungen und bei ihm bist, hat er längst die Pistole gezogen. Auch ohne Waffe hat er genug Zeit, deinen Angriff abzuwehren.

Sie erinnerte sich an sein Reaktionsvermögen bei ihrem ersten Fluchtversuch, als sie ihm den Laptop über den Schädel ziehen wollte. Zwar hatte er sie zuvor über die Kamera gesehen, seine Reflexe waren dennoch blitzschnell gewesen.

Ihr Plan hakte an allen Enden und Ecken.

Kara trank einen Schluck Wein und stellte fest, dass sie das halbe Glas geleert hatte. Sie musste sich zurückhalten.

Für eine Weile unterhielten sie sich, und obwohl Kara nur kleine Bissen nahm, leerte sich ihr Teller, bis nur noch eine Brechbohne übrig war. Dorn hatte schon aufgegessen.

Sie ließ das Gemüse liegen.

Dorn lehnte sich in seinem Stuhl zurück, und Karas Angst wuchs. Fieberhaft überlegte sie, ob es nicht noch eine andere Möglichkeit gab. Sie saß mit dem Rücken zum Bad. Sie könnte dorthin flüchten, aber die Tür hatte kein Schloss.

Ihre Situation war ausweglos.

»Es war eine schöne Zeit mit Ihnen, Kara«, sagte er, und sie zuckte innerlich zusammen. Der Countdown hatte begonnen. »Ich werde unsere Gespräche und gemeinsamen Abendessen vermissen.«

Das Herz schlug ihr bis zum Hals.

Er nahm sein fast leeres Glas. »Ich kann nicht ausdrücken, wie dankbar ich Ihnen bin. Ohne Sie wäre das Buch nicht möglich gewesen, und die Welt könnte den wahren Rafael Dorn nicht kennenlernen.«

Er lächelte. Sie bemerkte, dass es erzwungen war. In seinen Pupillen spiegelte sich Traurigkeit wider.

Ihre Gedanken überschlugen sich.

Er trank aus und blickte Kara mit Tränen in den Augen an. Dann griff er hinter seinen Rücken, und sie sah wie in Zeitlupe, dass er die Pistole zog.

Kapitel 90

Kara sprang reflexartig auf und riss mit beiden Händen den Tisch hoch. Teller, Gläser und Besteck fielen Dorn entgegen, der schützend die Arme hob und für einen Moment abgelenkt war. Kara zögerte keine Sekunde länger. Sie packte ihren Stuhl und stürmte ins Bad. Auf dem Weg dorthin knickte sie mit ihrem verletzten Fuß fast um. Sie schlug die Tür hinter sich zu und stellte den Stuhl unter den Griff. Dann schaltete sie das Licht ein.

Keuchend verharrte sie, ihr Knöchel pochte wie wild.

Sie hörte, wie Dorn im Kellerraum fluchte. Ein Stuhl kippte um. Die Klinke wurde hinuntergedrückt, doch nach zwei Zentimetern blockierte die Stuhllehne die Bewegung. Dorn rüttelte am Griff, bevor er sich gegen die Tür warf, die unter dem Aufprall vibrierte. Kara wich einen Schritt zurück.

Sie hatte schreckliche Angst. Auch wenn sie ihm vorerst entkommen war, sie saß in der Falle.

»Machen Sie die Tür auf!«, brüllte Dorn und warf sich erneut dagegen.

Kara war wie versteinert. Der Schmerz in ihrem Fuß raubte ihr fast den Verstand.

Was sollte sie tun? Die Tür würde nicht ewig standhalten.

Plötzlich ertönte ein Schuss, und die Kugel verfehlte nur knapp Karas Gesicht. Sie schrie und ließ sich zu Boden fallen. Hastig kroch sie unter das Waschbecken und presste sich gegen die Wand. Mehrere Kugeln durchschlugen die Tür. Eine traf die Duschkabine, die in tausend Stücke zersprang.

Sie kauerte sich wimmernd zusammen.

»Machen Sie auf! Hören Sie mich, Kara?«

Der Stuhl wackelte gefährlich unter dem nächsten Aufprall und rutschte ein Stück weg.

Karas Augen weiteten sich vor Schreck. Sie schnellte in die Höhe, und eine Welle des Schmerzes jagte durch ihren Körper, als sie ihren verletzten Fuß belastete. Gerade noch rechtzeitig schob sie den Stuhl wieder unter die Klinke. Dorn rüttelte am Griff, dann vibrierte die Tür wieder unter seiner Wucht.

Sie musste etwas tun.

Hektisch sah sie sich um. Im Bad gab es nichts, womit sie sich verteidigen konnte. Erst recht nicht gegen eine Pistole.

»Kara? Können Sie mich hören? Machen Sie auf!«

Sie antwortete nicht.

Komm schon, denk nach!

Verzweifelt suchte sie nach einem Ausweg oder einer Möglichkeit, sich gegen Dorn zur Wehr zu setzen.

Schweiß perlte ihr von der Stirn. Dorn stieß derweil wüste Drohungen gegen sie aus, doch sie versuchte, seine Stimme auszublenden.

Ihr Blick blieb an der zerstörten Duschkabine hängen. War der Duschkopf stabil genug, um ihn Dorn über den Schädel zu ziehen? Sie bezweifelte es. Es war genauso sinnlos, wie ihm die Shampooflasche an den Kopf zu werfen.

Ein Ruck ging durch sie.

Das Shampoo. Das war es!

Sie packte den Badteppich und warf ihn in die Ecke neben der Toilette. Die Splitter der Duschkabine knirschten unter ihren Schuhen, als sie vor die Dusche trat. Kara packte die Plastikflasche, riss den Verschluss auf und verteilte die zähe Flüssigkeit auf dem Boden.

Dorn warf sich zum wiederholten Mal gegen die Tür. Es gab ein Knacken, und Kara zuckte zusammen.

Sie leerte die halbe Flasche und warf sie ins Waschbecken.

Für einen Atemzug verharrte sie. Sie hatte furchtbare Angst. Trotzdem musste sie jetzt aufs Ganze gehen.

Sie nahm all ihren Mut zusammen und zog den Stuhl unter der Klinke weg. Packte ihn an der Lehne und ging bis zur Toilette zurück. Sie sah, wie die Tür mit jedem Aufprall weiter nachgab, bis sich eine Ritze im Rahmen abzeichnete.

Kara hob den Stuhl und hielt den Atem an. Sie war hoch konzentriert, blendete alles um sich herum aus und vergaß sogar ihren schmerzenden Fuß. Ihr Blick verengte sich zu einem Tunnel, bis sie nur noch die Tür sah.

Die in der nächsten Sekunde aufsprang.

Dorn taumelte schwungvoll ins Bad und trat auf die shampoonierten Fliesen. Er rutschte aus, die Beine wurden ihm förmlich weggerissen. Im hohen Bogen stürzte er rückwärts zu Boden. Die Pistole fiel ihm aus der Hand und kam hinter ihm im Keller auf. Ein Schuss löste sich. Dorn knallte mit dem Hinterkopf auf die Fliesen und blieb mit geschlossenen Lidern liegen. Blut sickerte zwischen seinen Haaren hervor.

Kara stand zitternd da, den Stuhl zum Schlag erhoben.

War er tot?

Er rührte sich nicht.

Ihr Herz hämmerte wie verrückt. Vorsichtig machte sie einen Schritt auf ihn zu.

Dorn öffnete die Augen.

Sofort schlug sie mit dem Stuhl zu. Abwehrend hielt er die Arme vors Gesicht. Sie hieb ein weiteres Mal auf ihn ein. Er rollte seitlich unters Waschbecken, und sie erwischte den Boden. Mit dem dritten Schlag traf sie das Becken. Die vordere Hälfte zersplitterte.

Bevor sie noch einmal ausholen konnte, trat er gegen ihren Oberschenkel. Sie strauchelte, verlor auf den rutschigen Fliesen das Gleichgewicht und fiel. Hart prallte sie mit Rücken und Hinterkopf auf die Fliesen. Ihr blieb die Luft weg. Sterne tanzten vor ihren Augen.

Im nächsten Moment tauchte Dorn neben ihr auf. Er setzte sich auf sie und umklammerte ihren Hals.

Augenblicklich war Kara wieder bei vollem Bewusstsein.

Vergeblich versuchte sie, seinen Griff zu sprengen. Sie wand sich unter ihm, bäumte sich auf und schlug in Todesangst um sich. Seine Hände lagen wie ein Schraubstock um ihren Hals und drückten ihre Hauptschlagadern ab.

Kara röchelte.

Dorns Gesicht war zu einer hässlichen Fratze verzerrt, und sie erkannte den Wahnsinn und die Mordlust in seinen Augen.

Der Raum verschwamm, und sie spürte, wie ihre Muskeln langsam erschlafften.

Aus den Augenwinkeln nahm sie das zersprungene Waschbecken wahr. Verzweifelt tastete sie mit der Hand den Boden ab. Ihre Fingerspitzen berührten eine Keramikscherbe. Mit letzter Kraft bekam Kara sie zu fassen und rammte sie Dorn in den Hals.

Blut spritzte. Der Griff um ihre Kehle löste sich, und sie japste nach Luft.

Dorn richtete sich auf und gab einen gurgelnden Laut von sich, ehe er vornüberkippte und Kara unter sich begrub.

Sie schrie und schob ihn von sich runter. Auf dem Hintern rutschte sie rückwärts.

Dorn lag reglos inmitten einer größer werdenden Blutlache, die Augen weit aufgerissen.

Er war tot.

Kapitel 91

Zitternd und mit angezogenen Füßen kauerte Kara an der Wand und starrte in Dorns leblose Augen. Die Keramikscherbe ragte ihm seitlich aus dem Hals, die Blutlache bedeckte inzwischen den halben Boden.

Er war tot und konnte ihr nichts mehr tun.

Als sie das realisierte, machte sich unendliche Erleichterung in ihr breit. Sie vergrub das Gesicht in den Händen und weinte bitterlich.

Es dauerte lange, bis sie sich beruhigte.

Mühsam stand sie auf. Ihre Muskeln fühlten sich kraftlos an, sodass sie kaum hochkam. Ihr verletzter Fuß protestierte, der Schock dämpfte den Schmerz.

Karas Blick fiel in den Spiegel. Sie war am ganzen Körper mit Blut besudelt. Wie in Trance humpelte sie zur Tür. Dabei setzte sie vorsichtig einen Fuß vor den anderen, um nicht auf dem Blut-Shampoo-Gemisch auszurutschen. Beim Rausgehen griff sie nach dem Handtuch, das an dem Haken in der Wand hing, und wischte sich Gesicht und Hände ab. Achtlos ließ sie das Frotteetuch im Kellerraum fallen.

Kara hatte Dorn besiegt, doch sie saß noch immer im Keller fest. Sie musste schleunigst einen Weg hier raus finden.

Sie hob die Pistole vom Boden auf. Die Waffe lag schwer in ihrer Hand, das Metall fühlte sich kalt an.

Damit konnte sie die Fensterscheibe zerschießen.

Sie hinkte zum Lichtschacht und richtete die Waffe auf die Scheibe. Ihre Hände zitterten. Sie betätigte den Abzug, und der Schuss dröhnte laut in ihren Ohren wider. Der Rückstoß war hart, ein Ruck ging durch ihre Arme und den Oberkörper.

Die Kugel prallte an der Panzerglasscheibe ab und flog quer durch den Raum.

Kara kniff die Augen zusammen. Das Glas war intakt. Nicht einmal ein Sprung war zu sehen.

Das konnte nicht wahr sein!

Sie schoss zwei weitere Male auf das Fenster, bevor sie frustriert die Waffe sinken ließ.

Verfluchte Scheiße! Wenn nicht einmal eine Pistolenkugel die Scheibe zu Bruch bringen konnte, wie sollte sie dann aus dem Keller entkommen?

Blieb nur die Stahltür.

Kara legte die Waffe auf den Tisch und humpelte zur Tür. Es war unmöglich, alle Codes durchzuprobieren. Daher musste sie strategisch vorgehen. Dorn hatte mit Sicherheit eine für ihn wichtige Zahl ausgewählt.

Seine Mutter!

Kara versuchte sich zu erinnern, ob er ihr Geburtsdatum erwähnt hatte. Sie glaubte nicht. Ihren Todestag kannte sie dagegen.

Sie tippte die Zahl ein. Das Lämpchen wurde rot.

Mist! Vielleicht sein Geburtstag? Sie probierte es, wieder Fehlanzeige.

Fieberhaft überlegte sie, welche wichtigen Termine es noch in seinem Leben gegeben hatte. Ihr fiel der Tag ein, an dem er seinen Stiefvater getötet hatte, aber er hatte ihr das Datum nicht genannt. Sie grübelte, bis ihr der Kopf schwirrte. In ihrer Verzweiflung gab sie ihr eigenes Geburtsdatum ein. Die Lampe leuchtete dauerhaft rot, und im Display erschien *Tastatur gesperrt*, gefolgt von einem zehnminütigen Countdown.

Kara schlug gegen die Tür.

Allmählich ließ der Schock nach. Kara hatte allerdings keine Zeit, sich auszuruhen. Sie musste einen Ausweg finden, oder sie würde irgendwann elendig verhungern. Wasser hatte sie genug, ohne Essen war sie verloren.

Vielleicht hatte Dorn ein Handy dabei.

Sie schleppte sich zum Bad und stöhnte bei jedem Auftreten. An der Türschwelle blieb sie stehen.

Das Bad sah aus wie ein Schlachtfeld. Das Blut hatte sich mittlerweile über den gesamten Boden ausgebreitet. Selbst an der Decke und am Spiegel waren rote Spritzer. Der Geruch war übelkeitserregend.

Kara zögerte, weil sie nicht in die Lache treten wollte. Daher nahm sie das Handtuch und legte es auf den Boden. Sofort saugte es sich voll. Es gab ein schmatzendes Geräusch, als sie den Fuß aufsetzte.

Sie ging in die Hocke. Dorns Hose war blutdurchtränkt. Angeekelt griff sie in seine linke Tasche. Sie war leer. Auch in der anderen fand sie außer einem feuchten Taschentuch nichts.

Sie hätte es wissen müssen. Dennoch erfasste sie maßlose Enttäuschung.

Kara verließ das Bad und quälte sich zur Stahltür zurück. Das Display des Codepanels zeigte fünf Minuten und sechzehn Sekunden an.

Verzweifelt drehte sie sich um und rutschte mit dem Rücken an der Tür entlang zu Boden.

Niemand wusste, wo sie war. Es würde ein langsames Sterben werden.

Sie hatte Dorn besiegt und trotzdem verloren.

Kapitel 92

Kara kauerte noch immer auf dem Boden. Sie war müde und erschöpft.

Plötzlich nahm sie eine Bewegung neben sich wahr. Sie wandte den Kopf und sog scharf die Luft ein.

Was …?

Dorn lehnte blutüberströmt im Türrahmen. Die Keramikscheibe ragte grotesk aus seinem Hals.

Wie war das möglich? Sie hatte ihn getötet.

Sie wollte aufspringen, doch sie hatte keine Kraft mehr. Hilflos musste sie mitansehen, wie Dorn auf sie zu kam, das Gesicht zu einer hasserfüllten Fratze verzerrt. Er beugte sich zu ihr herunter, umklammerte ihren Hals und drückte zu.

Kara schrie.

Und wachte auf.

Sie benötigte einen Moment, bis sie begriff, dass sie nur geträumt hatte.

Mühsam rappelte sie sich auf und humpelte zum Bett. Ein Blick auf den Wecker verriet ihr, dass es acht Uhr morgens war. Sie hatte die ganze Nacht auf dem Boden geschlafen.

Ihre Blase drückte.

Mit Schaudern dachte sie daran, was sie im Bad erwartete, und überlegte, sich in der Ecke des Kellers zu erleichtern. Es widerstrebte ihr.

Unwillig schleppte sie sich zum Bad. Das Blut um Dorn war eingetrocknet, der Geruch kaum auszuhalten. Sie konnte da nicht reingehen.

Also holte sie den Stapel Handtücher aus dem Regal

und bedeckte die Leiche und die Fliesen. Eines hängte sie an die Überreste des Waschbeckens. Sie atmete durch den Mund. Anschließend erleichterte sie sich, stieg über Dorn hinweg und wusch sich die Hände, bevor sie ein paar Schlucke aus der hohlen Hand trank.

Kara sah ihr Spiegelbild. Noch immer waren Blutflecke in ihrem Gesicht, ihre Kleidung rot gefärbt. Angewidert riss sie sie sich vom Leib. Ihre Haut fühlte sich klebrig an.

Ihr Blick wanderte zwischen der Dusche und dem Schlachtfeld hin und her. Sie zögerte. Schließlich überwand sie sich und duschte. Während das Wasser über ihren Körper rann, weinte sie.

Als sie fertig war, schnappte sie sich das Handtuch, lief in den Kellerraum und trocknete sich ab. Am liebsten hätte sie die Badtür geschlossen, aber Dorn blockierte den Eingang und sie wollte ihn nicht anfassen. Sie zog sich frische Kleidung an und setzte sich aufs Bett.

Obwohl sie alles andere als hungrig war, knurrte ihr Magen.

Das Sterben hatte begonnen.

Kapitel 93

Kara lag im Bett, und ihr war vor lauter Hunger schwindelig. Es war Sonntagnachmittag. Seit sie Dorn getötet hatte, waren fast zwei Tage vergangen.

In der Früh hatte sie aus purer Verzweiflung drei Stunden lang Zahlen in das Codepanel eingegeben, bis sie es wieder aufgab. Es hatte keinen Sinn.

Gestern Abend hatte sich Kara einen Ruck gegeben und Dorns Leiche zur Seite geschoben, um die Badtür zu schließen. Seitdem hatte der Gestank, der im Raum hing, etwas nachgelassen. Doch wenn sie auf die Toilette musste, haute sie der intensive Geruch fast um.

Beinahe genauso schlimm war die Stille. Zwischendurch redete Kara laut mit sich selbst, nur um etwas zu hören.

Sie quälte sich aus dem Bett und humpelte zum Fenster. Ihr Fuß war merklich besser geworden, sie konnte ihn leicht belasten, ohne dass die Schmerzen sie übermannten. Verzweifelt sah sie zu dem verdeckten Gitter hoch. Lediglich eine Glasscheibe trennte sie von der Freiheit, die unüberwindbar war.

Ihr Magen meldete sich.

Bis sie verhungert war, konnten mehrere Wochen vergehen. Bereits jetzt spürte sie, dass ihr Körper nur noch auf Sparflamme lief, um weniger Energie zu verbrauchen. Körpertemperatur, Blutdruck und Herzfrequenz würden sinken. Ihre Muskulatur würde zuerst abgebaut werden, dann waren die Organe an der Reihe, damit die Gehirnfunktion bis zuletzt gewährleistet war.

Sie drehte sich um, und ihr Blick fiel auf die Pistole

auf dem Tisch. Kara könnte das Sterben verkürzen, aber sie brachte es nicht fertig.

Noch nicht.

Sie zog den Stuhl hervor und nahm Platz. Das zerbrochene Geschirr hatte sie aufgeklaubt und in den Mülleimer geworfen. Mittags hatte sie versucht, ihren Thriller weiterzulesen, um sich abzulenken, doch nach wenigen Seiten waren ihr vor Müdigkeit die Augen zugefallen.

Mehr als sieben Wochen lang hatte sie den Keller überlebt. Es durfte nicht sein, dass sie nun elendig verreckte.

Die Polizei hatte ihre Botschaft in Tanjas Rachen entdeckt und wusste, dass sie entführt worden war. Aber sie hatten keine Ahnung, was sich hier unten abgespielt hatte. Wenn sie starb, würden sie es nie erfahren.

Kara musste es aufschreiben.

Sie holte den Laptop und legte eine neue Word-Datei an. Ihre Finger schwebten über der Tastatur. Sie überlegte kurz, dann begann sie zu schreiben.

Mein Name ist Kara Bender, und ich …

Weiter kam sie nicht, denn in der nächsten Sekunde hörte sie ein Knacken, gefolgt von einer weiblichen Stimme.

»Hallo. Ist dort jemand?«

Kara fuhr in die Höhe. Sie benötigte eine Sekunde, bis sie begriff.

Die Gegensprechanlage. Irgendjemand war im Haus!

Sie sprang so abrupt auf, dass der Stuhl umkippte, und lief zur Tür. Hastig drückte sie den Sprechknopf.

»Ich bin hier!«, schrie sie. »Im Keller. Bitte helfen Sie mir!«

»Sind Sie Kara Bender?«, wollte die Stimme wissen.

Kara liefen Tränen über die Wange, als sie antwortete. »Ja. Die bin ich.«

»Mein Name ist Nadine Herfurth von der Kripo München.«

Die Polizei war da! Kara konnte es nicht fassen. Nach all den Wochen hatten sie sie endlich gefunden.

»Ist Christoph Mahler bei Ihnen?«, fragte Herfurth.

»Wer?«

»Der Hausbesitzer.«

»Sie meinen Rafael Dorn?« In der Sekunde, als sie seinen Namen aussprach, fiel ihr ein, dass es nicht sein richtiger war.

»Genau der.«

»Er ist tot. Ich habe ihn vor zwei Tagen getötet.«

Für einen Augenblick herrschte Stille in der Leitung.

»Sind Sie noch da?« In Karas Stimme schwang Panik mit.

»Sind Sie verletzt?«

»Nein.«

»Wir stehen im Keller vor einer Stahltür, die mit einem Codeschloss gesichert ist. Sie kennen nicht zufällig die Zahlenkombination?«

»Wenn ich die wüsste, säße ich nicht hier fest.« Sofort bereute sie ihren Tonfall, doch die Polizistin schien es ihr nicht übel zu nehmen.

»Gibt es noch einen anderen Weg zu Ihnen?«

»Da ist ein Lichtschacht auf der Rückseite des Hauses. Er ist mit Teppichen abgedeckt. Und die Fensterscheibe im Keller ist aus Panzerglas.«

»Okay. Wir kommen zu Ihnen runter.«

»Was? Nein. Bitte gehen Sie nicht. Reden Sie weiter mit mir.« Sie konnte den Gedanken nicht ertragen, wieder allein zu sein.

»Keine Sorge, ich bleibe hier. Aber meine Kollegen

sind unterwegs zu Ihnen. Erschrecken Sie bitte nicht über den vermummten Mann in Kampfmontur. Er ist vom SEK.«

Kara nickte, auch wenn ihr klar war, dass die Polizistin sie nicht sehen konnte. Ein Weinanfall erstickte ihre Stimme. In ihrem ganzen Leben war sie noch nie so erleichtert und glücklich gewesen.

Nadine Herfurth sprach beruhigend auf sie ein.

Kara sah zum Kellerschacht, der im nächsten Moment mit grellem Licht geflutet wurde.

Sie waren da.

Jetzt würde alles gut werden.

Kapitel 94

Vier Monate später

Kara stand auf ihrer Dachterrasse und streckte das Gesicht der Sonne entgegen. Sie genoss die Wärme auf ihrer Haut und konnte sich an der grenzenlosen Weite des Himmels nicht sattsehen.

Die Haustürklingel riss sie aus ihren Gedanken. Der Rottweiler, der neben ihr auf den Holzdielen lag, sprang auf und bellte.

»Lilly, easy«, sagte Kara.

Die Hündin verstummte. Mit treuherzigen Augen sah Lilly sie an, und Kara wurde warm ums Herz.

Vor zwei Monaten war sie mit Jessie in die Südsee geflogen. Sie musste raus aus allem und brauchte Abstand. Nach ihrer Rückkehr war sie ins Tierheim gefahren und hatte sich sofort in die vier Jahre alte Hündin verliebt. Sie trainierte täglich mit ihr, und Lilly gehorchte aufs Wort. Doch das Bellen, wenn jemand klingelte, konnte sie ihr nicht abgewöhnen.

Lilly folgte ihr schwanzwedelnd zur Tür. Auf dem Display der Gegensprechanlage war Nadine Herfurth zu sehen. Kara betätigte den Türöffner und schob den schweren Riegel zur Seite.

»Das ist ja eine Überraschung«, sagte sie und bat die Polizistin herein.

»Ich hoffe, ich störe nicht.«

Kara lächelte. »Das tun Sie nicht. Möchten Sie einen Kaffee?«

»Sehr gerne.«

Kara holte zwei Tassen aus dem Schrank und stellte sie unter den Kaffeevollautomaten. Das Mahlwerk ratterte.

»Wie ich sehe, haben Sie einige Ziele abgehakt«, meinte Nadine.

Kara streckte den Kopf in den Flur hinaus.

An der Wand zwischen Küche und Arbeitszimmer hing, neben der gerahmten *Spiegel*-Bestsellerliste mit *Dunkle Rache* auf Platz eins, ihre Bucket List. Es war der Originalzettel, den sie im Keller geschrieben hatte. Kara hatte Nadine gebeten, ihn ihr zu überlassen, nachdem die Kripo alle Beweise ausgewertet hatte. Seitdem hing er dort, wo sie ihn jeden Tag betrachten konnte.

Sie hatte einen Hund aus dem Tierheim geholt und war mit dem Fallschirm aus viertausend Meter Höhe gesprungen. Es war ein unvergessliches Erlebnis gewesen. Ende März hatte es einen Wintereinbruch gegeben, und Kara hatte lachend auf der Straße getanzt und mit der Zunge Schneeflocken gefangen. Im Tierpark Hellabrunn hatte sie die Patenschaft für einen Eisbären übernommen, und der Leiter des Zoos hatte ihr versprochen, dass sie im Winter mit den Pinguinen spazieren gehen durfte.

»Ja«, sagte Kara. »Das Leben ist zu kurz, um es auf die lange Bank zu schieben.«

Vier Monate waren seit ihrer Befreiung vergangen, und noch immer konnte sie es kaum fassen, dass sie die Entführung überlebt hatte. Einundfünfzig Tage lang war sie eingesperrt gewesen, und ein Teil von ihr hatte den Keller nie verlassen. Er saß noch immer dort unten in dem hermetisch abgeriegelten Raum und hatte Angst, sobald die Tür geöffnet wurde. Jeden Morgen wachte sie spätestens um halb acht auf, aus Furcht, sie könnte verschlafen und deshalb getötet werden. Es hatte Wochen gedauert, bis sie wieder normal auf die Toilette und unter die Dusche gehen konnte, ohne das Gefühl zu haben, über eine Kamera beobachtet zu werden. Den Morgensport hatte sie beibehalten und sich in einem Fitnessstudio angemeldet. Mittlerweile schaffte sie fünfzig Liegestütze und trainierte für den Münchner Marathon im Oktober.

Kara reichte Nadine eine dampfende Tasse. Sie wechselten auf die Dachterrasse und machten es sich in zwei Rattansesseln gemütlich, die unter einem aufgespannten Sonnenschirm standen. Lilly legte sich zwischen sie.

»Eine tolle Aussicht«, meinte Nadine. »Und eine sehr schöne Wohnung.«

»Ja. Ich wusste bei der Besichtigung sofort, dass das mein Zuhause werden würde.«

Sie hatte Glück gehabt, so schnell eine neue Wohnung zu finden. In ihre alte konnte sie nicht zurück. Sie hätte immer die Puppe und den Schriftzug *Bald* an der Wand gesehen und wäre dadurch an die schrecklichste Zeit ihres Lebens erinnert worden. Für ein paar Monate war sie vorübergehend zu ihren Eltern gezogen. Der Münchner Wohnungsmarkt war angespannt, weshalb Kara ihren neuen Bekanntheitsgrad ausnutzte. Seit der Entführung folgten ihr über eine Million Menschen auf Instagram und fast zweihunderttausend auf Facebook. Sie bat ihre Follower um Mithilfe und unterschrieb zwei Wochen später den Mietvertrag. Die Vierzimmerwohnung war groß und hatte ein offenes Wohnkonzept, was für Kara das entscheidende Auswahlkriterium gewesen war. Mitte Juni war sie umgezogen.

»Wir haben die Ermittlungen im Fall des Puppenmörders weitestgehend abgeschlossen«, sagte Nadine. »Ich kann immer noch nicht glauben, dass Sie ihn getötet haben.«

»Ich hatte sehr viel Glück«, erwiderte Kara.

»Ihre Idee mit dem Fußschellenschlüssel und dem Shampoo war einfach brillant.«

»Trotzdem wäre ich verhungert, wenn Sie mich nicht gefunden hätten.«

Die Polizei hatte sie über das Auto des Einbrechers aufgespürt. Samstagnachmittag hatte eine Streife den gesuchten Wagen entdeckt, woraufhin sie sämtliche Häuser im Umkreis von zweihundert Metern abklapperten. Alle Bewohner öffneten die Tür und ließen die Beamten in den Keller. Lediglich ein Haus war Sonntagmittag noch übrig, weil niemand daheim zu sein schien. Es war das von Christoph Mahler, wie Dorn in Wirklichkeit hieß. Was die Polizei über ihn in Erfahrung brachte und wie die Nachbarn ihn beschrieben, passte er in das Profil des Puppenmörders. Nadine holte einen richterlichen Durchsuchungsbeschluss ein, das SEK stürmte das Haus und stieß im Keller auf die Stahltür. Sie hatten es nicht geschafft, die Tür oder die Panzerglasscheibe zu überwinden, weshalb sie schließlich die Wand durchbrochen und Kara befreit hatten.

»Ein Serienkiller, der seine Memoiren veröffentlichen will.« Nadine schüttelte ungläubig den Kopf. »Ich hatte schon mit etlichen Mördern zu tun, aber so einer ist mir noch nie begegnet.«

»Fragen Sie mal, wie es mir ergangen ist, als er mir sein Angebot unterbreitet hat.«

»Das kann ich mir vorstellen.« Die Kriminalkommissarin nippte an ihrem Kaffee. »Wir glauben, dass Mahler die Botschaft *Bald* bei seinen Opfern hinterlassen hat, um vorab die Werbetrommel für sein Buch zu rühren. Er hat außerdem einem Fernsehreporter Fotos von den Tatorten und sogar den Opfern geschickt. Damit wollte er eine möglichst große Reichweite erzielen.«

»Nicht Ihr Ernst!«

»Leider doch. Den Reporter erwartet nun eine Anzeige.« Nadine grinste, und Kara hatte das Gefühl, dass es eine persönliche Sache für sie war.

»Haben Sie herausgefunden, woher der Puppenmörder Rafael Dorn kannte?«

»Wir haben eine Vermutung. Er hat für seinen Bruder einen Onlineshop eingerichtet. Wahrscheinlich hat der ihm von Rafael Dorn und seinen Auslandsreisen erzählt.«

Kara nickte gedankenverloren. Einen falschen Namen anzunehmen, war ein kluger Schachzug von ihm gewesen und hatte verhindert, dass die Polizei ihn nach Karas Nachricht in Tanjas Rachen gefunden hatte. Bei dem Gedanken an ihre Agentin wurde sie traurig. Ihr Tod war genauso sinnlos gewesen wie der ihrer Stiefschwester.

Nadine stellte ihre Kaffeetasse ab.

»Bevor ich es vergesse«, sagte sie und zog ein Buch aus ihrer Umhängetasche. *Dunkle Rache.* »Ich bin endlich dazu gekommen, es zu Ende zu lesen. Es hat mir wahnsinnig gut gefallen. Und ich wollte Sie fragen, ob Sie es mir vielleicht signieren würden.«

»Mit dem größten Vergnügen.« Kara holte einen Stift aus dem Wohnzimmer und schrieb: *Für Nadine. In tiefster Dankbarkeit. Kara Bender.* Sie legte ein Lesezeichen von sich dazu und überreichte es der Polizistin, die sie anstrahlte.

Lilly legte den Kopf auf Karas Schoß und ließ sich von ihr kraulen.

»Sind Sie wegen Dorns Buch bei Ihrer Entscheidung geblieben?«, erkundigte sich Nadine.

»Ja. Und daran wird sich auch nichts ändern.«

Die Polizei hatte ihr nach Auswertung des Manuskripts die Word-Datei übergeben. Sie war die Autorin, und damit war es ihr Werk. Kara war eine Millionensumme für die Buch- und Filmrechte geboten worden. Sie hätte für den Rest ihres Lebens ausgesorgt, und es wäre mit Garantie ein internationaler Erfolg geworden. Das mediale Interesse an ihr war ungebrochen. Alle gierten nach Informationen aus erster Hand zum Puppenmörder und wollten wissen, was sich im Keller abgespielt hatte.

Kara hatte das Angebot abgelehnt.

Dorn – sie würde sich immer unter diesen Namen an ihn erinnern – wollte der Welt sein Vermächtnis hinterlassen und sich und seine Mutter unvergessen machen. Doch nach allem, was er ihr, Yvonne, Tanja und den anderen Opfern angetan hatte, weigerte sich Kara, ihm die Plattform zu geben, die er sich so sehr gewünscht hatte.

Die Welt sollte sich nicht an den Jungen erinnern, der jahrelang unter seinem Stiefvater und dem Mobbing in der Schule gelitten hatte, sondern an das, was er heute war: ein brutaler siebzehnfacher Serienmörder, der den Tod verdient hatte.

Irgendwann würde Kara das Erlebte in einem Buch verarbeiten, aber erst, wenn sie so weit war. Den Inhalt und den Zeitpunkt bestimmte allein sie.

Kapitel 95

»Feines Mädchen. Ganz fein.«

Lilly lag schwanzwedelnd auf dem Rücken und ließ sich von Jessie den Bauch kraulen, bevor sie aufsprang und ihr übers Gesicht leckte.

Jessie lachte und holte ein Leckerli aus der Hosentasche.

»Du sollst sie nicht immer füttern«, protestierte Kara.

»Was denn? Die Arme verhungert sonst.«

»Ja genau. Weil sie von mir ja nicht genug bekommt.« Sie verdrehte lachend die Augen.

»Sie ist wirklich eine ganz Liebe.« Jessie strich der Hündin über den Kopf, dann wandte sie sich Kara zu. »Du siehst heute ein bisschen blass aus.«

»Tue ich das?«

»Ja. Ist alles in Ordnung?«

Sie nickte. In der Nacht hatte sie geträumt, sie wäre wieder im Keller. Wahrscheinlich hing ihr das noch nach. Doch sie verschwieg es ihrer Freundin, die sich ohnehin genug Sorgen um sie machte.

»Ich war gestern auf dem Friedhof und hab Yvonnes Grab besucht«, sagte sie, um das Thema zu wechseln.

»Wie hast du dich dabei gefühlt?«

»Gut. Ich bin froh, dass ihr Tod endlich aufgeklärt ist und ihr Mörder seine gerechte Strafe erhalten hat. Papa und Yvonnes Mutter sind auch erleichtert. Ich habe das Gefühl, dass ich nun damit abschließen kann.«

Jessie lächelte. »Das freut mich für dich.«

Kara griff nach der Hundeleine. »Sollen wir?«

»Aber so was von. Ich hab Hunger.«

Es war früher Morgen. Sie wollten zuerst mit Lilly im Park spazieren gehen und anschließend in einem Café frühstücken.

Kara lief zur Tür, als ihr plötzlich flau im Magen wurde. Sie blieb stehen und krümmte sich leicht zusammen.

»Was ist los?«, fragte Jessie.

»Mir ist …«, setzte Kara an und wurde von einem Würgereiz unterbrochen. Sie stürzte ins Bad und schaffte es gerade noch, den Klodeckel zu öffnen, bevor sie sich erbrach.

Als sie zu ihrer Freundin in den Flur zurückkehrte, sah Jessie sie besorgt an. »Hast du was Schlechtes gegessen?«

»Keine Ahnung. Irgendwie ist mir seit ein paar Wochen morgens immer übel.«

Jessie grinste. »Bist du schwanger?«

Kara hob ruckartig den Kopf.

»Jetzt erzähl mir nicht, dass du einen neuen Freund hast, von dem ich nichts weiß.« Jessie stemmte theatralisch die Hände in die Hüften.

Bist du schwanger?

Karas Puls beschleunigte sich. Seit drei Monaten war ihre Periode ausgeblieben. Sie hatte sich nichts weiter dabei gedacht und es genau wie die Übelkeit auf eine posttraumatische Belastungsstörung geschoben.

Ihre Kehle schnürte sich zu.

Sie zog ihr T-Shirt hoch. Ein kleiner Bauchansatz war zu erkennen. Sie hatte ihn schon letzte Woche bemerkt und daraufhin beschlossen, weniger zu essen. Kurz hatte sie sich gewundert, dass sie zunahm, obwohl sie so viel Sport trieb. Andererseits aß sie bedeutend mehr, seit sie aus dem Keller raus war.

Es war unmöglich, dass sie schwanger war. Sie hatte seit über einem Jahr keinen Sex mehr gehabt. Ihre letzte

Periode war während ihrer Zeit im Keller gewesen. Sie konnte sich noch genau daran erinnern, weil der Einbrecher sie an jenem Tag gesehen hatte.

Ein schrecklicher Gedanke kam ihr. Was, wenn Dorn …?

Ihr Kopf begann dumpf zu dröhnen.

Das konnte nicht sein. Sie hätte es bemerkt, wenn er sich an ihr vergangen hätte.

Außer, er hatte sie zuvor betäubt. So wie damals, bevor er Tanjas Leiche zu ihr ins Bett gelegt hatte.

Das Dröhnen wurde stärker. Als erwachte ein Hornissenschwarm aus dem Schlaf.

Ihr fiel ihr Geburtstag ein und der Kater, den sie am nächsten Morgen gehabt hatte. Sie hatte sich an nichts mehr erinnern können, und Dorn war ungewöhnlich nett zu ihr gewesen, obwohl sie verschlafen hatte.

Mein Gott! Was, wenn sie gar nicht so viel getrunken hatte, wie er behauptet hatte, sondern in ihrem Wein K.-o.-Tropfen gewesen waren?

Schwindel erfasste sie, und sie musste sich an der Wand abstützen, um nicht umzukippen.

»Kara?« Die Stimme ihrer Freundin drang aus weiter Ferne zu ihr.

Sie rechnete nach. Ihre Periode hatte sie am Donnerstag gehabt, ihr Geburtstag war in der darauffolgenden Woche am Montag gewesen. Am zwölften Tag ihres Zyklus. Sperma hatte eine Lebensdauer von bis zu fünf Tagen.

Sie geriet ins Schwitzen.

Rein rechnerisch war es möglich.

»Kara!« Jessie schüttelte sie an den Schultern und riss sie aus ihrer Grübelei. »Was hast du?«

»Ich … Bitte warte hier, und pass auf Lilly auf. Ich

muss schnell was erledigen und bin in spätestens einer halben Stunde zurück.«

Bevor ihre Freundin etwas sagen konnte, war Kara zur Tür hinaus. Sie brauchte nur zwanzig Minuten, und als sie die Wohnungstür aufschloss, eilte Jessie ihr entgegen.

»Kannst du mir sagen, was mit dir los ist? Erst übergibst du dich, dann rennst du einfach …«

Kara unterbrach sie und hielt ihr eine kleine Schachtel hin. »Weißt du, wie das funktioniert?«

Entgeistert griff Jessie nach der Packung mit dem Schwangerschaftstest. »Ich hab vorhin nur einen Witz gemacht.«

Kara blieb ernst, und allmählich dämmerte es Jessie.

»Er hat dich vergewaltigt?«, entfuhr es ihr entsetzt.

»Ich weiß es nicht.« Sie war den Tränen nahe. »Möglicherweise war ich an meinem Geburtstag gar nicht betrunken, sondern er hat mir K.-o.-Tropfen in den Wein getan.«

Jessie riss die Schachtel auf und nahm den Teststreifen aus der Verpackung.

»Du musst einfach nur draufpinkeln«, sagte sie mit ruhiger Stimme. »Nach ein paar Minuten wird das Ergebnis angezeigt.«

Kara nickte und verschwand im Bad. Kurz darauf kehrte sie zurück und hielt den Teststreifen in der Hand. Er hatte zwei Sichtfenster, und im ersten erschien ein Strich. Karas Herz setzte einen Schlag aus.

»Das ist nur das Kontrollfeld.« Jessie legte ihr beruhigend eine Hand auf die Schulter. »Er zeigt an, ob der Test funktioniert.«

Schweigend standen sie im Flur und beobachteten das zweite Feld. Ein Strich dort würde bedeuten, dass sie schwanger war.

Kara wagte kaum mehr zu atmen. Stumm betete sie, dass sie an jenem Abend wirklich nur betrunken gewesen war. Ansonsten wäre sie im fünften Monat.

Die Minuten verstrichen.

Kara schloss die Lider. Ihr war speiübel.

Im nächsten Moment gab Jessie einen keuchenden Laut von sich. Kara öffnete die Augen und starrte auf den Test.

Er war positiv.

Danksagung

Hinweis: Bitte die Danksagung wegen Spoiler erst *nach* dem Buch lesen!

Ich zog den Reißverschluss meines Mantels bis oben hin zu und trat in den trüben Nachmittag hinaus. Es wehte ein frischer Wind, der die feinen Tropfen des Nieselregens in mein Gesicht blies.

Verstohlen sah ich mich nach allen Seiten um und ging los. Ich verließ die Siedlung und wollte gerade die Straße überqueren, als ich hinter mir eine männliche Stimme vernahm.

»Frau Walter! Auf ein Wort bitte!«

Ich verdrehte die Augen. Nicht schon wieder!

Ohne nach links oder rechts zu schauen, lief ich auf die Straße. Im nächsten Moment quietschten Reifen, und ich zuckte erschrocken zusammen. Ein Auto kam nur wenige Zentimeter vor mir zum Stehen. Der Fahrer hämmerte auf die Hupe und gab mir mit einer eindeutigen Geste zu verstehen, was er von meiner Unaufmerksamkeit hielt.

Ich entschuldigte mich und sprang auf den Gehweg. Der Wagen fuhr weiter.

»Frau Walter!«

Ein Mann Anfang vierzig mit kurzen hellbraunen Haaren tauchte neben mir auf, gefolgt von einem deutlich jüngeren, der eine Kamera auf der Schulter trug und mich filmte.

»Christian Kehl von *Tele1*«, stellte er sich vor.

»Kein Kommentar«, sagte ich, bevor er eine Frage an mich richten konnte.

Ich eilte davon, doch Kehl holte mich ein und versperrte mir den Weg.

»Kommen Sie, nur ein paar Fragen, Frau Walter.«

»Welchen Teil von ›Kein Kommentar‹ haben Sie nicht verstanden?«

Ich war genervt. Vor drei Wochen hatte die Belästigung durch die Journalisten angefangen. Zu Dutzenden lauerten sie vor dem Mehrfamilienhaus, in dem ich wohnte, und fielen über mich her, sobald ich mich draußen blicken ließ. Als Konsequenz verließ ich kaum noch das Haus und erledigte alle Einkäufe online. Wenn ich doch einmal einen wichtigen Termin außerhalb hatte, ließ mich meine Nachbarin über ihre Terrasse nach draußen, die zum rückwärtigen Teil der Wohnanlage führte. Ich hatte gehofft, dass sich die Aufregung mit der Zeit legen würde, aber ich hatte die Hartnäckigkeit der Reporter unterschätzt.

So wie jetzt Kehl.

Wie immer hatte ich mich über die Wohnung meiner Nachbarin rausgeschlichen, Kehl hatte diesen Fluchtweg offenbar durchschaut. Vergeblich versuchte ich, mich an ihm vorbeizudrängen.

»Schenken Sie mir nur ein paar Minuten Ihrer Zeit.«

»Nein«, entgegnete ich und stieß ihn zur Seite.

»Die Journalisten werden Sie so lange bedrängen, bis Sie sich zur Sache geäußert haben. Gewähren Sie mir ein Interview, und ich verspreche Ihnen, dass die Belagerung vor Ihrem Haus in ein paar Tagen vorbei sein wird. Die Menschen möchten Ihre Sicht hören. Ich gebe ihnen, was sie wollen, und Sie werden endlich wieder Ihre Ruhe haben.«

Ruhe. Das, wonach ich mich momentan am meisten sehnte.

Abrupt blieb ich stehen, sodass Kehl gegen mich prallte.

Ich drehte mich zu ihm um. »Können Sie mir das garantieren?«

Er grinste, und seine stahlblauen Augen blitzten sensationslüstern auf. »Sicher. Wenn wir keine Fragen offen lassen, wird das Interesse an Ihnen bald verflogen sein. Vertrauen Sie mir, ich bin Profi.«

Ich zog eine Braue hoch. *Tele1* war alles andere als ein seriöser Fernsehsender, für diesen Zweck vermutlich jedoch genau der richtige.

Für ein paar Sekunden lang standen wir uns im Nieselregen gegenüber, während der Kameramann mich weiter filmte.

»In Ordnung«, sagte ich und deutete auf einen überdachten Durchgang keine zwanzig Meter entfernt. »Lassen Sie uns dorthin gehen.«

Notdürftig strich ich meine regenfeuchten Haare glatt, und der Kameramann positionierte uns so, dass die Lichtverhältnisse am besten waren.

»Sind Sie bereit?«, fragte Kehl.

Ich nickte.

»Frau Walter, vielen Dank, dass Sie sich die Zeit für ein Exklusivinterview mit *Tele1* nehmen«, begann er. »Unsere Zuschauer und Zuschauerinnen brennen auf Informationen aus erster Hand.«

Er hielt mir das Mikrofon entgegen und wartete darauf, ob ich etwas sagen würde, doch ein gequältes Lächeln war alles, das ich zustande brachte. Kurz überlegte ich, ob es wirklich klug war, was ich vorhatte.

»Bastei Lübbe hat vor wenigen Wochen Ihren neuen Thriller angekündigt: *Das Buch – Schreib um dein Leben!*«, fuhr Kehl fort. »Er soll von einem Serienkiller handeln, der von der Presse der Puppenmörder genannt wird und der die Krimiautorin Kara Bender entführt. Er hält sie in einem düsteren Keller gefangen und zwingt sie, ein Buch über sein Leben zu schreiben. Vor nicht allzu langer Zeit waren Sie fast zwei Monate lang spurlos verschwunden, Frau Walter. Niemand konnte Sie erreichen. Lesungen mussten abgesagt werden, und auf Ihren Kanälen in den sozialen Netzwerken herrschte Funkstille.« Er legte eine Pause ein, um seine nächsten Worte wirken zu lassen. »Was ist an den Gerüchten dran, dass *Das Buch – Schreib um dein Leben!* keine fiktive Geschichte ist, sondern dass Sie wirklich entführt worden sind und mit dem Schreiben dieses Buchs Ihr Trauma verarbeiten?«

Ich bemühte mich um einen neutralen Gesichtsausdruck. »Das ist, wie Sie selbst sagten, lediglich ein Gerücht. Ich habe eine Auszeit gebraucht und mir diese genommen.«

»Und wo waren Sie?«

»Hier und da.«

»Möglicherweise eingesperrt in einem Keller?«

»Nein.«

»In dem Thriller wird angeblich die Literaturagentin von Kara Bender umgebracht.«

»Das ist richtig. Mein Agent Kai Gathemann, mit dem ich seit vielen Jahren sehr gut zusammenarbeite, erfreut sich jedoch bester Gesundheit.«

»Und was ist mit Kriminalhauptkommissar Matthias Bürgel? Aus zuverlässiger Quelle wissen wir, dass Sie sich mit ihm getroffen und mehrmals miteinander telefoniert haben. Hat er Sie wegen Ihrer Entführung befragt?«

»Nein. Er hat mich bei allen polizeilichen Fragestellungen für das Buch beraten.«

»Und Ihre Freundin, die Psychologin R., hat Sie die letzten Wochen nicht therapiert?«

»Das wäre ohnehin zwecklos.«

Kehl schwieg.

»Ich schreibe Psychothriller«, ergänzte ich. »Wenn ich Fragen in Bezug auf die menschliche Psyche und deren Abgründe habe, kann ich mich an meine Freundin wenden.«

»Verstehe.« Seinem Gesichtsausdruck nach zu urteilen, hatte er etwas anderes erwartet. Wahrscheinlich eine detaillierte Schilderung meiner Ängste und Therapiesitzungen.

»Kommen wir auf Ihre Testleserinnen Alex und Johanna zu sprechen. Die beiden haben sich in der Vergangenheit bereits mehrfach darüber beschwert, dass Sie zu langsam schreiben und sie deshalb nur kapitelweise versorgt werden und an den spannendsten Stellen auf Nachschub warten müssen. Kann es sein, dass Ihre Testleserinnen deshalb Ihre Entführung in Auftrag gegeben haben, um sich an Ihnen für die erlittene seelische Grausamkeit zu rächen?«

Bitte was? Die Theorie war derart abstrus, dass es mir für einen Moment die Sprache verschlug.

»Nein«, antwortete ich schließlich und bemühte mich um einen ruhigen Tonfall. »Immerhin haben sich Alex und Johanna freiwillig dazu bereit erklärt, mich zu unterstützen. Genau wie Silke Köcher, die am Schluss Korrektur lesen und die letzten Rechtschreibfehler aus dem Buch ziehen wird.«

»Wer könnte dann ein Motiv gehabt haben, Ihre Entführung zu beauftragen? Ihre Lektorinnen vielleicht?«

»Ich wurde nicht entführt«, widersprach ich. »Und mit meinen Lektorinnen arbeite ich wunderbar zusammen. Kathrin Kummer von Bastei Lübbe kenne ich schon viele Jahre. Sie unterstützt mich genauso wie Stephan Trinius, der Programmleiter des digitalen Programms. Und mit der fantastischen externen Lektorin Nadine Buranaseda von *typo18 – für gute texte*, die wirklich alles aus einem Roman rausholt, ist es mein drittes gemeinsames Projekt.«

»Im Buch sollen die Namen von mehreren real existierenden Personen vorkommen. Was hat es damit auf sich? Hat der Puppenmörder Sie dazu gezwungen, sie in die Geschichte einzubauen?«

»Ich wurde zu gar nichts gezwungen. Es gibt dafür eine einfache Erklärung. Ich habe auf Facebook und Instagram ein Gewinnspiel veranstaltet und mehrere Namen im Buch verlost. Gewonnen haben Anika Krafft (aka die Instagram-Bloggerin @kommissar_frieda), Miha Schroeder (aka der Instagram-Blogger @e_bibliothekar) und Daniela Duncan. Pascal Heckmann hat in meinem letzten Thriller *Blutroter Schatten* eine Rolle als Polizist gewonnen, jetzt habe ich ihn erneut zum Mitglied der Mordkommission gemacht. Pascal ist im echten Leben übrigens tatsächlich Polizist, wenn er nicht gerade als der Blogger @der_lesende_typ auf Instagram Buchtipps gibt.«

»Könnte es sich bei Ihrer Entführung dann möglicherweise um ein Bloggerkomplott handeln?«, hakte Kehl nach.

»Ein Bloggerkomplott?« Ich starrte ihn mit zusammengekniffenen Augen an und begann ernsthaft an meiner Entscheidung zu zweifeln, mich auf das Interview einzulassen.

»Nun, Sie arbeiten mit zahlreichen Buchbloggern zusammen.«

»Ja, und die sind alle sehr nett, und ich bin ihnen für

ihre Unterstützung sehr dankbar. Viele von ihnen kenne ich bereits jahrelang.«

»Also streiten Sie nicht ab, dass Sie entführt wurden.«

Da war sie, die kleine Falle, die er mir stellte.

»Meinen Sie nicht«, sagte ich betont gelassen, »dass es meinem Lebensgefährten Martin aufgefallen wäre, wenn ich tatsächlich entführt worden wäre?«

Kehl zuckte mit den Schultern. »Kommt darauf an.«

Ich atmete tief durch und zählte innerlich bis drei. Nur der Gedanke an die Kamera hielt mich davon ab, die Augen zu verdrehen. »Martin hat mich seit meinem ersten Buch unterstützt, und ich bin ihm sehr für sein Verständnis dankbar, wenn ich völlig in eine Story abtauche und geistig nicht mehr ansprechbar bin.«

»Also war es kein Verbrechen aus Eifersucht?«

»Wie kommen Sie auf eine derart absurde Idee?«

Kehl ignorierte meinen Einwand. »Es muss für Sie extrem belastend sein, so lange im Keller gefangen gewesen zu sein.«

»Das wird es mit Sicherheit«, antwortete ich. »Denn wenn ich einen Roman schreibe, muss ich mich in diese Situation hineinversetzen. Das führt nicht selten dazu, dass ich nachts sogar davon träume.« Ich sah ihn herausfordernd an. »Wenn ich dann aufwache, bin ich heilfroh, dass die Geschichte nur Fiktion ist.«

»Und wie sind Sie dann auf die Idee gekommen, wenn es nicht die Aufarbeitung einer realen Begebenheit ist?«

»Ich bin in einem Film über den Satz ›Schreib oder stirb‹ gestolpert und habe mich gefragt, ob es möglich ist, um sein Leben schreiben zu müssen. Das war der Ausgangspunkt für die Geschichte um Kara Bender.«

Kehl war die Enttäuschung deutlich anzusehen. Mit Sicherheit hatte er eine dramatische Sensationsstory erwartet, die seine Einschaltquoten in die Höhe hätte schießen lassen.

»Möchten Sie unseren Zuschauern und Zuschauerinnen noch etwas sagen?«, fragte er.

»Sehr gerne. Ich möchte mich ganz herzlich bei all meinen Leserinnen und Lesern bedanken. Ich hoffe, *Das Buch – Schreib um dein Leben!* wird euch gefallen und euch ein paar spannende Lesestunden verschaffen. Wenn ihr euch mit mir vernetzen wollt, erreicht ihr mich auf Instagram unter @autorin_patricia_walter und auf Facebook unter @AutorinPatriciaWalter. Alternativ könnt ihr mir gerne an walter@patricia-walter.de eine E-Mail schreiben oder über das Kontaktformular auf meiner Website www.patricia-walter.de gehen.«

»Vielen Dank für das Interview, Frau Walter.«

Kehl gab seinem Kameramann ein Zeichen, woraufhin der das Aufnahmegerät von seiner Schulter nahm. Sie verabschiedeten sich von mir, und ich sah ihnen nach, wie sie in dem stärker werdenden Regen davongingen.

Hoffentlich hat er mir die Antworten abgekauft, dachte ich und fuhr mit der Hand über die Bauchwölbung, die sich mittlerweile nur noch unter einem weiten Pullover oder Mantel verbergen ließ.

Deinem Schatten kannst du nicht entkommen

Patricia Walter
BLUTROTER SCHATTEN

416 Seiten
ISBN 978-3-404-18318-0

Innerhalb weniger Tage werden in München mehrere Leichen gefunden, bei denen jeweils ein Zettel liegt: »Mit den besten Empfehlungen von Thomas Rohde.« Die Polizei steht vor einem Rätsel. Denn der verurteilte Serienmörder Rohde sitzt seit Jahren im Hochsicherheitstrakt der Psychiatrie. Weiß er, wer der Täter ist? Rohde ist bereit zu sprechen - aber nur mit einer einzigen Person: seiner Tochter Sam. Obwohl sie den Kontakt zu ihrem Vater vor langer Zeit abgebrochen hat, willigt Sam ein - und gerät bald selbst ins Visier des Killers ...

Lübbe

Wie weit würdest du gehen, um dein Kind zu retten?

Patricia Walter
DUNKLE VERGANGENHEIT
Thriller

352 Seiten
ISBN 978-3-404-17957-2

Die achtjährige Tochter der TV-Journalistin Kim Jansen verschwindet spurlos. Wenig später meldet sich der Entführer und fordert: Entweder Kim gesteht öffentlich die Taten ihrer Vergangenheit, oder er tötet ihre Tochter Lilly. Für Kim beginnt ein Wettlauf gegen die Zeit. Sie muss den Erpresser finden und Lilly befreien – bevor die Polizei es tut. Denn die Wahrheit darf niemals ans Licht kommen ...

Lübbe

Traue niemandem – schon gar nicht dir selbst!

Patricia Walter
TOTE ASCHE

388 Seiten
ISBN 978-3-7413-0111-7

Kira Roth ist entsetzt, als sie in ihrer Wohnung die ausgegrabene Urne mit der Asche ihrer kürzlich verstorbenen Mutter findet. Daneben ein Zettel mit der Aufschrift: „Sie war nicht deine Mutter. Und du verdienst es nicht zu leben!" Doch Kiras Albtraum fängt erst an. Auf dem Friedhof entdeckt sie ein frisch ausgehobenes Grab – auf dem Kreuz stehen ihr Name und ein Todesdatum: in fünf Tagen. Ein perfider Countdown beginnt. Kira macht sich auf die Suche nach ihrer Herkunft und stößt dabei auf ein schreckliches Geheimnis ...

Nur wenn sie sich erinnert, wird sie überleben.

Patricia Walter
KALTE ERINNERUNG

248 Seiten
ISBN 978-3-7413-0107-0

Ein eisiger Wintermorgen: Zoe schreckt aus einem Albtraum auf, am ganzen Körper mit Verletzungen übersät und ohne Erinnerung an die vergangenen beiden Tage. Ihr Mann David ist spurlos verschwunden. Kurz darauf wird sie von einer verzerrten Stimme am Telefon bedroht, die die Wahrheit über gestern Nacht wissen will. Geschockt legt Zoe auf - doch der unheimlichen Forderung des Anrufers kann sie nicht entkommen. Und die Wirklichkeit ist grausamer, als sie sich jemals hätte vorstellen können ...
eBooks von beTHRILLED – mörderisch gute Unterhaltung.

Vernissage des Todes

Matthias Bürgel
KALTE KÖRPER
Thriller

394 Seiten
ISBN 978-3-7413-0325-8

In Konstanz wird die Leiche einer jungen Frau entdeckt, ihr Körper ist kunstvoll als Statue inszeniert – und tiefgefroren. Doch es bleibt nicht bei einer Leiche ... Offenbar tötet ein Serienmörder, um seine Opfer anschließend spektakulär in Szene zu setzen! Die ungewöhnliche Mordserie weckt das Interesse des Fallanalytikers Hagedorn und nach anfänglichem Zögern willigt er ein, die Polizei bei ihren Ermittlungen zu unterstützen. Ein erster Verdächtiger ist schnell gefunden und in Untersuchungshaft. Doch Hagedorn ist überzeugt, dass der wahre Täter noch frei herumläuft – und dass er weiter morden wird ...